KB095923

뒤틀린
시간의
법정

뒤틀린
시간의
법정

이가라시 리쓰토 장편소설
천감재 옮김

일러두기

1. 본문에 나오는 법률 용어는 한국에서 일반적으로 통용되는 표현을 사용하였으나 필요에 따라 일부 예외를 두었습니다.
2. 본문 속 볼드체는 원서에서 방점으로 강조한 부분입니다.
3. 본문의 각주는 모두 옮긴이 주입니다.

차례

주요 등장인물

우구이 스구루   법원서기관. 아버지 사건을 계기로 서기관이 된다.

가라스마 신지   스구루가 담당하는 재판관.

가미데 다케시   법원서기관 출신의 부검사.

진보 마사코   갱생보호시설에서 사는 상습절도범.

도마리가와 유지   진보 마사코의 변호인.

시노하라 린   소메야 다카히사의 의붓딸. 상습절도범.

가노 도모루   시노하라 린의 변호인.

시노하라 사호   시노하라 린의 어머니.

소메야 다카히사 스구루의 아버지. 재판 내내 혐의를 부인한다.

아카마 다쓰미 소메야 다카히사의 변호인.

다케치 사토루 소메야 다카히사 사건의 담당 검사.

지구사 아이 재판관. 스구루의 대학 동기.

모토하시 소지 스구루와 아이의 대학 동기.

미카미 하루코 스구루의 선배 서기관.

진보 게이이치 교도관. 진보 마사코의 남편. 교통사고 피해자.

소노카와 루리 교통사고 피해자.

프롤로그

아버지를 처음 본 곳은 형사재판이 열리는 법정이었다.

피고인으로 증언대 앞에 선 아버지와 그 뒷모습을 방청석에서 쏘아보는 아들.

감동의 대면이라고 부를 수 있는 상황이 아니었을뿐더러, 오히려 분노와 혐오감에 지배당해 구역질과 함께 위액이 치밀어 올랐다.

죄명은 의붓딸에 대한 강제추행행위.

피해자는 당시 아직 고등학생이었다. 딸이 잠든 방에 몰래 들어가 손발을 밧줄로 묶은 다음 시야를 가리고 범행을 저질렀다. 무슨 일이 일어났는지 상상하기조차 싫은 비열한 범죄…. 검사가 읽는 기소장 내용을 듣고 소름이 돋았다.

이 남자와 한 핏줄로 이어져 있다.

뭔가 착오가 있었을 거라고 빌고 싶은 심정을 주체할 수 없었다.

"아빠는 어디 있어?"

코흘리개 시절부터 곤란한 질문을 거듭하는 바람에 엄마는 진땀을 흘렸던 모양이다.

자초지종을 말해주지 않는 엄마에게 반발하던 시기도 있었지만 선을 넘지는 않았고, 중학교를 졸업할 무렵에는 가족이 두 명밖에 없다는 사실도 받아들였다.

그런데 대학교 3학년 겨울, 형사가 엄마를 찾아왔다.

벽이 얇은 연립주택이라 대화 내용이 단편적으로 들렸다. 보강 수사에 협조해달라. 용의자는 이미 체포했다. 전처에게 정기적으로 송금한 기록…. 거기서 소리를 내고 말았다. 잠시 뒤 나는 집 밖으로 내쫓겼다.

여유롭진 않았지만 대학에는 진학할 수 있었다.

내 생일이 다가오면 엄마는 옷을 갖춰 입고 외출하고는 했다.

형사가 돌아간 후 아버지가 체포당한 거냐고 따져 물었다. 엄마는 시선을 한곳에 두지 못하고 우왕좌왕하다 고개를 끄덕였다. 경찰이 조사하는 사건이 성범죄라는 사실을 알고 할 말을 잃었다.

그리고 스물한 살의 나는 법정에서 아버지의 얼굴을 보고 목소리를 들었다.

"죄명 및 법 조항, 강제추행, 형법 176조. 이상의 사실에 근거해 심리를 부탁드립니다."

재판관은 묵비권을 고지한 다음 질문했다.

"검사 측이 낭독한 사실 중에서 어딘가 잘못된 곳은 없습니까?"

"전…."

아버지의 목소리는 떨리고 있었다. 내 양손도 떨렸다.

"그런 짓은 하지 않았습니다. 정말로 그런 적 없습니다."

무죄를 주장하는 목소리가 허무하게 울려 퍼졌다.

제1장

쪽빛의 까마귀

1

우연한 순간, 대학 시절 기억이 되살아날 때가 있다.

이를테면 아르바이트하던 패밀리 레스토랑에서 나눴던 대화 같은.

"우구이. 까마귀 역설이라고 알아?"

대학에서 심리학을 전공하던 여자 선배는 습득한 지식이나 잡학을 휴식 시간 때마다 내게 이야기하고 반응을 즐겼다.

모르겠는데요, 하고 고개를 가로로 젓자,

"'모든 까마귀는 검다'의 대우 명제*는 뭘까?" 하고 물었다.

대학 입시 때 기억을 되살려서 "모든 검지 않은 것은 까마귀가 아니다?"라고 대답했다. 지금이라면 먼저 대우의 의미를 되물

---

* 조건 명제의 가정과 결론을 뒤바꾼 뒤 각각 부정을 취하여 얻는 명제.

을 것이다.

"어때, 신기하지?"

잘 이해하지 못한 채로 그러게요, 하고 장단에 맞춰주면,

"까마귀를 조사하지 않아도 까마귀가 검다는 건 증명되잖아. 이 세상에 있는 검지 않은 걸 죄다 끌어모으면 답이 명확해지는 거지"라고 답했다.

휴게실에는 잡다한 '검지 않은 것'이 놓여 있었지만, 그 안에 까마귀는 없었다.

"그게 바로 까마귀 역설이야."

선배의 급조한 설명으로는 어디에서 모순이 생기는지 알 수 없었다.

'검지 않은 것'의 정의가 애매하다는 것, 설령 정의할 수 있다고 하더라도 해당하는 것을 모조리 조사하는 건 불가능에 가깝다는 것…. 그 부분이 포인트였을 것이다.

그렇지만 까마귀 역설이라는 말이 주는 울림은 인상적이라 기억에 남았다.

대화가 마무리된 건 내가 이해했다는 티를 내서가 아니라, "그러고 보니 간사이 지방에서 흰 까마귀가 발견됐던데" 하고 점장이 한마디 거들었기 때문이다. 인터넷으로 검색하니 금방 기사가 나왔고, 다른 곳에서도 발견됐다는 걸 알 수 있었다.

흰 까마귀 사진을 보며 떠들썩거리고 있자 선배는 입술을 삐죽이고 휴게실을 나갔다. "다음엔 최면술 실험 대상으로 삼을 테

니까 각오하고 있어"라는 수수께끼의 선언을 남기고.

지금도 이따금 그때가 생각이 나는 건 아르바이트하던 곳에서 무슨 사건이 일어났다든가, 그 선배에게 남몰래 마음을 품고 있었다든가 그런 이유 때문이 아니다.

나 자신이 검은 까마귀 무리의 일원이 되어서일까.

그게 아니면….

가죽 의자에 등을 기대고 눈을 감았다.

정적에 싸인 법정에서 사람들이 들어오기를 기다리는 시간이 나는 좋다.

누가 제일 먼저 법정에 들어오고 누가 제일 나중에 법정을 나갈까. 법조 관계자나 방청 마니아는 답을 알고 있다. 법원서기관. 이 직종이 낯설게 들리는 사람도 많을 것이다.

서기관이 입는 법복은 철저하게 검정으로 뒤덮여 있다.

재판이 시작되기 수십 분 전, 서기관이 잠겨 있는 문을 열 때까지 법정은 굳게 닫혀 있다. 사건 기록과 노트북을 안고 법대法臺로 통하는 전용 복도로 들어와 법정 안 조명과 개정 램프를 켠다. 잠겨 있는 방청석 쪽 문도 열고 기기 세팅을 마치면 개정 준비가 끝난다.

그다음은 귀를 기울이면서 잠시 휴식.

보자기를 든 가미데 부검사가 터덜터덜 들어와서 나는 앉은 채로 고개를 숙였다. 보자기 안에는 이제부터 시작되는 재판의 사건 기소장과 법원에 제출할 예정인 증거가 들어 있다. 많은 검사가 보자기를 애용하는데, 보기보다 훨씬 쓰기 편한 모양이다.

검사석에 앉은 가미데 다케시는 이마에 맺힌 땀을 손수건으로 닦으며 말했다.

"여전히 졸려 보이는구만. 우구이스 서기관."

"부검사님은 오늘도 컨디션이 좋아 보이시네요."

우구이 스구루를 붙여서 우구이스. 사람 이름을 억지로 휘파람새로 만들다니.*

"밖이 무지막지하게 더워. 잠깐 걸었는데 땀투성이야."

"고생 많으십니다."

"그 법복도 고문이 따로 없겠어. 쿨비즈용 반소매로 만들면 좋으련만."

가미데는 위에서 두 번째 단추까지 풀어 헤친 셔츠 목깃을 잡고 펄럭펄럭 위아래로 움직였다. 셔츠 위로도 알 수 있을 정도로 몸이 탄탄하다.

"엄숙함을 해친다는 민원이 들어올걸요."

"열사병으로 쓰러지는 게 더 안 좋을 것 같은데."

"그러면 맨살 위에다 법복을 입는 스타일을 허용해주지 않을까요."

"하하. 무슨 노출광도 아니고."

---

* 일본어로 휘파람새는 우구이스ウ ぐいす다.

호쾌하게 웃는 가미데는 약 5년 전까지만 해도 나와 같은 서기관으로 법원에서 일했다. 사법시험을 거치지 않고 검사 직무에 종사하기 위해 치르는 부검사 선발 시험에 합격해 검찰청 사람이 되었다. 법원과 검찰청 양쪽 모두의 내부 사정에 정통한 드문 존재다.

　40대 후반, 나보다 스무 살 가까이 나이가 많다.

　"법복을 입고 있으면 한여름에 까마귀가 얼마나 힘들지 실감이 나요."

　"그렇지. 하긴 까마귀 같긴 해. 난 쓰레기 봉지라고 불렀지만."

　폴리에스테르 원단에 소매 달린 망토를 닮은 형상. 옷을 입고 정면을 단추로 채우면 정강이까지 가려지니 검은 쓰레기 봉지를 뒤집어쓴 것처럼 보이는 것도 무리는 아니다.

　"신성한 법복을 두고."

　"까마귀도 마찬가지인 것 같은데."

　"신의 심부름꾼이라는 말이 있을 정도잖아요."

　"재판관이 신이란 건가?"

　"뭐, 그 사람들도 법복을 입지만요."

　"까마귀계에도 피라미드가 있었군."

　책상을 사이에 두고 나누던 대화는 방청인이 들어오는 바람에 중지됐다. 갱생보호시설 자원봉사자 열 명 정도가 견학 올 예정이라고 사전에 총무과에서 알려줬다. 재판 공개 요청은 헌법이 보장한 권리이기 때문에 방청을 거부할 수 없다.

시계를 보니 개정까지 10분 정도 남아 있었다. 가미데는 꽤 일찌감치 법정에 들어온 셈이다. 조금 전 잡담은 본론을 꺼낼 타이밍을 재던 것인지도 모른다. 그런 생각을 하면서 서류를 순서에 맞춰 늘어놓고 있는데 가미데가 다가왔다.

"이봐, 우구이 서기관."

"왜 그러세요? 새삼스럽게."

그러더니 목소리를 낮추고 말했다. "오늘 사건 말인데…."

"단순절도잖아요."

기소장을 보고 대답했다. 정확하게는 좀 더 성가신 죄명이지만.

"가라스마 씨, 무슨 말 안 했어?"

가미데는 담당 재판관인 가라스마 신지의 이름을 꺼냈다.

"무슨 말이요?"

"공소사실이라든가, 피고인에 대해서."

기소장으로는 두 가지 정보를 파악할 수 있다. 하나는 누가 기소되었는지를 명확히 하기 위한 정보로 성명, 생년월일, 주소, 본적, 직업이 기재된다. 또 하나는 심리 대상을 명확히 하기 위한 정보로 이것을 공소사실이라고 부른다.

바꿔 말하면 기소장에 기재되는 정보는 이 두 가지뿐이다.

피고인이 범인으로 특정된 이유나 사건이 일어난 경위를 재판관이 알게 되는 건 공판기일, 즉 법정에서 형사재판이 시작된 후다. 그때까지는 열심히 뉴스를 쫓아다니는 시청자가 재판관보다 상세한 정보를 알고 있어도 이상하지 않다.

"아직 증거도 안 봤으니까 의문을 가질 단계는 아니에요."

재판관이 재판심리를 통해 갖게 되는 인식을 '심증'이라고 부른다. 한 층 한 층 쌓아 올린 심증을 통해 당사자가 주장하는 바가 합당한지 부당한지를 판단하는 것이 재판 본연의 모습이다.

"그 좀도둑 아줌마, 저번에도 난요 지법에서 유죄를 받았어."

"담당이 가라스마 부장님이셨어요?"

"아니. 그건 아닌데…."

말을 흐리는 가미데를 보고 걱정하는 게 있음을 짐작했다.

"웬일로 약한 모습을 보이시네요."

좀도둑 아줌마, 진보 마사코는 약 한 달 전에 기소됐다.

기소장이 수리됐다고 해서 곧바로 재판이 열리지는 않는다. 기소 후 서기관은 관계인들에게 연락해 일정을 조정하고, 검사는 제출할 증거를 자세히 조사하고, 변호인은 피고인과의 접견을 통해 변호 방침을 확정한다. 그러고 나서야 제1차 공판기일을 맞이한다.

그동안 재판관이 사건 정보를 접할 기회는 기소장을 확인할 때 말고는 없다. 예단이나 선입관을 배제하려고 신문조차 보지 않는 재판관도 있다.

"뭐, 부딪쳐봐야지."

형사소송의 대전제를 잘 알고 있는 가미데는 재판관의 의중을 파악하려 하고 있다.

"…쉽게 가지 않을 수도 있나요?"

"까마귀가 울지만 않으면 문제없이 끝나."

"겁주지 마세요."

가라스마 신지는 일부 사람들에게 '까마귀'라고 불린다. 그 별명에는 필시 이름뿐만 아니라 다양한 의미가 담겨 있다.* 법복의 색도 그중 하나일 것이다.

"서기관은 그래도 낫잖아. 나 같은 사람은 위에 구멍이 날 것 같아."

"아무 일도 안 일어나기를 기도할게요."

"기도만 하지 말고, 설득을 좀 해줘."

언제 왔는지 변호인석에 도마리가와 변호사가 앉아 있었다. 공평성과 중립성을 지켜야 할 법원 직원과 검사의 과도한 친분이 어떻게 비칠지 사뭇 궁금하군, 하고 의견 교환회 자리에서 베테랑 변호사가 비아냥대는 소리를 들은 적이 있다.

개정 시각이 다가왔다. 교도관이 대기하는 방으로 내선 전화를 걸어 피고인을 법정으로 데리고 오라고 부탁했다.

검사석으로 돌아간 가미데는 미간에 주름을 잡고 서류를 뚫어져라 보고 있다. 기소장만 놓고 보면 흔하디흔한 단순절도사건이라는 인상밖에 들지 않는다. 뭘 걱정하는 걸까.

까마귀가 운다…. 오랜만에 듣는 말이었다.

가라스마의 재판에서 파란이 이는 일은 드물지 않다. 절차를

---

* 일본어로 까마귀는 가라스からす다.

정확히 기록하는 것도 서기관이 하는 일이다 보니 돌발 상황이 생기면 대단히 난처하다. 사활이 걸린 문제라고 해도 좋다.

교도관이 피고인을 데리고 들어왔다.

검사, 변호인, 피고인. 이제 재판관이 모습을 드러내면 재판이 시작된다.

바라건대 문제없이 폐정을 맞이할 수 있기를.

2

〈가라스마 재판관의 법정은 드라마틱하지만, 규칙을 경시하는 소송지휘는 물음표를 떠올리게 한다〉

약 한 달 전, 이런 문제를 제기하며 시작되는 기사가 유명한 방청 블로그에 올라왔다. 어느 사건을 방청했는지는 밝히지 않았고, 절차가 진행되는 과정에서 가라스마가 한 발언을 발췌하면서 비판적인 검토를 더했다.

재판 흐름을 상세하게 언급했는데, 형사소송법이나 형사소송규칙 조문을 확인하는 것만으로도 꽤 고생했을 것이다.

다만 가라스마가 형사재판의 규칙을 가벼이 보고 있느냐에 대해서는, 몇 건씩 사건을 함께 해온 서기관으로서 고개를 갸웃거리지 않을 수 없다.

규칙을 지키면서 샛길을 찾는다.

분명 이것이 적절한 분석이다.

서기관석은 법대 정면에 위치한다. 뒤에서 문이 열리는 소리가 나서 관계인의 움직임에 맞춰 일어서서 인사를 했다. 재판관이 입정하면 법정의 공기가 긴장감을 띤다.

전원이 착석한 걸 확인한 다음, 사건 기록을 법대에 올렸다.

난요 지법 형사부 부총괄인 가라스마 신지는 백발이 섞인 머리카락과 뚜렷한 이목구비의 단정한 외모가 눈길을 끈다. 법복을 입고 있으면 더더욱 잿빛 머리카락이 두드러지는데, 법대에 앉기만 해도 근사한 그림이 만들어지고 독특한 분위기를 풍긴다.

"방청인이 꽤 모였군." 가라스마가 낮은 목소리로 말했다.

국민참여재판이나 크게 보도된 사건이 아닌 한 방청석은 거의 메워지지 않는다. 흔하디흔한 절도사건이나 약물사건은 방청인이 한 명도 없을 때가 많다.

"전에 보고드린 갱생보호시설 자원봉사자분들이에요. 신경 쓰이세요?"

"아니, 피고인이 위축되지 않았으면 좋겠군."

"변호인한테는 말해놨어요."

"변호인이 피고인에게 말했는지가 문제지."

교도관이 수갑을 풀어주는 동안 피고인은 방청석으로 시선을 보냈다. 푸석푸석한 머리카락, 잿빛 맨투맨 셔츠와 스웨트 팬츠, 각질이 일어난 입술은 환자 같았다.

방청석 쪽 벽에 설치된 시계를 본 다음, 가라스마가 개정을 선언했다.

"개정합니다. 피고인은 제 정면에 있는 연대演臺 가까이로 와서 서주세요."

피고인은 가라스마의 말에 반응해 얼굴을 들었다.

"증언대 말인가요?"

"그래요. 잘 아시는군요."

"여러 번 온 곳이라서. 앗… 쓸데없는 말을 해서 죄송합니다."

피고인은 입가에 손을 대고 머리를 숙였다.

"피고인의 이야기를 듣기 위한 재판이니, 사양하지 말고 자유롭게 말씀하세요."

"그런 건가요?"

"사실은 제대로 이름을 부르고 싶지만요. 아직 인정신문*이 끝나지 않아서 조금만 더 이름 없는 피고인으로 있어주세요."

"예에…."

피고인은 난처한 표정을 지으면서 증언대로 다가갔다.

이 시점에서 가라스마의 소송지휘에서만 볼 수 있는 특수성이 드러난다. 재판관 대부분은 "피고인은 증언대 앞에 서주십시오" 하고 짧게 지시를 내리는 데 그친다. 증언대가 어디 있는지 모른다면 변호인이나 서기관이 안내한다. 피고인의 발언도 필요한 최소한의 내용만 허용한다.

---

* 재판관이 기소장에 기재된 인물과 피고인이 동일 인물인지 확인하기 위해 성명, 생년월일, 주소, 본적, 직업 등을 물어보는 절차.

"단체 방청인이 있는데 긴장되지 않나요?"

"네, 괜찮습니다."

정면에서 보니 피고인은 가슴 아래쪽은 증언대에 가려질 정도로 체구가 작았다.

"본인이 맞는지 확인하겠습니다. 성명은?"

"진보 마사코입니다."

"생년월일은 언제죠?"

"천구백칠십…."

이어서 주소, 본적, 직업을 기소장과 대조했다. 진보 마사코는 마흔다섯 살로, 갱생보호시설에 사는 무직 여성이라는 것이 확인됐다.

통상적으로는 이대로 검사가 기소장을 낭독하는 절차로 넘어간다.

"인정신문은 이상입니다. 드디어 당신을 진보 씨라고 부를 수 있겠군요."

뒤에 앉은 가라스마는 미소를 띠고 있을 게 분명하다.

"지금부터 진보 씨에 대한 상습누범절도 피고사건의 심리를 진행하겠습니다. 시작에 앞서 이 법정에 있는 관계인에 대해 설명할 테니 들어주세요. 전 재판관인 가라스마 신지입니다. 검사나 변호인의 주장을 듣거나 채택된 증거를 보면서 당신이 죄를 저질렀는지, 유죄라면 어느 정도 형을 내리는 것이 합당한지 판단합니다. 다음으로 진보 씨가 봤을 때 왼쪽에 있는 사람이…."

검사와 변호인의 역할을 소개하고 나서 "제 앞에 앉아 있는 사람은 절차의 흐름이나 당사자의 발언을 기록합니다" 하고 서기관의 역할까지 설명했다.

"뭔가 질문 있습니까?"

"아뇨…. 자세히 설명해주셔서 고맙습니다."

전과가 있기 때문에 더욱이 지금까지 경험한 재판과의 차이에 얼떨떨할 것이다.

"서론은 이쯤 하고, 검사가 기소장을 낭독해줄 겁니다. 그냥 들어주세요. 그럼, 부탁합니다."

자리에서 일어선 가미데는 "공소사실" 하고 시작했다.

"피고인은 2015년 10월 8일, 난요 간이법원에서 절도죄로 징역 10월에, 2017년 11월 7일, 난요 간이법원에서 절도죄로 징역 1년에, 2019년 5월 9일, 난요 지방법원에서 절도죄로 징역 2년에 각각 처해졌으며, 세 건 모두 당시 각각 형 집행을 받은 바 있으나 거기에 그치지 않고 상습적으로 2021년 7월 15일, 난요 시 도키타초 2번가 18번지 소재의 주식회사 로메인 2층 매장에서 동 회사 대표이사 기노 다쓰로가 관리하는 목걸이 등 네 점, 판매 가격 합계 3만 400엔을 절취하였다. 죄명 및 법 조항, 상습누범절도. 절도 등 방지 및 처분에 관한 법률 3조, 2조, 형법 235조."

가미데는 억양 없는 말투로 기소장을 소리 내어 읽었다.

"말이 아주 빠르군요."

가라스마가 지적하자 "문제 있습니까" 하고 가미데가 맞받았다.

"누구에게 기소장을 낭독하는지 생각한 적은 있습니까?"

"이 재판에서 심리하는 대상을 명확히 하기 위해서입니다."

"그래요?"

질문에 대한 답이 아닌 것 같았지만 가라스마도 그 이상은 추궁하지 않았다.

"진보 씨. 이해가 힘든 부분은 없었습니까?"

"괜찮습니다."

"그럼 묵비권이라는 권리가 있다는 건 아십니까?"

"하기 싫은 말은 안 해도 되는…."

"네. 처음부터 끝까지 잠자코 있어도 괜찮고, 특정 질문에만 대답하고 다른 질문에는 잠자코 있어도 됩니다. 다만 질문에 답한 경우에는 그 대답이 진보 씨에게 유리할지 불리할지를 떠나 증거가 됩니다. 증거가 된다는 것은 판단 재료가 된다는 말입니다. 대답할지 안 할지는 잘 생각한 다음 판단하세요."

"알겠습니다."

가라스마가 작게 헛기침했다.

"그럼 검사 측이 낭독한 사실에 관해 묻겠습니다. 먼저 상습누범절도라는, 대단히 알아듣기 힘든 명칭의 죄에 대해서는 이해하셨습니까?"

"여러 번 도둑질을 반복해서 무겁게 벌한다는…."

"그렇습니다. 일정 기간 안에 절도죄로 세 번 이상 복역한 경험이 있는 사람이, 거듭해서 절도행위를 저지르면 상습누범절도로 무거운 형벌을 받게 됩니다."

"예에."

절도죄의 법정형은 1월 이상 10년 이하지만, 상습누범절도죄의 법정형은 3년 이상 20년 이하로 징역형의 하한과 상한이 단숨에 껑충 뛴다.

절도죄 포인트를 세 개 모으면 네 번째는 특전이 붙어 강한 처벌을 받는다. 단, 포인트에 유효기한이 있는 특이한 제도다.

"검사 측이 전과에 대해 말한 것은 그 요건과 견주어 보기 위해서입니다. 그렇다고는 하지만 이번 재판에서 심리하는 건 액세서리 절도에 한하기 때문에 어렵게 생각할 필요는 없습니다."

하여튼 법률 용어는 아리송하기 짝이 없다. 명예의 전당 입성 절도죄, 절도중독죄, 반복절도죄…. 상습누범절도죄도 그런 식으로 죄명을 변경하면 좋을 것을.

설명을 마친 가라스마가 진보에게 물었다.

"그렇게 아시고, 조금 전 낭독한 사실 중에서 어디 잘못된 곳이나 정정하고 싶은 곳 있습니까?"

"목걸이랑 반지를 가게에서 훔친 건 틀림없지만…."

도마리가와 변호사 쪽을 본 다음 진보는 계속했다.

"그걸 가지고 싶었던 게 아니라, **교도소에 들어가려고 훔쳤어요.**"

"그렇군요. 변호인 의견은요?"

풍채 좋은 도마리가와 유지는 책상에 손을 짚고 대답했다.

"피고인과 같은 의견입니다. 공소사실에 기재된 일시 및 장소에서 피고인이 목걸이 등을 훔친 것은 다투지 않겠지만, 그건 교도소에 들어가기 위해 한 행동으로 피고인에게는 불법영득의사가 있었다고 보이지 않기 때문에 무죄를 주장합니다."

불법영득의사…. 이것도 아리송한 법률 용어 시리즈 중 하나다.

절도죄는 재산권을 부당하게 침해했을 때 성립하는 범죄다. 그리고 절도죄가 성립하려면 재물을 통해 경제적 이익을 얻고자 하는 의사, 즉 불법영득의사가 필요하다고 알려져 있는데, 이번 사건에서는 그 요건이 빠져 있다는 주장이다.

"검사 측. 오늘은 어디까지 진행할 수 있습니까?"

"동의서증 조사까지 부탁드립니다."

형사재판 진행은 자백사건이냐 부인사건이냐에 따라 크게 달라진다.

피고인이 죄를 인정한 자백사건일 경우에는 첫 공판기일에 실질적인 심리를 모두 마치고 다음 공판에서 판결을 선고하는 흐름을 따르는 경우가 많다. 한편 부인사건에서는 쟁점이 되는 범위나 내용에 따라 레일이 갈라진다.

"변호인도 그렇게 진행하면 되겠습니까?"

이번 사건은 부인사건이기 때문에 가라스마는 어느 레일을 선택해야 할지 가려내려 하고 있다.

"네, 괜찮습니다."

"그럼 진보 씨는 변호인의 앞자리로 돌아가세요."

방청석을 보니 작은 목소리로 이야기하는 사람과 고개를 갸웃거리는 사람이 있었다.

피고인의 주장이 어째서 무죄로 이어지는지 의문이 들지도 모른다. 가게에서 물건을 훔쳐서 나온 사실은 다투지 않겠지만, 교도소에 들어가는 게 목적이었다….

이다음부터는 법률해석론의 영역이다. 재판은 대학 강의와는 달라서 가라스마도 방청인에게 법 해석을 하나하나 설명하지는 않는다.

"다음 증거조사 절차로 넘어가겠습니다. 먼저 검사에게서 모두진술을 들을 겁니다. 이건 어떤 증거나 사실을 토대로 유죄 결론을 도출했는지, 그 스토리를 말해주는 절차입니다. 진보 씨도 잘 들어주세요."

"알겠습니다."

"검사 측, 부탁드립니다."

"네." 다시 가미데가 일어섰다.

"피고인은 난요 시내에서 출생하여 고등학교를 졸업한 후, 서비스업과 제조업 등 여러 직업을 전전했습니다. 결혼한 적이 있지만 남편과는 사별했으며, 범행 시에는 거주지 주소에서 살고 있었습니다. 기소장에 기재된 전과 3범 외에도 동종 전과 2범, 동종 전력 2건이 있습니다."

상상했던 것보다 전과와 전력이 많아 조금 놀랐다.

전력이란 체포됐지만 검사가 기소하지 않은 경우에 붙는다. 단순절도일 때 초범은 경찰에서 엄중 주의를, 범행을 거듭하면 검찰에 송치돼 "다음 기회는 없는 줄 알아" 하고 최후통첩을 받는다. 기소유예라는 형태로 전력이 붙는 것은 이 단계다. 그래도 마음을 고쳐먹지 않고 반복하면 끝내 기소에 이른다.

이런 식으로 엄중 주의, 기소유예, 기소로 처분이 레벨 업 하는 경우가 많다. 말하자면 기소된 단순절도사건은 그것만으로도 상습적인 범행이라고 유추할 수 있다.

"지난 형에 대한 복역을 종료한 후, 갱생보호시설에서 생활하던 피고인은 불과 석 달 만에 이번 범행을 저질렀습니다. 동기는 일상생활을 하기에 충분한 저축이 있음에도 불구하고, 소지금이 줄어드는 게 아까워 무상으로 액세서리를 손에 넣으려 했다고 검사 측은 생각합니다."

몸을 치장하기 위한 액세서리가 욕심이 나서 대가를 치르지 않고 가게에서 가지고 나왔다. 검사 측이 주장하는 동기가 받아들여지면 절도죄 성립을 부정할 여지는 사라진다.

"로메인은 여성복을 취급하는 멀티브랜드 스토어로, 액세서리 종류도 판매하고 있습니다. 피고인은 매장에 들어간 뒤 곧바로 2층으로 올라가 액세서리를 물색하기 시작했습니다. 그리고 점원이 한눈을 판 틈을 노려 물건을 상의 주머니에 넣고 기소장에 기재된 범행을 저질렀습니다. 피해품은 반지, 목걸이, 팔찌,

귀고리 총 네 점입니다. 또 범행 당시 피고인의 행동은 CCTV 영상으로 기록됐습니다. 피해품은 손으로 집을 수 있는 상태로 진열되어 있었고, 도난 방지 태그 등도 부착되어 있지 않았습니다. 이후 피고인이 도키타초 파출소에 자수하면서 이번 범행의 각 사실이 드러나게 되었습니다."

범행 형태는 매우 단순하다. 검사는 CCTV 영상으로 피고인의 범행임을 입증할 수 있다고 판단했을 것이다.

"…이상의 사실을 입증하기 위해, 증거 등 관계 카드에 기재된 갑호증 및 을호증에 대한 조사를 신청합니다."

다시 가라스마가 피고인에게 절차의 흐름을 설명했다.

"방금 검사가 말한 스토리가 받아들여질지 어떨지는, 그것을 뒷받침하는 증거가 있느냐 없느냐에 따라 결정됩니다. 액세서리 판매 가격, 가게 이름이나 주소지, 범행 시각…. 다툼의 여지가 없는 점은 검사가 신청한 서면 등을 통해 인정하고, 다툼의 여지가 있는 점에 대해서는 깊이 파고들어 조사하는 거죠. 그러니 우선 변호인에게 신청 증거에 대한 의견을 묻겠습니다."

"증거의견서를 제출합니다." 도마리가와가 일어서서 발언했다.

이번 사건에서는 액세서리를 가게 밖으로 가지고 나온 부분까지는 다툴 여지가 없기 때문에 대부분의 증거에 동의한다는 의견이 첨부되었다. 동의하지 않는 부분은 피고인의 진술이 기재된 조서, 파출소에서 대응한 경찰관의 조서, 피고인의 금전 상황에 관한 보고서 등이었다.

"동의하신 서증을 채택할 테니, 검사 측은 내용을 소개해주세요."

"갑 제1호증은…."

가미데가 피해 매장에서 실시한 현장검증 결과, 피해품 조회 결과, 피해신고서 기재 내용, CCTV에 기록된 피고인의 움직임 등을 설명했다.

서증을 받아들고 "오늘 할 수 있는 건 여기까지인가요?" 하고 가라스마가 확인했다.

"네."

"다음 공판 진행에 관한 의견 있으신가요?"

"피고인의 인식이 큰 의미를 가지는 사건이므로, 피고인 신문을 앞서 실시해야 한다고 생각합니다. 필요하다면 그 후에 추가 입증을 검토하겠습니다."

가미데의 말에 "변호인도 이의 없습니다" 하고 도마리가와도 동의했다.

"알겠습니다. 조금 기다려주시겠습니까?"

뒤에서 한참 동안 종이를 넘기는 소리가 들렸다. 가라스마가 서증의 내용을 확인하는 소리다. 그동안 가미데는 팔짱을 낀 채 눈을 감고 있었다.

"진보 씨." 가라스마가 말했다.

"네."

고개를 숙이고 있던 진보는 얼굴을 들어 법대을 봤다.

"한 가지 확인하겠습니다."

도마리가와가 펜을 든다. 가미데의 눈매도 매서워졌다.

그리고 가라스마가 물었다.

"진보 게이이치 씨가 돌아가신 건, 몇 년 전이죠?"

3

폐정 후 법정에는 나와 가라스마 그리고 갱생보호시설 자원봉사자 여덟 명이 남았다.

"조금 전 재판은 어떠셨나요?"

견학자들에게 있는 힘껏 밝은 목소리로 물어보고 잠시 기다렸지만 반응이 없었다.

자, 그럼 어떻게 할까.

"가라스마 부장님은 절차를 자세하게 설명하는 재판관이지만, 그래도 이건 좀 이상하다는 생각이 드는 부분이 있었을지도 모릅니다. 사건에 대해서는 일반적인 범위를 벗어나지 않는 선에서 대답을 드릴 수밖에 없지만, 궁금하신 점이 있다면 이번 기회에 꼭 질문을 해보셨으면 합니다."

국민이 직접 참여하는 국민참여재판 제도가 시행된 이후로 법원은 일상생활과는 거리가 먼 재판에 관심을 가지게 만드는 것이 급선무라며 이런저런 수단을 전부 동원했다.

제도 자체는 팸플릿이나 영상을 통해 널리 알릴 수 있다. 하지만 귀에 익숙하지 않은 법률 용어가 그러하듯이, 절차를 주재하는 재판관은 친숙하지 않은 존재다. 그래서 재판관이 질문에 대답하는 기회가 늘어났고, 지금처럼 방청 후에 질문하는 시간을 갖는 자리도 만들어졌다.

'우구이. 총무과도 도무지 여유가 없어. 그러니까 잘 좀 부탁할게.'

사전에 신청을 한 경우에 한하기 때문에 자주 열리는 것은 아니지만, 익숙하지 않은 사회자 역할을 맡게 돼 오늘은 아침부터 마음이 무거웠다.

"질문해도 될까요?" 갈색 뿔테 안경을 낀 여성이 손을 들었다.

"네, 말씀하시죠."

"피고인은 교도소에 들어가려고 액세서리를 훔쳤다고 말했는데요, 그 주장이 받아들여지면 그 사람은 무죄가 되나요?"

변호인은 불법영득의사가 없음을 이유로 무죄를 주장했다. 형법을 공부하지 않았다면 언뜻 이해가 되지 않는 것도 무리는 아니다.

"무죄라고 하면 진범이 따로 있는 경우를 생각하는 분이 많습니다."

가라스마가 대답했다. 절차에 관한 질문은 서기관인 내가, 법률 이론이나 재판관에 대한 질문은 가라스마가 담당한다. 그렇게 미리 정해두었다.

"가게에서 물건을 훔친 건 인정했잖아요." 여성이 고개를 갸우뚱했다.

"질문하신 분께서 왼쪽 손목에 차고 있는 시계를 제가 몰래 풀어서 가지고 나갔다고 해보죠. 되팔기 위한 행위였다고 한다면 무슨 죄가 성립할까요?"

"…절도죄, 겠죠."

"정답입니다. 그럼 변기에 넣고 내려보내기 위해 가지고 갔다면요?"

입가에 웃음이 떠오른 견학자가 몇 명 있었지만, 가라스마는 분명 농담을 했다고 생각하지 않을 것이다.

"그것도 절도일 것 같은데…."

"이 경우에는 기물손괴죄가 성립한다고 봅니다."

"아아. 들은 적 있어요."

"기물손괴는 타인의 물건을 파괴하는 범죄로, 절도보다 꽤 가벼운 형벌을 받도록 정해져 있습니다. 이건 간단히 말해 재물을 이용할 의도로 저지른 절도가 훨씬 강한 비난을 받아 마땅하다는 인식이 깔려 있기 때문입니다."

"으… 난 변기에 버리는 게 더 싫은데. 팔아버리면 되찾을 수 있을지도 모르지만, 변기에 흘려보내면 오물투성이가 되는 거잖아요?"

"그러지 마요, 상상했잖아요."

다른 견학자들 사이에서 웃음소리가 일었다.

"그러면 망가뜨리려 그랬다고 둘러대는 게 유리하지 않나요?"

질문자와는 다른 여성이 말을 하자, "나쁜 쪽으로 머리를 쓰겠네" 하고 누군가가 말했다.

"중요한 건, 피고인의 속마음을 어떻게 밝히느냐는 겁니다." 가라스마가 냉정하게 대답했다.

"본인한테 물어보는 수밖에 없지 않나요?"

다시 갈색 안경을 낀 여성이 입을 열었다.

"그렇게 하면 거짓말을 한 사람이 이득을 보는 결과를 초래하고 말죠. 이를테면 훔친 손목시계를 집 다락방에 감춰뒀는데 경찰이 들이닥쳤다고 해보죠. 잠시 뒤 변기에 넣고 물을 내려버리려 했다고 주장하면 받아들여질 것 같습니까?"

여성이 생각하는 표정으로 대답했다.

"실제로 그러지 않았다면 그냥 발뺌하는 게 아닐까요. 그럴 기회는 얼마든지 있었을 테고…."

"그렇죠. 그렇다면 질문자께서 무서운 기세로 쫓아와서 편의점 화장실로 뛰어 들어가 변기에 버린 경우에는 어떨까요?"

옆 사람끼리 이야기를 주고받는 목소리. 퀴즈 대회 같은 분위기가 만들어졌다.

"으음… 그 경우에는 기물손괴?"

"그렇지만 도망가지 못할 거라 단념하고 증거를 인멸하려 했을 가능성도 있어."

가라스마는 이야기 소리가 잦아들기를 기다렸다가 "그게 속

마음을 밝히고 거짓말을 꿰뚫어 보는 작업입니다" 하고 말했다.

"객관적인 사실을 추출하고, 상식이나 경험을 통해 얻은 지식과 법칙을 적용하면서 결론을 도출하는 거죠. 그러면 불합리한 변명에 현혹될 가능성도 낮아집니다."

고개를 끄덕이던 견학자는 "항상 그런 걸 생각하시나요?" 하고 가라스마에게 물었다.

"생각하는 게 저희 일이니까요."

"인간 불신에 빠질 것 같아요."

그 말에 가라스마는 대답하지 않았다.

의심을 품는 일에 익숙해지면 인간 불신에 빠질 일도 없다.

"그렇기 때문에 기물손괴죄와 구별하기 위해, 절도죄가 성립하려면 재물이 가진 이익을 손에 넣겠다는 의사가 필요하다고 보고 있습니다. 첫 질문에 답변드리자면, 교도소에 들어갈 목적으로 물건을 훔친 경우에는 이 의사가 결여되어 있을 가능성이 생겨납니다."

불법영득의사라는 법률 용어를 풀어서 설명하려면, 가라스마라도 이 정도 시간을 들일 필요가 있다.

"무슨 말인지 알겠어요. 고맙습니다."

나는 방청석을 둘러보고 "다른 질문은 없으신가요?" 하고 물었다.

"부대표로 있는 다카하시라고 합니다."

손을 든 여성을 향해 손바닥이 위로 향하게 내민 나는 그 표정에서 심상치 않은 기운을 느꼈다.

"조금 전 그 피고인은 저희 시설에서 갱생을 돕고 있었어요."

"아시는 분이셨군요."

모두진술에서 이전 형에 대한 복역을 마친 후에는 갱생보호 시설에서 생활했다는 말이 나왔다.

"거처를 제공하고 일자리도 소개하려고 했어요. 그런데 진보 씨는 또 죄를 저질렀어요. 그 목적이 뭐든 간에 물건을 훔쳐서 피해를 준 건 사실이에요. 솔직히 전 진보 씨한테 배신당했다고 생각해요."

"사건 내용에 대한 발언은 삼가주십시오."

가라스마가 제지했지만 부대표라고 밝힌 여성은 입을 닫지 않았다.

"몇 번씩 똑같은 범죄를 되풀이하고 있다고 검사님도 말했잖아요. 도벽을 교정할 수 없다면, 좀 더 오래 교도소에 넣어둬야 하는 거 아닌가요?"

"그건 의견입니까, 질문입니까?"

"재판관님의 생각을 말씀해주세요."

"그런 사정도 고려해서 형벌을 결정합니다."

"그러니까, 그렇게 했는데도 갱생하지 않는다면요?"

"재범 방지는 저희가 적극적으로 관여할 사항이 아닙니다."

"무슨 그런…."

"전 재판관이 해야 할 역할에 충실할 따름입니다."

안 좋은 예감이 적중하고 말았다. 재판관과 방청인이 말다툼을 벌였다는 게 알려지면 총무과로부터 잔소리깨나 들을 것 같다.

"재판관님의 역할이 뭐라고 생각하시는데요?"

"죄를 범했는지 가려내고, 유죄일 경우에는 적절한 형을 결정합니다."

지금 설명으로는 납득할 리 만무하다는 생각에 끼어들기로 했다.

"아, 저기 말이죠." 무난한 대답을 쥐어짜냈다. "가라스마 부장님이 말한 것처럼, 재범 방지로 이어지는 교정교육과 관련된 사항은 교도소 소관이기도 합니다."

"그건 그냥 책임 회피 아니에요?"

"그게 그러니까… 법원에는 법원의 역할이라는 게 있고."

"아까 재판도 피고인을 너무 봐줬어요. 말 안 하고 있을 권리라니, 그 여자한테 그런 건 없어요. 똑똑히 자기가 무슨 죄를 저질렀는지 이해시키고…."

역효과가 난 모양이다. 자신의 인생 경험을 전면에 내세우면서 헌법이 정한 묵비권마저 무시하는 지론을 펼쳤다. 형사재판의 바람직한 모습. 재판관의 직책. 피고인의 처우.

여성이 부대표를 맡고 있는 시설의 명칭을 확인하고 싶어졌다.

책임을 전가하고 있는 건 그쪽이 아니신지?

하지만 나의 신분을 떠올렸다. 위기를 벗어날 마법의 주문은….

"귀중한 의견, 감사합니다."

4

콧김을 씩씩 뿜어대는 부대표의 화가 가라앉은 다음 견학자 일동을 배웅했다. 방청석에 두고 간 물건이 없는지 확인하고 벗어 든 법복을 나무 분리대에 걸었다.

증언대 의자에 앉아 "불만이 들어오면 부장님 탓이에요" 하고 투덜댔다.

법대는 증언대보다 1미터 이상 높은 곳에 있어서 자연스레 올려다보는 자세가 된다.

"폭발시킨 건 자네가 뱉은 한마디였어."

"그게 아니죠, 전 부장님의 실언을 수습하려고 한 거라고요."

"실언?"

등받이에 몸을 기대자 의자 앞다리가 떴다.

"재범 방지는 법원이 적극적으로 관여할 사항이 아니다. 무슨 말씀을 하고 싶은지도 알고 맞는 말이긴 하지만, 차근차근 설명하지 않으면 오해를 산다고요."

"그렇군, 오해라."

"그렇지 않아도 법원은 피도 눈물도 없는 조직이라고 생각들 하는데."

"피나 눈물을 가진 조직은 없어."

"비유잖아요" 하고 대꾸하니,

"그럼 갱생보호시설의 역할은?" 하고 질문이 들어왔다.

"갈 곳 없는 사회복귀자를 일시적으로 보호하고, 거처나 일자리 환경을 정비해요. 재범 방지를 위한 후방 지원을 담당하는 시설이죠."

"그곳에서 봉사하는 사람에게 갱생의 의의를 설명하는 건 부처님 앞에서 경 읽는 꼴이겠지?"

"올바르게 이해하고 있으면 그런 질문은 안 했겠죠."

당연히 유죄판결 선고를 끝으로 법원이 '내 할 일은 끝났소' 하고 뒤도 돌아보지 않는 것은 아니다.

하지만 형벌을 집행하거나 교정교육을 담당하는 건 교도소나 보호관찰소 관계자고, 법원은 일정 한도 내에서 후견적 간섭을 하는 데 그친다.

"마지막에 질문한 사람은 배신당했다는 말도 했지."

"가족처럼 대했던 만큼 체포되고 여러 생각이 들었을 수도 있어요. 굳이 방청을 하러 올 정도니까요."

"기소만 됐지, 아직 유죄는 선고되지 않았어."

"무죄가 될 가능성도 있나요?" 마음에 걸렸던 걸 물었다.

"자네 견해는?"

"서기관에게 법률 이론을 묻지 마십시오."

"쟁점은 진보 씨가 가게에서 물건을 훔친 동기야."

가라스마와 방청인의 질의응답을 들으면서 이런저런 생각을 했다.

"불법영득의사를 두고 다투더라도 거의 인정되지 않을 것 같아요. 어지간히 이상한 물건을 훔쳤다면 또 몰라도, 이번엔 액세서리잖아요."

"금전적인 가치는 물론 유통성도 높으니, 자기 소유물로 삼거나 전매할 의사가 있었음이 미루어 인정된다?"

불법영득의사가 부정되는 건 장난으로 개인 소유물을 감춘 경우나 자전거 또는 우산을 극히 짧은 기간 무단으로 빌린 것 같은 경우로 기억한다.

"그게 아니라면 생활 수준에 달렸다고 생각해요."

검사가 피고인의 재력에 관한 증거도 신청했지만, 변호인이 동의하지 않는다는 의견을 피력했기 때문에 채택할지 말지 보류된 상태다.

"어떤 의미에서?"

"징역형은 포상이 아니라 형벌이에요. 대부분의 자유를 빼앗기고 강제로 교도작업까지 해야 하죠. 그 대신 얻을 수 있는 거라곤 지붕이 있는 침상과 하루 세 끼 식사뿐…. 상식적으로 생각해서 맞바꿀 수 있는 대가가 아니에요. 거기에 매력을 느끼는 건 극한까지 궁지에 몰린 사람 정도예요."

교도소에서 의식주 문제를 해결한다는 발상은 어지간해서는 나오지 않는다.

밖에서 비바람에 시달리고 무료 급식소에서 굶주림을 해소하는, 그런 극빈한 생활을 하고서야 겨우… 그런 마음이 들지 않을까.

"금전적으로 곤궁하지 않았다면, 도둑질도 안 하지 않았을까."

"가진 돈이 줄어드는 게 아까워서 훔치는 사람도 있어요."

빈곤이나 절약 때문에 훔치는 사람이 있는가 하면, 오직 스릴을 맛보기 위해 훔치는 사람도 있다. 즉 절도의 동기는 다양하다. 물건이라는 명확한 보수가 존재하기 때문이다. 생색내기 정도의 대가밖에 얻지 못하는 교도소에서의 생활과는 그 점이 크게 다르다.

"검사 측도 피고인의 주장은 물리칠 수 있다고 생각했어. 재산 관련 보고서를 증거로 신청한 이상, 재산은 어느 정도 있었을 가능성이 높아."

"무일푼이라면 보고서 같은 걸 만들지도 않았겠죠."

검사가 신청하는 건 유죄 스토리에 맞아떨어지는 증거가 대부분이다.

"생활이 힘들어서 교도소에 들어가고 싶었다. 그런 주장을 피고인이 수사 단계에서 했기 때문에 검사는 확인 과정을 거쳐 보고서로 정리했다. 남편이 사고로 사망했을 때 수령한 보험금이 아직 남아 있다든가… 뭐, 그 정도일까."

"아아. 그래서 언제 사망했는지 물어보신 거예요?"

가라스마의 갑작스러운 질문에 진보 마사코는 8년 전에 교통사고로 사망했다고 대답했다. 재산이 쟁점이 되리라는 것을 내다보고 미리 확인한 게 아닐까, 그렇게 생각했다.

"아니, 그건 아니야."

"그럼 왜?"

"제출된 조서에 사별한 남편이 교도관이었다고 적혀 있었어."

"아… 아, 그렇구나." 교도관이 배치되는 장소로 가장 먼저 떠오르는 곳은 교도소다. "그럼 남편이 근무했던 직장에 여러 번 수형자로…."

"재미있는 연결 고리라는 생각이 들어서."

우연이 아니라면 어떻게 되는 걸까.

"처음으로 체포된 게 언제죠?"

"기록상으로는 7년 전."

기소에는 이르지 않더라도 체포된 사실은 데이터베이스에 등록된다.

"으음… 하지만 고독을 잊기 위해 죄를 저지르는 사람도 있으니까요. 계기는 남편의 죽음이었을지도 모르지만, 교도관이었다는 건 관계가 없을 것 같아요. 관계가 있다고 한다면… 망령을 찾으려 했다든가."

"오컬트적인 주장을 펼치는 건 곤란해."

"혹시 이미 짐작되는 동기라도?"

"아직 아무 생각도 안 했어."

모르겠다가 아니라, 생각하지 않았다.

당사자가 남김없이 주장을 쏟아낼 때까지 재판관은 답을 내놓지 않는다. 그건 재판관이 요리사 역할을 담당하기 때문이다. 주장이나 증거와 같은 재료는 검사와 변호인이 준비한다.

어떤 요리가 완성될지는 재료의 질과 요리사의 기술이 어우러져 결정된다.

"그런 힌트까지 내주셔놓고요?"

"힌트가 아니라 석명*."

"그게 그거죠."

검사의 모두진술을 듣고, 제출된 증거를 살펴보고, 앞으로의 전개를 예상한다. 그곳에는 가라스마가 착목해야만 한다고 생각했던 시점이 빠져 있었다. 그래서 피고인에게 남편이 사망한 시기를 확인했다. 변호인에게 입증을 촉구하기 위해.

가미데가 말한 '까마귀가 운다'라는 표현은, 나방을 유인하는 등불처럼 당사자를 이끄는 소송지휘를 일컫는 말이었다.

"유능한 서기관이랑 한 팀이라 얼마나 기쁜지 몰라."

"방금 대화 중에 칭찬받을 요소가 있었어요?"

"지레 겁먹지 않고 논의에 응해주는 것만으로도 여러모로 자극을 받을 수 있거든. 부장이라는 관리직에 앉으면 대화 상대를 찾아내는 것도 만만한 일이 아니야."

"이런 태도로 이야기하는 걸 들켰다간 하룻강아지 범 무서운

---

* 모순이 있거나 불분명한 부분을 입증할 자료를 제출하라는 명령.

줄 모른다고 혼날 거예요."

난요 지법 형사부에서는 재판관 한 명에 서기관 두 명이 할당된다. 상사와 부하의 관계가 아니라고는 하지만, 서기관이 재판관에게 지시를 요청할 때가 많다. 나이가 있는 서기관과 젊은 재판관이 한 팀이 되더라도 그 구도는 달라지지 않는다.

"주임이랑 수석도 기대가 된다고 하던걸."

"시원찮으니까 기대한다면서 압박을 주는 거예요."

경험이 적은 신입 서기관. 이 시점에 눈 밖에 나면 장래가 깜깜해진다.

자리에서 일어날 기미가 보이지 않아서 "안 가보셔도 돼요?" 하고 가라스마에게 물었다.

"다음 기록은 준비했어?"

"일단 가져왔어요."

"그럼 그냥 기다리지."

다음 재판까지 아직 15분도 넘게 남았다. 조금 전 사건에 대해 생각하고 싶었지만, '재판관실로 돌아가주십시오'라는 말은 차마 할 수 없었다. 법복을 손에 들고 증언대를 떠났다.

그때 방청석 문이 힘차게 열렸다.

"앗, 부장님 발견."

베이지색 블라우스와 갈색 체크무늬 스커트. 한여름에 가을 같은 복장으로 법정에 들어온 사람은 재판관 지구사 아이였다.

"무슨 일이지? 지구사 군."

"부장님 사건에 보석이 신청돼서 구메가 지금 난리도 아니에요."

구메 나오토는 올해 갓 채용된 사무관이다. 신체 구속에서 해방되는 보석은 서둘러 처리해야 하는 사무인지라 가라스마를 찾아 헤매고 있었던 모양이다.

"다음 재판이 끝나면 할 테니까, 기록을 책상에 올려놔."

"알겠습니다."

아이는 내가 서 있는 분리대 쪽으로 다가왔다.

"스구루, 오늘 동창회 몇 시였지?"

"6시 반."

"그럼 6시에 1층에서 보자."

가라스마 앞에서 할 이야기는 아니라고 생각했지만, 아이는 세세한 것을 신경 쓰지 않는 성격이라서 어쩔 수 없었다. 볼일은 다 봤을 텐데도 자리를 떠나지 않던 아이는 나무 분리대를 붙잡고 내 발밑을 가리켰다.

"끈 풀렸어."

"정말이네."

오른쪽 구두끈이 풀려 있어서 웅크리고 앉아 고쳐 맸다. 얼굴을 들자 제일 앞쪽 방청석에 앉아 있던 아이가 "전부터 생각했던 건데, 스구루는 구두끈을 희한하게 묶더라"라며 웃었다.

"그래?"

"고리가 아래쪽으로 오잖아. 나비매듭이 뒤집어졌어."

"이렇게 묶으면 잘 안 풀려."

"이 상황에서 그 말은 설득력 제로인 것 같지 않아?"

"됐거든, 얼른 가보시지." 방청석 쪽 문으로 턱짓을 하자 아이는 "다음에 묶는 법 가르쳐줄게" 하고 일어서서 갈색빛이 감도는 머리카락을 흔들며 법정을 나갔다.

"여전히 잘 지내는군."

아이의 뒷모습을 배웅하면서 가라스마가 말했다.

"동창이니까요."

아이와 나는 같은 대학교 법학부에 다녔다. 임용 첫날에 인사를 한다고 건물을 돌았을 때는 거의 전 직원이 그 사실을 알고 있었다. 먼저 근무하고 있던 아이가 떠벌리고 다녀서다. 숨길 일은 아니지만 재판관과 서기관이라는 위치도 있기 때문에 가끔 어색한 상황이 생긴다.

"주위에 있는 사람이 죄다 아저씨 재판관들뿐이니까 잘 챙겨줘."

"아이한테는 너그러우시군요."

"그렇다기보다 어떻게 대해야 좋을지 모르겠어."

갑작스러운 고백에 웃음이 터질 뻔했다. 그렇구나. 그런 고민도 있구나. 의자에 앉아 기록을 정리하는데 문득 생각났다는 듯이 가라스마가 물었다.

"자네는 왜 서기관이 됐지?"

"너무 뜬금없는데요."

"같이 일한 지 반년이 지났잖아. 잡담 타임을 가져도 될 때가 된 것 같아서."

서기관에 임용된 건 올해 3월. 신입 서기관은 베테랑 재판관과 한 팀이 되어 지도를 받는 경우가 많은데, 가라스마로서는 웬 햇병아리가 들어왔나 싶었을 것이다.

그렇지만 나는 담당 재판관의 이름을 들었을 때 말문이 막힐 정도로 놀랐다.

"대학생 때 복잡한 법률에는 울렁증이 있었는데, 처음으로 방청한 재판에서 충격을 받았어요. 그다음부터 여러 사건을 방청하게 됐죠."

"허어⋯. 방청 마니아였군."

"뜻밖인가요?"

"기록을 꼼꼼히 읽길래 법률이나 사건에 흥미가 있겠거니 생각했지."

"최근엔 법률에도 흥미가 생겼어요."

법원 문턱이 닳도록 재판장에 와서 재판을 방청하는 사람들. '방청 마니아'는 그런 별난 사람들을 부르는 말이다. 서기관으로 일하다 보면 단골들 얼굴은 자연스럽게 외워진다.

"취미에 빠지다 못해 직업으로 삼은 셈인가."

"그렇다기보다는 점점 아쉬움이 느껴져서요."

"아쉬움?"

"방청석에 앉아 있으면 꼭 중요한 순간에 피고인의 얼굴이 안 보이거든요. 죄상인부*도 피고인 신문도 증언대 앞으로 이동해서 하니까요."

"뒷모습밖에 안 보이지."

"네. 죄를 인정하고 반성하는 말을 하거나 반대로 무죄를 주장하는 피고인은 어떤 표정을 짓고 있을까. 정면에서 볼 수 있는 이 특등석에 앉고 싶다는 생각을 했어요."

서기관은 등 뒤에 앉는 재판관을 제외한 전원을 한눈에 볼 수 있다.

"자네답다고 할까, 독특하군."

"면접에서 말했더니 다들 어이없어 하시더라고요."

"내가 면접관이었다면 재판관을 추천했을지도 몰라."

"능력도 없거니와 열의도 없어서요. 또, 같은 눈높이에서 피고인을 보고 싶었어요."

본심을 말하자 가라스마는 매우 흥미롭다는 듯이 나를 내려다봤다.

"그래서, 목적은 달성했어?"

"글쎄요. 좀 더 경험을 쌓아보려고요."

"열심히 일하는 건 좋지."

증언대에 서는 피고인을 정면에서 바라볼 때마다 생각한다.

그때, 무죄를 주장했던 아버지는 어떤 표정을 짓고 있었을까.

---

* 형사재판에서 피고인에게 공소사실을 인정하는지 묻는 절차.

5

많은 사건을 방청하는 사이에 법정에는 서열이 있다는 것을 알았다. 말투나 격식 차린 태도를 통해 짐작할 필요는 없었다. 지위에 따라 의자를 구분해 사용하는 걸 보고 알았다.

재판관은 머리 위까지 등받이가 있는 가죽 의자에 앉는다. 검사와 변호인도 가죽 의자에 앉지만, 등 부분이 조금 낮고 가죽의 종류도 다르다. 그리고 피고인석에는 병원 대기실에 있을 법한 긴 의자가 덩그러니 놓여 있다.

법정에 따라 미묘한 차이는 있어도 이 서열이 뒤바뀌는 일은 없다.

서기관에게는 검사나 변호인과 같은 의자가 배당된다. 하지만 위치가 안 좋다. 피고인을 정면에서 관찰할 수 있는 특등석은 절호의 표적이 될 수도 있다.

중형을 선고받는 순간, 반성과 자책의 가면을 벗어서 내팽개치는 피고인이 드물게 있는 모양이다. 그들이 재판관에게 달려들려고 할 때, 양자 사이에 있는 것이 서기관이다.

법복을 다시 입고 진보 마사코의 공판기일조서를 작성하는데, 보자기를 안은 가미데가 빠른 걸음으로 다가왔다. 검사도 재판관마다 담당이 있기 때문에 가라스마, 가미데 그리고 나 이 세 명은 거의 매일 법정에서 얼굴을 마주한다.

"검찰청에 갔다 오셨어요?"

손수건을 이마에 대고 있는 가미데에게 물었다.

"기록을 놓고 와서."

"아이고. 고생 많으시네요."

법원과 검찰청은 걸어서 10분 정도. 뙤약볕 아래를 추가로 한 번 더 왕복하는 건 상당한 고역이다. 내가 방청인들을 상대하느라 식은땀을 흘리는 동안 가미데는 햇볕 속에서 비지땀을 흘렸나 보다.

"재판관님…." 법대에 앉아 있는 가라스마를 향해 가미데가 말했다. "아까 피고인에게 했던 질문, 뭔가 의미가 있었던 겁니까?"

"의미를 부여하는 건 검사와 변호인의 역할이죠."

내 질문에 대답할 때보다 훨씬 쌀쌀맞은 반응이다. 피고인의 유죄를 입증해야만 하는 위치에 있는 검사는 재판관의 발언에 민감해지지 않을 수가 없다.

"그렇게 생각하신다면 당사자에게 맡겨주시면 안 될까요?"

"유죄라고 확신하고 기소했을 테니, 당당하게 대응하면 됩니다."

"좀 봐주십시오."

유죄율과 무죄율이 팽팽하게 맞서고 있다면 가미데도 이렇게까지 예민하게 굴지는 않을 것이다.

99퍼센트가 넘는 유죄율이 무죄는 용납되지 않는다는 강박관념을 검사에게 안기고, 유죄를 받아도 어쩔 수 없다며 변호인을 체념시키고 있다. 그렇지 않다고 부정하는 사람도 있을지 모르겠다. 하지만 법정의 중심에서 재판을 지켜봐온 내 눈에는 그렇게 비친다.

"끝난 재판보다 다음 재판을 걱정해야 하지 않을까요?"

"이 사건도 뭔가 마음에 걸리는 게 있습니까?"

"그게 아니라, 저기."

가미데의 시선을 좇아 나도 방청석 출입구를 바라봤다.

휠체어를 탄 젊은 여성이 나무 분리대로 다가왔다. 그 휠체어를 밀고 있는 사람은 낯익은 남성 변호사였다.

"피고인이에요?"

엉거주춤 일어서면서 가미데에게 물었다.

"그래. 취조할 땐 저런 거 안 타고 있었어."

"휠체어에 앉은 상태로 증언대에 계시도록 하겠습니다." 그렇게 확인하자 가라스마가 고개를 끄덕였다.

재판 진행에 배려가 필요한 경우에는 사전에 변호인이나 검사로부터 정보를 얻는다. 이 사건은 기소 직후에 보석 신청이 받아들여져서 피고인이 유치 시설에서 자택으로 돌아갔다. 보석으로 풀려난 후에 교통사고라도 당한 걸까.

하지만 피고인을 가까이에서 보고 골절이라든가 그런 문제가 아니라는 걸 알아차렸다.

긴소매 셔츠와 롱스커트. 피부가 거의 가려져 있어 서기관석에서 봤을 때는 계절과 동떨어진 옷차림이라는 생각밖에 들지 않았다. 그런데 떨구고 있던 고개를 든 피고인과 눈이 마주친 순간 걸음을 멈추고 말았다.

놀랄 정도로 야위어 있었다. 툭 불거져 나온 광대뼈, 뾰족한 턱, 뒤룩뒤룩 움직이는 눈.

뼈와 가죽…. 살이 쏙 빠져 있었다.

"저기. 어디 앉으면 될까요?"

가노 변호사의 질문에 내가 해야 할 일을 생각해냈다. 피고 인은 다시 고개를 숙였다. 혼자서는 걸음도 못 뗄 정도로 체력이 저하된 듯하다.

"처음부터 증언대 앞에 계시면 될 것 같습니다. 의자를 치울 게요."

원래 놓여 있던 의자를 분리대 쪽으로 붙이고 휠체어에 앉아 있을 수 있게 했다.

피고인의 몸 상태가 무척이나 나빠 보여서 "질문에 대답은 하실 수 있습니까?" 하고 가노 변호사에게 확인하니, "장시간 심리는 힘들지도 모르겠네요"라는 대답이 돌아왔다.

가노 도모루는 30대 후반 정도 되는 변호사다. 말투나 행동은 온화하지만 키가 크고 눈매가 날카로워서 마주 보고 이야기하면 위압감을 느낀다.

"못 버티실 것 같으면 바로 말씀해주세요."

대답을 듣지 못한 나는 서기관석으로 되돌아왔다.

가라스마가 내게 "시간이 되거든 개정하지"라고 말했다. 개정 시각까지 앞으로 3분 정도가 남았다. 법정 안에 울적한 침묵이 흘렀다.

【공소사실】

피고인은 2021년 7월 10일, 난요시 가스가이초 3번가 15번지 소재의 서니약품 가스가이초점 매장에서 동 매장의 점장 아이다 가쓰노리가 관리하는 화장수 등 여덟 점(판매 가격 합계 1만 4,000엔)을 절취하였다.

【죄명 및 법 조항】

절도. 형법 235조.

책상에 놓아둔 기소장 사본을 보고 깨달았다.

앞서 가라스마와 하던 논의에서 언급하는 걸 잊었던 절도의 동기가 있었다.

절도증, 즉 클렙토마니아라는 정신 질환이 있는 사람에 의한 절도행위. 식자들 사이에서도 정의가 갈리는 듯하지만, 경제적인 이득을 얻기 위한 것이 주된 목적이 아니라 절도 자체의 충동을 제어하지 못하고 반복적으로 행하는 증상이라고 알려져 있다.

게다가 여성 환자의 절반 가까이에서 섭식 장애가 함께 발견되는데, 특히 젊은 층에서 그 경향이 강하게 나타난다. 일반적으로 섭식 장애에는 거식형과 과식형이 있으며, 두 유형이 반드시 상반되는 증상을 보이는 건 아니고 거식기에서 과식기로 넘어가는 경우도 있다….

서기관 양성 과정으로 받은 연수에서 클렙토마니아 치료를 수없이 많이 해온 전문가의 강의를 들을 기회가 있었다. 대단히 흥미로웠던 점은 이 분야 일인자인 의사조차 섭식 장애와 클렙토마니아가 함께 나타나는 명확한 이유는 모른다는 것이었다.

"그럼 개정할까요."

등 뒤에서 들려온 가라스마의 목소리에 나는 시선을 들었다.

"몸은 괜찮으세요?"

"…네."

고개를 숙인 피고인이 가냘픈 목소리로 대답했다.

"성함이 어떻게 되시죠?"

"시노하라, 린입니다."

누군가가 일어서면 목소리가 완전히 지워지지 않을까 싶을 정도의 성량이었다.

시내에 거주, 나이는 23세, 직업은 무직이라는 것을 확인했다.

"지금부터 시노하라 씨에 대한 절도피고사건의 심리를 진행하겠습니다. 그 구체적인 내용이 적힌 기소장 등본이라는 것은 받으셨습니까?"

"네."

"검사가 기소장을 낭독할 테니 앉은 채로 들어주세요."

관계인의 역할에 대한 설명이 생략됐다. 피고인의 상태를 배려해서 심리 시간을 단축하려는 것 같다.

조금 전 훑어본 기소장의 문장을 일어선 가미데가 소리 내어 읽어나갔다. 앞서 열린 진보 사건의 공소사실에 비하면 현격히 짧다.

"우구이 군." 가라스마가 부르는 소리에 놀라 돌아봤다.

"피고인, 힘들지도 모르겠어."

확인을 요구하고 있다는 걸 알아차리고 일어섰다. 그저 고개를 숙이고 있는 것처럼 보였지만, 증언대에 다가가자 시노하라 린의 거친 호흡이 들리기 시작했다. 기소장 낭독도 중간에 끊겼다.

"시노하라 씨?"

"죄송해요."

"네?"

"…죄송해요, 죄송해요, 죄송해요."

사죄의 말. 나를 향한 것이 아니다. 무릎 근처를 바라보며 계속 중얼거리고 있다.

법대로 시선을 돌렸다. 목소리는 가라스마가 있는 곳까지 가 닿았을 것이다.

"제 목소리가 들립니까? 시노하라 린 씨."

가라스마가 불렀지만 반응이 없었다.

"변호인. 시노하라 씨의 용태는?"

가노 변호사는 "지난 며칠 동안 불안정한 상태이긴 했습니다만…" 하고 말을 흐렸다.

"검사 측. 뭔가 파악한 거 있습니까?"

"수사 단계에서는 복용하는 약이나 통원한 사실을 알리지 않았으며, 취조 당시 질문에 대답할 때도 아무런 지장이 없었습니다. 보석 후의 상태에 대해서는 파악되지 않았습니다."

가미데는 일어선 채로 대답했다. 경찰이나 검찰의 잘못이 아니라고 변명하듯이.

"그렇다고 이대로 계속할 수도 없는 노릇이군요."

"…네."

가라스마가 빠르게 결단했다.

"알겠습니다. 오늘 심리는 여기까지 하기로 하고, 다음 기일은 추후에 지정하겠습니다. 어떻게 진행할지는 조만간 협의하죠. 구급차는 안 불러도 되겠습니까?"

아무도 대답하지 않아서 "변호인에게 물었습니다" 하고 가라스마가 덧붙였다.

"그럴 필요까지는 없을 것 같습니다."

"그렇다면 책임지고 병원에 모시고 가주세요. 아시겠죠?"

휠체어 옆에 쪼그리고 앉은 가노는 피고인의 귓가에 뭐라고 속삭인 다음 일어서면서 "진찰 결과는 나중에 알려드리겠습니다"라고 말했다.

나는 법정의 장애물에 부딪히지 않고 통로까지 나갈 수 있게 휠체어를 유도했다. 그동안 시노하라 린은 한마디도 하지 않았다.

엘리베이터까지 가는 걸 지켜본 뒤 돌아오자 가미데가 가라스마에게 사정을 설명하고 있었다.

"비쩍 말라 있긴 했습니다. 그렇지만 그런 쪽 피고인들한테선 드문 일도 아닙니다. 그렇잖습니까? 일반적인 유치 시설에 구류

돼 있었지만, 자기 힘으로 걸어 다녔고요."

"휠체어도 공황 증상도 연기다. 그렇게 말하고 싶은 겁니까?"

가라스마가 묻자 가미데는 고개를 끄덕였다.

"향후 입증 절차를 내다보고 변호인이 지시한 것일 수도 있습니다."

"변호인이 없는 자리에서 선입관을 심으려 하는 건 그다지 달갑지 않군요."

"그런 게 아니라…."

"주장은 법정에서 들을 테니 변호인과 정보를 공유하세요."

시노하라 린의 재판은 10분도 채 안 되어 끝나버렸다. 개정 전에 맡아둔 증거조사 절차에서 사용할 서류를 가미데에게 돌려주니 못마땅하다는 듯이 받아갔다.

제일 위에 있는 서류에는 피고인의 약력이 적혀 있다. 시노하라 린은 1년 전에 절도죄로 집행유예 판결을 받았고, 이번 사건은 집행유예 기간이 만료되기 전에 저지른 범행으로 기소되었다.

"집행유예 중의 재범이네요."

"맞아." 가미데는 서류를 보자기에 싸면서 "이번 재판에서 유죄를 받으면 거의 틀림없이 집행유예가 취소돼. 교도소행을 면할 수 있다면 저 정도 퍼포먼스는 연출하고도 남지" 하고 말을 이었다.

실형 판결을 피할 유일한 방법은 피고인의 정상이 참작될 사정을 주장하고, 재차 집행유예를 요청하는 것이다. 하지만 재범을 저지른 이상 재판부가 갱생의 기회를 발로 차버렸다는 판단을 내려도 어쩔 수 없으며, 두 번째 집행유예는 어지간해서는 받기 힘들다.

"동정을 사기 위한 연기로는 안 보이던데요."

정신적으로 불안정한 상태를 어필한 거라고 가미데는 의심하고 있다.

"부검사가 되고 제일 놀란 게, 피고인이 재판관 앞에서는 다른 얼굴을 보인다는 거야. 가면 쓴 얼굴밖에 볼 일이 없는 서기관은 이해가 안 될지도 모르지만."

가미데가 보자기를 들고 법정을 나갔다. 우리가 보는 건 검사나 변호인이 잘라낸 피고인의 일면에 지나지 않는다. 어느 쪽이 가면을 쓴 얼굴일까….

"우구이 군. 기록 가져가야지."

가라스마의 목소리에 얼굴을 들었다. 방청석에는 아무도 앉아 있지 않았다.

"참 다사다난하네요."

"무죄 주장과 기일 연기…. 베테랑 서기관이라도 연달아 경험한 사람은 없을 거야. 공부가 됐겠는걸. 운이 좋아."

"기쁘지 않은데요."

"조서를 어떻게 정리해야 할지 고민이 되거든 상담 요청해."

"네. 일단 만들어볼게요."

"그럼 뒷일 부탁해."

나무 문이 삐걱거리는 소리가 났다. 정숙을 유지해야 하는 공간이어서 그런지, 별것 아닌 소리도 필요 이상으로 울린다. 돌아보니 아직 그곳에 가라스마가 서 있어서 깜짝 놀랐다.

"뭐 놓고 가셨어요?"

"어어, 아니. 진보 씨의 다음 기일 말이야. 언제로 잡았는지 기억해?"

메모를 보고 "9월 8일요" 하고 알려줬다. 가라스마는 고맙다고 말한 다음 문을 닫았다.

의자에 앉아 높은 천장을 올려다봤다.

난요 지법 법정의 조명에는 스테인드글라스 패널이 박혀 있다. 나뭇잎 무늬에 파란색과 초록색을 바탕으로 한 은은한 색. 다른 조명을 끄고 커튼을 닫으면 스테인드글라스 그림자가 천장에서 떨어진다.

청사를 소개하는 홈페이지에는 '쪽빛 법정'이라는 세련된 이름이 붙어 있는데, 그 사실을 안 아이가 "내 법정이네"* 하고 자랑한 적이 있다.

오늘은 방금 전의 두 건 말고 다른 사건은 재판 일정이 잡혀 있지 않다. 비는 시간 동안에는 입회한 재판의 조서를 작성하거나 내일 이후로 잡혀 있는 사건을 준비한다. 그 과정을 반복해 절차를 진행시키고 판결 선고라는 형사재판의 목적지를 향해 나

---

* 아이가 이름으로 사용하는 한자와 쪽빛 법정을 가리키는 한자가 '쪽 람藍'으로 동일하다.

아간다. 새로운 사건이 차례차례 기소되기 때문에, 늘 일정한 속도로 처리하지 않으면 옴짝달싹 못 하게 된다.

진보 마사코도 그렇고 시노하라 린도 그렇고, 앞으로 몇 년 동안의 인생이 가라스마의 판단으로 결정된다. 교도소에 수감되느냐, 사회로 돌아오느냐…. 양쪽의 차이는 크다.

서기관이 된 지 반년. 수십 건씩 되는 사건을 담당하고 바쁜 시간에 쫓겨 다니는 사이에 긴장이 풀어지기 시작한 걸 알아차렸다. '어차피 결국 남의 일이라고 여겨야지, 안 그러면 마음이 버텨내지 못해.' 임용 초기에 상사에게 들었던 그 말을 난 내 식대로 해석하고 받아들였다.

하지만 가라스마는 다르다.

인생의 중대한 국면에 관여하고 있다는 것을 자각하고 사건 하나하나에 성의를 다한다. 가라스마에게 호의적이지 않은 감정을 품은 검사나 변호인이 많은 건 분명하다. 가미데도 담당 재판관 뽑기 운이 나쁘다고 투덜거렸다. 그러나 그건 가라스마가 피고인의 적절한 처우를 최우선으로 생각하고, 자신은 물론 타인과도 타협을 허락하지 않기 때문이다.

그 결과 현재와 같은 스타일의 소송지휘에 이르렀다면, 조서에 기재할 내용이 조금 번잡해지는 건 그러려니 할 수 있다. 물론 모든 일에는 한계가 있다는 걸 전제로.

방청인 출입구와 당사자 출입구를 잠갔다.

기자재의 전원을 끄고 사건 기록 위에 노트북을 얹어 들어 올렸다.

텅 빈 법정.

어째서 이렇게 마음이 진정되지 않는 걸까. 평소에는 기분 좋게 느껴지는 법정의 정적이 뭔가를 호소한다. 아니…, 알고 있다.

진보 마사코가 무죄를 주장했기 때문이다. 겹쳤다. 그때 본 아버지의 뒷모습과.

"정말로 그런 적 없습니다."

죄상인부 절차에서 그 남자는 그렇게 대답했다. 변호인은 안색을 바꾸지 않았고, 검사의 시선은 날카로워졌고, 방청석에서는 냉소 섞인 콧김을 내뿜는 소리가 들렸다.

아무도 믿지 않는다는 걸 깨닫고 말았다. 한 핏줄인 나조차.

잊히지가 않는다. 피고인을 내려다보던 재판관의 시선이.

무심결에 쓴웃음이 나왔다. 아직도 무죄 주장에 사로잡혀 있다니. 서기관 자격이 없다.

"아이고, 그만 가자."

그런 혼잣말조차 울려 퍼지는 곳이라 법정에 오래 머무는 것은 금물이다.

법대의 문고리를 돌리고 밀었지만 어찌 된 영문인지 열리지 않았다. 가라스마가 잠그고 간 걸까. 아니, 그럴 리가 없다. 아직 내가 남아 있는데.

오래된 법정이라 문 아귀가 잘 들어맞지 않는 듯하다. 팔로 안고 있던 짐을 책상 위에 내려놓고 다시 한번 문을 밀었다. 힘을 주니 약간 안쪽으로 움직였다.

역시 잠긴 건 아니다. 가라스마가 멈춰 서 있던 것도 문을 열다가 이상함을 느껴서일 것이다. 그럴 것 같으면 미리 귀띔이라도 해주면 좋을 것을. 관리 담당자에게 고쳐달라고 해야겠다. 재판관이 입정할 때 문이 열리지 않으면 아무래도 모양새가 빠진다.

단숨에 열 생각으로 어깨를 써서 체중을 실었다. 어째서 갑자기 상태가 나빠진 걸까. 반대쪽에서 이쪽을 향해 미는 것 같은 느낌이 들었다.

그런데 그때, 돌연 저항이 사라졌다.

문이 힘차게 열린다.

몸을 멈출 수가 없어서 그대로 앞으로 고꾸라졌다.

"우왓!" 얼빠진 목소리가 나온다.

눈을 감고 오른손을 앞으로 뻗어 다가올 충격에 대비한다.

하지만 아무 일도 일어나지 않는다. 기묘한 감각에 휩싸인다.

온수풀에 뛰어든 것처럼.

끝없이 가라앉는다.

무겁고 가볍다. 몸이 같은 속도로 계속 움직인다.

뭐지, 이건?

눈을 뜨려고 했다.

틀렸다. 눈꺼풀이 꿈쩍도 하지 않는다.

멀리서 소리가 들린다. 누군가가 부르고 있다.

아아. 오늘은 정말 일진이 사납다.

6

의식을 되찾았을 때, 눈앞에는 유린기가 놓여 있었다.

남녀 여러 명의 목소리, 식기가 서로 부딪치는 소리, 머리 위로 흐르는 요란한 음악. 이상하리만치 소란스럽다. 게다가 난 의자에 앉아 있다.

"…저기 스구루, 내 말 안 들려?"

"어?"

아이의 목소리. 대답을 하고 얼굴을 들었다. 시선을 맞춘 다음 이상한 느낌이 들어서 아이를 이리저리 살폈다. 여기저기 기하학적인 무늬가 그려진 진초록 원피스. 양쪽 귀에는 청사과 모양의 피어싱.

법정에서 이야기를 나눌 때와는 다른 복장이다. 아니 그전에….

"그러니까 유린기랑 유튜버 말고 유자 돌림 세 글자 단어는 뭐가 있을까."

"…."

젓가락으로 집어 든 유린기. 볼품없는 튀김옷은 기름을 흡수해 쪼그라들었다. 양이 지나치게 많은 양배추와 싸구려 플라스틱 식기. 눈에 익은 것들이다. 380엔짜리 대학 식당표 유린기.

다른 각도에서 굵직한 목소리가 들린다.

"유튜버가 뭔데?"

"너 정말 몰라? 히카킨*은? 기노시타 유카**는?"

나, 지구사 아이, 모토하시 소지 세 명이 원형 테이블을 둘러싸고 있다. 대학 식당과 같은 행정법 수업을 듣는 셋. 거기까지는 좋다. 정체를 알 수 없는 무언가는 존재하지 않는다.

하지만 두 사람이 여기에 있는 것도, 내가 여기에 있는 것도 이상하다.

"스구루는 유튜버가 뭔지 알지?"

"어어…, 응."

조금 전까지 나는 법정에 있었다. 진보 마사코와 시노하라 린의 공판을 마치고 법정에서 나가려 했다. 문이 열리지 않아서 있는 힘껏 밀었다. 그 후에 무슨 일이 일어난 걸까.

테이블에 팔꿈치를 괸 아이가 고개를 갸우뚱했다.

"마음이 콩밭에 가 계시는구만."

"그런 건 됐고, 얼른 먹고 파워포인트나 만들자."

지금보다 머리카락이 훨씬 짧은 아이와, 지금보다 덩치가 훨씬 좋은 소지.

둘 다 젊다. 아니, 젊다기보다 아무리 봐도 대학생 무렵의 두 사람이다.

그래. 문이 벌컥 열리고 몸이 앞으로 고꾸라졌다. 팔로 몸을 받치지 못하고 바닥에 얼굴을 찧었을 것이다. 그리고 의식을 잃은 건가.

---

* 일본을 대표하는 유명 유튜버.
** 일본의 인기 유튜버.

문제1. 뒤통수가 아니라 얼굴을 찧어도 의식을 잃는가?

답. 있을 수 없는 일은 아니다.

문제2. 꿈은 수면 중일 때뿐만 아니라 실신 중일 때도 꾸는가?

답. 시험해본 적이 없어서 모르겠다.

문제3. 중상을 입고 주마등을 보고 있을 가능성은?

답. 인생을 돌이켜 보는 거라면, 유린기 대화에서 시작하지는 않을 것이다.

"판례는 조사했지?"

소지의 질문에 "완벽하게" 하고 대답했다.

꿈이라고 생각하는 이유는 또 있다. 이 특별할 것 없는 대화를 나는 기억하고 있다. 수업 중간발표가 다음 주로 성큼 다가왔다. 교수가 지정해준 행정법 판례를 분석하고, 검토 결과를 프레젠테이션 형식으로 발표한다. 그룹 안에서 내 역할은 관련된 판례를 조사하고 분류하는 것이었다.

주머니에서 꺼낸 USB 메모리를 소지에게 건넸다. 그 안에 어제 정리한 엑셀 파일이 저장되어 있다.

휴대폰도 꺼내서 화면을 켰다. 생체 인증 기능은 지원하지 않는다. 비밀번호는… 분명 '0401'. 이유는 단순히 만우절이 좋아서.

잠금 화면을 해제하고 달력 앱을 실행했다.

앱이 빨갛게 강조한 '오늘' 날짜에는 별 모양 기호가 달려 있었다. 다른 사람이 들여다봐도 눈치채지 못하게, 벌써 몇 주 전에 기호만 입력했다.

이걸로 확신했다. 내가 다음에 어떤 행동을 할지.

그런 생각을 하고 있는데 "로스쿨 가는 애들이 부럽다. 염색 머리 그냥 둬도 되고" 하고 소지가 은색에 가까운 머리카락을 한 아이에게 툴툴거리는 것이 들렸다.

"넌 먼저 살부터 빼. 구직 활동은 첫인상이 중요하잖아?"

"사회인이 되면 어차피 스트레스 때문에 빠져. 지금 에너지를 비축해두지 않으면 손해야."

그 예언은 적중했다. 벤처기업 영업부에 채용된 소지는 매달 판매 할당량을 채우지 못해 노이로제에 걸렸고, 눈 깜짝할 사이에 살이 10킬로그램도 넘게 빠졌다.

"로스쿨도 만만치 않아. 학비는 비싸지, 사법시험 합격자 수는 점점 줄지. 위태위태한 난파선에 타는 기분이라니까."

"자신 있으니까 탄 거 아니야?"

"그건 부정 안 할게."

한편 아이는 로스쿨에서도 사법시험에서도 우수한 성적을 거두고 재판관이 되었다. 자신감이 넘치는 데다가 노력까지 아끼지 않아서 그 뛰어난 두뇌를 학부 시절부터 발휘했다.

꺼진 휴대폰 화면에 안경을 낀 대학생의 얼굴이 비쳤다. 검은색 달걀 모양 안경테 때문에 동그란 얼굴이 강조된다고 불평했었다. 일상에서 콘택트렌즈를 끼게 된 건 법원에서 일하고 나서부터다.

"스구루, 너도 취업할 거니까 뭐라고 한마디 해."

"아니, 난 살 안 쪘거든."

"배신자 자식."

대학교 4학년 봄. 기업 설명회는 이미 시작되었고 나도 소지와 함께 정보 수집에 여념이 없었다. 이 시점에는 내가 공무원이되리라고는 상상도 하지 못했다.

"그럼 빈 강의실을 찾아볼까?"

트레이를 들고 일어선 소지가 자료 작성을 위해 이동할 것을제안했다. 거기서 난 기억에 따라 미안하다는 듯이 입을 열었다.

"저기, 잠깐만."

"왜. 이제 다 먹었잖아."

"지금부터 우린 수업 발표 자료를 만들려고 하는 거지?"

"마감이 아슬아슬해."

"그래서 사전에 역할을 나눴어. 난 판례 조사랑 분류. 소지 넌파포 초안 작성. 아이는 수업 때 발표. 완벽한 팀워크를 발휘하고 있어."

"그래서?"

"난 이미 역할을 끝마친 게 아닌가 싶어서."

앉아 있던 아이가 "그러니까 파포는 둘이서 만들어라?" 하고입을 비죽였다.

"아니야, 나 그렇게까지 매정한 인간은 아니거든. 당연히 도와야지. 그런데 이따가 볼일이 좀 있어. 오늘만 봐주면 안 돼?"

"…볼일?"

자. 여기서 나는 뭐라고 대답했더라. 침묵이 이어지면 부자연스럽다고 여길 텐데. 꿈에선 화근이 남을 걱정은 안 해도 되니 솔직하게 대답하면 될까.

"방청하고 싶은 사건이 있어."

아이와 소지가 서로를 쳐다봤다. 하긴 이런 직구를 날린 기억은 없다.

하지만 곧바로 소지는 "아아" 하고 알겠다는 듯한 표정을 지었다.

"형소인가 민소 쪽 과제지? 그런 게 있었던 것 같아."

"그래 맞아, 형소야. 방청하고 절차 흐름을 정리한 보고서를 제출해야 하거든. 오늘 마침 알맞은 사건이 있는 것 같아."

"뭐야. 그거라면 오케이. 나랑 아이가 알아서 틀 잡아놓을게."

고맙다는 인사를 하고 나도 자리에서 일어섰다. 아이는 갈색이 감도는 눈동자로 나를 올려다봤다.

반납하는 곳에 식기를 겹쳐 올려놓고 식당을 나왔다. 속이 더부룩할 정도로 기름진 유린기, 푸슬푸슬한 흰쌀밥. 아직 입안에 여운이 남아 있다. 나란히 늘어선 자동판매기, 벤치에 앉은 이름 모를 학생, 스쿠터가 달리는 소리. 모든 것이 현실감을 띤다.

달력 앱은 2016년 4월 12일을 '오늘' 날짜로 표시하고 있다.

5년 전 4월. 아이 그리고 소지와 함께 수업 발표에 대해 의논했던 날. 3학년 후기부터 4학년 전기까지는 커리큘럼이 변칙적으로 짜여 있어서 이 시기에 중간발표가 있었다. 구직 활동과 대학원 시험공부 때문에 이러고 있을 때가 아니라고 서로 투덜거렸다.

모두 생생히 기억한다.

아버지의 형사재판… 제1차 공판이 열렸던 날이다.

그 남자가 아버지라는 사실을 알게 된 건 불과 석 달 전. 경찰은 송금 기록이라는 빈약한 실을 실타래에 감고 집까지 찾아왔다. 엄마가 관련이 없다는 걸 안 그들은 곧 돌아갔다. 안 하느니만 못한 확인 작업과 맞바꿔, 알고 싶지 않은 혈연의 끈을 내 앞에 불쑥 들이밀었다.

고등학생이 됐을 무렵부터 나는 '아버지'라는 단어를 일부러라도 입 밖에 내지 않으려 했다. 그것이 홀몸으로 키워준 엄마에 대한 예의 같았고, 생식 시스템을 이해한 후에도 아버지와 이어져 있다는 건 받아들이고 싶지 않았다.

경찰의 방문으로 꼭꼭 가둬두었던 존재를 떠올리고 말았다. 나와 엄마를 버린 인간 말종이라 업신여기고는 있었지만, 범죄자가 되어 우리 앞을 가로막아 서리라고는 상상도 못 했다.

아주 관심을 끊을 수는 없었다. 사건의 배경을 알고 싶었다.

올바르게 미워하기 위해서.

"그 사람 재판을 보고 올게."

그렇게 말했을 때 엄마가 어떤 표정을 지었는지 아직도 잊을 수 없다.

고함을 지르거나 울지 않았다. 입을 굳게 다물고 아래를 내려다본 다음, 내 눈을 똑바로 마주 보고 "미안하다, 스구루"라고 단 한마디를 건넸을 뿐이다.

혐의를 부인했기 때문에 재판이 열리기까지 나름대로 시간이 걸렸다. 거의 매일 얼굴을 보던 아이와 소지에게도 아버지 일만큼은 이야기할 수 없었다. 동요한 걸 들키기 싫어서 밝게 행동했지만, 술자리나 놀러 가자는 제안은 거절했던 것 같다.

아버지는 내 존재를 알고 있을까. 피해자 가족과 면식은 있을까….

완전히 초췌해진 엄마에게는 아무것도 물어볼 수 없었다. 그런 사과를 하게 만들어버렸다. 나보다 훨씬 상처받았을 텐데.

아버지 이름이 '소메야 다카히사'라는 건 살짝 들은 형사와 엄마의 대화로 알았다.

사건 보도는 인터넷 뉴스와 지방신문에 자그마한 기사가 실린 정도였다. 공개할 수 있는 정보가 거의 없었을 것이다. 이런 종류의 사건에서 반드시 피해야 하는 건, 피해자가 누구인지 알 수 있는 정보를 밝히는 것이다. 자택에서 일어난 가족 간의 사건이기 때문에, 범행 장소는 물론 용의자의 성씨도 피해자로 이어지는 요소가 될 수 있다.

그런 배려는 보도뿐만 아니라 재판에서도 철저하게 요구된다. 기소된 사람은 이름을 가지지 않은 '피고인'으로, 피해자는 사전에 정한 호칭에 따라 'A'라고 불렸다.

그래서 나는 지금도 그녀의 이름조차 모른다.

7

보도에 서서 붉은 벽돌로 지어 올린 청사를 올려다봤다.

타원형의 커다란 창문과 삼각형 지붕. 5년 전의 난요 지법은 복고풍 분위기를 물씬 풍기면서 쏟아지는 봄 햇살을 받고 있었다.

항상 드나들어 익숙한, 세련미라고는 없는 외관의 건물과는 비슷한 구석이 하나도 없었다.

내가 근무하기 시작한 무렵부터 개축 공사가 진행됐고, 서기 관으로 임용되기 직전에 공사가 끝났다. 쥐색 외벽으로 덮인 철 근콘크리트로 지은 새 청사를 두고, 붉은 벽돌 쪽이 더 나았다는 주민들의 목소리가 많이 접수되었던 기억이 난다.

반면에 난요 지법 직원 중 새 청사에 부정적인 인상을 가진 사람은 거의 없었다. 벽돌 건물의 외벽은 축열 효율이 지나치게 높아서, 한여름에는 열사병으로 쓰러질 수도 있는 실내 온도를 기록했다.

재판관과 서기관은 아무리 더워도 재판을 할 때는 법복을 착 용해야만 한다. 방열이라고는 전혀 안 되는 망토를 두르고 있는 거나 마찬가지다. 청사를 드나들 때 느끼는 만족감보다 개정 중의 쾌적함을 우선한 것은 당연한 판단이었으리라.

반가운 기분으로 경비원 옆을 지나쳤다.

계단을 통해 2층으로 올라가면 형사부가 있는 복도가 나온다. 집무실은 왼쪽, 법정은 오른쪽.

게시된 기일목록표를 훑어보다가 찾고 있던 재판을 발견했다. 사건명은 강제추행, 피고인명은 빈칸. 아카마 변호사와 다케치 검사의 이름이 당사자 칸에 기재되어 있다.

그리고 법원 담당부 칸에는….

"으악!"

뒤에서 갑자기 어깨를 두드려서 몸이 뻣뻣하게 굳어버렸다.

"경기 일으키는 줄 알았네. 미안미안."

바로 조금 전 식당에서 헤어진 아이가 장난스럽게 웃고 있었다.

"어째서, 여기에?"

"수상해서 따라왔어. 형소 리포트 과제란 거 거짓말이지? 나도 작년에 너랑 같이 수강해서 알지."

"그게… F가 떠서."

"도서관 컴퓨터로 같이 성적 확인했잖아. 난 A, 넌 C+."

"기억력 좋네."

"데이트 가는 거면 괜씸하다고 생각했는데, 진짜 법원에 올 줄이야."

몇 가지 의문이 떠올랐다. 자료 작성은 어떻게 했지? 저 득의만만한 표정은 또 뭐고? 무엇보다 아이가 있는 것 자체가 이상하다. 둘이서 방청한 기억은 없으니까.

내가 당황한 걸 알아챘는지 아이는 자기가 먼저 말을 꺼냈다.

"파포는 소지가 열심히 만들고 있어. 내 역할은 수업 때 발표하는 거니까. '초안이라면 혼자서 만들 수 있지?'라고 했더니 그러겠다고 했어."

"말로 구워삶았네."

"거짓말쟁이한테 그런 말은 듣기 싫은데요."

고독한 작업을 떠안은 소지를 동정하면서 아이를 통로 벤치로 끌고 가 앉았다. 개정까지 아직 10분 정도 남았다.

"뉴스를 보다가 신경 쓰이는 재판이 있어서."

"네가? 재판에?"

"내용이 내용이라, 너희한테 말하기가 꺼려졌어."

"무슨 사건인데?"

"…성범죄."

아이는 당황스러운 듯 눈을 찌푸렸다.

"진짜로 하는 말이야?"

"응. 같이 방청해도 되지만, 기분이 나빠질지도 몰라."

생각해보면 꿈속에서 예상치 못한 사태가 펼쳐지는 일은 드물지 않다. 오히려 지금까지가 기억에 지나치게 충실했을 정도다.

"흐음… 그렇게까지 말하니 물러설 수가 없겠는걸. 게다가 내가 옆에 있는 게 너한테도 도움이 될 거야. 절차의 흐름을 가르쳐줄게."

"아이고, 고맙기도 하지."

서기관이라서 빠삭하다고 말하면 아이는 어떤 반응을 보일까.

"방청은 정말 오랜만이야."

"넌 왜 재판관이 되려고 하는데?"

"아닌 밤중에 홍두깨도 아니고 너무 뜬금없네. 법정에서 의사봉 찾기라고 해도 괜찮겠다."

일본의 재판은 의사봉 사용을 인정하지 않는다. 의사봉을 들고 다니는 재판관이 나타나면 사이비 의사가 아닌 사이비 판사다. 거기까지 생각하고 한 말장난일까.

"물어본 적이 없으니까, 좋은 기회인 것 같아서."

"난 키가 작잖아. 대화를 할 때 대등하지 않다는 느낌을 받아." 자리에서 일어선 아이는 "법대에 앉으면 이렇게 내려다볼 수 있잖아" 하고 살짝 웃었다.

불순하기 짝이 없는 동기는 흘려듣고 법정 문을 열었다.

방청석에는 나와 아이 외에 세 명이 앉아 있었다. 증언대에서 가까운 두 번째 줄 중앙에 앉자 아이는 당연하다는 듯이 옆자리를 골랐다. 법복을 입은 여성 서기관이 차가운 시선을 보낸다. 대학생들이 데이트하듯 방청하러 왔다고 생각하려나.

개축 공사로 법정 내부도 딴판이 되었다. 새 청사의 법정은 스테인드글라스 조명이 인상적인 데 반해, 옛 청사의 법정은 붉은 벽돌을 쌓아 올린 내벽이 눈길을 끈다. 창문이 없고 붉은 벽돌이 사방을 감싸고 있어서 거대한 난로에 내던져진 것 같은 기분이 든다.

실제로 한여름에는 푹푹 찌는 법정을 체험할 수 있다.

새 청사가 '쪽빛 법정'이라면, 옛 청사는 '홍련 법정'이라고나 할까. 쪽빛과 홍련. 정반대의 색 조합이지만 법정에 감도는 엄숙한 분위기는 조금도 퇴색되지 않았다.

"오늘 사건, 검색하면 나와?"

아치 모양 문을 바라보고 있는데 아이가 말을 걸었다.

"나올지도 모르지만, 대놓고 휴대폰을 사용하는 건 권하지 않을게."

"진짜 방청 마니아 뺨치는데."

"잡담도 삼갑시다."

어깨를 으쓱한 아이는 휴대폰 전원을 끄고 가방에 넣었다.

검사석에 앉은 짧은 머리의 남자가 보자기를 풀고 있다. 목록표에 이름이 적혀 있던 다케치 사토루겠지. 의자 옆에 거대한 트렁크가 놓여 있는데, 분명 엄청난 양의 수사 자료로 채워져 있을 것이다.

반대쪽 변호인석에서 눈꺼풀을 문지르고 있는 건 아카마 다쓰미다. 5년 후인 현재도 젊은 변호사 취급을 받을 정도라, 이때는 두말할 여지가 없는 신출내기 변호사다.

난요시는 인구가 적고 경제적으로도 윤택하지 않은 지방자치단체여서 법원 규모도 작은 편이다. 난요 지법 관할에서 적극적으로 형사재판을 맡는 변호사도 한정적이라 얼굴과 이름이 거의 일치한다. 아카마 변호사는 그중 한 명이다.

개정 시각 2분 전. 관계인 전용 복도로 이어지는 문이 열리고 교도관이 모습을 드러냈다.

이어서 한 남자가 스웨트 셔츠 차림으로 들어왔다.

수갑을 찬 손목을 앞으로 내밀고 허리에는 포승줄이 몇 겹으로 둘러져 있다. 자기 뜻대로 걸음을 옮기는 것조차 허락받지 못하고 교도관이 지시한 위치에 멈춰 선다. 고무 샌들을 신은 발끝을 바라본 채 가만히 서 있다.

다케치 검사나 아카마 변호사와도 시선을 맞추려 하지 않는다. 이 장소로 끌려온 이유를 알고 있는 걸까. 작게 숨을 들이쉬어 마음을 진정시켰다.

이 남자, 소메야 다카히사가, 한 핏줄로 이어진 내 아버지다.

말없이 앉아 있는 아이에게 닮은 것 같은지 묻고 싶다. 하지만 꿈속이라고 해도 그 한마디는 쥐어짜낼 수 없었다.

그때 재판관이 입정했다. 관계인과 방청인이 일제히 일어섰다.

"와, 멋지다." 아이가 옆에서 중얼거렸다.

과연 아이다운 반응이다. 나른한 눈매와 담배가 어울리는 입매에서 중년의 매력이 감돈다고 힘주어 말한 적이 있다. 게다가 이 무렵에는 백발도 더 적었다.

"언젠가 상사가 될 거야."

"어?"

소메야 다카히사 사건을 담당한 재판관은, 가라스마 신지였다.

"그럼 개정합니다."

당시 가라스마는 부총괄이 아닌 우배석이라는 위치였다. 1부 사건은 세 명의 재판관이 심리를 진행한다. 법대에 나란히 앉았을 때 중앙이 부총괄이고, 부총괄 쪽에서 봤을 때 오른쪽이 우배석, 왼쪽이 좌배석이다.

우배석은 단독으로 사건을 처리할 수 있다. 가라스마는 이듬해 도쿄 지법 형사부로 이동했다가 2년 후에 부총괄로 난요 지법에 돌아왔다.

서기관으로 임용되고 인사를 하러 돌아다니다가 아이가 가라스마를 소개했을 때는 정말로 놀랐다.

아버지에게 유죄판결을 내린 재판관이라는 걸 단번에 알아봤기 때문이다.

"피고인은 증언대 앞에 서주십시오."

지시를 내리는 방법과 증언대에 보내는 시선이 현재와는 다른 사람 같다. 이때의 가라스마는 피고인에게 적극적으로 말을 걸거나 하지 않았다.

"심리를 시작하기에 앞서, 피고인이 주의해야 할 것이 있습니다. 이 사건에서는 피해자의 정보를 공개된 법정에서 밝히지 않을 방침입니다. 피고인도 피해자에 대해 이야기할 경우에는 A 씨라고 부르고, 이름이나 주소 같은 개인 정보를 말하지 않도록 주의하십시오. 또한 사건 내용을 고려하여 피고인의 성명과 주소도 밝히지 않고 심리를 진행할 겁니다. 이 점도 함께 유의하십시오. 아시겠습니까?"

"…네."

가라스마가 주의 사항을 열거하자 소메야 다카히사가 꺼질 듯한 목소리로 대답했다.

자리에서 일어선 다케치 검사가 기소장을 손에 들고 증언대로 다가왔다. 통상적인 인정신문과 달리 기소장에 적힌 성명과 주소가 잘못된 건 아닌지 피고인이 눈으로 보고 확인했다. 이것도 개인 정보를 밝히지 않기 위한 배려다.

"검사 측이 기소장을 낭독할 테니, 피고인은 그대로 들으십시오."

"공소사실…."

옆자리에 앉은 아이는 다케치 검사를 가만히 바라보고 있다. 언젠가 법정에 설 자신의 모습을 상상하며 관계인의 일거수일투족을 놓치지 않으려는 듯이.

"피고인은 A를 성추행할 생각으로, 2015년 12월 22일 오후 11시 20분경부터 같은 날 오후 11시 50분경까지의 시간 동안, 피고인 자택 안 A의 방에서 손발을 밧줄로 묶는 등의 폭행을 가한 후, 같은 장소에서 A의 유두를 핥고 음부를 손가락으로 만지는 등 A를 성추행하였다. 죄명 및 법 조항, 강제추행, 형법 176조."

몇 초의 침묵이 흐른 후 가라스마가 피고인에게 묵비권을 고지했다. 그리고 검사가 읽은 기소장의 공소사실에 사실과 다른 점이 없는지 물었다.

"그런 짓은 하지 않았습니다. 정말로 그런 적 없습니다."

'힐. 무죄를 주장했어. 대박인데?'

그런 아이의 시선을 느꼈지만 모르는 척했다.

"변호인 의견은?"

"피고인과 같습니다. 피고인은 본 사건의 범인이 아니므로, 무죄를 주장합니다."

아카마 변호사의 목소리도 긴장으로 떨렸다.

피고인은 본 사건의 범인이 아니다⋯. 액세서리를 가게 밖으로 가지고 나온 사실을 인정한 후에 무죄 주장을 펼쳤던 진보 마사코와는 달리, 정면으로 범인임을 부정하려 하고 있다. 이것은 변호인 측이 보내는 선전포고로, 법정 안의 공기가 한층 팽팽해졌다.

고개를 끄덕인 가라스마는 모두진술을 하도록 검사 측에 요구했다.

"검사 측이 증거를 통해 증명하고자 하는 사실은 다음과 같습니다."

다케치 검사는 시계열에 따라 사건 개요를 말하기 시작했다.

피고인, 아내, A 세 사람은 주택가에 있는 단독주택에서 생활했다. A는 아내가 전남편과의 사이에서 얻은 딸로 피고인과는 의붓딸이라는 관계에 있었다. 가족의 사이가 나빴는지, 범행의 전조 같은 것이 있었는지. 그런 사실은 모두진술에서는 언급되지 않는다.

저녁 식사와 목욕을 마친 세 사람이 자기 방으로 들어간 건 늦어도 오후 10시. 피고인과 아내는 각방을 쓰고 A에게도 자기 방이 있었다. 사건이 드러난 후 병원에서 검사한 바에 따르면, A의 체내에서 수면 유도제 성분이 검출됐다. 피고인이 모종의 방법으로 수면 유도제를 섭취하게 했고, 졸음을 느낀 A는 평소보다 일찍 잠자리에 들었다. 그것이 검사 측의 주장이다.

A가 잠자리에 든 건 오후 10시 30분경. 그로부터 약 한 시간 후에 이번 사건이 일어났다.

뭔가가 부스럭거리는 소리에 눈을 뜬 A는 손발이 묶이고 시야가 차단되어 있다는 걸 깨달았다. 묶인 손발을 풀려고 발버둥 쳤을 때 "잘 잤어? 미안해" 하는 피고인의 목소리가 들렸다.

그러더니 티셔츠 자락을 걷어 올려 유두를 핥고 속옷 위로 음부를 만졌다. 범인이 나간 건 알았지만 한동안 상황을 살피고 있었다.

몇 분 뒤, A가 지른 비명을 듣고 달려온 아내가 손발을 묶은 밧줄을 풀고 경찰에 신고했다.

"…이상의 사실을 입증하기 위해 증거 등 관계 카드에 기재된 갑호증 및 을호증 조사를 신청합니다."

재판에서 당사자가 제기하는 주장은 그것을 뒷받침하는 증거가 존재해야 비로소 의미를 지닌다. 절도라면 CCTV 영상, 교통사고라면 블랙박스 영상. 이러한 객관적인 증거를 기대할 수 있는 사건에 비해 밀실에서 일어난 성범죄는 입증이 곤란한 경우가 많다.

이 사건도 범인이 한 말이나 추행행위의 순서는 A의 진술에 따라 확정했을 것이다. 범행 순간을 촬영하거나 녹음하지 않은 한 그것을 객관적으로 증명하기는 어렵다.

즉 가장 큰 쟁점은 A의 진술을 신뢰할 수 있느냐 없느냐.

진실을 말했는가, 거짓임을 알고 거짓을 말했는가, 거짓을 진실로 알고 말했는가.

결론은 이 세 가지로 분류되고, 진술의 신뢰성을 쟁점으로 삼는 측은 두 번째와 세 번째 둘 중 하나라고 주장한다. 그리고 신뢰성을 판단할 때도 증거와 일치하는지 여부가 큰 의미를 갖는다.

이를테면 범인이 유두를 핥았다는 A의 진술은 사건이 드러난 후에 채취된 타액의 존재로 신뢰성이 현격하게 높아진다. 그 타액이 피고인의 DNA와 일치한다는 감정 결과가 제출되면 피고인의 목소리를 들었다는 진술의 신뢰성도 마찬가지로 높아진다.

그러한 대조 작업을 거듭해 달아날 길을 막고 피고인을 서서히 몰아넣는다.

검사는 피고인과 변호인이 주장할 가능성이 있는 스토리를 낱낱이 검토한 뒤, 그것들이 성립하지 않는다고 확신했기 때문에 사건을 기소했다.

모두진술을 마친 다케치는 소메야 다카히사를 힐끗 본 다음 자리에 앉았다.

"변호인도 모두진술을 하실 거죠?"

가라스마가 확인하자 아카마는 "그럴 생각입니다만…" 하고 일어서더니, "다음 기일에 실시해도 괜찮겠습니까?" 하고 미안하다는 듯이 말했다.

"준비할 시간은 있었을 텐데요."

"피고인과 마지막 의견 조율이 끝나지 않아서."

A의 유두에 타액이 묻게 된 경위. 손발을 묶고 수면 유도제를 복용시킨 방법. "잘 잤어? 미안해"라는 피고인 발언의 진위 여부.

변호인의 모두진술에서 요구되는 건 범인은 피고인이 아니라고 주장하면서, 이 점을 모순 없이 설명할 수 있는 스토리를 구축하는 것이다.

무턱대고 그런 적이 없다는 주장만 계속해서는 무죄판결을 받아낼 수 없다.

"알겠습니다. 단, 이 이상 연기하는 건 받아들이지 않겠습니다."

"잘 알겠습니다."

가라스마가 재판에 사적인 감정을 개입시키지 않는다는 걸 지금은 잘 알고 있다. 하지만 당시에는 변호인을 나무라는 듯한 말투가 불합리한 무죄 주장에 짜증을 내는 것처럼 느껴졌다.

"다음 기일에는 변호인으로부터 모두진술을 듣고 나서, 경찰관과 과학수사연구소의 법의연구원을 대상으로 증인신문을 실시하겠습니다. 그렇게 진행하면 되겠죠?"

가라스마의 제안을 양쪽 당사자가 받아들이고 폐정이 선언됐다.

소메야 다카히사는 고개를 떨군 채로 법정을 뒤로했다. 나는 그 뒷모습을 무의식적으로 쏘아봤다.

"정말 대박이다."

침묵에서 해방된 아이가 작은 목소리로 말했다. 성범죄 혐의를 받고 있는 피고인이 무죄를 주장한 사실에 대해 혐오감보다 호기심이 더 크게 발동했다. 재판관이 목표인 아이다운 반응이다.

"부인하고 있다고 뉴스 같은 데서 보도했어?"

"아니⋯."

"다음 공판도 궁금한데. 과학수사연구소면, DNA 감정을 실시한 사람이 올까?"

머릿속 메모장에 적어놓기라도 하듯 아이는 지정된 다음 기일을 거듭 되뇌었다.

"저기, 아이."

"왜?"

"아까 그 피고인, 내 아버지야."

현실의 나는 아버지의 존재를 아무에게도 밝히지 않았다.

5년 전, 나는 홀로 방청을 하러 갔다. 유죄판결 선고를 마지막까지 듣고 내 안에서 그의 존재를 말소했다. 그 후에는 엄마에게조차 화제로 꺼내는 걸 피해왔다.

비열한 범죄자의 아들이라는 눈초리를 받는 것이 두려워서. 하지만 항상 궁금했다. 아이와 소지는 내 비밀을 안다면 어떤 반응을 보일까.

"오늘 처음 봤어. 하지만 한 핏줄이야."

눈을 크게 부릅뜬 아이가 뭐라 말을 하려고 했다.

"저기, 죄송한데요."

법복을 입은 서기관이 분리대 반대편에서 말을 걸었다.

"네." 아이가 얼버무리듯 대답했다.

"이제 그만 퇴정해주시겠습니까?"

주위를 둘러보자 방청인이 아이와 나 말고는 아무도 남아 있지 않았다. 난처한 듯이 애매한 웃음을 짓는 서기관에게 사과하고 허둥지둥 자리에서 일어섰다.

법정 앞 복도에서 마저 이야기하자. 그렇게 생각하고 문을 열었다.

그런데… 어둠이 버티고 있었다. 뒤돌아보려 하지만 몸이 움직이지 않는다.

어떻게 반응해야 할지 엄두도 못 낼 속도로 나는 다시 의식을 잃었다.

8

오른쪽 뺨에 닿는 카펫의 부드러운 감촉. 연지색 털이 관찰할 수 있을 정도로 코앞에 있다.

나는 법정 뒤쪽 통로에 쓰러져 있었다. 상황을 파악하면서 코로 숨을 들이마셨다. 먼지가 콧구멍으로 딸려 들어와 재채기가 나올 것 같았다.

일어서서 법복에 묻은 먼지를 손으로 털어냈다.

아무래도 정말로 꿈을 꾼 모양이다.

카펫이라고는 하지만 침대가 주는 안락함과는 비교가 되지 않는다. 잠이 얕게 들어서 꿈을 꾼 걸까? 아니, 그런 문제가 아닌 것 같다. 무슨 병에 걸릴 징조가 아닌지….

'실신, 꿈, 병'. 나중에 찾아보자.

법대 책상에 두었던 기록을 회수하려고 법정 문을 열었다. 문은 평소처럼 열렸고 빨려 들어가지도 않았다. 당연하다. 아귀가 맞지 않는 문을 억지로 열려던 힘을 주체하지 못하고 곧바로 바닥에 고꾸라진 걸까. 아이에게 말하면 어쩜 그렇게 허술하냐며 웃음거리가 되겠지.

스테인드글라스 조명. 베이지색 벽지. 눈에 익은 새 청사의 법정.

얼마나 오래 의식을 잃었을까. 벽시계로 시선을 돌렸다가 깜짝 놀랐다.

시노하라 린의 공판이 시작된 건 11시. 10분도 채 안 돼 폐정했다. 그런 다음 가라스마와 잡담을 하고, 문을 열고… 지금 시각은 11시 17분. 시간이 거의 지나지 않았다.

아니, 열두 시간 혹은 스물네 시간이 경과했을 가능성도….

서기관실로 돌아오니 직원들은 평소처럼 일하고 있었다.

"왜 그래? 넋 나간 사람처럼."

얼굴에 부채질을 하고 있는 미카미 하루코 서기관과 눈이 마주쳤다. 또 말을 거는 사람은 없었다. 온종일 의식을 잃었을 가능성은 사라졌다. 모두 평상시와 똑같다.

"하루코 선배, 실신한 적 있어요?"

첫날에 성은 빼고 이름으로만 부르라는 명을 받아서 충실하게 따르고 있다. 선배는 두 아이의 엄마로 언제나 밝고 가끔 서기관실 분위기를 띄우면서 내 기력을 빼내간다.

뜬금없는 질문이지만 하루코 씨는 "그럼" 하고 부채를 툭툭 쳤다.

"당연히 있지. 선배한테 싸움을 걸었다가 목이 졸렸지 뭐야."

"처절한 상황이었군요."

"혈기 왕성하던 나이였으니까."

"언제 적 이야긴데요?"

"내 목을 군살이 지켜주지 않던 시절."

체형이나 나이에 관해 자학하는 말을 할 경우, 긍정도 부정도 좋은 방법이 아니라는 걸 몇 달 부대끼는 사이에 학습했다. 즉 안 들은 걸로 한다.

"그때 꿈은 꿨어요?"

"아니. 뚝 하고 의식이 날아갔다가 정신을 차려보니 침대 위에 있었어."

주임 서기관 다이코쿠 야스노리가 '아직 점심시간도 아닌데'

하고 나무라는 시선을 보낸다. 공무원을 바라보는 국민의 눈은 냉엄하다. 고단한 법원 생활이다.

기록 표지에 다음 기일 일정을 적어 넣고 다시 조서 작성을 시작하려던 참이었다.

"무슨 이야기였어?"

"실신 중에 꿈을 꾸는지 궁금해서요."

"난 또 뭐라고." 하루코 씨는 눈을 가늘게 뜨고 웃었다. "부장님한테서 들었는데 재판이 아주 종합 선물 세트였다면서? 참 운도 좋아."

"무죄를 주장하지 않나 몸이 안 좋아 재판이 연기되지 않나. 가미데 검사도 신경이 곤두서서는…. 아무거나 좋으니 사건 하나 담당 바꿔주시면 안 돼요?"

하루코 씨도 부총괄계에 배속된 사건을 담당한다. 업무에 관한 대화라서 다이코쿠 주임도 못 본 척 넘어가줄 것이다.

"죽어도 싫은데."

"그러지 마시고."

"사건을 도중에 내던지는 남자는 누구도 행복하게 해주지 못해."

"그런가요?"

"흘려들으면 안 돼. 나만 해도 1년 이상 사건이 이어진 피고인이랑 대화하다가 깊은 관계에 빠진 적이 있으니까."

"…정말요?"

"당연히 농담이지. 피고인만큼은 사양할래."

"생각해본 적도 없는데요."

"어머머. 신분 가지고 선택하는 남자도 별로야."

오가는 이 대화 속에 정답이 되는 선택지는 아마 없을 것이다.

지하 식당에서 라면을 먹고 다른 직원들과 잡담을 하면서 기록을 정리하는 사이에, 오전 중에 일어난 이해되지 않는 사건이 준 충격은 흐릿해졌다.

조서 작성, 변호인과 검사의 일정 조정, 서면조사. 해야 할 일이 산더미다.

"서기관은 무슨 일을 하니?"

엄마를 보러 집에 갔을 때 텔레비전으로 뉴스를 보던 엄마가 갑자기 물었다.

법률과 관련된 일이라서 두루뭉술하게 대답하는 건 좋지 않다는 생각에 법원조직법의 근거 조문을 읽어보라고 했다. …설명하는 게 귀찮아서 그런 건 아니다.

제60조(법원서기관)

1항 각 법원에 법원서기관을 둔다.

2항 법원서기관은 법원의 사건에 관한 기록과 그 밖의 서류 작성 및 보관, 그 밖의 다른 법률로 정한 사무를 담당한다.

3항 법원서기관은 2항의 사무를 담당하는 한편, 법원 사건에 관하여 재판관의 명령을 받아 재판관이 행하는 법령 및 판례 조사, 그 밖의 필요한 사항의 조사를 보조한다.

4항 법원서기관은 직무를 수행함에 있어 재판관의 명령을 따른다.

5항 법원서기관은 구술 내용의 기록과 그 밖의 서류 작성 또는 변경에 관하여 재판관의 명령을 받은 경우, 그 작성 또는 변경이 정당하지 아니하다고 판단했을 때는 자기 의견을 첨부할 수 있다.

노안이 온 엄마는 한참 시간을 들여 읽고 난 다음, "잘 모르겠다"라고 말했다.

"여러 군데에 '그 밖의'라고 적혀 있지? 그러니까 그런 일을 해."

고개를 갸웃거리는 엄마에게 "재판관이 못 하는 일은 뭐든 다 하는 거야" 하고 덧붙였다.

"재판관은 다 똑똑한 사람들이잖아. 그런 사람들이 못하는 일도 있다니?"

"능력이 아니라 위치상의 문제. 당사자 중 어느 한쪽 편을 들면 안 되니까 사전 조정은 우리가 해서 자리를 마련하는 거야. 재판이 공정하다는 걸 재판관 본인이 보증해봤자 의미가 없으니 우리가 공판조서를 만들어. 그렇게 역할을 분담하는 거지."

"흐음… 재판관 매니저 같은 거니?"

"뭐, 정확하지는 않지만 아주 틀리지도 않았어."

코트 매니저court manager라고 불릴 정도니 엄마의 지적은 그런 대로 핵심을 찔렀다.

서기관이라는 단어의 뉘앙스 탓일지도 모르지만, 법정에서 오가는 말을 구구절절 한 치의 오차도 없이 기록하는 업무라고 착각하는 사람들이 종종 있다. 하지만 정확하게 기록하는 건 일부 절차에 불과하고 재판을 지체 없이 열기 위한 업무가 훨씬 많다.

"일은 재미있어?"

"일이 재미있는 게 이상하지 않을까?"

"…그렇지."

텔레비전에서는 교통사고로 사망자를 낸 고령의 치매 환자에게 집행유예 판결이 내려졌다는 뉴스가 흐르고 있었다. 면허증 반납 문제와 유족의 슬픔은 다뤘지만, 가해자 가족에 대한 언급은 없었다.

세간의 이목을 끄는 사건이 일어나면 그 영향은 파문처럼 퍼져나간다. 피해자 유족에 대해서도, 가해자 가족에 대해서도. 그러나 양자는 전혀 다른 대상으로 취급받는다. 가해자 가족을 따라다니는 건 죄인의 가족이라는 딱지.

엄마는 예전에 법복을 입은 내 모습이 보고 싶다고 말한 적이 있다. 하지만 엄마가 방청을 하러 오는 일은 없을 것이다.

이젠 재판 뉴스를 보기만 해도 슬퍼 보이는 표정을 짓는다.

5년 전 재판 때도 법정에서 엄마를 본 기억은 없다. 내가 방청을 다닌다는 걸 알면서도 직장 생활이든 집안일이든 평소처럼

해냈다. 몇 달씩이나 이어진 재판 기간 동안, 혹은 유죄판결이 선고된 후에 엄마는 무슨 생각을 하고 있었을까.

대학 졸업에 취직으로 정신없이 시간이 흘렀다. 자취를 시작한 뒤로는 엄마와 연락을 주고받는 일이 줄었다. 정말 바쁜 일상만이 이유였을까. 건드려서는 안 될 화제가 생겨버린 탓에 거북함을 느끼고, 단 하나뿐인 가족에게도 거리를 두려고 했던 게 아닐까.

아버지의 존재를 알게 된 날부터, 난 계속 도망만 다니고 있다.

오후 6시. 1층 로비에서 아이를 기다렸다.

1년에 몇 번 행정법 수업을 함께 들었던 멤버들과 회식 자리를 가지고 있다. 나, 아이 그리고 소지 세 명은 거의 고정이고 또 누가 올지는 타이밍에 따라 다르다. 기혼자는 발길이 뜸해지는 경우가 많아 섭섭하지만 어쩔 도리가 없다.

오늘도 분명 고주망태가 된 소지가 상사에 대한 뒷말을 연거푸 늘어놓는 모임이 될 것이다.

10분 정도 지났지만 아이는 나타나지 않았다. 급한 업무에 쫓기고 있을지도 모른다. 서기관에 비해 재판관은 수는 적은데 업무량은 차원이 다르게 많다.

먼저 가 있겠다고 메시지를 보내고 법원을 나왔다. 재판관실 상황을 보러 가봤자 내가 할 수 있는 일은 거의 없다. 아이 몫의 음식을 담아놓고 소지의 불평을 소화해두자.

은행나무 가로수 길을 걸어서 아케이드 상점가로 나왔다.

예약을 잡아놓은 곳은 몇 번 모임을 한 적이 있는 중화요리 가게다. 지도 앱을 켜지 않아도 기억에 따라 걸으면 가게에 도착한다. 멍하니 오전 중에 일어난 신기한 일에 대해 생각했다.

나는 꿈을 그렇게 자주 꾸지 않고, 꿨을 때도 기억에 남는 건 희미한 인상뿐이다.

그렇다면 그건?

아이와 소지, 꿈속에서 깨어났을 때 눈앞에 두 사람이 있었다. 아이는 기억과 다르게 법원까지 따라왔다. 이후의 재판 흐름은 담담한 가라스마의 말투도 법정에 팽팽하던 긴장감도 실제 그 자리에 함께 있는 것처럼 현실감을 띠었다.

이 세상에는 예지몽이라는 게 있는 듯하다.

꿈에 등장한 누군가의 목숨이 위태로운 걸까? 법정에서 대화를 나눈 뒤로 아이의 모습은 보지 못했다.

에이… 이 정도만 해두자. 잘만 말하면 술자리 안주 정도는 되겠지. "왜 멋대로 죽이고 난리야"라며 아이가 눈을 부라리겠지만.

붉은 포렴을 내건 가게로 들어가 모토하시 소지로 예약이 되어 있다고 점원에게 말했다.

"모토하시 님…, 이요?"

"네. 6시 반부터 다섯 명."

"잠시 기다려주세요." 2분 정도가 지났다. "죄송합니다. 그 시간대에 다섯 분 예약은 들어온 게 없는 것 같습니다."

"어라? 알겠어요. 잠깐 확인해볼게요."

가게에서 나와 휴대폰을 확인했다. 어젯밤, 행정법 수업 단체 대화방에 소지가 예약 내용을 올렸다. 법원을 나오기 전에 봐둘 걸 그랬다.

"어라?" 아까와 같은 말이 튀어나왔다.

목록에 행정법 수업 대화방은 보이지 않았다. 꽤 오래전 목록까지 거슬러 올라갔지만 결과는 다르지 않았다. 잘못 조작해서 숨김 설정이 되어 있을지도 모른다. 약속 시간이 다가와서 소지에게 직접 연락을 해보기로 했다.

그런데 이번에는 소지의 계정이 보이지 않는다.

이것 또한 이상하다. 깜짝쇼라도 계획한 건가 싶어 좌우를 둘러봤다. 아니다, 그런 어린애 장난 같은 놀이를 할 나이도 지났다.

그때 아이에게서 전화가 걸려 왔다. 이제 무슨 사정인지 알 수 있다.

"아이?"

"그래. 뭐야?"

"그게…."

"아까 메시지는 잘못 보낸 거야?"

"뭐? 아니, 오늘 동창회잖아."

"…무슨 소리야?"

자동차 진입 금지용 펜스에 걸터앉았다. 침착하자.

"행정법 수업 회식. 오늘이잖아."

"그게 무슨 소리야. 초저녁인데 벌써 취했어?"

"아… 꿈을 꾸는 건가."

그 기묘한 체험이 아직 이어지고 있는 걸까.

"지금 어딘데?"

"탄탄 앞."

"후우." 노골적인 한숨 소리. "알겠어. 20분이면 가니까 기다려."

납득할 수 있는 답을 찾지 못한 채로 어두워지기 시작한 하늘을 올려다봤다.

9

근처 편의점으로 들어가 잡지 코너 앞에서 휴대폰을 봤다.

사라진 건 행정법 수업 단체 대화방과 소지의 계정만이 아니었다. 아이를 제외한 대학 친구의 계정이 하나도 보이지 않는다. 고스란히 쏙 빠져 있다.

여우에게 홀린 기분이다.

어떻게 이런 일이 일어날 수 있을까.

가장 먼저 의심해야 할 건 역시 아이다. 법원에서 자리를 비운 사이 내 휴대폰을 조작해서 계정을 삭제. 그런 다음 탄탄에 예약 취소 전화를 걸었다…. 하지만 아이에게 비밀번호를 가르쳐준 적이 없고, 아이가 그런 장난을 칠 이유도 떠오르지 않는다.

아니면 소지와 다른 친구들이 내 계정을 일제히 차단한 걸까. 미운털이 박힐 만한 짓을 한 기억은 없지만, 인간관계의 균열은 전조 없이 발생하니까.

이제 슬슬 아이가 올 때가 된 것 같다. 손목시계로 시간을 확인하다가 헉 하고 숨을 삼켰다.

아이보리 문자반, 은색 초침. 처음 보는 시계다.

"기다렸지?"

황급히 뒤를 돌아보자 아이가 서 있었다.

"왜 그렇게 놀라?"

"집에 갔다 왔어?"

"아니. 뭔가 이상해 보여서 서둘러 바로 왔는데."

"하지만, 옷이…."

오전에는 베이지색 블라우스와 갈색 체크무늬 스커트를 입고 있었다. 가을 분위기 나는 옷이라고 생각했던 게 기억난다. 그런데 지금은 연한 하늘색 셔츠.

"아침부터 이 옷이었어. 이거 중증이네."

"치명상일지도."

"끈 풀렸어."

오전에 법정에서 나눈 대화를 재현하듯이 아이가 내 발부리를 가리켰다. 숙이고 앉아서 오른발 구두끈을 고쳐 맸다. 고리가 아래쪽으로 향하는 뒤집힌 나비매듭.

"오늘은 신발 끈 상태가 별론가 봐."

"그래?"

아이는 맞장구를 치지도 비꼬지도 않고 고개를 갸웃거렸다.

"그런데 말이야…."

"일단 탄탄으로 가자. 배고파."

"알겠어."

포렴을 걷고 들어가니 조금 전의 그 점원이 의아하다는 표정으로 나타났다.

"죄송해요. 아까 예약은… 날짜를 착각했어요. 이왕 온 거 둘이서 먹고 가도 될까요?"

"물론이죠. 편하신 자리에 앉으세요."

나무 의자와 테이블이 늘어선 아담한 가게 안. 가게 이름으로 삼을 만큼 탄탄면이 유명하고, 탄탄만두와 탄탄밥 같은 메뉴도 있다.

"오랜만이다." 아이도 가게 안을 둘러봤다.

"누구랑 왔는데?"

"너랑 둘이 왔지. 기억 안 나?"

기억한다. 다만 단 둘은 아니었다.

맥주와 하이볼이 나오자 아이가 "그럼 스구루의 착란 상태에 건배" 하고 말했다.

"내가 제정신을 붙들고 있다는 걸 전제로 하고 이야기를 들어줄래?"

"그럴게."

"이 가게에서 6시 반부터 동창회를 할 거야. 난 그렇게 들었어."

"누구한테?"

"소지가 단체 방에 올렸어."

"보여줘 봐."

아이는 젓가락으로 토마토를 집으며 왼손을 이리로 뻗었다.

"대화방이 통째로 사라졌어. 소지 계정도."

"하, 그것참."

잔을 비우고 레몬 사와를 주문했다. 평소에는 잘 마시지 않지만 알코올의 힘을 빌리지 않으면 이야기를 계속할 수가 없었다.

"여러모로 생각해봤는데, 아이 너 말고 전부 날 차단한 건 아닐까 싶어."

"아아, 그렇군."

"뭐 아는 거 있으면 가르쳐줘."

"으음… 아는 거라." 아이도 두 잔째 맥주를 주문했다. 아이는 나보다 훨씬 술이 세다. "네가 날 놀리고 있다는 게 압도적으로 유력한 답이야."

"그다음은?"

"네 기억이 뒤죽박죽이란 거."

"동창회 일정을 잘못 알았다는 거?"

"그 이전의 문제야."

"열릴 예정이 아니란 말이야?"

"애초에 동창회 같은 건 한 번도 한 적이 없어."

나도 모르게 할 말을 잃었다. 하지만 농담을 하는 것처럼 보이진 않는다.

연말연시, 서로의 생일, 피서. 해마다 몇 번이고 한데 모여 술을 마시고 놀았는데.

"내가 따돌림을 당한 게 아닌 한 수업 단체 대화방은 존재하지 않고, 넌 소지의 계정을 친구로 등록하지 않았어."

"모토하시 소지는 실재하는 거지?"

"아하하. 소지는 존재해. 나도 요즘은 만난 적 없지만."

믿을 수 없다. 그렇다면 내 이 또렷한 기억은 어디서 생긴 거란 말인가.

"비교적 다들 사이좋게 지냈잖아."

"응."

"같이 놀기도 했고."

"어느 시점까지는."

"소원해진 이유는?"

"그건…."

탄탄두부와 탄탄면이 나와서 아이는 입을 다물었다.

"다음 이야기는 먹고 나서 할까?"

"…응."

셋이서 이 가게에 온 적도 있다. 요리가 보기보다 훨씬 매워 소지의 이마에서 땀이 뿜어져 나오는 걸 보고 깔깔거리며 웃었

다. 약 30분 전, 탄탄이라는 가게 이름을 대니 아이는 알겠다고
했다. 모든 게 기억과 다른 건 아니다. 하지만 분명 들어맞지 않
는 부분이 생기고 있다.

예약이 되지 않은 것도, 계정이 사라진 것도… 아이의 지적이
옳음을 뒷받침한다.

증거가 없으면 주장은 기각된다. 그것이 재판의 철칙이다.

손님이 적고 우리도 묵묵하게 음식만 먹어서 카운터 근처에
놓인 텔레비전 소리가 들렸다. 저녁 보도 프로그램이 나온다. 표
시된 헤드라인만 보고도 어떤 뉴스일지 상상이 갔다.

"온통 이 소식이네."

사기 숟가락을 부지런히 움직이던 아이가 흥미 없다는 듯 말
했다.

"난 지금 내 기억을 못 믿겠어."

아이는 나와 다른 뉴스를 떠올리고 있는지도 모른다.

"불륜이 들통나서 행방이 묘연하던 스포츠 선수가, 기자회견
을 열고 사과했다가 집중포화를 맞았어."

"그냥 불륜?"

"동시다발 불륜에, 입막음용으로 돈을 주고 무마하려고 했어."

"그렇게 말하면 꼭 테러 같잖아."

내가 아는 사건이다. 불륜이 들켰을 때도 크게 기사로 다루어
졌고, 명확한 설명 없이 활동을 중단했다가 어느 정도 시간이 지
난 다음 연 사과 기자회견으로 비난 여론이 폭주했다.

"공평하지 않아." 아이가 입을 비죽였다.

"불륜에 공평하고 안 공평한 게 있냐."

불륜 사실을 밝혔다고 해서 용서받을 수 있는 건 아니다.

"그게 아니라, 이 기자회견 말이야. 애초에 일본에 간통죄는 없어. 불륜을 저지른 사람의 배우자가 위자료를 청구할 수 있는 게 고작이야. 스폰서와 맺은 계약에 위배되면 그 배상의무도 지겠지만. 이 회견은 누구한테 뭘 사과하는 걸까?"

아이는 네 잔째 맥주를 주문했다. 주사를 부리는 모습은 본 적 없지만 말투는 과격해진다. 단어를 신중하게 고르는 게 좋을 것 같다.

누구에게 하는 사과 회견인가. 생각해본 적도 없다.

"불쾌하게 만든 것에 대한 사과?"

"그럼 사과 회견으로 불쾌함을 느낀 사람을 대상으로 한 사과 회견도 열어야지."

"그게, 하고 싶은 말이 뭔지는 알겠어. 기자 질문도 꽤 과격했고."

"변호인이 없는 피고인 신문 같은 거야."

쉽게 이해가 되지 않는 비유였다. "기자가 검사란 거야?"

"검사가 사정을 두지 않고 피고인에게 질문을 하는 건, 그 뒤에 변호인이 등장할 걸 전제로 깔고 있기 때문이야. 반성하는지 아닌지는 추궁하는 측과 변호하는 측의 질문 공방을 통해 밝히지 않으면 의미가 없어. 몇십 대 일의 상태에서 들이댄 마이크를 앞에 두고, 대답을 거부할 권리도 사실상 빼앗겼어. 형사재판보다 절차 보장이 형편없어."

무슨 말인지 알겠다. 그런 관점으로 기자회견을 본 적은 없었다.

"옆에 변호사를 앉히고 부적절한 질문에는 변호사가 이의를 제기한다. 확실히 그 정도 배려는 해야 할 것만 같기도 해."

"최소한은, 말이지."

사과라는 건 공식 입장이고 실제로는 시청자의 울분을 해소하기 위해 열리는 회견이다. 하루코 씨도 "정신 차리려면 저걸론 부족해" 하고 화를 냈다.

"법대에서 보면 피고인이 반성하는지 알 수 있어?"

"때와 경우와 피고인에 따라서."

주문한 음식은 거의 다 먹었다. 안닌도후*를 숟가락으로 뜬다. 앙증맞게 올라가 있는 붉은 구기자 열매는 눈의 피로를 해소하고 혈류를 촉진하는 효능을 지닌 슈퍼 푸드다.

중단된 이야기를 다시 해야겠다.

경험한 것과 아이가 한 말을 조합해 하나의 가설을 이끌어 냈다.

"난 사토라레 군이었어."

"뭐라고?"

---

* 일본에서 자주 먹는 디저트로 중국식 젤리의 일종.

"중학생 때까지, 내가 생각하는 게 주위 사람들한테 고스란히 전해진다고 믿었어. 나쁜 짓을 해도 금세 들킨다. 항상 누군가에게 감시당하고 있다. 그런 식으로."

"사는 게 힘들었을 것 같다."

"옛날에 그런 가공의 병을 테마로 한 만화가 있었어."

"아아… 난 또 뭐라고. 거기에 영향을 받았구나. 귀엽네."

고개를 좌우로 흔들었다.

"그 만화를 보기 전부터 주위 사람들이 내 생각을 모조리 알고 있다고 믿었어. 그래서 다 보고 나선 무서워졌어."

"네 생각을 읽고 만화가 만들어졌다. 그런 말이야?"

척하면 척이다. 더 이상 설명할 필요는 없을 것 같다.

"그때는 진짜로 무서웠어. 지금이라면 내가 생각하는 건 많은 사람이 한 번은 떠올린 거라는 걸 알지만. 특별한 사람이 되고 싶었던 거겠지."

"청춘의 객기는 착각의 집대성이니까."

아이가 기분 좋은 듯이 웃었다.

"그리고 사후 세계는 생지옥이라고 절망했어."

"이번엔 철학이군."

"신체 기능은 정지했는데 사고는 계속 일을 하는 거야. 죽은 장소에 혼만 칭칭 묶여서 한 걸음도 못 떼고 하염없이 시간만 흘러가는 거지. 무無지만 끝은 없어."

"그만하지. 나 폐소공포증 있는데."

"생지옥이지?"

"네 소년 시절이 흥미롭단 건 알겠어. 그런데 무슨 말을 하려고 그 이야기를 한 거야?"

지극히 타당한 지적이다. 잔을 기울이자 얼음이 무너지는 소리가 났다.

"비현실적인 결론에 이르렀을 때, 그게 체험과 맞아떨어지고 논리적으로 설명할 수 있는 요소 같은 게 존재하면, 난 받아들일 수 있는 내성이 있다는 걸 보여주는 에피소드야."

"외계인이라든가?"

"본 적 없으니까 안 믿어."

"초능력은?"

"발현한 적 없으니까 안 믿어."

"그럼 뭔데?"

의식을 잃고, 과거를 다시 체험하고, 미묘하게 다른 루트를 더듬어 돌아왔더니 동창회 약속이 지워져 있었다. 아이가 입은 옷과 인간관계, 다양한 것들이 영향을 받았다.

어떻게 이런 일이 가능할까.

"대학교 4학년 때, 같이 방청 갔던 거 기억해?"

그렇게 묻자 아이는 어중간하게 고개를 끄덕였다.

"성범죄 부인사건이었어."

"기억한다니까."

"피고인이 누군지도 알지?"

"…."

그렇게 된 건가. 믿기지 않지만 그것 말고는 달리 어떻게 생각해야 한단 말인가.

"소지랑 다른 애들이랑 소원해진 것도 그 일이 관련돼 있어."

"스구루… 왜 그러는 거야?"

이제야 알아차렸다.

미래를 바꿔버렸을 가능성을.

10

"잠깐만 있어봐!"

탄탄 앞에서 아이를 마주 보고 섰다. 양복 차림의 호객꾼이 조금 떨어진 곳에서 바라보고 있다.

"이야기 들어줘서 고마워. 조금만 더 혼자 생각하고 싶어."

"갑자기 왜 그러는데?"

"정리되면 차분히 설명할게."

"저기, 뭐 때문에 힘들어하는지를 모르겠다고."

"나도 그래."

"몰라. 멋대로 해, 이 자식아."

아이는 욕을 하고 자리를 떴다.

화가 단단히 났다. 반대 방향으로 걸음을 뗐다. 다가온 갈색 머리 호객꾼이 "다투셨나요? 좋은 데 가서 싹 날려버리시죠" 하고 말을 걸었다.

"오늘이 몇 년 몇 월 며칠이죠?"

어리둥절한 표정으로 굳어버린 호객꾼을 무시하고 빠른 걸음으로 번화가를 떠났다.

법정에서 했던 그 한마디가 혼돈에 빠진 지금의 상황을 초래한 걸까.

"아까 그 피고인, 내 아버지야."

소메야 다카히사의 제1차 공판이 종료된 후 나는 방청석 옆자리에 앉은 아이에게 피고인의 정체를 밝혔다. 그러고는 곧바로 다시 의식을 잃었다.

만에 하나, 만에 하나다. 끊어진 장면과 이어진 과거가 있다면?

법정 앞 복도에서 아이가 자세한 설명을 요구했을 것이다. 발언의 진의, 관계, 사건 내용. 내가 뿌린 씨앗이니 나는 추궁에서 벗어나지 못했으리라.

그 후에 무슨 일이 일어난 걸까. 이것도 추측이다.

학교에 소문이 퍼진다. 우구이 스구루의 친아버지가 성범죄 사건의 피고인으로 재판을 받고 있는 것 같다. 시간을 주체하지 못하는 법학부 학생들의 흥미를 끌기에는 과하면 과했지 부족하지 않은 내용이다. 모두 진실이니 발뺌할 재간이 없다. 부정하지 않고 그저 침묵으로 일관한다.

행정법 수업을 같이 듣던 친구들과 거리를 두고 그대로 졸업해 현재에 이른다.

동창회 같은 게 열릴 리 만무하다. 그 이전에 동창들과의 관계도 끊었을 것이다. 직장이 같은 아이와의 사이만 겨우 유지됐다.

끝까지 감추려 한 비밀이었기에, 그것이 새어 나갈 경우 어떤 상황이 펼쳐질지도 반복해서 시뮬레이션했다. 피가 이어져 있을 뿐 대화를 한 적도 없다. 사건이 일어나기 전까지는 그의 존재조차 몰랐다. 그러한 해명은 시도도 하지 않고 이해해줄 리 없다며 지레 포기했을 것이다.

법정에서의 구두끈 이야기는 내가 동창회 시간을 말한 뒤에 아이가 발견하고 가르쳐줘서 시작됐다. 동창회가 없어져서 아이와 나눈 대화도 생략됐다. 그래서 탄탄 앞에서 대화가 따로 놀았다.

인식한 현재 상황과 일치한다. 설명이 된다.

과거의 추체험을 거쳐 미래가 덧씌워졌다. 그 비현실적인 현상만 받아들인다면.

쓰러진 충격으로 국소적인 기억상실이 왔다. 아니면 있지도 않은 기억에 사로잡혔다. 현실성 있는 시나리오가 몇 가지 떠오른다. 하지만 지난 5년 동안 차곡차곡 쌓아 올린 기억이 가짜라고는 믿을 수 없다.

법정 문을 열었을 때의 감각을 떠올리려 했다.

곧바로 쓰러지지 않고 미지근한 액체에 뛰어든 것처럼 시간이 서서히 흘러갔다.

시공의 뒤틀림…. 언어화할수록 점점 더 현실감이 사라진다.

꿈이 아니란 걸 알았더라면 그렇게 부주의한 말을 입에 담지 않았을 것이다. 무의미한 가정임을 알면서도 후회하지 않을 수 없었다.

아니, 아니야, 잠깐만.

…진심으로 받아들이려고?

돌림노래다. 한숨을 토하고 주머니에서 집 열쇠를 꺼냈다. 법원에서 걸어서 10분 거리에 있는 아파트 304호.

주소까지 달라져 있다면 낭패겠지만 문은 문제없이 열렸다.

하지만 평소와 다른 느낌이 들었다. 시트러스 향기. 테이블에 낯선 아로마 디퓨저가 놓여 있었다. 그뿐만이 아니다…. 가구와 식기도 기억과 조금씩 달랐다. 지저분하고 누추한 남자의 자취방. 분명 동거인은 없다.

좁은 실내를 탐색하다 색이 다른 머그잔과 또 하나의 베개를 발견했다.

아무래도 '지금'의 내게는 특별한 상대가 있는 모양이다.

상대가 누구인지도 짐작이 갔다. 그녀가 좋아하는 향기와 색을 알고 있기 때문이다.

내 집인데 진정이 되지 않는다. 남의 생활공간에 몰래 들어오기라도 한 것처럼. 침대에 누워본다. 이 싱글베드에 나란히 잠들고, 무방비한 잠든 얼굴까지 공개한 걸까. 그 순간이 지금 찾아오면 한숨도 못 잘 것 같다.

신기하다. 비밀이 밝혀짐으로 인해 잃어버린 관계와 긴밀해진 관계가 있다니. 어떻게 그렇게까지 발전할 수 있었던 걸까.

아니다, 그 반대일까. 다가서길 두려워할 이유가 사라진 것이다.

아버지의 존재가 알려지면 내게서 멀어지겠지. 그렇게 확신하고 본심을 이야기하는 소지를 부러워하면서 나 자신은 항상 바짝 긴장하고 있었다. 일정한 거리를 유지하고 안쪽으로는 비집고 들어오지 못하게 경계했다. 마음을 열었다고 해도 속내는 터놓지 못하는 관계에 불과했다.

하지만 '지금'은 강제로 심판대에 올라 대다수가 떠났다.

그래도 남아준 상대에게는 속내를 드러낼 수 있다.

정말로? 일어서서 휴대폰을 집어 들었다. 안일한 해석이 아닐까. 그녀에게 의지하고 매달리는 수밖에 없었다.

그녀도 죄책감을 느낀다면?

비밀을 퍼뜨린 건 누구일까?

아무리 생각해봤자 결론은 나오지 않는다. 5년의 세월을 상상으로 모두 메울 수는 없다. 방 안을 돌아다니면서 아이에게 전화를 걸었다.

"왜?"

목소리가 저기압이다.

"기껏 와줬는데 미안해."

"그게 다야?"

"오늘 일은 언젠가 꼭 배로 갚을게."

"…무슨 일이 있었는데?"

어떻게 설명하면 좋을까. 나 자신이 반신반의한 상태인데.

"오전에 부장님 사건에서 피고인이 무죄를 주장했어."

"알아."

"교도소에 들어가기 위한 절도. 꼴사나운 변명이라고 단정 지었어."

"예단으로 넘치는군. 반성해."

다음 할 말을 생각하면서 실내를 둘러봤다.

"그 후에, 아버지 재판 꿈을 꿨어."

"언제? 방금 그거 오늘 사건 이야기지?"

"점심시간에 책상에서 잤어."

"뭐, 좋아. 잠이 덜 깬 채로 저녁을 맞이한 거야?"

캐비닛 서랍을 열자 액자가 들어 있었다. 나와 아이가 나란히 앉아 있다. 포크와 나이프, 스푼, 테이블보. 고급스러워 보이는 레스토랑. 나는 아이보리 문자반이 있는 손목시계를 가슴 앞에 들고 있다.

탄탄에서 손목시계에 대해 아이에게 물어보지 않기를 잘했다.

"꿈은 법원에 가기 전에, 대학 식당에서 소지까지 해서 우리 셋이 이야기를 하던 데서부터 시작했어."

"거기까지는 기억 안 나."

"방청을 하러 가지 않았다면 다른 미래를 맞이했을지도 몰라."

정확히는 아이가 법원에 따라오지 않았다면.

"그럴지도."

"사회인이 된 다음에도 자주 모임을 가졌을 거야."

"대학 시절의 교우 관계는 언젠가 소원해지기 마련이야."

아니다. 근황 이야기와 직장에 대한 불만을 서로 털어놓는 그런 관계가 몇 년씩 이어졌다.

"오늘 재판을 보고 있자니 옛날 내 모습이 생각나더라고. 허무하다는 생각이 드니까, 널 골려주고 싶어졌어. 그래서 영문 모를 메시지를 보낸 거야."

"탄탄에서 했던 말도?"

"응. 그만둘 타이밍을 놓쳐서."

"쳇, 만족했어?"

"화난 얼굴을 봤으니까 아주 만족."

"그것참 좋으시겠네요."

제대로 된 이유라고 할 수도 없는데 그 이상의 설명은 요구하지 않았다.

"그럼, 잘 자."

"내일 봐."

나와 소메야 다카히사의 관계를 퍼뜨린 건 아이다. 두 개의 현재를 경험했기 때문에 소거법으로 답을 도출할 수 있다. 가벼운 마음으로 소지와 친구들에게 말해버렸으리라.

그 결과 따돌림의 대상이 되었다 하더라도 아이를 탓할 수는 없다.

아이마저 잃는다면, 난 정말 외톨이가 되고 만다.

휴대폰 사진 앱에는 기억에 없는 사진이 잔뜩 저장돼 있었다.

수족관, 유원지, 단풍, 료칸, 스키, 불꽃 축제. 대부분이 아이 사진이다. 계절이 여러 번 반복됐다. 둘이 서로를 의지하며 걸어 왔다.

어떤 심정으로 지난 5년을 지내왔을까. 비참하지는 않았을 까. 그럼에도 놓고 싶지 않았던 걸까.

내일부터 아이를 어떻게 대하면 좋을까. 동료로서, 연인으로서.

이 레일 위를 계속 걸어갈 수 있을까.

아니다, 과거의 내게 배우면 그만이다. 어디에 가고 무엇을 했는지…. 내게 소중한 추억은 저장돼 있다. 웃는 모습도 거리감 도. 5년의 세월을 흡수하자.

잘려나간 과거의 단편을 바라보고 쓴웃음을 지었다.

타임 슬립을 해도 불편할 것 없는 시대가 됐구나.

제2장

홍련의 까마귀

1

미래를 조금 고쳐 쓴다고 인생이 극적으로 바뀌진 않는다.

물론 조건에 따라 다르겠지만.

과거와 현재를 자유롭게 오갈 수 있고 게임처럼 몇 번이고 다시 할 수 있다면 인생을 마음먹은 대로 조종하는 것도 불가능하진 않다.

하지만 딱 한 번, 겨우 몇 시간.

아무런 전조도 없이 과거로 떠밀려 떨어진 평범한 사람이 뭘 할 수 있을까.

타임 슬립이 일어나고 있다고 친절하게 가르쳐준 것도 아니다. 경고문이나 주의표지조차 보이지 않았다. 꿈이라고 착각하고 섣불리 행동했다가 소중한 관계를 잃었다.

사기가 따로 없다. 알아차렸을 때는 이미 늦었고 책임자는 코

빼기도 보이지 않고 모르는 척. 아무리 기다려도 미안하다는 말도, 자세한 설명을 해줄 기미도 없다.

데려다놓은 곳은 인생에 큰 영향을 미쳤던 과거.

납득 못 할 현상을 들이밀고는 그대로 방치하다니….

신이시여, 이거 너무하는 거 아닙니까.

그런 기적 같은 하루로부터 3주가 지났다.

요 며칠 동안 달관과 자포자기가 뒤섞인 정신 상태에 이르렀다. 그전까지는 타임 슬립이 일어나지 않을까 하는 기대와 불안을 안고 불안정한 하루하루를 보냈다.

한 번 경험하고 나니 두 번은 일어나지 않는다고 단정할 수 없었다. 오히려 다시 과거로 돌아갈 게 틀림없다는 확신 비슷한 예감마저 들었다.

미지의 사태를 조우했을 때, 현대인은 검색 서비스에 의존한다.

생각할 수 있는 모든 키워드를 조합해서 인터넷을 탐색했지만 유익한 정보는 찾아낼 수 없었다. 타임 슬립을 다룬 영화를 보며 상황을 이해하지 못해 어쩔 줄 몰라 하는 주인공에게 '그래, 그 심정 알아' 하고 응원을 보냈다.

그렇지만 과학적인 검증에 집착하지 않는다면 실마리가 아예 없는 것도 아니었다.

이런 종류의 현상에서는 재현성을 중요시하는 것 같다. 조건이나 순서를 조정하면서 똑같은 현상이 재현되는지를 확인하는 것이다. 여러 영화에서 등장인물이 시공의 문을 열려고 분투하는 장면이 나왔다.

그때의 조건과 순서는 어땠을까. 날씨나 온도까지 신경 쓰면 끝이 없다. 우선은 직감적으로 중요하다 싶은 것을 픽업했다.

1번, 법복을 입고 법대 뒤의 문을 열었다.

2번, 재판에서 무죄 주장이 나왔다.

3번, 재판이 끝난 후에 방청인과 질의응답이 있었다.

4번, 피고인의 몸이 안 좋아져서 재판이 중지됐다.

5번, ….

열거하려고 하면 얼마든지 나온다.

특히 1번은 서기관이라면 누구나 일상적으로 하는 일이다. 이것만 가지고 시공의 문이 열린다면 법원은 시간 여행자로 도배된다.

그렇다면 조합 문제일까.

어떤 행동이 계기가 될지 모르기 때문에 법정 문을 열 때는 긴장감을 느꼈다. 주위를 살피고 문고리를 잡아 감촉을 확인한 다음 서서히 힘을 줬다.

"빨리 열어!"

비명 같은 하루코 씨의 목소리가 등 뒤에서 들린다.

"안전한지 확인하고 있어요."

"내 팔뚝이 폭발 직전이거든."

문을 열고 지지대로 고정하자 하루코 씨는 양손으로 들고 있던 칸막이 커튼을 바닥에 내려놓고 팔을 빙글빙글 돌렸다.

"아, 무거워 죽는 줄 알았네. 아까 시간 질질 끈 건 징역 2년 짜리야."

"집행유예는요?"

"당연히 실형이지."

"판결에 온정을 베풀어주길 기대했는데."

내일 오전에 하루코 씨가 담당하는 사건의 피해자 신문이 이루어진다.

남편이 이혼 이야기를 꺼낸 아내의 얼굴을 때린 상해사건으로, 코뼈 골절이 피고인의 폭행으로 인해 발생했다는 주장이 받아들여지느냐 마느냐를 두고 다투고 있는 듯하다.

"때리긴 했지만 가볍게 밀치는 정도였고, 취한 아내가 할리우드 액션으로 넘어지다 코를 찧었다. 구차하기 짝이 없는 핑계를 대더라고."

초록색 양생 테이프를 증언대 근처에 붙이면서 하루코 씨가 말했다.

"폭행을 인정했다면 아무 상관없다고 주장하는 건 힘들 것 같은데요."

"그것도 모자라 자기도 술을 마신 상태라서 세세한 것까지는 기억이 안 난대. 아무리 그래도 기억이 안 난다는 건 아니지 않니?"

"더 볼 것도 없을 것 같은데요."

구타한 사실을 인정했고 실제로 코뼈 골절이 발생했다. 남녀의 체격 차이. 취한 상태였다면 힘 조절은 어려웠을 것이다. 불리한 조건을 죄다 갖췄다.

"그래도 사건을 부인하고 있는 이상, 피해자의 이야기를 듣고 상황을 확인해야만 해. 법정으로 소환당해 가정폭력범 남편 앞에서 증언을 해야 하는 거야. 하아, 아내를 동정하지 않을 수가 없다 정말."

"아내분을 지키려고 이 차폐막을 설치하는 거죠."

"그냥 칸막이 커튼이지만."

사건 내용에 따라 법정 내의 배치는 세심하게 변경할 필요가 있다.

형사재판의 주인공은 어디까지나 피고인이다. "당신이 있으면 피해자가 증언하기 힘들어하니까 퇴정해주세요"라는 말은 하지 못한다. 피고인을 법정에 머무르게 하면서 피해자가 받을 심리적인 부담을 경감하기 위한 조치가, 형사소송법에 몇 가지 열거되어 있다.

가장 자주 이용되는 게 이번처럼 '차폐'를 설치하는 방법이다. 증언대 주위나 통로에 장애물을 두고 피고인이나 때로는 방청인으로부터도 증인의 모습이 보이지 않게 한다. 그런데 피고인 곁에는 변호인도 있다. 증인의 모습이 보이지 않으면 변호인의 반대신문에 지장이 생길 수도 있다.

"어때?"

"안 보여요."

하루코 씨가 증언대, 내가 피고인석에 앉아서 확인했다.

다음으로 변호인석 옆에 서서,

"이동했어요."

"어때?"

"보여요."

피고인석에서는 볼 수 없지만 변호인석에서는 볼 수 있는 절묘한 위치에 차폐막이 완성됐다. 이제 그 위치에 별표를 붙이고 기일 직전에 다시 설치한다.

"내가 안 보일 정도면, 보통 여자 체형은 여유롭겠지."

틈을 놓치지 않고 자학 발언을 섞는다. '반응하면 안 돼' 하고 나 자신을 타일렀다.

"부장님은 이 피고인한테 무슨 질문을 할까요?"

"우리는 생각도 못 할 질문."

"하루코 선배랑 부장님은 같은 시기에 이동해 오셨죠?"

"응. 이제 그만 해방되고 싶어."

"어떤 말씀을 하실지 선배는 알 것 같은데요."

하루코 씨가 증언대 의자에 앉은 채로 대답했다.

"정말 몰라. 부장님이 피고인 눈높이에서 재판을 진행하게 된 건 작년 이맘때부터야."

"아, 그래요?"

5년 전 재판 때 담담하게 절차를 진행하던 가라스마의 모습이 떠올랐다.

"얼마나 당황했는데. 이미지 변신이 아니라 소송지휘 변신을 보는 느낌이었달까?"

"그랬구나. 무슨 일이 있었을까요?"

"모르지. 그런데 높으신 분들은 곱게 안 보는 것 같아. 괜히 튀는 행동 하지 말고 지금까지 했던 대로 재판해라. 그 젊은 나이에 부총괄이라니, 완전 출세 가도를 달리는 중이잖아. 수수께끼가 너무 많아."

과연 그렇다. 어째서 방침을 바꾸게 된 걸까.

"부장님한테 물어보죠."

"난 흥미 없는걸."

"그러신가요."

"그러지 말고 지구사 씨한테 물어보지 그래?"

나와 아이의 '지금' 관계는 서기관실에서 어떻게 인식되고 있을까. 아직까지는 확인할 기회가 없었다. 증언대로 다가서면서 어깨를 으쓱했다.

"얼마 전에 아이를 화나게 해서요."

"팔불출 이야기는 듣기 싫은데요."

알겠다. 감추고 자시고 할 것 없이 알 만큼 다 알려져 있는 모양이다.

"같은 부의 서기관이랑 재판관이라니, 솔직히 힘들어요."

"그런 식으로 '난 크게 집착 안 합니다' 하는 태도를 보이는 건 별로야."

"그렇게 보여요?"

하루코 씨는 양생 테이프를 손끝으로 빙글빙글 돌리면서 "꼭 우구이 같은 사람이 정나미 다 떨어지게 만들어놓고 후회해" 하고 낮은 목소리로 말했다.

2

재현성 확인과 동시에 덧씌워진 미래의 범위를 조사했다.

주위가 인식하고 있는 '지금'과 기억 속 현재는 어디가 얼마만큼 다른가. 하지만… 이게 여간 어려운 일이 아니다. 남의 머릿속을 들여다볼 수도 없고, 꼬치꼬치 캐물으면 수상쩍게 여길 게 틀림없다. 내가 경험했을 일을 묻는 것이니 말이다.

그래도 휴대폰 데이터와 SNS를 더듬어가며 정보를 모을 수 있었다.

결론부터 말하자면 대학 시절의 인간관계를 제외하면 크게 달라진 점은 보이지 않는다. 즉 탄탄에서 아이가 들이민 사실이 전부다. 과거에 한 행동을 돌이켜 보면 그 결과도 납득이 된다. 법정에서 했던 말 외에는 기억에 따라 행동했을 테니.

이만한 결과에 마음을 놓아야 할까. 그런 일이 있었는데 싶다가도 이 정도로 그쳐서 다행이라는 생각이 든다. 비교할 대상이 없다 보니 답답하기 이를 데 없다.

한 번 더 과거로 돌아갈 수 있다면 나는 어떤 행동을 할까.

미래에 영향을 끼친다는 걸 알고 하는 리벤지 타임 슬립. 행동 하나하나를 주의 깊게 선택할 것이 분명하다. 변화가 두려워 이러지도 저러지도 못하려나.

재판관실 입구 부근에 서서 그런 생각을 하고 있었다.

가라스마가 통화를 마치기를 기다리고 있는데 마침 수화기를 내려놔서 "부장님" 하고 불렀다. "내일 재판 때 쓸 차폐막, 세팅해 봤는데… 지금 괜찮으세요?"

"응. 어디지?"

"202호요."

차폐막을 설치하면 법대에서 바라보는 광경도 달라지기 때문에 재판관에게도 확인을 받는다.

"아, 그렇지." 일어선 가라스마는 "사물함에 진보 씨 기록이 있는데 가지고 가겠어? 조서도 확인했어" 하고 말했다.

"알겠습니다. 내용, 괜찮았나요?"

"응. 중요한 부분은 다 적혀 있더군."

"하루코 선배가 법정에서 기다리고 있어요. 전 안 가도 될까요?"

"필요하면 내선으로 부를게."

아이와 우배석 사사베 데루히사는 미팅 테이블에 두꺼운 기록을 펼쳐놨다. 시청 관제담합사건 판결이 코앞으로 다가와서 그와 관련된 일인 것 같다.

중앙에 있는 사물함을 열자마자 진보 마사코의 기록을 찾을 수 있었다.

종이 재질의 책갈피가 끼워져 있는 페이지를 펼쳐 조서에 도
장이 찍혀 있는지 확인했다. 서기관이 작성한 공판기일조서는
재판관이 날인을 해야 효력이 발생한다.

"어? 이날 송금했다는 증거가 있었나요?" 하고 아이가 묻자,

"분명히 갑72가 사흘 치 이체명세서…" 하고 사사베가 곧바
로 대답한다.

갑72라는 증거 번호만 들어도 복잡한 사건일 게 짐작이 됐
다. 내가 지금껏 담당했던 사건에서는 갑호증이 50을 넘어간 적
조차 없다.

방해하지 않기 위해 자리를 뜨려는데, 기록 한 권이 눈에 띄
었다.

끈으로 묶인 대량의 종이 다발. 표지 형식으로 보건대 법원에
서 작성한 것이 아니다. 관심을 끈 건 피고인 칸에 기재된 이름
이었다.

〈소메야 다카히사〉

2016년의 사건 번호가 매겨져 있다. 죄명은 강제추행.

아버지의 사건 기록이다. 하지만 어째서 여기에.

"기록이 없어?"

아이가 앉은 채로 이쪽을 봤다.

"아니… 찾았어."

"같이 잘못된 증거 찾기 할래?"

"사양할게."

사물함을 닫고 재판관실을 나왔다. 내 자리로 돌아와 숨을 토했다. 손바닥이 땀으로 흥건했다. 봐선 안 될 것을 보고 말았다. 그런 기분이 들었다.

진보 마사코의 기록을 순서대로 넘기면서 흥분된 신경이 가라앉기를 기다렸다.

5년 전. 아버지 사건은 난요 지법에 계류되어 있었다.

가라스마는 징역 3년 6월이라는 실형 판결을 선고했고 항소도 기각돼 형이 확정됐다. 그 후에 사건 기록은 법원이 아닌 검찰청으로 인계됐다. 질의응답 때 가라스마가 대답했듯이 법원의 역할은 죄를 판단하고 벌을 결정하는 것이고, 형벌 집행 절차는 다른 기관이 담당하기 때문이다.

어떠한 이유로 가라스마가 검찰청에서 사건 기록을 대출했다. 개인 정보를 유출하지 않기 위해 엄중하게 관리하고 있지만, 재판관이나 서기관이 신청하면 허가가 나온다.

문제는 '왜 그랬느냐'다.

연구회나 사건 처리에 참고하기 위해 기록을 열람하는 경우가 있다고 전에 아이가 말한 적이 있다. 무죄를 주장했던 성범죄 사안이라 어느 쪽이든 가능성을 부정할 수 없다.

…지나친 생각일까. 서기관실에 비치되어 있는 장부를 뒤져 1주일 전에 가라스마 명의로 빌려간 것을 확인했다. 사무 처리 담당자 이름을 보고,

"이거, 구메가 처리했어?"

신입 사무관에게 물었다. 구메는 난처한 듯이 미간을 찌푸렸다.

"네. 뭐 잘못된 거라도?"

"옛날 사건인데 어디에 쓰려는 걸까 싶어서."

"아아… 그게, 연구회에서 쓸 거니까 빌려와달라고 가라스마 부장님께서 부탁하셨어요."

"그래. 고마워."

더 파헤치려면 연구회가 열릴 예정인지 아닌지 아이에게 확인하는 정도일까.

일어섰다가 마음을 고쳐먹고 앉았다. 다이코쿠 주임이 이상하다는 눈초리를 보냈다.

아이는 나와 소메야 다카히사의 관계를 알고 있다. 잘못 물었다가는 수상하다고 생각한 아이가 기록을 입수한 경위를 가라스마에게 물어봐 보관 장소가 바뀔지도 모른다.

놀랍다. 나는 그 기록을 읽고 싶다는 생각을 하고 있다.

사건의 상세한 내용을 알기를 바라고 있다.

가라스마가 담당했던 소메야 다카히사 재판은 모두 방청했다. 하지만 방청을 통해 얻을 수 있는 정보는 한정적이다. 법정에서 검사가 내용을 전달하는 증거는 극히 일부고, 재판관은 집무실로 돌아가서 기록을 정독한다. 절차가 진행될수록 방청인은 쌓이는 정보를 따라가지 못한다.

어떤 증거 관계로 인해 검사가 모두진술에서 말한 스토리가 받아들여졌는지. 큰 틀은 어찌 됐든 세부적인 내용은 상상에 의존하는 수밖에 없다.

게다가 당시 나는 사건을 객관적으로 보지 못했다.

의붓딸에게 상처를 주고, 엄마를 슬프게 하고, 내게 피의 저주를 들이댔다. 소메야 다카히사를 향한 분노에 지배당해 흉행을 저지른 이유를 본인 입을 통해 듣기를 바랐다.

줄곧 생각했다. 어째서 그날이 선택되었을까 하고.

연인의 목숨을 구하기 위해, 미제 사건의 진상을 파헤치기 위해, 지구의 멸망을 막기 위해…. 규모나 현실성에 차이는 있어도 이야기 속에서 일어나는 타임 슬립에는 그 시점으로 거슬러 올라가지 않으면 안 되는 이유와 필연성이 있다.

내가 도착한 날도 인생에 크나큰 영향을 미친 하루였다.

주어진 단 한 번의 기회. 만약 탁월한 혜안으로 상황을 곧바로 이해하고 한정된 시간을 아낌없이 모두 사용해 최선의 행동을 했더라면….

형사재판은 죄를 판단하고 벌을 결정하기 위한 절차다.

이미 일어난 사건은 막을 수 없다. 즉 피해자 A를 구하지는 못한다.

그렇다면… 누구의 미래를 바꿀 수 있었을까?

책상 위 내선 전화가 울리는 소리에 정신을 차리고 수화기를 집어 들었다.

"아까 그거 정리할 건데 도와줄래?" 하루코 씨 목소리다.

"금방 갈게요."

당사자 출입구를 통해 법정으로 들어가니 이미 가라스마는 가고 없었다. 변호인과 검사가 앉는 당사자석과 방청석은 나무 분리대로 구분돼 있다. 방청인은 허가 없이 분리대 안쪽으로 들어갈 수 없다.

내가 드나들 수 있는 이유는 서기관이라는 직책을 가지고 있기 때문이다.

과거로 돌아가도 직책까지 함께 가는 건 아니다. 성실하지 못한 대학생의 뇌에, 재판이나 법률 지식이 설치되는 데 그친다.

그러면… 어떻게 해야 할까? 방청석에서 절차 위반이라고 야유를 보낼까?

가라스마가 퇴정을 명령하는 모습을 상상하니 무심결에 쓴웃음이 나왔다.

"히죽대지 말고 손을 움직여야지."

영차 하고 하루코 씨가 칸막이 커튼을 들어 올렸다. 그리 긴 시간을 들이지 않고 법정을 평소 상태로 되돌려놨다.

"변호인은 폭력 남편이 하는 말을 진짜로 믿을까요?"

"글쎄. 피고인이 자기가 때려서 다친 게 아니라고 주장하니까 믿어야 하지 않을까? 변호사 윤리 같은 건 잘 모르지만."

소메야 다카히사의 변호를 맡았던 아카마는 어떤 심경으로 법정에서 무죄를 주장했을까.

"신문이 끝나면 선배의 소감을 듣고 싶네요."

"얼마든지."

아무리 생각해봐도 타임 슬립이라는 초자연현상이 개입돼 있는 일이다 보니 상식이 통할지도 의문이다. 결국은 마음 가는 대로 움직여보는 수밖에 없다. 기록의 존재를 알게 된 것도 어떤 인연일지 모른다. 틈을 봐서 가지고 나와야겠다.

한밤중까지 누군가는 남아 있기 때문에 어지간해서는 기회가 찾아오지 않을 것 같지만.

"아, 맞다."

갑자기 생각났다는 듯이 하루코 씨가 양손을 한데 모았다.

"재판관들 한 사람도 빠짐없이 회식에 참여하니까 모레 결재는 꼭 5시까지 다 받으래."

3

이틀 뒤. 상습절도누범, 진보 마사코의 제2차 공판이 열렸다.

어제는 가정폭력사건의 피해자 신문이 실시되어서, 이틀 연속으로 가라스마가 담당하는 부인사건의 공판 심리가 진행되고 있다.

하루코 씨 이야기를 들어보건대, '술을 마셔서 기억이 불명확한데, 어떻게 힘을 조절했다고 장담할 수 있느냐'는 검사 측 질문에 피고인은 대답하지 못한 것 같다. 가라스마가 개입할 여지도 없이 폭력 남편이 자멸했다고 한다.

그렇다면 오늘 재판은 어떤 전개를 맞이할까.

"그럼 시작할까요."

가라스마의 목소리에 나는 시선을 들었다.

"3주 만에 열리는 재판인데, 이 법정에서 재판이 어떻게 진행되는지 기억하고 계신가요?"

"네." 주름투성이 셔츠를 입은 진보가 고개를 끄덕였다.

방청석에 갱생보호시설 자원봉사자로 추정되는 사람들은 보이지 않았다. 지난번 질의응답 때 나와 가라스마가 화를 돋웠기 때문일까.

두 번째 기일에도 가라스마는 정중하게 절차 설명을 더해갔다.

"교도소에 들어갈 목적으로 물건을 훔쳤다. 진보 씨는 그렇게 주장하셨습니다. 사실에 쟁점이 있을 경우, 다른 증거를 조사한 다음 피고인의 이야기를 마지막에 듣습니다. 일반적으로는 그렇게 진행됩니다. 그렇지만 이번엔 진보 씨가 어떻게 인식하고 있는지가 중요한 의미를 지니므로 지금 바로 피고인 신문을 실시하겠습니다. 변호인과 협의는 마치셨나요?"

"네." 진보가 다시 고개를 끄덕였다.

"묵비권이 있다는 건 지난 기일에 말씀드린 그대로고…."

가라스마가 고지하는 권리를 들으면서 IC 녹음기에 불이 켜져 있는지 확인했다. 혐의를 부인하는 사건의 피고인 신문은 정확하게 옮겨 적어야 하기 때문에 녹음을 못하게 되면 대참사를 초래한다.

"그럼 변호인부터 부탁드립니다."

지난번 재판이 끝날 때 가라스마는 진보에게 남편이 사망한 시기를 물었다.

의도를 파악하기 힘들고 절차상의 필요성도 부족한 질문. 문제의식을 당사자와 공유했다…. 꼭 집어 말하자면 변호인에게 숙제를 내준 거라고 나와 가미데는 이해했다.

"변호인이 질문드리겠습니다."

지난번과는 다른 표정. 변호인석에서 똑바로 진보를 바라보고 있다.

벽걸이 시계를 보고 주신문이 시작된 시각을 메모했다.

"피해 매장인 로메인에서 피해품으로 특정된 액세서리를 훔쳤다. 이 사실에 잘못된 점은 없습니까?"

"없습니다."

"단도직입적으로 묻겠습니다만, 어째서 물건을 훔치신 거죠?"

"교도소에 들어가려고요."

어떤 사실을, 어떤 순서로 질문해나갈 것인가. 오늘 피고인 신문을 위해 도마리가와와 진보는 접견을 거듭해왔을 것이다.

"출소한 지 불과 석 달 만에 이번 사건을 일으키셨는데요."

"네."

"살 집이 없어 곤란한 상황이었습니까?"

"갱생보호시설 분들이 거처를 마련해주셨어요."

"돈이 없어 곤란한 상황이었습니까?"

"아뇨…. 돈은 있었어요."

"구체적으로 얼마나?"

"남편이 사망했을 때 받은 보험금이 100만 엔 정도 남아 있어요."

집과 생활 자금. 분명 모두 가미데가 반대신문 때 물어보려한 요소일 것이다. 살 집도 돈도 있다. 그렇다면 교도소에 들어갈 필요성은 전혀 없으며 책임을 회피하기 위한 주장일 뿐이다. 그런 흐름으로 검사가 변호인 측 주장을 무너뜨릴 거라고 예상했다.

그러나 도마리가와는 피고인에게 불리한 사항을 스스로 인정하게 했다.

"교도소 생활은 쾌적합니까?"

"아뇨. 형벌이니까 자유는 제한되고, 교도작업도 이 나이가되면 힘들어서…. 도저히 쾌적한 생활이라고는 할 수 없어요."

"그런데도 세 번이나 교도소에 들어가셨군요."

"그렇습니다."

"이번에도 교도소에 들어가려고 물건을 훔쳤고요."

"네."

"사실은 목걸이와 반지가 탐났던 거 아닙니까?"

"아니에요. 저 같은 사람한텐 안 어울리는 장식품이에요."

불법영득의사를 부정하기 위한 문답. 하지만 아직 근거는 제시되지 않았다.

"검사와 재판관께서는 교도소에 들어가기를 바라는 이유가 이해되지 않아 당황하신 것 같습니다. 진보 씨 본인께서 설명해주시겠습니까?"

"네에. 그런데 어디서부터 이야기해야 좋을지."

동기의 불가해성이 공판 시작 전보다 훨씬 강조되어 있다. 이대로 끝난다면 비웃음을 사도 어쩔 수 없다. 그럼에도 도마리가와는 동요하는 기색이 없다.

"불충분한 부분은 제가 보충할 테니, 안심하고 대답해주세요."

증언대로 시선을 떨어뜨린 진보는 "복수…, 라고 해야 할까요" 하고 대답했다.

"누구에 대한?"

"죽은 남편, 진보 게이이치요."

언젠가 나올 이름이라고 생각했지만 여기서 언급될 줄이야.

죽은 남편에게 복수하기 위한 절도….

"지난 기일에 재판관께서 사망하신 시기를 질문하셨던 분이 시로군요. 진보 씨가 교도소에 들어가면 복수를 완수하게 되는 겁니까?"

"남편은, 교도관으로 일했어요."

"그래서요?"

"…바람을 피웠어요."

"어떤 분과요?"

거기서 가미데가 일어섰다.

"본 재판과는 관련이 없는 질문으로 사료됩니다."

"변호인 의견은?" 가라스마가 묻자 "본 사건의 동기를 명확히 하기 위해서는 불가결한 질문으로, 관련이 있다고 생각합니다" 하고 도마리가와가 곧바로 대답했다.

"계속해도 되지만 불필요하다고 판단되면 바로 중지시키겠습니다."

"알겠습니다. 그렇다면 다시 묻겠습니다. 진보 게이이치 씨가 외도를 했다고 하셨는데, 그 상대가 직장에 계신 분이었던 겁니까?"

"직장… 그렇다고 할 수 있죠." 애매한 진보의 대답이 돌아왔다.

"같은 교도관이라는 말씀입니까?"

"아뇨. **바람을 피운 상대는 수형자였어요.**"

직원이 아니라 수형자. 예상치 못한 대답이다.

가미데의 반응을 살폈다. 과연 놀랐는지 펜을 쥔 채 굳었다.

"교도관이었던 게이이치 씨는, 수형자와 깊은 관계에 있었다는 거로군요."

"네. 근무하던 교도소에 수감되어 있던 여자랑…."

"수형자와 바람을 피웠다. 좀처럼 연상이 되지 않는데요."

"여자 교도소에도 남자 교도관이 있어요. 순찰 돌 때 이야기를 하거나, 편지를 주거나…. 궁리를 하면 단 둘만의 시간도 만들 수 있었을 거예요."

세 번이나 교도소에 들어갔던 진보가 하는 말이니 설득력이 있다.

"외도를 한 사실은 언제 아셨습니까?"

"그 사람이 죽고 시간이 좀 지난 다음이었어요. 갑자기 교통사고를 당해서. 추돌을 당했고, 바로 세웠으면 됐을 텐데 액셀을 브레이크인 줄 알고 잘못 밟았어요. 반대 차로로 돌진해서… 남편뿐만 아니라, 마주 오는 차를 몰던 분까지."

다시 가미데가 일어서더니 아까보다 훨씬 강한 말투로,

"시종일관 사건과 관계없는 진술을 하고 있습니다" 하고 가라스마에게 진술을 제한해줄 것을 요청했다.

"그렇군요. 변호인, 질문의 취지를 명확히 해주세요."

도마리가와가 헛기침을 했다.

"죄송합니다. 진보 씨의 이야기를 정리하자면, 게이이치 씨가 사망하신 후에 외도 사실을 알게 됐다. 맞습니까?"

"네. 배신당했다고 생각했어요."

"하지만 돌아가신 분은 참회할 수 없습니다. 어떤 경위로 외도를 알아차리셨는지, 결론만 말씀하셔도 상관없으니 대답해주십시오."

"그 여자가 남편한테 보낸 편지를 발견했어요."

"그게 언제죠?"

"일주기가 끝나고… 조금 지나서 집 정리를 할 때. 차마 읽을 수 없는 민망한 내용이 적혀 있었는데…."

"내용까지는 말씀 안 하셔도 됩니다."

이의 제기가 들어오리라 예상했는지 도마리가와가 진보의 발언을 끊었다.

"절도는 언제부터 시작하셨습니까?"

"아마 편지를 발견하고 반년 정도 지나서였던 것 같아요."

시기가 일치한다는 것을 밝힌 도마리가와는 더 깊이 파고들었다.

"게이이치 씨가 배신했다는 걸 받아들일 수 있었습니까?"

"아뇨. 그렇지만 남편은 무덤 속에 있으니 욕도 퍼부을 수 없었어요. 그래서 저도 앙갚음을 하기로 했어요. 혼자만 실컷 바람피우고 있었다고 생각하면 너무 분하잖아요."

"구체적으로 말씀해주신다면?"

몸을 앞으로 내밀고 묻는 도마리가와를 향해 진보는 미소를 지었다.

"수형자가 돼서, 사랑을 하자고 결심했어요."

거기서부터 도마리가와는 10여 분에 걸쳐 진보의 연애 계획을 밝혀나갔다.

죄를 저질러서 교도소에 들어가고 교도관을 유혹해 연인 관계를 맺는다. 메모를 하며 정리한 결과, 그 이상의 설명은 필요 없다는 걸 알았다.

"…무슨 말인지 알겠습니다. 세 번의 교도소 생활 동안 목적한 관계는 맺지 못하셨나요?"

"네. 부끄럽지만요."

"그래도 포기하지 않으셨군요."

"어느 교도소에 들어갈지는 유죄판결이 나오고 수감되기 전에 결정돼요. 반대로 중간에 다른 곳으로 옮기는 일은 거의 없죠. 그러니 새로운 만남은 범죄를 저질렀을 때 시작돼요."

쓸쓸하게 웃는 방청인이 있었다. 서기관석에 앉아 있지 않았다면 나도 어이가 없어서 웃었을지 모른다. 하지만 반대신문을 앞둔 가미데는 진지한 얼굴로 펜을 놀렸다.

"절도를 반복하는 이유는요?"

"쉽게 잡힐 수 있고, 징역을 받아도 짧게 살고 나올 수 있으니까요."

"로메인을 고른 이유는요?"

"같은 가게에 피해를 주기가 미안해서 가게는 계속 바뀌었어요. 파출소가 가깝고 사복 경비원이 배치돼 있지 않은 곳이 가게를 고르는 기준이었어요."

"잡히는 게 목적이라면 사복 경비원이 있는 게 더 낫지 않습니까?"

진보가 고개를 좌우로 흔들었다.

"전에 가게 안에서 잡혔을 때, 몇 시간 동안 혼만 나고 경찰은 불러주지 않았어요. 그래서 물건을 가진 채로 파출소에 자수하기로 마음먹었어요."

"확실하게 체포당하는 걸 중요시했다는 말이로군요."

"네."

대단한데, 하고 조금 감탄했다. 얼토당토않은 주장이라고 생각했는데 행동 하나하나에 이유를 제시해 설득력을 쌓아 올리고 있다.

연인을 만들기 위한 절도. 설마설마하던 일이 벌어지지 않을까?

"지금까지 세 번의 재판에서는 무죄를 주장하지 않으셨군요."

"네. 모두 죄를 인정했어요."

"어째서 이번에는 다투기로 하신 겁니까? 교도소에 들어가고 싶다는 조금 전의 주장과 모순되는 것처럼 보이는데요."

"상습누범절도죄를 몰랐기 때문이에요."

절도 포인트를 모으다 보면 달성하게 되는 특수한 죄.

명예의 전당 입성 절도죄, 절도중독죄, 반복절도죄…. 거기로 이어지는 건가.

"무슨 뜻이시죠?"

"지난번이랑 똑같이 2년 정도의 징역형으로 끝날 거라고 생각했어요. 그런데 이번엔 죄가 무거워져서 3년 이상의 징역형을 받을 가능성이 높다고 변호사님이 가르쳐주셨어요. 3년은… 못 버텨요."

"교도소 생활이 길어질수록 깊은 관계를 맺을 수 있겠다는 기대감이 생기지는 않았나요?"

"새로운 만남이 중요하다고 말씀드렸잖아요." 진보가 강한 말투로 말했다.

"남자 얼굴을 볼 기회조차 제한된 교도소도 있어요. 꽝을 뽑아도 다시 해달라고 할 수가 없어요. 형기를 마치는 수밖에 없죠. 그래서 무죄를 주장하기로 했어요."

법대와 검사석으로 시선을 보낸 다음 도마리가와가 물었다.

"무죄를 받아낼 경우, 단기간 징역형이 예상되는 죄를 또 저지를 생각입니까?"

"재판이 시작될 때까지는 그럴 생각이었어요."

"지금은요?"

"가라스마 재판관님이 친절히 설명해주시는 걸 듣고 부끄러워졌어요. 여러 번 재판을 경험했지만, 처음으로 한 명의 인간으로 대접해주시는 것 같아서…. 이런 짓을 반복하는 게 의미가 있을까. 유치장에서 스스로에게 물어보고, 변호사님과도 상담하고 나니 새 출발이 하고 싶어졌어요."

가라스마가 개입할 기미는 보이지 않았다. 진보의 고해를 어떻게 받아들이고 있을까.

"교도소에서 연인을 만들려 했다는 계획을 제게 털어놓은 것도 지난번 공판이 끝난 후였죠?"

"네. 이 나이가 돼서, 그것도 교도관이랑 사랑에 빠지고 싶다니…. 미친 게 아니냐고 의심을 살 것 같아서. 그렇지만 그 사람이 사망한 시기를 묻는 재판님의 말을 듣고는, 감추지 말고 모든 걸 말하자고 결심했어요."

쓴웃음을 짓던 방청인도 진지한 얼굴로 진보의 뒷모습과 도마리가와의 옆얼굴을 바라보고 있다.

"만약을 위해 확인합니다만, 새 출발을 하고 싶다는 건 어떤 의미죠?"

"갱생해서, 다른 사람한테 피해를 주지 않고 살 거예요."

이 자리를 모면하기 위한 연기라는 생각이 들지 않을 정도로 말에 감정이 담겨 있다.

터무니없기는 하지만 켜켜이 쌓인 치밀한 논리.

반대신문으로 무너뜨리지 못한다면 정말로… 설마설마하던 일이 벌어지지 않을까.

4

어깨를 축 늘어뜨린 가미데가 보자기를 안고 법정을 나갔다.

"한바탕 파란이 휩쓸고 갔네요." 돌아보며 가라스마에게 말했다.

"변호인은 건투했어. 검사는 제풀에 나가떨어졌고."

"그런 식으로 전개될 거라고는 예상하지 못했을 테니까요."

가라스마는 대답 없이 수첩에 뭔가를 적고 있다.

"…부장님은 예상하셨어요?"

"그럴 리가. 그럼 난 이만."

기록을 받아 들고 뒤쪽 문을 열고 나가는 가라스마를 배웅했다.

여러 가지 묻고 싶은 것이 있었지만 바빠 보여 어쩔 수 없었다.

가미데의 반대신문은 부담을 느껴 제풀에 나가떨어졌다는 말을 들어도 부정하지 못할 내용이었다.

교도소에서 연인을 만들겠다니 황당무계하다. 절도만 반복해 온 건 부자연스럽다. 지금까지는 재판에서 무죄 주장을 안 하지 않았느냐….

모든 지적에 대해 주신문에서 진보가 이유를 진술했다. 반대신문을 예상하고 쳐둔 방어선이 반격의 손발을 꽁꽁 묶었고, 오히려 도마리가와가 쌓아 올린 심증을 공고히 해버리고 말았다.

교도소에 들어가기 위해 훔쳤다는 무죄 주장이 잘 통하지 않는 까닭은, 어지간한 일이 아닌 한 징역형이 집행되어 누릴 수 있는 이익보다 불이익이 훨씬 크기 때문이다.

하지만 그런 일반론은 동기를 생활고로 규정하는 경우에 한한다.

사랑은 맹목적인 거라 상식은 통하지 않는다는 그런 비논리적인 이야기를 하는 것이 아니다.

물론 연인 만들기는 담장 바깥에서도 할 수 있고, 그럴 경우 만남의 대상은 무제한으로 넓어진다. 그러나 교도소에서의 연애에 집착하는 이유를 제시할 수 있다면 이야기는 달라진다.

수형자의 몸으로 교도관과 사랑이 하고 싶었다.

처음에 방청인은 쓴웃음을 흘렸고 나도 터무니없는 이야기라고 생각했다. 압도적으로 불리한 상황에서, 도마리가와는 남편의 배신으로 인해 생긴 미세한 심경 변화를 차분하고 깊이 있게 파헤쳐나갔다.

변호인은 건투했어…. 그런 가라스마의 평가는 심증이 뒤집어졌다는 뜻일까.

불법영득의사가 부정당하면 상습누범절도죄로 유죄판결을 내릴 수 없다.

형사재판에서 범행을 입증할 책임은 검사가 진다. 즉 변호인이 무죄임을 증명할 필요가 없기 때문에, 유죄라는 결론에 대해 합리적인 의문만 제기하면 충분하다.

입술을 질끈 깨문 가미데가 착석하고 양측의 질문이 모두 끝난 후, 가라스마는 아무것도 묻지 않고 피고인 신문을 종료시켰다. 어떤 질문이 나올까 긴장하고 있던 터라 약간 맥이 빠졌다.

그 대신 가라스마는 다음 공판기일 때 신문할 대상에 대해 언급했다.

"경찰관을 신문할 계획은 없습니까?"

"피고인이 자수한 파출소의 경찰관… 말입니까?"

가미데가 당황스러운 표정을 지었다.

"네. 필요 없다고 생각하면, 그래도 상관없습니다만."

"검토해보겠습니다."

어째서 경찰관에게 흥미를 보이는지 나는 이해할 수 없었다. 자수한 진보를 관할 경찰서로 인계한 경찰관에게서 무슨 이야기를 들으려는 걸까.

아마 가미데도 가라스마의 진의를 알아차린 게 아니라 직감에 따랐을 것이다.

누가 알면 나무랄지도 모르지만, 사건의 향방을 두고 내 가슴도 뛰고 있다.

이번 방청인 중 기자가 섞여 있었다면 〈'수형자가 되어 사랑을 하겠다고 결심했습니다.' 미망인의 입에서 충격적인 무죄 주장이 튀어나오다〉 어쩌고 하는 기사가 나올지도 모른다.

다이코쿠 주임에게 보고해야 할까. 아니다, 우선은 하루코 씨와 정보를 공유하자. 진보의 복수 계획에 대한 동년배 여성의 의견을 들어보고 싶다.

문을 잠그고 법대로 올라갔다. 문고리에 손을 올리기 전에 심호흡을 했다.

일어난다고 하면 오늘이 아닐까… 아침부터 생각하고 있었다.

무죄를 주장한 두 개의 사건이 이 문을 통해 이어져 있다. 지난번이 첫 번째 기일이었듯, 이번에는 제2차 공판 직전으로 이동할 것만 같다. 왜 그렇게 되는 건지는 차치하고 그럴듯해 보이기는 한다.

다른 문으로 나가야 할까. 그러면 시공의 문은 열리지 않을지도….

타임 슬립을 거부할 이유가 있을까? 다시 과거로 돌아가도 기억대로 움직이면 미래는 유지된다. 섣부른 행동이 예기치 못한 변화를 초래한다는 걸 지난번 실수로 통감했다.

몇 초 망설이다 문고리를 잡고 비틀었다.

문은 쉽게 열렸다. 아무 일도 일어나지 않았고, 그대로 통로로 나왔다.

"뭐, 이럴 때도 있는 거지."

두 번 일어난 일은 세 번도 일어난다. 삼세번에 득한다… 어느 쪽이 맞는지는 두 번째가 일어나지 않으면 검증할 수 없다는 사실을 새삼스레 실감했다.

서기관실로 돌아오니 하루코 씨는 퇴근하고 없었다. 둘째 아들이 열이 오른 모양이다.

다이코쿠 주임에게 "담당하고 있는 사건이 흥미진진해졌습니다" 하고 간단히 보고하니, "순리대로 풀리게 돼 있어"라며 달관한 듯한 표정으로 대답했다.

재판이 길어진 탓에 눈 깜짝할 사이에 퇴근할 시간이 되었다. 바쁜 시기도 아니라서 직원 대부분이 짐을 챙겨 자리에서 일어섰다.

"우구이, 야근? 웬일이야."

"네, 조금 할 일이 남아서요."

정시 퇴근을 장려하는 부서라서 몇 명이 말을 걸었다. 미뤄둔 미처리 서류를 정리하면서 업무가 쌓여 있는 척했다.

캔 커피를 마시면서 실내를 둘러봤다. 오후 8시까지는 버티리라 마음먹었다.

"나도 퇴근할 건데, 문단속 부탁해도 되겠지?"

"네. 수고하셨습니다."

다이코쿠 주임도 퇴근하자 집무실에는 나 혼자만 남았다.

관공서답게 냉방은 업무 시간 동안에만 가동되어서 앉아만 있어도 목과 등이 땀으로 흥건해졌다. 장기전이 됐다면 포기했을지도 모른다.

주임이 돌아오지 않는 걸 확인한 뒤, 텅 빈 재판관실로 들어가 불을 켰다. 하루코 씨가 알려준 대로 오후 6시가 지나자 세 명이 나란히 회식 장소로 향했다. 우수한 두뇌가 한자리에 집결하는 회식 자리에서는 어떤 대화가 오갈까.

좌우지간 이 기회를 눈 뜨고 놓칠 수는 없다.

재판관 사물함은 자물쇠가 채워져 있다. 집무 책상 두 번째 서랍을 열고 알록달록한 색상의 과자 캔 뚜껑을 열었다. 여기에 열쇠를 보관한다는 사실은 직원 대부분이 알고 있다. 신뢰 관계와 부주의는 종이 한 장 차이다.

소메야 다카히사의 기록은 가라스마의 사물함 안에 그대로 있었다.

다른 직원이 이 상황을 보더라도 지금은 기록이 있는지 확인하고 있었다고 발뺌할 수 있다. 놓여 있는 위치와 방향을 기억한 다음 두꺼운 종이 다발을 꺼내 자리로 돌아왔다.

페이지를 넘기는 소리가 쥐 죽은 듯 조용한 집무실에 울린다.

기소장, 제1차 공판기일조서, 검사 측 모두진술 요지…. 5년 전과 3주 전에 두 번이나 낭독되는 걸 들었던 문서가 표지부터 순서대로 엮여 있다.

법정에서는 주의 깊게 덮어두었던 피해자의 이름과 주소도 명기돼 있었다.

"이게 뭐야…."

조서 하나하나에서 기시감이 느껴졌다. 예상 밖의 내용에 당혹감이 몰려왔다. 완전히 일치하는지는 모르겠지만 기억이 잘못됐을 수도 있으니 확인은 뒤로 미루자.

여러 군데에 같은 종류의 포스트잇이 붙어 있다. 첫 장과 가까운 페이지를 펼쳐보니, 제2차 공판기일에 실시된 증인신문의 조서가 있었다. 이 기일에는 피해자에게서 시료를 채취한 경찰관과 DNA 감정을 실시한 과학수사연구소의 법의연구원이 증언대에 섰다.

과거로 돌아갔을 때 예고했던 재판이기도 해서 신문조서를 읽어 내려갔다.

〈경찰관 E의 증언 요지〉

난요 히가시 경찰서 소속 여성 경찰관 E는, 피해자 모친의 신고를 받고 다른 경찰관과 함께 소메야가로 출동했다.

피해자는 무릎을 안은 채 침대 위에서 울고 있었다. 모친으로부터 사정을 듣고 증거를 보전할 필요가 있다고 판단했다.

성범죄 사건에서는 DNA 감정을 할 수 있느냐 없느냐가 중요한 분기점이 된다.

샤워를 하거나 수건으로 닦지 않은 사실을 확인하고 피해자와 E 두 사람이 방에 남았다. 남성 경찰관을 방에서 멀리 떨어져 있게 한 건 피해자의 심정을 헤아린 결정이었을 것이다.

E는 정제수에 적신 멸균 거즈로 피해자의 양 유두 부근을 닦고, 개봉하지 않은 멸균 백에 넣어 봉했다. 이 작업으로 감정에 필요한 시료가 확보되었다.

아카마 변호인은 반대신문에서 시료를 채취할 때 방에 있었던 사람이 피해자와 E뿐이므로, 제삼자가 입회하지 않은 점을 추궁했다. 멸균 거즈에 부착된 시료가 피해자에게서 채취한 것이라고 단정 지을 수 없다는 지적이다.

하지만 경찰관 E가 어떤 동기로 시료를 날조했는지에 대한 주장은 이루어지지 않았다. 추상적인 가능성만 가지고 지적하면 트집에 지나지 않는다고 일축된다.

E 일행은 멸균 거즈가 든 멸균 백을 가지고 난요 히가시 경찰서로 복귀, 증거품 창고 안에 있는 냉장고에 넣어 보관했다. 이튿날 아침, 해당 백은 감정촉탁서와 함께 과학수사연구소로 인계되었다.

〈법의연구원 F의 증언 요지〉

접수 담당자로부터 멸균 백을 수령한 법의연구원 F는 멸균 거즈에서 감정 시료를 채취했다. 실제로 감정 작업이 시작된 건

1주일 후였다.

본 건의 감정 사항은 두 가지. 하나는 시료에 타액이 혼재되어 있는지 밝히는 것. 또 하나는 타액이 혼재되어 있는 경우, 그 DNA형을 밝혀내는 것.

전문적인 내용이 많아서 건너뛰고 읽을까 생각했지만, 포스트잇이 여러 장 붙어 있는 게 마음에 걸렸다. 가라스마가 붙인 거라면 중요한 사실을 시사하는 내용이 포함됐을 수도 있다.

F는 다음과 같이 말했다.

타액이 혼재되어 있는지는 블루 스타치 아가로오스Blue Starch Agarose 평판법으로 조사했다. 청색 색소와 결합한 전분을 아가로오스 용액과 섞어 겔 형상으로 만들고 거기에 시료를 올린다. 그 결과 청색 전분이 분해되어 색소가 녹으면, 시료에 α-아밀라아제인 소화효소가 포함되어 있음을 알 수 있다. 결과는 양성이었다.

그러나 α-아밀라아제는 췌액 등에도 있기 때문에, 사람 타액 α-아밀라아제 항체와 항원항체 복합체로 만든 특수한 키트를 이용해 사람의 타액이 혼재되어 있는지 확인한다.

이 점을 놓고 변호인과 F 사이에 오간 난해한 문답이 기록되어 있었다.

"키트가 인간의 타액이 아닌 다른 물질에 양성반응을 보이는 경우는 없습니까?"

"사람 타액 α-아밀라아제는 사람의 타액에만 존재하지만, 과수연이 검사에 사용하는 키트가 고릴라 타액에 양성반응을 보였다는 보고가 있습니다. 그렇기 때문에 고릴라 타액일 가능성이 없다면 사람의 타액이라고 봅니다."

소메야가에서 고릴라를 기른다는 증거는 제출되지 않았다.

그 후 F는 시료에 사람의 타액이 포함되어 있음을 전제로 DNA 감정을 실시했다.

전문가에게 증언을 요청하는 경우, 그 분야에 관한 식견은 검사나 변호인보다 증인이 훨씬 풍부하기 때문에 질문은 최소한에 그치고 자유롭게 말을 하도록 둘 때가 많다.

여기까지가 감정 시료에 사람의 타액이 포함되어 있었음을 뒷받침하는 증언. 그리고 F는 타액 DNA 감정 결과에 대해서도 증언했다.

DNA 감정에 관해 기술한 대목에는 연필로 밑줄을 그은 부분이 많았다.

포스트잇처럼 가라스마가 그어놓은 걸까. 연필이라고는 하지만 기록에 표시를 하는 건 피하라고 주의를 받고 있다. 대출한 기록이라면 더더욱 그렇다.

강조해둔 부분을 시선으로 좇았다.

처음으로 실시한 것은…,

"추출 작업을 실시해 50마이크로리터의 DNA 추출액을 얻었습니다."

구체적인 방법으로는…,

"DNA는 에탄올에 녹지 않기 때문에, 세포를 분해하고 불순물을 제거한 시료에 에탄올을 추가하면 침전이 잘 되는 상태가 됩니다. 거기다 1가 양이온을 더해 하전을 제거하면 DNA가 침전됩니다. 이 침전물을 회수해서 농축된 DNA를 얻는 방식입니다."

추출 작업을 거친 후에는…,

"PCR 증폭에 적합한 DNA양을 만들기 위해 리얼타임 PCR로 DNA 정량 검사를 실시하고, 0.6마이크로리터의 추출액을 주형 DNA로 삼아 PCR 증폭을 실시했습니다. 이를 통해 두 배로 늘려가며 미량의 DNA를 지수함수적으로 증폭할 수 있었습니다."

적절한 양까지 증폭한 후에는…,

"증폭된 산물을 전기영동*으로 분리하고, 파형과 검사 부위가 표시된 일렉트로페로그램**을 통해 남성 한 명분의 DNA형을 검출했습니다."

결론은…,

"검출된 DNA형은 피고인의 DNA형과 15개 좌위가 일치했습니다. 15개 좌위의 DNA형이 일치할 확률은 4조 7,000억 분의 1이므로, 시료가 채취된 경위를 감안한다면 피고인의 DNA가 묻어 있었던 것으로 보입니다."

4조 7,000억 분의 1. 피고인의 타액이 묻어 있었다는 사실은

---

* 전기의 성질을 이용해 DNA와 RNA 및 단백질 같은 유기물질을 분리하고 분석하는 기법.
** 전기영동을 사용할 때 생성되는 기록이나 차트.

다툼의 여지가 없는 것처럼 여겨졌다. E가 실시한 시료 채취 과정과 F가 실시한 시료 감정 작업에서, 전문 지식은 둘째치고 언뜻 봐도 불합리한 설명은 찾아볼 수 없었다.

내 기억이 옳다면 변호인도 타액이 묻어 있었다는 객관적인 사실에 대해서는 깊이 들어가 싸우려 하지 않고, 범행과는 다른 기회에 묻었을 가능성을 주된 싸움터로 선택했다.

왜 이렇게 많은 밑줄이 그어져 있을까.

연구회를 대비해 과학수사 관련 지식을 정리해둔 것에 지나지 않을까.

읽어 내려가던 중 F가 DNA 추출 작업을 설명하는 부분에 들쭉날쭉한 글자로 갈겨쓴 글을 발견했다. 눈에다 힘을 주고 해독했다.

〈불순물 워크시트 P13〉

F는 증인신문에서 워크시트에 대한 설명도 요구받았다.

감정 작업 경과를 기록하는 일종의 업무 일지로, 감정이 적절하게 이루어졌음을 입증하기 위해 검사 측이 신청한 증거다. 현재 페이지에 책갈피를 끼워놓고, 묶음으로 되어 있는 갑호증 안에서 워크시트를 찾았다.

…찾았다. 낯선 단위나 약품명으로 보이는 단어가 항목별로 기재되어 있고, 내용은 거의 해독할 수 없었다. 신문 과정에서 언급한 건 이쯤이겠구나 하고 예상할 수 있는 정도다.

13페이지를 펼쳤지만 기재된 내용에 큰 차이는 없었다. 작업 일시, 작업 내용, 작업 결과. 행을 바꿔가며 담담하게 기록했다.

〈추출 50μL〉라는 결과 오른쪽에 비고란이 있고 작은 글씨로 '제거된 상징액*의 점성이 높아 만약을 위해 성분 분석을 실시. 폴리초산비닐이 포함되어 있는 것이 밝혀짐. 세탁풀?'이라고 적혀 있었다.

글씨체가 비슷하니 아마 F가 메모한 것이리라.

문제는 그 아래다. 폴리초산비닐에 밑줄이 그어져 있고, 조금 떨어진 곳에 연필로 갈겨쓴 메모가 있었다. 워크시트 사본에 직접 써넣었다.

'폴리초산비닐. 껌 베이스에도 들어가는 중합체. 타액 검사용 껌을 사용한 위장 공작일까.'

숨을 삼켰다. 모든 내용을 이해한 건 아니다. 하지만 위장 공작이라는 지적은….

문이 열리는 소리가 들려서 황급히 기록을 덮었다.

"우구이 씨? 아직 있었어?"

위층에서 근무하는 민사부 주임 서기관이다. 기록을 책상 끄트머리로 밀어내고 일어서면서 "아… 지금 가려던 참이었습니다" 하고 대답했다.

"그렇게 해. 재판관들도 회식 가고 없는데. 나랑 우구이 씨가

---

* 침전물 상부에서 볼 수 있는 맑은 액체. 상청액이라고도 한다.

마지막이래. 당직 직원이 신경 쓰고 있으니까 얼른 말해주고 가."

"알겠습니다."

이 이상 남아 있는 건 좋은 생각이 아니다. 기록을 재판관실 사물함에 넣고 잠갔다.

폴리초산비닐, 껌 베이스, 타액 검사용 껌….

몇 번이고 마음속으로 중얼거리면서 퇴근길에 올랐다.

5

오후 10시경, 아이에게서 전화가 걸려 왔다.

"여보세요, 고주망태 아이예요."

"술에 절을 정도로 마신 거야?"

"어떤 술고래도 맥주 5리터 정도면 쓰러진대."

어느 정도 취한 건 틀림없다.

"이런 한밤중에 어인 용무이신지요."

"와, 나 상처받았어. 그렇게 싫은 티 낼 건 없잖아. 밤길에 관사까지 걸어갈 때 전화 통화 하는 척하면 안전하다는 삶의 지혜를 실천 중인데."

"척이 아니라 실제로 걸었잖아."

"술기운을 빌려 전화를 건 여자 마음을 참 몰라주네요."

"성실한 거 빼면 시체인 공무원이라서."

그러고 나서 아이는 5분 동안 회식 자리에서 있었던 일을 즐거운 듯이 계속 이야기했다.

"스구루는 뭐 하고 있었어?"

"자기 전에 인터넷 세상을 누비고 있었지."

"현대인이라고 광고를 해라. 잠이 달아나서 한숨도 못 잘걸."

컴퓨터 화면에는 에탄올을 침전시켜 DNA를 추출하는 방법에 대해 해설해놓은 사이트가 떠 있다. 반복해서 읽은 덕에 간신히 구체적인 이미지를 파악했다.

"그런데 박식하신 지구사 재판관님께 질문이 있는데."

"뭐든 말씀하시죠."

"동기가 담당하고 있는 사건인데, DNA 감정의 신뢰성을 두고 다투고 있는…."

"놀래라. 갑자기 왜 이리 심각해."

"잘 알아?"

"뭐, 연구회에서 다룬 적은 있어."

DNA 감정은 많은 사건에서 실시된다. 5년 전 재판에서는 쟁점화되지 않아서 소메야 다카히사 사건과 연관 지어 생각할 가능성은 낮다.

"변호인은 시료에 불순물이 섞여 있다고 지적했어."

"다른 사람의 DNA가 아니라?"

진지한 목소리로 되물었다. 전환이 빠르다.

"응. 그 불순물이 위장 공작을 뒷받침한다고 주장하고 있어."

"와아… 흔한 케이스가 아닌데.. 그런데 보통은 입증하지 못할 거야."

"어째서?"

"추출 과정에서 제거되니까."

자세하게 알고 싶은 점을 아이가 먼저 언급했다.

"조금 더 보충해주면 좋겠는데."

"으음, 어디 보자." 약간 틈이 생겼다.

"에메랄드 원석을 받아서 거기서 결정만 파내는 직장에 취직했다고 가정해보자. 보수는 파낸 결정의 그램 수로 결정돼. 그럴 경우에 그다지 가치가 없는 모암 쪽을 꼼꼼하게 조사할까?"

"아니, 결정만 볼 것 같은데."

"DNA가 에메랄드고 제거된 상징액이 모암. 딱 그렇게 정리되는 이야기야."

"그런데 상징액에 뭐가 포함되어 있느냐는, DNA가 묻게 된 경위랑 관련 있는 거 아니야?"

건널목 경보음이 울린다.

땡땡땡땡…. 경보음이 작아질 때까지 아이는 침묵했다.

"경찰이랑 검찰이 원하는 건 유죄로 이어지는 증거야. DNA가 포함되어 있다면 피의자와 관련이 있다는 게 증명되지. 오히려 괜한 건 안 나와야 혼선을 초래하지 않고 끝날 수 있어."

"아아, 그런 거구나."

"적극적으로 조사하지 않는 것뿐이지, 쉬쉬하고 덮어버리는 건 아니야. 과수연은 촉탁된 감정 사항에만 회신을 해. DNA형을 밝혀달라고 요구하면 다른 건 제거하고 DNA를 추출하는 게 그 사람들 일이야. 그 작업에 피고인이랑 변호인은 입회할 수 없으니까, 목적에 따라 도출된 감정 결과를 토대로 쟁점을 찾아내는 수밖에 없지."

"만약에, 과수연에서 작성된 워크시트에 불순물에 관한 정보가 기재돼 있다면?"

"내용에 달렸겠지만, 천재일우의 실마리가 될지도 모르지."

잠긴 문을 여는 소리. 관사에 도착한 모양이다.

"고마워. 한 수 배웠네."

"또 궁금한 건?"

"아, 세탁풀을 속옷에 바르는 경우도 있나?"

"그게 뭔 소리야." 스피커를 통해 웃음소리가 들린다. "세탁풀이라면 시트 같은 걸 빳빳하게 펴는 데 쓰는 그거지? 왜 그걸 속옷에다 바르는지도 모르겠고, 피부가 다 상할 거야."

"그렇지? 여자들 사이에서 유행하는가 싶어서."

슬슬 의심을 살 것 같아서 폴리초산비닐이라는 단어는 꺼내지 않았다.

"결국 그 서기관은 뭘 알고 싶은 건데?"

"재판이 어떻게 흘러갈까 하고 잡담하던 중에 이야기가 나왔어."

"흐음. 불순물의 정체를 밝힐 수 있느냐가 첫 번째 갈림길이 되지 않을까?"

"그렇게 전할게."

텔레비전을 켰는지 아나운서 같은 목소리가 들려왔다.

의도적인 한숨.

"이 불륜 소동, 아직 안 끝났네."

"동시다발 불륜?"

"플러스 함구료 무마" 하고 아이가 덧붙였다.

"기자회견 영상을 다시 봤는데 확실히 심하긴 하더라."

어떻게 대답해도 비판을 초래할 질문 공세에, 소용돌이 속의 스포츠 선수는 비지땀을 흘려가며 총공격을 받아냈다.

"그런 이야기도 했었지."

"몹시 분개하셨죠."

"그치만 말이야, 기자회견을 열 수 있다는 것 자체가 감사한 일인지도 몰라."

"형사재판보다 절차 보장이 허술한데?"

"사람들 앞에 나서는 것조차 허락되지 않는 직업도 있는걸."

곧바로 하나의 답이 떠올랐다.

"…재판관 같은?"

"정답."

"개정 직전에 법정을 촬영한 영상이 뉴스에 나오는 정돈가."

자막으로 사건 개요가 흐르고 법대에 앉은 재판관 얼굴을 클로즈업해 비춘다. 영상은 돌려쓰지 않고 재판마다 신청을 받은 기자클럽이 촬영한다.

"그것도 그냥 앉아서 카메라를 쳐다보는 게 다야. 한마디도 안 하니 정지 화면을 내보내도 눈치채지 못할걸?"

"그 정도까지는 아닐 것 같은데."

텔레비전 소리가 사라졌다. 아이는 소파에 앉아 있을까.

"오늘 '재판관도 회식 같은 걸 하네요' 하고 점원이 놀라더라. 이슬만 먹고 산다고 생각하는 걸까. 하하하…. 품행 방정하고, 진실을 꿰뚫어 보고, 잘못된 판단은 내리지 않고. 그렇게 믿는 사람들이 있어. 우스갯소리 같지만."

"SNS 같은 것도 실명으로 등록한 재판관은 거의 없잖아."

"제로는 아니지만 난 무서워서 못 하겠어."

"무섭다고?"

"불륜 기자회견에 대해 비판적인 의견을 쓰면 이혼 조정이라든지 재판 때 외도한 쪽 편을 드는 재판관이라고 생각해. 어린애 사진만 올렸을 뿐인데 소아성애자에게 무거운 형벌을 내리는 재판관이라는 선입관을 가지기도 하고."

"지나친 생각이라고 하고 싶은데… 그렇지도 않은가."

"의견이 있어도 입 밖으로 내지 말 것. 이것만 철저히 지키면 공평하고 중립적인 재판관으로 보일 수 있어."

아이가 빈정거리는 듯한 말투로 말했다.

재판관의 공평성과 중립성은 일본뿐만 아니라 다른 여러 나라에서도 당연히 요구하고 있다. 하지만 어떤 나라에서는 취미나 취향에 그치지 않고 정치적인 신조까지 재판관이 적극적으로 표명하기도 한다. 의견을 자유롭게 밝힐 수 있어야 재판관의 소양을 적절하게 비평할 수 있다. 일본과는 정반대되는 개념이지만 의견을 표명하지 않는 걸 중립을 지킨다고 여기는 것보다는 이치에 맞는다고 나는 생각한다.

"무슨 일 있었어?"

"그냥 취한 건데요오."

"아까까지 잔뜩 무게 잡던 말투는 어디로 가셨을까요."

아이가 말을 하기를 기다렸다. 이런 대화 흐름은 사진이나 SNS로는 추측할 수 없어서 친구 시절에 쌓은 경험에 의지하는 수밖에 없다.

"판결을 기안하다 보면 불안해서 잠을 잘 수가 없어."

"시청 관제담합사건?"

재판관실에서 기록을 펼쳐놓고 검토하는 모습을 본 게 불과 얼마 전이다.

"날카로우셔."

"무죄를 주장한다고 했나?"

"아니. 수사 단계에서는 부인했는데, 지금은 깔끔하게 모든 걸 인정했어. 증거를 들이댔더니 발뺌할 수 없다는 걸 알고 포기하더라고. 부장님이랑 사사베 재판관님도 유죄라는 심증을 가지고 있고 나도 그렇게 생각해. 그런데 '혹시 어쩌면' 하는 생각이 들어. 뭔가 놓친 건 아닐까, 죄를 인정한 것도 이유가 있지 않을까. 몇 번씩 기록을 다시 읽어도 불안이 사라지지 않아."

"부장님한테 이야기했어?"

"누명을 의심하는 게 아니야. 다만, 판결을 쓰는 게 무서워."

합의체 재판에서는 절차 진행에 따라 세 명이 의견을 주고받으면서 결론을 도출한 후, 판결문 기안은 경험이 짧은 좌배석이 맡게 되는 경우가 많다고 한다. 작성된 판결문 초안을 우배석과 부총괄이 보고 보충하거나 수정을 더해 최종적으로 완성한다.

자신이 작성한 글로 유죄인지 아닌지가 결정된다. 얼마만큼의 압박감이 판사보 2년 차인 아이를 짓누르고 있을까. 나는 도저히 상상이 가지 않는다. 대학에서 이래도 그만 저래도 그만인 이야기를 하던 시절과는 지위도 호칭도 달라졌다.

"그래도 부장님이나 사사베 씨랑 의논해야지."

"하긴 그건 그래."

잘못된 판단을 내리면 돌이킬 수 없는 결과를 초래한다. 무고한 사람이 항소나 상고를 해도 결론이 바뀌지 않고 그대로 교도소에 수감된다면.

그리고 오판이었음을 재판관 자신이 알아차린다면….

자진해서 잘못을 인정하지도 못하고 사과 회견을 여는 것도 허락되지 않는다.

"정말로 시장이 죄를 저질렀는지, 과거로 돌아가서 확인할 수 있다면 망설이지 않을 것 같아?"

아무렇지 않은 듯한 말투로 아이에게 물었다.

"타임머신을 절실히 바라는 직업 1위가 재판관이야."

웃음을 띤 목소리가 돌아왔다.

"최대한 잘 써먹을 것 같긴 해."

"없는 걸 내놓으라고 해봤자겠지만."

"의외로 멀지 않은 미래에 개발될지도 모르지."

"그럼 좋지. 이만 잘게."

"그래. 잘 자."

휴대폰을 책상 위에 두고 브라우저 탭을 전환했다.

DNA 추출 과정에 대해서는 아이 덕분에 생각을 정리할 수 있었다.

다음 문제는 불순물의 정체다. 워크시트에 기재된 폴리초산비닐은 세탁풀, 액체풀, 목공용 본드, 껌 베이스 등에 사용되는 중합체라는 것 같다.

일상생활을 하다가 맨살에 묻을 기회가 있다고 한다면 세탁풀이 충분히 씻겨 내려가지 않은 경우 정도일까. 하지만 아이가 대답해준 것처럼 와이셔츠면 몰라도 일반적으로 속옷에 세탁풀을 사용하진 않는다.

그렇다면 채취한 시료에 폴리초산비닐이 포함된 이유는?

기록에 타액 검사용 껌이라고 적혀 있었다. 다시 탭을 전환했다.

기호품인 껌과는 다르게 맛이나 향이 나지 않고, 타액 분비량을 늘리기 위해 사용된다. 분비된 타액을 뱉어내게 하면 폴리초산비닐이 포함된 타액을 채취할 수 있을까.

이 껌에 의해 타액이 묻었다면….

등줄기에 소름이 돋아서 나도 모르게 일어섰다.

피고인이 핥았기 때문에 피해자 유두에 타액이 묻었다. 그것이 당연한 전제였다. 하지만 폴리초산비닐이 포함되어 있었다는 사실로 인해 새로운 가능성이 떠올랐다.

…**DNA 위장 공작**.

어렴풋하지만 그림 전체가 보이기 시작했다.

경찰관 E는 피해자의 심정을 배려하면서 시료를 채취했다.

법의연구원 F는 촉탁 사항에 따라 DNA를 추출해 시료의 DNA형을 특정했다.

검사는 유죄를 확신했기에 충분한 증거를 갖추어 기소했다.

변호인은 타액이 묻은 경위를 두고 다퉜지만 워크시트에 기재된 내용을 발견하지 못했다.

재판관은 채택된 증거와 양측의 주장을 감안해 유죄라고 결론지었다.

수사와 재판 과정에서는 각자가 저마다의 역할을 다했다.

오류가 있었다면….

그날, 소메야가에선 무슨 일이 일어났던 걸까.

6

해야 할 일은 많지만 우선 가라스마에게 이야기를 들어야만 한다.

검찰청에서 기록을 대출한 이유, DNA 감정에 관한 증인신문에 주목한 이유, 워크시트에 기재된 내용을 알아차린 경위, 무엇보다 소메야 다카히사가 죄를 지었는지.

5년 전 재판은 무고한 사람에게 유죄판결을 내렸을지도 모른다.

판결의 정당성을 의심하는 날이 오리라고는 상상도 하지 못했다.

현시점에서는 추상적인 가능성이 떠오르기 시작한 것에 불과하다. 하지만 못 본 척할 수는 없다. 유죄판결을 내린 사람이 가라스마다. 기록을 가까이에 두고 무슨 생각을 하고 있는 걸까.

"스구루, 법정에 안 가도 돼? 9시 반부터잖아."

하루코 씨가 서기관실의 벽시계를 가리킨다.

"부장님이랑 할 이야기가 있어서…. 왜 이리 안 오시지."

"공판이 끝난 다음에 해."

"네에엡."

"대답은 짧게. 행동은 재빠르게."

법복 소매에 팔을 넣으며 전용 통로를 통해 법정으로 들어갔다. 잠겨 있는 방청석 쪽 문을 안에서 열고 법원을 찾은 일반 민

원인들이 지나다니는 법정 앞 복도로 나오자, 가노 변호사의 목소리가 들려왔다.

"양심의 가책을 느낄 필요 없어요."

"그래도…."

관엽식물 화분이 놓여 있고 그 뒤로 휠체어가 보인다. 가노와 시노하라 린이 잠긴 문이 열리기를 기다리고 있었던 것 같다. 이야기에 집중하고 있어서인지 내가 문에서 나온 걸 알아채지 못했다.

지금부터 법정에서 화장품 절도사건의 제2차 공판이 열린다.

"죄를 인정하는 것과 집행유예를 바라는 건 모순되지 않아요. 시노하라 씨는 클렙토마니아라는 정신 질환이 원인이 되어 절도를 반복하고 있을 가능성이 높아요. 교도소에 들어가버리면 지금처럼 치료를 받기가 힘들어져요."

"정말… 고칠 수 있을까요?"

훔쳐 들을 생각은 없었지만 말을 걸 타이밍을 놓쳤다.

"의사도 말했지만 중요한 건 자신을 믿는 거예요."

"저번 재판 때도 이제 훔치지 않겠다고 약속했는데 배신하고 말았어요."

"후회하고 있다면 이번엔 정말 괜찮을 겁니다."

등을 보이고 있어서 표정은 볼 수 없었지만 가노는 부드러운 목소리로 말했다.

"어째서 이렇게까지 염려해주시는 거죠?"

"변호사니까요, 라고 말하고 싶지만 시노하라 씨를 보고 있으면 여동생이 생각나서요."

"절대 안 닮았겠죠. 이렇게 뼈만 남아 있지도 않을 테고, 전과도…."

린의 목소리가 서서히 작아졌다.

손을 뒤로 뻗고 문고리를 비틀어 문이 열렸다 닫히는 소리를 냈다. 방금 나온 척 약간의 죄책감을 느끼면서 두 사람 앞에 모습을 드러냈다.

"기다리셨죠, 들어오세요."

휠체어가 쉽게 들어갈 수 있게 문을 지지대로 고정했다.

"고맙습니다."

가노는 인사를 했지만 휠체어에 앉은 린은 고개를 들지 않았다.

어젯밤, 가라스마의 사물함에서 기록을 꺼내왔다. 한데 묶여 있던 강제추행 기소장에는 피해자로 '소메야 린'이라는 이름이 기재되어 있었다. 이름뿐이라면 그냥 지나쳤을지도 모르지만, 범행 장소에 기시감이 느껴지고 나이도 맞아떨어졌다.

"몸은 좀 어떠세요?"

"요 며칠은 괜찮으셨습니다." 가노가 대답했다.

"어머님은 오셨나요?"

"아뇨. 안 오셨습니다."

보석을 신청했을 때 모친 명의로 신원보증서가 함께 제출되었다. 서류에는 집에 머무르게 하고, 공판기일에 출두시키고, 사생활을 감독하겠다고 적혀 있었다.

신원보증서 작성자 칸에 기재된 이름은 '시노하라 사호'였다. 소메야 다카히사 사건 기록 속 피해자 모친의 이름은 '소메야 사호'였다.

역시, 틀림없다.

시노하라 린은… 5년 전 강제추행사건의 피해자 A다.

"지난번처럼 증언대 앞에 계시면 됩니다."

개정 시각 2분 전에 가미데가 허둥지둥 나타나 검사석에 앉았다. 지난 재판은 거의 10분 만에 중단되었기 때문에 증거조사 절차에 필요한 서류를 다시 받았다.

"처음부터 다시 할 거야?" 가미데가 물었다.

"부장님은 그럴 생각이신 것 같아요."

"오케이."

서류를 살펴두고 싶었는데 자리로 돌아가기 전에 법대 문이 열렸다. 법복을 입은 가라스마와 눈이 마주쳤다. 제자리로 돌아와 타이밍에 맞춰 인사를 했다.

"우구이 군. 기록은?"

"아, 죄송합니다."

기록을 가라스마에게 건네고 숨을 들이쉬어 마음을 진정시켰다.

"그럼 개정하죠. 몸이 불편해지거든 언제든 말씀하세요."

"…네."

"지난번엔 기소장을 낭독하는 데까지 진행한 걸로 기억합니다만, 건강상의 사정도 있었기 때문에 다시 한번 인정신문부터 시작하겠습니다."

절차의 흐름을 메모하면서 책상 위 서류로 시선을 떨어뜨렸다.

모두진술 요지에 기록된 약력에 따르면 시노하라 린은 난요 시내에서 태어나, 고등학교를 졸업한 후 일정한 직업을 가지지 않고 어머니와 둘이서 생활했다. 스무 살 때부터 절도를 반복하다 작년 9월에는 정식재판에서 유죄판결을 받았고, 현재는 집행유예 중이다.

예상했지만 아버지에 대해서는 일절 언급하지 않았다.

어머니와의 둘만의 생활은 소메야 다카히사가 체포되면서부터 시작되었을 것이다. 체포에 이은 구류, 그다음 교도소에 수감된 소메야 다카히사는 강제로 가정에서 배제되었다.

유죄판결이 선고된 지 약 5년. 어떤 이유로 린은 잘못된 길에 들어서게 된 걸까.

그때 가미데가 기소장 낭독을 마치고 자리에 앉았다.

묵비권을 고지한 가라스마는 "기소장에는 시노하라 씨가 서니약품에서 1만 4,000엔에 상당하는 화장품 등을 무단으로 가지고 나왔다고 적혀 있습니다. 검사 측이 읽은 사실 중, 어딘가 잘못된 곳이나 정정하고 싶은 곳이 있나요?" 하고 물었다.

"없습니다."

겨우 알아들을 수 있는 성량으로 린이 대답했다.

"변호인 의견은?"

"기소장에 기재된 대로 범행에 이르게 된 점에 대해서는 다투지 않겠습니다. 피고인은 섭식 장애와 클렙토마니아를 동시에 가지고 있을 가능성이 높기 때문에, 책임능력에 관한 주장을 검토하고 있습니다."

막힘없는 변호인의 의견을 키보드로 입력했다.

이 주장을 법정에서 하느냐 마느냐를 두고 조금 전 복도에서 실랑이한 듯하다.

클렙토마니아. 충동을 억제하지 못하고 반복해서 절도행위를 저지른다. 이번 절도도 정신 질환에 의해 일어난 것이므로 완전한 책임을 물을 수는 없다…. 그런 주장을 염두에 두고 있을 것이다.

"알겠습니다. 그럼 증거조사 절차로 넘어가죠."

가미데가 직전에 배포한 서류 내용에 따라 모두진술을 시작했다.

검사 측이 생각하는 린의 절도 동기는 과식 증상이 악화됨으로 인해 식비가 눈덩이처럼 불어났고, 그 자금을 충당하기 위해 되팔 목적으로 화장품을 훔쳤다는 것이다. 식자재를 대량으로 훔치는 것보다 단가가 비싼 화장품을 가방에 몰래 넣는 편이 들킬 위험이 낮다.

반면에 되팔 목적으로 훔쳤다면 이익을 얻고자 하는 범행 동기가 악질적이라는 판단하에, 식자재를 직접 훔쳐서 스스로 소비한 경우보다 무거운 처벌을 받는 경향이 있다.

린은 무릎 위에 올린 양손을 바라보고 있다.

절도 형태나 사복 경비원에게 적발된 경위도 매우 흔한 케이스라서 모두진술은 짧게 끝났다. 그런 뒤, 피해신고서와 현장검증조서 같은 익숙한 증거에 대한 조사를 진행한 후 "이상입니다" 하고 가미데가 가라스마를 올려다봤다.

"검사 측, 향후 진행에 관해 바라는 게 있습니까?"

"복수의 추가 기소를 예정하고 있습니다."

"동종 사안인가요?"

"네. 그러니 기일 속행을 희망합니다."

점원이나 사복 경비원이 모든 절도를 발견하지는 못한다. 체포 후 경찰이나 검찰은 여죄 유무를 취조 과정에서 추궁한다. 피고인이 털어놓고 CCTV 영상 등의 증거가 갖추어지면 같은 재판에서 처리할 목적으로 기소된다.

"변호인 의견은?"

"이의 없습니다. 보석 후에 피고인은 클렙토마니아 전문 병원에 통원하며 치료를 받고 있습니다. 담당 의사에게 의견서 작성을 부탁하는 한편, 각 매장마다 피해 변상을 진행할 예정입니다."

양측의 희망을 감안해 다음 기일을 지정한 다음 가라스마가 폐정을 선언했다.

증언대로 다가간 가노가 휠체어 그립을 잡았다.

다음 재판은 약 한 달 뒤…. 이대로 시노하라 린을 돌려보내도 되는 걸까.

강제추행사건 기록에 적혀 있던 메모는 어떤 가능성을 시사하는 걸까. 한정된 정보를 토대로 상상의 나래를 펴봤다.

피해자로 여겨졌던 딸이 사건을 날조해 아버지를 제거하려 했다면.

타액 DNA는 증거로서의 가치를 잃어가고 있다. 하지만 5년 전 재판에서 가장 중요시되었던 건 소메야 린의 증언이다.

…눈을 뜨니 "잘 잤어? 미안해"라는 피고인의 목소리가 들렸다. 티셔츠 자락을 들추고 유두를 핥은 후 속옷 위로 음부를 만졌다.

DNA 위장 공작이 이루어졌다면 피해 상황 증언과 일치하지 않게 된다.

모든 것이 자작극이었을까.

"저기. 좀 지나가겠습니다."

가노가 의아하다는 듯이 미간을 찌푸리고 있다. 증언대와 나무 분리대 사이에 선 내가 진로를 막고 있었다. 고개를 떨군 린은 누구와도 시선을 마주치려 하지 않았다.

할 말이 떠오르지 않아 길을 비키고 멀어져 가는 휠체어를 바라봤다.

명확한 근거도 없이 제기해도 될 의혹이 아니다. 시노하라 린과 소메야 다카히사의 관계도 본래는 비밀에 부쳐졌던 정보다. 내가 기록을 훔쳐봐서 알아낸 내용에 지나지 않는다.

"수면 부족?" 일어선 가라스마가 물었다.

"아뇨…."

"계속 마음이 콩밭에 가 있던데."

"죄송합니다."

"법정에서는 정신을 놓고 있으면 안 돼."

가라스마는 기록을 책상 위에 올려둔 채 뒤쪽 문을 열고 나갔다.

머릿속에 소용돌이치는 의혹을 해소하지 않는 한 똑같은 실수를 반복할 것이다.

린의 재판이 종료되자마자 "소메야 다카히사 사건에 대해 알려주세요" 하고 이야기를 꺼낸다면 가라스마도 무시하지 못하겠지.

법복을 휘날리며 법대로 올라갔다. 집무실로 돌아가기 전이라면 다른 사람들 눈에 띄지도 않을 것이다.

초조함에 쫓겨 문고리에 손을 올렸다.

앗….

알아차렸을 때는 이미 늦었다.

가라스마의 모습은 보이지 않고 일그러진 어둠이 펼쳐졌다.

그때와 똑같다.

무심결에 몸에 힘을 주었고, 부유감을 느낀 직후 몸이 가라앉기 시작했다.

이번에는 목소리도 소리도 들리지 않는다.

정적에 휩싸여 나는 의식을 잃었다.

7

대학 도서관 열람실. 책상에 엎드려 있었다.

곧바로 달력 앱을 켜서 '오늘' 날짜를 확인했다.

2016년 5월 20일. 알림 기능 대신 표시해둔 별 모양 기호.

역시… 이날로 온 건가.

지난번과 똑같이 폐정한 후에 법대의 문을 여니 5년 전 과거로 이어졌다. 시간의 비가역성에 반하는 현상이지만 타임 슬립이 일어난 걸 받아들이는 수밖에 없다.

이것은 악몽이 아니다. 의심의 여지가 없는 현실이다.

시공의 문을 여는 방아쇠 역할을 하는 건 무죄를 주장한 진보 마사코 사건이 아니었다. 시노하라 린 사건에서 소메야 다카히사 사건으로…,

부녀의 재판이 이어져 있다.

주위에 아는 얼굴은 없다. 여기서 시간을 보내고 있었을 것이다.

이 타임 슬립은 육체는 이동하지 않고 정신만 과거의 내게로 옮겨 오는 듯하다. 영화나 소설 중에 등장인물이 태어나지도 않은 과거로 거슬러 올라가는 이야기도 있지만, 그것보다는 엄격한 룰이 적용되는 것 같다.

원리를 구명하는 것은 포기했다.

중요한 건 뭘 할 수 있고 뭘 할 수 없는지 파악하는 일이다.

5년 전의 나는 이날 이 시간에 대학 도서관에 있었다. 타임 슬립으로 정신을 빼앗고 육체의 주도권을 얻었다. 시작 지점을 입맛대로 선택할 수는 없다.

한편 날짜와 시각에는 규칙성이 보인다.

'오늘'이 선택된 건 강제추행사건의 제2차 공판이 열리는 날이기 때문이다. 시각에 대해서는 지난번과 이번 경험을 통해 추측하는 수밖에 없지만, 개정 시각 한 시간 전으로 고정되어 있다.

타임 슬립에서 벗어나는 타이밍도 여러 가지 가능성이 있다. 지난번에는 방청석 문을 열었더니 어둠에 휩싸였다. 재판이 종료되면 시공의 문이 열리는 걸까.

불확실한 추측이 뒤섞여 있지만 이제 실제로 움직여서 확인하는 수밖에 없다.

벌써 10분이 경과했다. 개정 시각까지 앞으로 50분. 학교에서 법원까지는 자전거로 15분 정도 걸린다. 즉 자유롭게 움직일 수 있는 시간은 불과 30분 정도.

이 제한된 시간 동안 뭘 할 수 있을까. 아니, 뭘 해야 할까.

강제추행사건의 판결 결과를 고쳐 쓴다···. 타임 슬립으로 기회가 주어졌다고 한다면.

하지만 아직 소메야 다카히사가 무고하다고 확신하는 건 아니다.

이를테면 타액 검사용 껌이 아니라 시판 중인 껌을 씹은 직후에 범행을 저지른 경우에도 폴리초산비닐을 함유한 타액이 묻을 수 있다. 인터넷에서 조사한 정도로는 불순물에 대한 깊은 지식을 얻을 수 없었다.

워크시트에 적힌 정보만 가지고는 곧바로 무죄라는 결론을 이끌어낼 수 없다.

섣불리 움직였다가는 범죄자를 교도소에서 풀어주는 미래를 초래할 수도 있다.

그렇지만 5년 전 재판에서는 불순물의 존재가 누락되었다. 변호인이 워크시트에 적힌 내용에 착목하지 못했고, 쟁점으로 드러내지 못한 채로 재판이 끝나버렸기 때문이다. 충분한 심리가 이루어졌다고 할 수 없지 않을까.

과거와는 다른 길이 펼쳐질 수 있다면….

변호인이 DNA 위장 공작을 주장하고, 그 주장을 뒷받침할 증거가 제출되면 검사도 반론하지 않을 수 없다. 폴리초산비닐과 타액 검사용 껌이 이어지느냐 마느냐는 양측의 공방에 의해 밝혀진다.

검사와 변호인이 자신들의 주장을 철저하게 입증해나가면, 재판관은 진상에 따른 결론을 이끌어낸다.

무고한지 아닌지는, 가라스마의 판단에 맡기면 된다.

내가 해내야 하는 일은 변호인을 유도해서 불순물의 존재를 드러내고 쟁점화시키는 것이다. 불씨만 만들어내면 올바르게 처리해줄 전문가가 있다.

검토가 충분하지 않을지도 모르지만 목표점은 보이기 시작했다. 문제는… 어떻게 그곳에 도착하느냐다. 생각할 시간이 거의 남아 있지 않았다.

아니다, 시간을 늘릴 방법이라면 구상해뒀다.

법원에 가는 시간을 늦춰서 재판 도중에 법정에 들어가면 된다.

개정 시각이 아니라 폐정 시각을 기준으로 하면 남은 시간은 단숨에 늘어난다. 제2차 공판기일에는 변호인의 모두진술과 두 번의 증인신문이 실시됐다. 정확한 시간은 기억나지 않지만, 내용을 생각하면 두 시간 정도로 예상된다.

그렇지만 안일한 태도로 기억과 다른 행동을 선택할 수는 없다. 미래를 바꿔 쓸 위험이 있다는 걸, 나 자신의 경험을 통해 알고 있다.

아카마 변호사를 유도하는 데 성공하면 많은 관계인이 영향을 받는다. 아이에게 아버지 이야기를 했을 뿐인데 인간관계가 크게 바뀌었다. 지난번과 똑같이, 아니 그 이상으로 예상 밖의 사태를 초래할 수 있다.

문제는 하나 더 있다. 현재로 돌아가지 못할 위험성이다.

재판 종료 후에 시공의 문이 열린다는 건 내 예상에 지나지 않는다. 변호인의 모두진술 직후, 경찰관 E와 법의연구원 F의 증인신문이 교대되는 타이밍. 이것 말고도 후보는 더 있다.

그 순간 법정에 들어가 있지 않으면?

제3차 공판기일이 될 때까지, 아니면 영원히 과거 시간대에 남겨질지도 모른다. 그래도 법원으로 가는 시간을 늦출 것인가.

개정 시각이 빠르게 다가오고 있다. 지금 당장 자전거를 타고 간다면 늦지 않을 것이다.

…선택지는 두 가지다. 하나는 개정해서 폐정할 때까지 방청석에 앉아 미래로 돌아갈 순간을 가만히 기다리는 것. 또 하나는 추억은커녕 이야기한 기억조차 없고, 아버지라고 부르기도 망설여질 정도로 미워한 남자를 위해 행동하는 것.

그 결과 무슨 일이 일어날지 짐작도 못 하겠다. 미래를 모두 망쳐버릴 수도 있다.

단순명료한 질문이다.

아버지를 위해 미래를 걸 수 있는가?

피가 이어져 있을 뿐이다. 가족이라고 생각한 적은 한 번도 없다. 사건 개요를 훔쳐 들은 순간부터, 몸 안에 성범죄자가 있다는 공포를 마주하고 살아야 했다.

비열한 범행에 분개하며 누명을 썼을 가능성은 의심하지도 않았다.

증언대에서 무죄를 주장하던 목소리도 허무하게 흘려들었다. 거짓말이라 단정하고 죄를 인정하지 않는 불성실한 태도에 분노를 느꼈다.

판결 선고와 동시에 연을 끊어냈다고 생각했다.

그러나 그건 기억 한편에 밀어 넣은 것에 불과하다는 사실을 깨달았다. 가라스마의 사물함 안에 있던 사건 기록을 읽고 외면할 수 없게 됐다.

메모가 지적한 바가 옳다면?

억울한 죄로 교도소에 수감됐다면?

방청석에 앉아 뒷모습을 쏘아보고 있기만 해서는 재판 결과가 고쳐 써지지 않는다. 내가 움직이지 않으면 무죄 주장은 기각되고 성범죄자라는 낙인이 찍힌다.

이대로 아무것도 하지 않고 미래로 돌아간다면, 땅을 치고 후회하며 속을 태우지 않을까.

이 시간대에서 워크시트에 기재된 내용에 의혹을 품은 사람은 나뿐이다.

계기를 만들어낼 수 있는 사람이 나 말고는 없다.

물론 재심 청구라는 제도가 있다는 건 안다. 유죄판결을 받은 사람에게 무죄를 선고해야 할 새롭고 명백한 증거가 발견되면 재심이 인정된다. 가라스마가 기록을 가까이 두고 살펴보는 이유도 그 가능성을 찾는 것일 수도 있다.

하지만 '열리지 않는 문'이라 불릴 만큼 재심 청구에 요구되는 기준은 너무나 높다. 의혹을 지적하는 정도로는 청구가 받아들여지지 않는다.

유죄판결 선고까지가 제한된 시간이다.

여기서 주장하지 않으면 손을 쓸 수 없게 된다.

게다가 아무것도 하지 않고 가만히 앉아 있다가 끝나는 타임슬립 따위는 들어본 적이 없다.

피고인에게 설명하는 가라스마의 얼굴이 머리를 스쳤다. 법원의 역할은 죄를 판단하고 벌을 결정하는 것. 가라스마가 올바른 결론을 이끌어낼 수 있게, 할 수 있는 일은 해야만 한다.

후회를 품은 채 빠져나간 앞날이 가슴을 펴고 돌아갈 수 있는 미래로 이어져 있을 것 같지 않다. 내가 해야 할 역할을 다 끝내고 나서, 시공의 문을 열고 돌아가자.

미래를 수습하는 건 천천히 시간을 들여서 부딪쳐나가면 된다.

열람실을 나와서 방문자용 컴퓨터가 설치되어 있는 층으로 향했다.

어젯밤에도 찾아본 DNA 감정과 폴리초산비닐의 성질에 대해 설명해놓은 웹사이트를 검색했다. 마지막 업데이트 날짜는 확실하지 않지만, 이 시점에도 일부 사이트는 존재했다.

관련 있어 보이는 페이지를 인쇄해서 마커로 줄을 그었다. 이제 곧 개정 시각을 맞이하지만 시계를 볼 여유도 없다.

작업을 끝낸 다음, 이번에는 아카마 변호사에게 보낼 문서를 작성했다.

미래에서 왔다고 솔직하게 설명할 수는 없다. 재판에서 주장하도록 결심하게 만들려면 어떤 내용을 담아야 할까.

법의연구원을 사칭하는 방법도 생각해봤지만 본인에게 확인하면 거짓말이라는 게 들통난다.

관계자 외에는 알 수 없는 정보를 담는다면….

익명의 편지라도 사건 내용을 자세히 적어두면 흥미를 가질 것이다. 기록에 있던 내용을 떠올리면서 인사말도 건너뛰고 본론부터 꺼냈다.

소메야 다카히사 사건과 관련해 당신이 파악하지 못한 사실을 다음과 같이 적는다.

이 편지를 쓰고 있는 사람은 수사 관계자 중 한 명이다. 실명으로 고발할 수 없는 처지라, 비겁하다는 걸 알면서도 변호인에게는 정보를 제공하기로 결심했다.

단도직입적으로 말하겠다. 과수연이 작성한 DNA 감정 워크시트를 꼼꼼히 읽어보길 바란다. 13페이지, DNA 추출 결과가 기재된 대목 비고란에 '폴리초산비닐'이 있을 것이다.

DNA 추출 과정과 폴리초산비닐의 성질은 참고 자료를 첨부한다.

자세한 내용은 직접 조사해보기 바람. 중요한 건 시료에 폴리초산비닐이 포함되어 있었다는 것, 폴리초산비닐은 껌 베이스에 사용된다는 것, 이 두 가지다.

위장 공작이 이루어졌을 가능성이 부상하지 않는가.

법의연구원의 증인신문이 시작되기 전에 이 편지를 보냈어야 했다. 결단을 미룬 결과, 이도 저도 아닌 형태로 고발을 하게 되어 미안하다.

결심 재판이 열리기 전까지는 새로운 주장이 받아들여질 여지가 있다고 들었다.

난 하지 못한 일을, 변호인인 당신이 해주었으면 한다.

건투를 빈다.

오탈자를 확인할 시간도 없이 곧바로 인쇄해서 도서관을 뛰어나왔다.

이로써 편지와 자료는 갖추어졌다. 이제 매점에서 봉투를 사서 봉하면 된다.

남은 문제는 어떻게 전달하느냐다. 발신인을 알 수 없는 우편물은 사무원이 변호사에게 전달하지 않고 처분해버릴 수도 있다.

아아…, 그렇지. 서기관으로 일한 경험을 여기서 살릴 수 있겠다.

8

초여름으로 돌아와서 있는 힘껏 자전거 페달을 밟아도 땀이 배어나는 정도에 그쳤다.

가방에서 봉투를 꺼내 법원으로 들어갔다. 수취인에는 아카마 변호사가 소속된 '크래프트 법률사무소'를 적었지만, 발신인은 비워두고 우표도 붙이지 않았다.

계단으로 2층에 올라간 뒤, 법정 쪽이 아닌 형사 서기관실로 향했다.

들어가면 바로 보이는 곳에 놓여 있는 서류 보관함으로 다가가 순서대로 훑어봤다. 서랍이 100개 가까이 있고, 법률사무소 이름이 적힌 라벨이 붙어 있다.

이내 '크래프트 법률사무소'를 발견했다.

서기관이 변호사 앞으로 서류를 작성할 때 서류 보관함을 사서함처럼 써서 빨리 수령하도록 하는 경우가 있다. 소규모 법원은 자주 이용하는 법률사무소 수가 한정적이기 때문에 이런 특수한 방법을 활용한다.

그래서 어지간히 수상쩍은 행동을 하지 않는 한 의심을 살 일은 없다. 서류를 수령하러 온 사무원이라고 생각할 것이다.

봉투를 넣고 서기관실을 나왔다. 곧 법원에서 온 서류라고 착각한 진짜 사무원이 아카마 변호사에게 전달할 것이다.

이제 편지에 적은 대로 건투를 비는 수밖에.

법정에 들어가니 법의연구원 F의 증인신문이 중반에 접어들었다.

방청석 중앙 부근에 앉아 있던 아이가 돌아본다. 이번 재판도 방청하러 왔구나. 지난번 타임 슬립이 가까운 미래에도 영향을 끼치고 있다.

아이의 옆자리가 비어 있었지만 출입문 가까운 자리에 앉았다. 폐정한 후 늦게 온 이유를 꼬치꼬치 캐묻기 전에 타임 슬립으로 도주를 시도하기 위한 작전이다. 제자리를 찾은 과거의 내가 대응해주겠지. 그 타이밍에 시공의 문이 열리지 않는다면 여러 의미로 낭패다.

재방송되는 영화를 보는 느낌으로 다케치 검사의 주신문에 귀를 기울였다.

"일렉트로페로그램에 따르면 시료의 DNA형과 피고인의 DNA형이 15개 좌위에서 일치했다. 따라서 시료는 피고인의 타액일 가능성이 매우 높다. 그런 말씀이시죠?"

마르고 약간 예민해 보이는 여성 법의연구원이 다케치 검사를 향해 대답했다.

"네, 그렇습니다."

"기초적인 질문을 드려 죄송하지만, 피고인과 혈연관계인 자녀가 있을 경우 아버지와 자식의 DNA형을 구별할 수 있습니까?"

이런 질문도 있었던 것 같다. 통상적인 질문이었을 테지만 내가 범인일 가능성이 있다고 의심하는 것 같아 당시에는 당황스러웠다.

"구별할 수 있습니다."

"어떤 원리죠?"

"사람은 스물두 쌍의 상염색체와 한 쌍의 성염색체를 가지고 있습니다. 그 쌍들은 부계 쪽에서 하나, 모계 쪽에서 하나의 염색체를 물려받기 때문에, 같은 부모한테서 태어난 자녀의 경우라도 최대 2의 23승의 두 배의 조합이 있는 셈입니다."

"그러니까 부자 관계라 하더라도, DNA형이 일치할 일은 없는 거로군요."

"그렇게 생각하셔도 지장은 없습니다."

기분 탓일지도 모르지만 아이의 어깨가 위아래로 움직인 것처럼 보였다.

주신문이 끝나고 이어서 짧은 검은 머리카락을 젤로 굳힌 아카마가 일어섰다. 기억대로라면 늠름하고 예리한 표정과 다르게 처음부터 끝까지 근거가 부족한 반대신문을 펼칠 테지만.

"증인에게 묻겠습니다."

기일 모두진술에서 아카마는 변호인 측 주장의 개요를 밝혔을 것이다.

피고인은 본 사건의 범인이 아니며, 집에 침입하여 피해자의 손발을 묶은 후 범행을 저지르고 도주한 진범은 따로 있다. DNA 감정 결과나 피해자의 증언은 합리적인 의혹을 완전히 배제한 채 바로 피고인이 범인이라고 가리킬 수 있을 정도는 아니다.

구체적으로는…,

피해자에게서 채취한 타액이 본 사건의 범행에 의해 묻었다고 단정할 수 없다. 샤워를 하고 옷을 갈아입기 전에 거실이나 탈의실에서 대화를 하다가 침이 튀었을 수도 있다. 아니면 피해 사실이 드러난 후 무슨 일이 일어났는지 확인하다 침이 튀었을 가능성도 무시할 수 없다.

피해자는 눈이 가려져 있어서 피고인의 모습을 직접 보지 못했다. 목소리에 관해서는 극한 상태에다 자택이라는 선입관에 사로잡혀서 피고인이라고 착각했다. 오히려 피고인이 범인이라면 기껏 시야를 가렸는데 말을 걸었다는 게 자연스럽지 않다.

이 주장들이 합리적이지 못하다는 걸, 검사는 다음에 이루어진 논고에서 철저하게 지적했다.

고등학생인 피해자가 이성인 피고인과 속옷도 걸치지 않은 상태로 대화를 했다고는 생각하기 힘들다. 무엇보다 DNA 정량 검사 결과, 대화를 하다 묻었을 수도 있는 타액의 양을 능가한다.

비명을 들은 어머니가 신고를 하고 경찰이 달려오는 동안 피고인은 피해자 방에 들어가지 않았다. 이 점에 대해서는 어머니와 피해자의 진술이 일치한다.

즉 본 사건 범행 당시를 제외하고 피고인의 타액이 피해자에게 묻을 기회는 존재하지 않았다.

목소리에 대한 지적도 트집에 지나지 않는다. 청각에 의지하지 않을 수 없는 상황이었기에 더더욱 자주 들어 익숙한 피고인의 목소리를 잘못 들었을 리가 없다. 또한 말을 걸어서 자연스럽지 않다는 건 범인이 누구든 간에 마찬가지다.

무엇보다도 피해자의 증언과 일치하는 DNA 감정 결과가 제출되었으며, 우연히 일치했다고는 생각할 수 없다. 변호인은 범인이 따로 있다고 주장하지만, 문이 잠겨 있는 집에 침입한 방법과 수면 유도제를 복용시킨 방법은 밝히지 않고 추상적인 가능성만 지적하고 있다.

최종적으로 가라스마는 검사 측 입증을 받아들이고 유죄판결을 선고하게 된다. 그 이유를 듣고 당시의 나는 납득했다.

하지만 워크시트에 기재된 내용을 본 지금은 다르다.

"DNA 감정으로 타액이 묻은 경위까지 밝혀낼 수 있습니까?"

아카마는 궁색한 신문을 계속하고 있다.

"자세하게 콕 집어내기는 어렵습니다."

"그렇다면 대화를 하다 침이 튀었을 가능성도 있지 않을까요?"

"그럴 가능성은 낮습니다. 왜냐하면…."

설득력이 부족한 주장을 계속 듣는 건 꽤 힘든 일이다.

"변호인은 이상입니다."

워크시트에서 얻은 정보에 입각해 아카마의 주장을 어떻게 재구성해야 할까.

진범은 외부에서 들어온 침입자가 아니라 집 안에 있었다….

즉 소메야 린의 자작극이라고 가정해보자. 수면 유도제만 손에 넣는다면 손발을 묶거나 눈가리개를 하는 건 시간을 들여서 자기 힘으로 할 수 있다.

DNA 감정 결과도 폴리초산비닐이 검출되면서 증거가치를 잃었다.

남은 것은… 동기의 문제일까.

이것만큼은 본인에게 물어보지 않는 이상 알아낼 수 없다.

아버지를 성범죄자로 만들어버릴 정도의 원한. 아니, 거기에 그치지 않는다. 피해자로서 수사에 협조하고 재판에서는 피해 상황을 증언해달라고 요구받았다. 이름과 주소가 보도되지 않았어도 동네나 학교에 소문이 퍼졌을지도 모른다.

거기까지는 생각하지 않은 걸까? 상상 이상으로 일이 커져서 무를 수 없게 된 걸까. 자기가 저지른 행위가 얼마나 큰 죄인지 절감하고 자책감에 짓눌리다가 깡말라버린 몸으로 절도를 반복하게 된 걸까.

피해자의 자작극이라고 가정해도 여전히 설명되지 않는 점이 많다.

…내 추측이 틀렸다면.

이대로 미래를 고쳐 써도 되는 걸까. 불길한 예감에 가슴이 울렁인다.

린에 대한 절도사건 공판은 추가 기소 심리를 남겨놓고 있다. 다음 달에 열릴 제3차 공판이 종료되면 세 번째 타임 슬립이 일어난다.

조바심에 아카마에게 편지를 보내기보다, 차분히 생각한 다음 움직이는 편이….

"다음 기일에는 피해자의 증인신문부터 실시하겠습니다."

가라스마의 목소리가 들려서 얼굴을 들었다. 미래가 고쳐 써지는 걸 멈추려면 서기관실에 가서 봉투를 회수해야만 한다.

일어서서 방청석 쪽 문으로 향했다.

붉은 벽돌을 쌓아 올린 내벽으로 둘러싸인 법정. 아치형 공간을 통과하면 복도로 나갈 수 있다.

문고리에 손을 올린 순간, 등 뒤로 폐정이 선언됐다.

문 너머가 붉은 빛으로 휩싸였다.

뜨거운 바람이 불어닥친다. 뭔가가 불타고 있는 걸까.

아지랑이처럼 시야가 흔들린다.

의식을 잃기 직전…, 마지막으로 본 것은 붉은 연꽃 같은 불꽃이었다.

★

정신을 차리니 다시 법정 안으로 돌아와 있었다.

무슨 일이 일어난 걸까. 과거에서 빠져나온 느낌은 들었다. 눈꺼풀 뒤로 강렬한 빛의 흔적이 남았고, 어둠에 휩싸였다 이윽고 풀려났다. 현재의 시공으로 돌아온 걸까.

주위를 둘러보며 상황을 살폈다.

나무 분리대 안쪽 서기관석. 쥐 죽은 듯 조용하지만 낯익은 얼굴들이 한자리에 모여 있다.

검사석에는 가미데 다케시와 그 옆에 정검사 구스모토 마유.

변호인석에는 가노 도모루.

그리고 시노하라 린이 휠체어가 아닌 긴 의자에 앉아 있다.

린의 제3차 공판이 시작되는 걸까. 그런데 검사가 늘었다. 기일은 한 달 뒤로 지정됐을 텐데. 무엇보다… 방청석에 사람들이 꽉 들어찼다.

천장을 올려다보니 바로 위에 스테인드글라스 조명이 있다. 파란색과 초록색의 나뭇잎 무늬.

새 청사인 쪽빛 법정이지만, 낯익은 조명보다 훨씬 크다.

이곳은 평소 사용하는 202호 법정이 아니라 201호 법정이다. 방청석 수가 많은 이 법정은 다수의 방청인이 입장할 것으로 예상되는 사건 재판에 쓰인다.

책임능력이 쟁점이 될 가능성이 있다고는 하지만 흔하디흔한 절도사건.

방청인이 쇄도할 요소는 없다.

불길한 예감과 불안이 동시에 밀려들었다.

상황을 채 파악하기도 전에 법대 문이 열렸다. 반사적으로 일어서서 관계인이 인사하기를 기다렸지만 좀처럼 그 순간이 오지 않았다.

뒤를 돌아보고 놀라움을 금치 못했다. 가라스마, 사사베, 아이. 그리고 그 밖에도 많은 사람들이 법대에 나란히 서 있다.

국민참여재판….

"그럼 개정하겠습니다."

가라스마의 목소리가 마이크를 통해 넓은 법정에 울려 퍼진다.

"피고인은 증언대 앞에 서주십시오."

무슨 일이 일어나고 있는 거지? 절도사건을 국민참여재판으로 심판할 리가 없다. 어떤 중대한 사건…. 재산범은 강도치상에 이르지 않는 한 국민참여재판 대상 사건에 해당되지 않는다.

"이름이, 어떻게 되죠?"

"소메야 린입니다."

어둡고 생기 없는 눈으로 린이 대답했다. '시노하라'가 아니라 '소메야'라고.

"생년월일은, 언제죠?"

어느 시간대로 날아온 걸까.

떨리는 손으로 마우스를 좌우로 움직였지만, 잠금 화면을 해제할 비밀번호가 생각나지 않았다. 달력이 있지 않을까 하고 시선을 이리저리 빠르게 움직였다.

책상에서 기소장 사본을 발견하고 가까이 끌어당겼다.

"…지금부터 피고인에 대한 살인피고사건 심리를 시작하겠습니다."

【공소사실】

피고인은 2020년 8월 13일 오후 8시 12분경, 난요시 가루이초 3번가 18번지 피고인의 집에서 살의를 품고 의붓아버지인 소메야 다카히사(당시 51세)의 좌측 흉부를 식칼로 찔렀고, 이로 인해 같은 날 오후 10시 23분경, 난요시 사루와타리초 4번가 10번지 난요 대학 병원에서 소메야 다카히사를 좌흉부 자창에 의한 출혈로 사망에 이르게 하였다.

【죄명 및 법 조항】

살인. 형법 199조.

5년 전과 똑같은 범행 장소.

피고인과 피해자의 이름이 뒤바뀌었다.

그리고 죄명이…,

내가 아는 미래가 아니다.

예기치 못한 사태를 초래할 건 각오했다.

친구를 잃은 첫 번째 타임 슬립이 그러했던 것처럼.

하지만 이 광경은…,

국민참여재판에서 소메야 린이 살인죄로 재판을 받고 있다.

심장이 세차게 뛴다.

목소리조차 낼 수 없다.

미래를 고쳐 쓴 탓에, 아버지를 죽음으로 내몰아버린 걸까.

제3장

몽환의 까마귀

미지근하고 건조한 공기가 피부에 들러붙는다.

"당신이 올 거라고는 생각 못 했는데."

나른한 납빛 목소리가 두꺼운 아크릴 판 너머에서 들려온다.
푹 꺼진 눈두덩이. 짧게 자른 머리카락에 흰색이 섞여 있다.

목소리가 통하도록 원형으로 뚫어놓은 구멍이 나와 소메야
다카히사의 대화를 허락하고 있다.

"면회에 응해주셔서 고맙습니다."

무릎 위에 올린 주먹을 쥐고 머리를 숙였다.

"딱딱한 인사는 치웁시다. 시간도 얼마 없을 텐데."

"네. 한 시간 정도라고 들었습니다."

"그것도 꽤 배려를 해줬군. 교도관이 없는 것도 특별 대우인가?"

"제가 요청한 건 아닙니다만…."

접수할 때 직업을 물어서 솔직하게 재판관이라고 대답했다. 교도소 차원에서 어떠한 배려를 해줬을 가능성을 부인할 수 없다.

"그러고 보니 난 당신 이름도 모르는데."

"가라스마 신지입니다."

"아… 가라스마 씨였군. 고맙소. 이제 이름을 부를 수 있겠어. 법복을 입고 내려다보는 당신 얼굴을 꿈에서 몇 번이나 봤는지 몰라."

공평성과 중립성이 요구되는 재판관에게 개성은 필요 없다고 생각했다.

이름도 밝히지 않는 사람에게 심판을 받는 심정을 상상해본 적이 있었나.

"전, 2년 전에 선생님 사건을 담당했습니다."

"압니다."

"그렇지만 직무 차원에서 면회를 온 건 아닙니다."

"친구는 물론 가족도 아니지."

"네."

뒤에서 공기조화 장치 소리가 들려온다.

"그쪽은 따뜻하죠?" 양손을 문지르면서 다카히사가 말을 이었다.

"면회자 쪽만 난방을 넣어서 그렇소. 한겨울에도 이쪽은 손이 꽁꽁 얼어서 펴지도 못할 지경인데. 같은 공간에 있어도 대우가 하늘과 땅 차이지. 별일 아닌 것 같소?"

"아닙니다…."

"이 안에는 죄인이라는 걸 자각하게 만드는 구별 방법이 곳곳에 스며들어 있소. 우린 평생 밑바닥을 기어다니며 사는 수밖에 없어요. 이 안에서도, 밖으로 나간 후에도."

교도관과 수형자의 구별. 그리고 수형자 사이에도 피라미드는 존재한다.

어느 층에 위치하게 되느냐는 재판에서 인정된 죄의 성질에 따라 다른데, 성범죄자는 특히 차가운 대접을 받는 경향이 있다고 들었다.

"여긴 뭐 하러 왔지, 가라스마 신지?"

이유도 없이 지금껏 벌과 가혹한 처우를 받아왔다.

감히 그 심정을 상상이나 할 수 있을까.

"농담이오." 다카히사가 짧은 머리카락을 만지작거렸다.

"네?"

"이런 변두리까지 발걸음을 한 데는 뭔가 이유가 있겠지. 아니면 교도소에 처넣은 수형자를 면회해야 하는 의무라도?"

"아닙니다. 면회를 온 건 선생님이 처음입니다."

"어째서 날?"

"그건…."

휴가를 신청하고 도쿄에서 신칸센과 전철을 갈아타 이곳까지 왔다. 눈이 많은 곳이라고는 들었지만 승강장에 내려선 순간 상상하던 것 이상의 추위가 덮쳐 놀랐다.

방한이 잘 되지 않는 듯 보이는 작업복 차림. 혹독한 환경마저 형벌에 포함된 것처럼.

교도소 안으로 들어오기 전에 소메야 다카히사의 얼굴을 기억해내려 애썼다. 사건 내용과 판결문은 바로 떠올랐지만, 증언대에 앉은 피고인의 얼굴에는 안개가 끼어 있었다.

"눈싸움만 계속할 생각이오?"

이름도 밝히지 않았고 얼굴도 기억하지 못했다.

난 무엇과 마주 보고, 무엇을 심판해온 걸까.

"꿈에서 당신 얼굴을 보는 건 지금도 원망하기 때문이오. 그렇지만 이런 데서 눈싸움이나 하는 건 시간 낭비지. 면회란 게 원체 가뭄에 콩 나듯 있으니. 재미있는 이야기가 있다면 한번 해보시오."

빙빙 말을 돌리지 않고 결론부터 말하리라 결심하고 왔다.

"잘못된 판결을 내리고 말았습니다."

"…."

"무죄를 선고해야만 했습니다."

"진심으로 하는 말이오?"

"죄송합니다."

아까보다 깊숙이 머리를 숙였다.

"그때로부터 2년 3개월. 결론을 바꾸는 데 꽤 시간이 걸렸군."

"이미 늦었다는 것도 잘 알고 있습니다."

머리 위에서 다카히사의 목소리가 들렸다.

"고개 드시오. 아까도 말했잖소. 이런 데서 사과를 받아봤자 아무 의미 없다고."

"네."

다카히사는 미간을 찌푸린 채 사나운 표정을 짓고 있다. 아무렇지 않은 척하고 있어도 동요한 게 느껴졌다. 당연하다. 그는 체포당한 날부터 계속 같은 말을 기다렸다.

2년 3개월. 세고 있었기에 곧바로 대답한 것이리라.

"미처 보지 못한 증거가 있었습니다."

"증거?"

"DNA 감정을 실시할 때 작성된 워크시트입니다."

"작업 경과가 적혀 있던 서류?"

"네."

감정 담당자가 성격이 꼼꼼했는지 비고란에는 가느다란 글자로 방대한 양의 메모가 적혀 있었다. 군데군데 해독하기 힘든 글자도 있었다.

불과 몇 줄. 사금처럼 빛을 뿜어내던 것도 아니다.

수사관이나 변호사가 '폴리초산비닐'이라는 단어에 주목했더라면, 사건의 종착점은 달라졌을지도 모른다. 하지만 적어도 나는 그들을 탓할 수 없다.

"뭐라고 적혀 있길래?"

"추출 과정에서 제거된 불순물에 대한 내용입니다."

도쿄 지법으로 이동한 뒤, DNA 감정의 증거능력에 관한 연구회를 담당하게 됐다. 참고 자료로 과거 기록을 가지고 와서 해당 부분을 정독했을 때 눈에 들어왔다.

실체를 파악한 순간, 식은땀이 등을 타고 흘러내렸다.

해석하기에 따라서는 판결의 기초가 된 전제가 무너진다. 재판 중에 여러 번 다시 읽었는데도 당시에는 발견하지 못했다. 변호인과 검사가 주장하지 않아서…. 그건 변명에 지나지 않는다. 워크시트는 증거로 채택됐다. 내가 당사자에게 석명준비명령을 내렸어야 했다.

"자세히 설명해봐요."

"제 추측도 포함된 이야기입니다만…."

친분이 있는 법의연구원에게서 들은 추출 과정의 흐름, 폴리초산비닐의 성질, 타액 검사용 껌을 사용한 위장 공작일 가능성. 정보와 가설을 순서대로 설명해나갔다.

"타액 검사용, 껌."

"짚이시는 거라도?"

"우선 당신 생각이 듣고 싶군. 날 모함한 게 누구라고 생각하시오?"

"아내분이신… 사호 씨가 아닐까 합니다."

다카히사가 크게 숨을 토했다.

"린이 아니라?"

"수면 유도제나 문단속 상황을 봤을 때, 가족에 의한 범행으로 보는 게 자연스럽습니다. 당연히 린 씨도 후보에 들어갑니다.

하지만 자작극이라고 하기에는 부자연스러운 점이 있습니다."

"난 모르겠군."

"하나는 린 씨가 너무나 고통스러운 상황에 내몰렸다는 점입니다. 성범죄 피해자로 호기심 어린 눈초리에 노출되는 그런 결단을 쉽게 내릴 수 있었을 거라고는 생각하지 않습니다."

"자기 인생을 망치는 한이 있더라도 날 나락으로 떨어뜨리고 싶었을지도 모르지."

나를 시험하는 듯한 말투. 고개를 끄덕여 대답한 다음 설명을 계속했다.

"거기까지 각오했다면 눈을 가리거나 하지 않고 얼굴을 봤으니까 범인은 아버지가 틀림없다고 경찰에 말하지 않았을까요."

"…그리고?"

"아버지라고 판단한 근거는 귓가에 들린 목소리였습니다. 그렇지만 기껏 눈가리개를 했는데 육성을 들려준다는 건, 범행에 일관성이 없습니다."

이 점은 재판에서 변호인도 지적했지만 가설을 충분히 구축하지 못했다.

"시야를 가린 건 목소리의 주인이 그 자리에 없었기 때문이다?"

"그렇습니다."

"린이 내가 범인이라고 착각하게 만드는 게 목적이었다?"

시노하라 린이 거짓말을 한 건 아니다. 손발이 묶이고 시야가 가려진 상태에서 "잘 잤어? 미안해"라고 말하는 아버지의 목소리가 들렸다. 그 후에 유두를 핥고 음부를 만지는 감촉을 느꼈다. 그 모든 행위에 대해 그녀는 인식한 대로 증언했다.

진실을 말한 결과, 아버지가 교도소에 수감되었다.

누구 탓일까? 아크릴 판에 내 얼굴이 어슴푸레하게 비친다.

"목소리는, 녹음한 파일을 사용했군." 다카히사가 말했다.

"잘 잤어, 미안해. 둘 다 일상적으로 쓰는 말입니다."

감촉은 피부에 따뜻하게 데운 탄력성 있는 물건을 사용해 재현했으리라. 시야가 가려져서 청각도 촉각도 상상에 따라 보완할 여지가 생겼다.

"폴리초산비닐은 껌 말고 다른 데에도 사용된다고 했지?"

"완전히 추려내지는 못합니다."

"사건 며칠 전에, 사호가 정기검진을 갔다가 권유받았다며 타액 검사 키트를 가지고 왔소. 거기에 타액 검사용 껌도 들어 있었고."

가설과 맞아떨어지는 사실이 다카히사의 입을 통해 나왔다. 소리 내어 일기를 읽는 듯한 담담한 말투였다.

"선생님도 그 검사를?"

"했지."

가정용 냉장고로도 일정 기간 타액을 보존할 수 있었을 것이다.

"이걸로 DNA 검사 결과도, 린 씨의 증언도 모두 설명됩니다. 아무것도 모르는 린 씨를 이용해 선생님께 죄를 덮어씌운…."

"그렇게 된 거군. 솔직히 사호라면 그럴 수 있다고 생각해."

공허한 표정에 시선은 이곳저곳 떠돌고 있다. 감정이 크게 출렁이는 걸지도.

"사호 씨와의 사이에 무슨 일이 있었습니까?"

"왜 그런 걸 물어보시오?"

"두 명의 가족을 배신할 정도의 사정이 있었던 게….."

"그런 게 아니오. 내 유죄판결은 2년도 더 전에 확정된 거요. 당신한텐 끝난 사건이야. 이제 와서 다시 들쑤시는 게 무슨 의미가 있겠소."

"재심 청구를 신청하지 않겠습니까?"

다카히사의 눈 깊은 곳이 희미하게 빛난 것 같았다.

"놀랄 노 자군. 재판관이 재심을 권할 줄이야."

"그것 말고는 남아 있는 방법이 없습니다."

"그런 설득을 해봤자 득 될 건 아무것도 없지 않소. 재판관의 사정이야 모르지만, 판결이 뒤집혔다간 평가에 안 좋은 꼬리표가 붙어 다닐 텐데."

"평가 같은 건… 선생님의 인생과 비교할 거리도 못 됩니다."

목소리가 상기됐다. 면회 종료 시각이 코앞으로 다가왔다.

"내가 할 말은 아니지만 진정하시오."

"재판 중에 알아냈다면 무죄판결을 내렸을 겁니다. 확정된 판결은 명백한 무죄 증거가 발견되지 않는 한 재심 청구가 받아들여지지 않습니다. 하지만… 죄를 저지르지 않은 사람이 교도소에서 계속 복역하는 일이 있어서는 안 됩니다."

어째서 입에 발린 말밖에 나오지 않는 걸까.

"강 건너 불구경하는 것처럼 말하는군. 있어서는 안 될 사태를 초래한 건 당신이잖소."

"그렇습니다."

"여긴 욕먹을 것도 각오하고 온 거요?"

"제 힘만으로는 선생님을 풀어드리지 못합니다."

주석서를 확인하고 판례와 문헌을 샅샅이 뒤졌다. 하지만 아무리 조사해도 확정된 판결주문을 변경하는 방법은 찾을 수 없었다.

재판관이 과오를 범하는 일 따위는 처음부터 상정하지 않았다는 듯이.

"목소리를 녹음한 파일도 타액 검사 키트도 사호가 분명히 처분했을 거요. 워크시트에 기재된 내용과 내 주장밖에 없는데 재심 청구가 받아들여질 거라고 생각하시오?"

"실적이 있는 변호사한테 협조를 부탁할 겁니다."

"내가 변호사라면 다시 생각하라고 설득할 거요."

"제 생각은 변함없습니다."

"스스로에게 도취됐다 하더라도 그렇게까지 단언하는 건 대단하군. 뭐, 군이 면회를 하러 온 것만으로도 별종이라고 볼 수 있지. 법복을 입고 있을 때는 로봇 같았는데."

메마른 웃음소리가 면회실에 울렸다.

"또 올 테니, 검토해주시겠습니까?"

"답은 정해져 있소. 당신 속죄에 날 끌어들이지 마시오."

"어째서… 죠?"

"이유를 가르쳐줄 필요가 있을까?"

"아직 3년 가까이 형기가 남았습니다."

"역시 잘 아는군."

강제추행사건으로는 징역 3년 6월의 실형 판결. 판결 선고 당시 다카히사는 과실운전치사죄로 집행유예 중인 처지였다. 금고 1년 6월, 집행유예 3년….

강제추행죄로 유죄를 선고받아 집행유예가 취소되고, 도합 5년의 형기 동안 복역하도록 결정되었다.

형기는 반환점도 채 맞이하지 않았다.

"재심을 청구하더라도 선생님한테 불이익은 없습니다."

"그건 법률상의 이야기지."

"교도관이나 수형자의 반응이 신경 쓰이십니까?"

"역시 아무것도 모르는군."

화가 담긴 목소리로 다카히사가 말을 이었다.

"내가 무고하다는 건 내가 제일 잘 알아. 워크시트에 적힌 걸 찾아냈다고 대단한 발견이라도 한 줄 아나보지? 자고 있는데 경찰이 와서 두들겨 깨웠어. 그런 적 없다고 했더니 형사가 비웃더군. 잠결에 딸내미 젖꼭지나 핥아대는 정신 나간 변태냐고. 아무 짓도 안 했다면 타액이 묻은 이유를 설명해봐라. 피해자한테 미안한 마음도 안 드냐. 순순히 죄를 인정해라. 매일매일 미치는 줄 알았다고."

체포 구류 기간은 최장 약 23일에 이른다.

부인하는 피의자에게는 주야를 불문하고 철저한 취조가 이루어진다. 죄를 인정하지 않는 게 나쁜 짓인 것처럼 몰아세우고 갖은 수단을 써서 자백을 재촉한다.

"변호사도 무죄 주장을 밀어붙이는 건 어렵다고 했지. 취조를 계속 받다 보면 내가 했을지도 모른다는 불안이 몰려오기 시작해. 형사는 시료에서 타액이 검출됐다고, 피해자도 아버지의 목소리를 들었다고 고함을 지르며 책상을 내리쳤어. 거기다 대고 난 그 말 말고는 할 줄 모르는 바보처럼 그런 적 없다고 주장하는 수밖에 없었어."

그래도 다카히사는 마지막까지 취조에 굴복하지 않았다. 접견 온 변호인을 제외하고 그의 주장에 귀를 기울이는 사람은 한 명도 없었다. 사람들은 제 살길을 찾는데 급급해서 거짓말을 하는 거라 단정 짓고 계속 비열한 범죄자로 취급했다. 좀먹어 들어가듯 자존심이 무너져 내렸을 것이다.

"재판이 시작되면 진상이 드러날 거다. 재판관한테…, 당신한테 기대했지. 그런데 내가 상상하던 것과 다르게 전개되더군. 처음부터 시나리오가 정해져 있다는 듯이 담담하게 절차가 진행됐어. 시작부터 끝까지 책상 위에 있는 서류만 읽고 발언할 기회도 거의 주지 않았어. 그러면서 방청인이, 교도관이, 재판관이 보내는 경멸 어린 시선을 받아내야 했어."

"저는…."

다카히사와 변호인의 무죄 주장을 듣고 어떻게 생각했던가.

"유죄판결이 선고되고, 항소도 기각되고, 교도소에 수감됐어. 처음엔 절망했어. 그런데 1년도 안 지나 환경에 적응했어. 재판이 한참 이어지던 때가 더 괴로웠어. 저항하지 않으면 평온한 나날을 보낼 수 있어. 당신은 나한테 똑같은 고통을 한 번 더 맛보라는 거요?"

재심으로 무죄가 선고되더라도 과거가 없었던 일이 되지는 않는다. 빼앗긴 시간과 명예는 되찾지 못한다는 걸 잘 알고 있다. 그런데, 말이 나오지 않는다.

"게다가 나 혼자만의 문제가 아니오."

"…."

"얼마 전에 린한테서 편지가 왔어. 손수 쓴 편지였는데, 다 구겨진 종이에 몇 줄에 걸쳐서 '죄송해요'라고 썼더군."

"린 씨가?"

"사호가 말했을지도. 하지만 그런 건 아무래도 상관없어. 린은 자기가 내 인생을 망쳐버렸다 생각하고 있소. 걔 잘못일까? 그건 아니지! 그 애는 자기가 당한 일을 솔직하게 말했을 뿐이야. 그걸 주위에 있는 어른들이 멋대로 해석한 거지."

시노하라 린은 올해로 스무 살을 맞이했다.

현실을 직면한 그녀는 어떤 심정으로 편지를 썼을까.

"재심을 청구하면 기사가 날 가능성도 있겠지."

"네."

"청구가 받아들여질지 어떨지도 몰라. 유죄를 선고받은 사실도 계속 남을 테고. 린마저 비판의 표적이 될지도 몰라. 그렇게 해서 얻는 게 뭐지? 명예 회복? 배상금? 웃기지 말라 그래. 내 인생은 당신한테 유죄를 선고받은 순간에 끝났어."

"죄송합니다."

머리를 숙일 수도 없다. 그럴 자격이 내게는 없다.

"린은 내가 결백하단 걸 알아. 그거면 충분해."

다카히사는 자신의 무죄를 확신했다. 체포됐을 때부터 누가 자신을 함정에 빠뜨렸는지 계속 생각했을 것이다. 집의 문단속 상황이나 수면 유도제 복용. 가족에 의한 범행을 의심하지 않았을까. 그러다가 복역 중에 딸이 보낸 사과 편지를 받았다.

타액 검사용 껌도 목소리 녹음 파일도 다카히사는 놀라는 모습을 보이지 않았다. 교도작업을 제외해도 생각할 시간은 충분했을 것이다. 워크시트에 기재된 내용을 보지 못했다 하더라도 시노하라 사호의 관여를 의심했을 수 있다.

그런 상황에서 내 제안을 거절했다면…, 시간을 들여 설득하더라도 그 결의는 흔들리지 않으려나.

교도관이 면회 종료를 알렸다.

일어서는데 다카히사가 말했다.

"가라스마 씨. 당신이 해야 할 일은 따로 있지 않을까."

"…모르겠습니다."

"진실에 입각해 심판하는 게 재판관이 할 일이잖소. 판결을 선고한 후에 실수한 걸 후회해봤자 과거로는 돌아가지 못해. 이미 손쓰기엔 늦었단 걸 잘 알 거요."

"어떻게 해야 할까요?"

"당신이 심판하는 건 피고인이기 전에 한 명의 인간이오."

내 마음속을 꿰뚫어 보기라도 하는 것처럼….

"정말로 책임을 느낀다면, 나 같은 사람을 늘리지 마시오."

1

【제1차 공판기일】

가라스마가 진행하는 인정신문을 나는 서기관석에 앉아서 들었다.

무의식적으로 손등을 벅벅 긁었다.

길게 난 붉은색 상처. 통각이 악몽이 아니라고 호소한다.

재판 목록이 적힌 기일부 사본을 발견하고 오늘이 2021년 6월 14일이라는 걸 알았다. 내가 인식하고 있는 '현재'의 약 3개월 전. 타임 슬립으로 5년 전으로 돌아간 나는, 서기관실 서류 보관함에 넣은 봉투를 회수하지 못하고 이 시간대로 이동했다.

편지 한 통을 썼을 뿐이다. 죽음을 초래할 요인은 없었을 텐데.

살인사건에 대한 국민참여재판이 이 법정에서 열리고 있다. 인정신문이 이루어졌다는 건, 제1차 공판기일. 공판 횟수의 법칙은 내 착각이었던 걸까.

아니, 제2차에서 제1차로… 초기화된 걸까?

피고인석에 앉은 사람은 여전히 똑같다. 하지만 절도사건이 살인사건으로 바뀌었다.

가미데보다 열 살은 더 어린 정검사 구스모토가 기소장을 낭독한다.

피고인은… 의붓아버지인 소메야 다카히사, 당시 51세에게 살의를 품고 좌측 흉부를 식칼로 찔러… 좌흉부 자창에 의한 출혈로 사망에 이르게 하였다.

조금 전 훑어본 내용과 토씨 하나 다르지 않다.

소메야 다카히사가, 사망했다.

범인이 소메야 린인지 아닌지는 이 재판으로 결정된다. 하지만 피해자의 죽음은 확정됐다. 내가 고쳐 쓰기 전의 미래에서는 수감 중인 처지였지만 살아 있었다.

"검사 측이 읽은 사실 중, 어디 잘못된 곳은 없습니까?"

가라스마가 증언대에 선 린에게 물었다.

"제가 죽였습니다."

읊조리듯 린이 죄를 인정했다.

"변호인 의견은?"

"공소사실에 기재된 일시 및 장소에서 피고인이 살의를 가지고 피해자의 좌측 흉부를 식칼로 찌른 사실에 대해서는 다투지 않겠습니다. 하지만 피고인의 행위는 피해자의 의뢰에 따라 이루어진 것으로, 살인죄가 아닌 촉탁살인죄 성립에 그친다는 점을 주장하고자 합니다."

"변호인의 주장은 피고인의 생각에 부합되는 것입니까?" 가라스마가 다시 린에게 물었다.

"…네."

방청석이 살짝 술렁거렸다.

촉탁살인…. 가노 변호사가 말한 대로, 피해자에게 살해 의뢰를 받고 목숨을 빼앗은 경우에 성립하는 범죄. 법정형은 6월 이상 7년 이하의 징역 또는 금고형으로, 무기징역이나 사형까지 받을 수 있는 살인죄보다 가벼운 죄로 여겨진다.

"알겠습니다. 피고인은 변호인의 앞자리로 돌아가주세요."

죄상인부에 의해 수수께끼는 더욱 깊어졌다.

피해자가 살해를 의뢰했다? 아버지가 딸에게 죽여달라고 부탁했다는 말인가.

내가 경험하지 않은 과거에 무슨 일이 일어났다.

어쨌든 지금은 법정에서 나오는 발언을 놓치지 않도록 노력해야 한다.

다시 한번 기소장 사본으로 시선을 떨어뜨렸다. 사건이 기소된 건 2020년 12월…. 기소에서 제1차 공판까지 반년이나 걸린 이유는 주장이나 증거를 정리하는 공판 전 준비 절차를 거듭했기 때문이리라. 국민참여재판에서는 의무적으로 이 절차를 실시해야 한다. 즉 쟁점이 충분히 좁혀진 상태에서 공판기일을 맞이한다.

변호인과 검사가 모두진술을 펼치면 사건 개요는 분명해진다.

"검사 측, 모두진술 부탁합니다."

가라스마의 말에 검은 머리카락을 뒤로 묶은 구스모토가 포문을 열었다.

카페인 알약을 과다 복용하여 의식이 혼탁한 다카히사 씨를 피고인이 흉기로 찔러 살해했다.

그것이 본 사건의 개요입니다.

어째서 다카히사 씨는 카페인 알약을 과다 복용했는가. 어째서 피고인은 아버지인 다카히사를 식칼로 찔렀는가….

배심원 여러분은 많은 의문을 품고 계실 겁니다.

사건이 일어나기까지의 경위. 그리고 작년 8월 13일에 무슨 일이 일어났는지. 본 검사가 재구성한 스토리에 귀를 기울이시면서 머릿속으로 당시의 광경을 그려보시기 바랍니다.

다카히사 씨와 피고인은 범행 현장인 자택에서 살았습니다. 두 사람은 혈연관계가 아니며 피고인은 다카히사 씨의 전처, 시노하라 사호 씨가 재혼 전 낳은 딸입니다. 다카히사 씨와 사호 씨는 1999년에 결혼했고 2016년에 이혼했습니다.

이렇게 다카히사 씨의 혼인 이력을 소개한 건, 본 검사는 이혼 직전 일어난 몇 가지 일들이 이번 사건에 영향을 미쳤다고 생각하기 때문입니다.

먼저 2013년, 다카히사 씨는 자동차로 사망 사고를 일으켰습니다. 전방을 주행하던 차량을 추돌해 결과적으로 두 사람의 생명을 빼앗았습니다.

매우 가슴 아픈 사고지만, 이 사건에서 특히 중요한 점은 다카히사 씨가 과실운전치사죄로 유죄판결을 받은 것과 유족이 청구한 손해배상으로 인해 막대한 부채를 떠안은 것, 이 두 가지 사실입니다.

유죄판결 선고가 내려졌지만 집행유예 처분을 받아 사회생활을 하며 갱생하리라고 다짐했습니다.

하지만… 2년 후에 다카히사 씨는 강제추행 혐의로 체포됐습니다. 피해자로 여겨진 대상은 이번 사건의 피고인이었습니다.

다카히사 씨가 의붓딸인 피고인의 유두를 핥고 음부를 만졌다. 그런 내용으로 기소된 후 재판에서 무죄판결이 내려지며 사건이 종결됐습니다.

타액이 다른 기회에 묻었을 가능성을 부인할 수 없다는 점. 피해자가 범인이나 범행 장면을 육안으로 확인하지 못한 점. 제삼자에 의한 범행일 가능성을 부인하지 못한다는 점. 판결은 이러한 사정을 중시했다고 밝혔습니다.

무죄판결이 확정되고 전처인 사호 씨는 집을 나갔습니다.

인생을 다시 시작할 기회를 얻은 다카히사 씨를 괴롭힌 건 거액의 부채였습니다.

교통사고로 인한 배상금을 변제하지 못하고 모아둔 돈은 사호 씨가 가지고 가버렸습니다. 안정적인 직장에 취직하지 못한 상황에서 채권자로부터 집요한 독촉에 시달려 정신적으로 궁지에 몰려 있던 다카히사 씨는 수면 유도제를 상습적으로 복용하게 됩니다.

그럼 이쯤에서 피고인의 경력에 대해서도 말씀드리겠습니다.

조금 전 말씀드린 강제추행 소동은 피고인이 고등학교 3학년일 때 일어난 일입니다. 다카히사 씨가 체포된 계기는 피고인의 피해 신고였습니다. 고등학교를 졸업한 후, 피고인은 일정한 직업을 가지지 않고 아르바이트를 전전했습니다.

그런 상황이 몇 년 동안 이어지다 사건 당일을 맞이했습니다.

오후 6시경, 다카히사 씨는 집 근처 드러그스토어에서 한 알당 200밀리그램 카페인 알약이 100정 들어 있는 병 하나와 캔 과일주 하나를 구매했습니다.

그리고 오후 6시 30분경, 귀가한 다카히사 씨는 거실 소파에 앉아 카페인 알약 약 30정을 캔 과일주와 함께 복용했습니다.

따라서 복용한 총 카페인양은 약 6,000밀리그램이 됩니다.

복용한 카페인은 치사량에 이르지 않았습니다. 그렇지만 짧은 시간에 다량의 카페인을 복용하여 중독 작용을 일으켰고 심박수 증가, 극심한 구토, 근육 경직… 이 단계를 거쳐 의식이 혼탁해지기 시작했습니다.

이날 피고인은 오후 5시부터 오후 10시까지 아르바이트하는 음식점에서 일을 할 예정이었습니다. 하지만 단체 손님 예약이 취소되어 오후 8시에 귀가했습니다. 그러고는 곧바로 거실에서 토사물을 뒤집어쓴 채 쓰러져 있는 다카히사 씨를 발견합니다.

기소장에 기재된 공소사실은, 그 후에 피고인이 취한 행동입니다.

흉기로 사용된 식칼은 부엌 랙에 수납된 것이었습니다. 길이는 약 18센티미터. 랙에는 식칼 외에도 길이 약 10센티미터의 페티 나이프도 수납돼 있었습니다.

그렇게 피고인은 다카히사 씨의 좌측 흉부를 식칼로 찔렀습니다.

그 후 피고인이 경찰에 신고하며 사건이 드러났습니다. 난요 대학 병원으로 이송된 다카히사 씨는, 오후 10시 23분경 사망한 것으로 확인됐습니다.

여기까지가 본 검사가 재구성한 스토리입니다.

이어서 쟁점 사항에 대해 말씀드리겠습니다. 조금 전 죄상인 부에서 피고인은 다카히사 씨를 살해한 사실을 인정했습니다. 한편, 식칼로 찌른 이유는 다카히사 씨로부터 살해 의뢰를 받았기 때문이라고 주장했습니다.

촉탁살인죄가 성립하기 위해서는, 피고인이 살해 의뢰를 받았다고 믿은 것만으로는 부족합니다. 본 검사는 다카히사 씨가 진심으로 살해를 의뢰하지는 않았다고 생각하며, 따라서 이것이 사건의 쟁점이 됩니다.

　마지막으로 쟁점을 판단하는 데 있어 주목해주셨으면 하는 점을 말씀드리겠습니다.

　우선 다카히사 씨가 확고한 결의를 가지고 카페인 과다 복용으로 인한 자살을 기도했는가 아닌가입니다. 카페인의 치사량과 다카히사 씨가 실제로 복용한 카페인의 양. 통원 이력과 진단서에 기재된 정보. 정신 상태에 관한 관계자의 증언. 이것들에 주목해주십시오.

　다음으로 피고인이 귀가했을 때 다카히사 씨가 살해를 의뢰할 수 있는 상태에 있었는가, 아니면 그런 의뢰를 했다는 게 부자연스러운가입니다. 중독 작용에 관한 전문의의 증언, 다카히사 씨의 발언이나 행동에 관한 피고인의 진술. 이 증거들에 주목해주십시오.

　검사 측 모두진술을 이렇게까지 집중해서 들은 적은 처음이다.

　국민참여재판에서는 법률 지식에 정통하지 않은 배심원도 이해할 수 있도록 풀어서 설명하거나 시각적으로 이미지화한 일러스트 등을 사용해 절차를 진행한다.

　어렴풋하긴 하지만 사건의 전말이 보이기 시작했다.

　강제추행사건에서 무죄판결이 내려지면서 소메야 다카히사의 인생은 갈라졌다. 교도소에서의 생활이냐, 딸과의 둘만의 생활이냐. 하늘과 땅만큼의 차이였을 것이다.

그런데 종착점은….

"변호인의 모두진술은 피고인 신문 전에 하겠다고 하셨죠?"

가라스마가 확인하자 가노 변호사가 일어섰다.

"네. 피고인 측의 구체적인 주장은 그때 분명히 말씀드리겠습니다."

"알겠습니다. 그럼 검사 측이 신청한 증거조사로 넘어가죠."

피해자가 카페인을 과다 복용할 정도로 절박한 상황에 내몰린 건 사망 사고를 일으키고 떠안게 된 거액의 배상금에 기인한다. 구스모토가 모두진술에서 그렇게 말했다.

배상금이 준 중압감이 그를 죽음으로 내몰았을까.

하지만 교통사고를 일으킨 건 강제추행 소동 이전이다. 유죄 판결을 받고 교도소에 들어간 경우라도 유족에 대한 배상의무는 지고 있었을 것이다.

교도소에 수감되어 있는 동안은 사실상 독촉으로부터 피해 있을 수 있고, 자살 방지책도 마련되어 있다. 반면에 무죄판결로 자유의 몸이 되면 담장의 방해를 받지 않는 채권자가 언제든 다가올 수 있다. 그 결과, 죽음을 결단하기에 이르렀다….

석연치가 않다.

말로 표현할 수 없지만 뭔가가 이상하다.

아니…, 부정하고 싶은 것뿐일지도. 이 논리가 옳다면 5년 전 재판에서 유죄와 무죄, 어느 쪽 길로 가더라도 불행이 버티고 서 있다는 이야기가 된다.

막다른 길에 놓인 운명. 그것이 타임 슬립의 답일까.

검사 측이 신청한 증거조사는 구스모토를 대신해 가미데가 앞으로 나섰다. 국민참여재판에서 볼 수 있는 특수성은 증거조사에서도 나타난다. 배심원이 받는 심리적인 부담을 고려해 혈흔이 묻은 식칼은 흑백사진으로, 상처 사진은 인체 일러스트로 각각 대체됐다.

실질적인 사건의 쟁점은 한곳에 집약돼 있다.

아버지가 딸에게 부탁한 살해 의뢰가 진의에 입각한 것인가 아닌가….

검사가 쟁점을 판단함에 있어 주목해야 할 증거를 하나하나 말했지만, 피해자가 목숨을 잃은 이상 살아 있는 유일한 증인인 피고인의 진술이 특히 중요한 의미를 지닌다.

린은 긴 앞머리로 눈을 가린 채 고개를 숙이고 있다.

"…이상입니다."

서증 낭독을 마친 가미데가 자리에 앉는다.

"오늘은 여기까지 하겠습니다."

뒤에서 기록을 덮는 소리와 함께 가라스마의 목소리가 들렸다.

통상적인 재판에서는 한 달 정도 간격을 두고 다음 기일을 지정한다. 반면에 이미 쟁점이 정리된 국민참여재판은 장기간에 걸쳐 배심원을 붙들어두는 일을 피하기 위해 연일 개정을 원칙으로 한다.

"내일은…."

예상대로 제2차 공판은 내일 열리는 것 같다.

"진보 마사코 씨의 증인신문부터 실시하겠습니다."

무심결에 뒤를 돌아봤다. 세 명의 재판관과 여섯 명의 배심원이 나란히 앉아 있는 법대. 재판장 가라스마는 옆에 앉은 아이에게 귓속말을 하고 있다.

진보 마사코. 액세서리를 가게 밖으로 훔쳐 나왔지만 교도소에 들어가기 위한 범행이었다며 무죄를 주장하고 있는 피고인. 아니…, 이 시점에는 아직 절도도 저지르지 않았다.

"폐정합니다."

무슨 일로 살인사건에 대한 국민참여재판에서 그녀가 증언대에 서는 걸까.

2

난 홀로 법대 문 앞에 우두커니 서 있다.

재판관과 배심원은 평의실로 돌아갔고, 포승줄에 묶인 린은 교도관이 법정 밖으로 끌고 나갔다. 그 많던 방청인도 국민참여재판용 기자재를 정리하는 동안 모두 나갔다.

아무도 없다. 그리고 나도 여기 있어서는 안 된다.

심호흡. 육중한 목제 문을 정면에서 바라본다.

타임 슬립이 일어난다는 전제하에 어디로 이어져 있을지 생각했다.

첫 출발점인 석 달 뒤로 가게 될까, 다시 5년 전으로 돌아갈까. 5년 전으로 돌아간다면 몇 번째 공판일까.

과거에서 한 번 더 바꿔보자. 방법은 이제부터 모색하는 수밖에 없다.

각오를 다지고 문을 열었다.

★

천천히 눈을 떴다. 아이와 소지, 그리고… 유린기.

"…스구루?"

"유린기, 유튜버."

"그래, 유린기랑 유튜버 말고 유자 돌림 세 글자 단어가… 어? 전에도 말했었나?"

젓가락을 쥔 아이가 눈을 동그랗게 뜬다.

"오늘, 2016년 4월 12일 맞지?"

"응. 무섭게 왜 그래?"

한 시간 뒤에 강제추행사건의 제1차 공판이 열린다. 다시 한 번 시도할 기회가 주어졌다. 지난번과 달리 상황을 대부분 파악하고 있다.

어쨌든 지금은 시간이 없다.

"여기에 판례를 정리한 파일이 들어 있어."

주머니에서 꺼낸 USB 메모리를 소지에게 건네고 나는 자리에서 일어섰다.

"물 뜨러 가는 거면 내 것도…."

"아니, 지금 볼일이 있어."

"뭐? 회의는? 아니 그것보다… 밥은?"

"유린기, 괜찮으면 먹어."

아이와 소지가 얼굴을 마주 봤다. 그리고 손도 대지 않은 유린기를 봤다.

아무 설명도 하지 않고 식당을 뛰쳐나와 아이가 쫓아오기 전에 법원으로 향한다. 분명 그것이 최선의 선택이다. 아버지 사건을 끝까지 감춰야 관계가 회복될 가능성이 높아진다.

하지만….

"아버지가 기소됐어. 오늘 재판이 열려."

"재판?" 젓가락을 내려놓은 아이가 되물었다.

"성범죄 형사재판."

"무슨 이야기를 하는 거야?"

"내 아버지 이야기."

두 친구를 똑바로 바라봤다.

같은 실수를 반복하고 있다. 아니, 지난번 이상으로 비논리적인 행동이다. 미래에 영향을 끼칠 위험성이 있다는 걸 알면서도 굳이 지뢰를 밟았으니까.

"농담하지 말고." 쓴웃음을 짓는 소지.

"자세히 설명할 시간은 없지만, 누명을 쓴 걸지도 몰라."

두 사람에게선 아무 대답도 돌아오지 않았다. 둘 다 할 말을 잃었다.

"말 안 해서 미안."

아이와 소지에게 털어놔도 아버지의 미래는 영향을 받지 않는다. 그 정도는 알고 있다. 하지만 각오는 할 수 있다. 넋 놓고 지켜볼 생각도, 물러설 생각도 없다.

가방을 메고 출구를 향해 걸었다.

과거의 나는 아버지의 존재를 부끄러워하고 증오심을 품었다. 아무것도 몰랐기에 그래도 됐다. 그러나 지금은 과거의 재판에서 놓친 게 있다는 사실을 알고 있다.

누명을 쓴 걸지도 모른다? …아니다. 누명을 쓴 거였다.

채취된 타액은 준비한 타액 검사용 껌으로 묻혔다. 눈가리개와 목소리 전부 아버지를 성범죄자로 만들기 위한 위장 공작이었다.

누가 아버지를 모함했을까? 미래를 바꾸기 전까진 소메야 린의 자작극을 의심했다. 피해 신고와 위장 공작이 모순된다고 생각했기 때문이다.

하지만 그녀가 거짓말을 했다고 단정할 수는 없다.

아버지에게 몹쓸 짓을 당했다고 알고 있는 린의 생각도 악의에 의해 날조된 거라면.

정신적으로 미성숙한 여고생이 부자연스러운 거짓말을 했다면, 검사나 재판관이 진상을 간파했을지도 모른다. 그러나 린은 양심에 따라 진실을 말했다.

의심해야 했던 건 린을 속이고 아버지를 함정으로 몰아넣은 인물의 존재다.

함께 살던 세 식구. 두 사람이 피해자라면, 소거법으로 가해자를 도출할 수 있다.

"스구루!"

돌아보니 소지가 달려온다.

숨을 고르며 "태워줄게" 하고 소지가 말했다.

"급하잖아. 바이크 타면 5분이면 가. 법원 가는 거 맞지?"

"어째서."

"모르긴 몰라도… 진짜 같아서. 요즘 상태가 이상했던 것도 상관이 없진 않겠지. 잔말 말고, 타고 가."

바이크 주차장에 소지의 바이크가 주차돼 있었다. 스쿠터가 아닌 보통 이륜 바이크. 30개월 할부로 샀는지 구직 활동과 아르바이트를 병행하고 있다.

"그런데."

헬멧을 쓰면서 "여친 말고는 안 태우는 거 아니었어?" 하고 물었다.

"머리 망가지네, 화장 지워지네, 입만 열었다 하면 불평이야."

"태운 적 있구나."

"망상 한번 해봤다."

요란한 소리를 내며 바이크가 움직였다. 둘이 타는 건 처음이라 양손을 어디에 둬야 할지 고민했지만, 안정감 있는 소지의 허리를 붙잡기로 했다.

바람과 엔진 소리에 목소리가 지워져서 타임 슬립이 발생하는 원리에 대해 생각하기 시작했다.

시공의 문은 시노하라 린의 재판과 소메야 다카히사의 재판을 잇는다.

또 공판 횟수에도 중요한 의미가 있다.

여기까지는 전에도 정리돼 있었다. 거기다 이번 돌발 사태까지 더해 생각하면, 완전히 파악하지 못했던 규칙성도 보이리라.

왜 강제추행사건의 제2차 공판에서 살인사건의 제1차 공판으로 이동했을까. 그 이유를 설명할 수 있으면 된다.

스테인드글라스 조명이 설치된 쪽빛 법정.

붉은 벽돌을 쌓아 올린 내벽으로 둘러싸인 홍련 법정.

새 청사를 '쪽탑', 옛 청사를 '홍탑'이라 생각하고 인접한 두 개의 건물을 머릿속에 그렸다.

본래는 같은 시기에 존재할 수 없는 신구 청사. 쪽탑과 홍탑을 자유롭게 오갈 수는 없으며, 일정한 조건을 충족한 경우에만 시공의 문이 열린다.

그리고 타임 슬립을 거듭하면서 탑의 최상층을 향해 올라간다.

건물 사이는 연결 통로와 계단으로 이어져 있다. 같은 층을 이동하는 연결 통로는 쪽탑에서 홍탑, 즉 미래에서 과거로 일방통행만 할 수 있다. 반대로 위층으로 이동하는 계단은 홍탑에서 쪽탑, 즉 과거에서 미래로만 다닐 수 있다.

쪽탑 1층, 홍탑 1층, 쪽탑 2층, 홍탑 2층….

알파벳 'Z'를 밑에서부터 쓰는 것처럼 이어서 탑을 올라간다.

한 층을 무시하고 지나갈 수는 없다. 또 쪽빛 법정이나 홍련 법정에서 열리는 재판에 들어가지 않으면 이동이 허락되지 않는다. 홍탑과 쪽탑에서는 서로 다른 사건이 진행되고 있다. 1층에서는 제1차 공판, 2층에서는 제2차 공판의 형태로 층과 공판 횟수가 맞물려 있다.

지난 타임 슬립 때는 쪽빛 법정에서 시노하라 린의 절도사건, 홍련 법정에서 소메야 다카히사의 강제추행사건 공판이 열렸다. 쪽탑 1층에서 출발한 나는 위로 올라감에 따라 상황을 이해했고, 누명의 가능성을 발견한 뒤 홍탑 2층에 도달했다.

내가 해야 할 일이 보인다고 믿어 의심치 않았다.

하지만 쪽탑 3층으로 향하는 도중에 계단이 무너지고 처음 보는 층에 도착했다. 무슨 일이 일어난 걸까. 살인사건의 모두진술을 듣고 비로소 이해가 됐다.

홍탑에서 진행되던 강제추행사건의 판결이 고쳐 써진 것이다.

내가 쓴 편지를 읽은 아카마 변호사는 과수연 워크시트를 다시 조사했다. 행간을 샅샅이 읽고 다음 공판에서 DNA 위장 공작의 가능성을 주장했다.

그 결과, 가라스마가 무죄판결을 선고했다.

자유의 몸이 된 아버지는 린이 기다리는 집으로 돌아갈 수 있었다. 부녀간의 생활이 시작되면서 자포자기에 빠진 린이 절도를 거듭하는 미래도 피해갔다.

자유를 얻은 대신, 아버지는 목숨을 잃었다.

홍탑과 쪽탑은 기소된 사건을 심판하기 위해 존재한다. 쪽빛 법정에서 심판을 받던 린의 절도사건이 사라지면서 쪽탑이 계단째로 무너져 내렸다.

나는 첫 번째 타임 슬립 때도 아버지의 존재를 친구에게 털어놓고 미래를 바꿨다. 하지만 그 영향은 쪽탑 밖에서 나타났다. 각각의 탑에서 열리는 재판이 유지되면, 미래를 바꿔도 계단을 계속 오를 수 있다.

중요한 건 린의 재판이 영향을 받았는가 아닌가다.

홍탑 2층에서 홍련 법정을 벗어나기 직전에 본 불씨는 린의 절도사건 재판이 사라져버렸다는 의미일지도 모른다.

계단이 무너지자 나는 강제로 쪽탑 1층으로 되돌아갔다.

즉 강제추행사건의 '제2차' 공판에서 살인사건의 '제1차' 공판으로 이동한 건, 쪽빛 법정의 재판이 '절도사건'에서 '살인사건'으로 뒤바뀌면서 층이 초기화됐기 때문이다.

다시 출발했으니 쪽탑 1층 다음은 홍탑 1층으로 이어진다. 그게 지금의 시간대고, 세 번째 '2016년 4월 12일'을 맞았다.

이 규칙이 옳다면 타임 슬립이 끝나는 타이밍도 예상할 수 있다.

위층을 향해 올라가야 하는 게임의 골인 지점은 최상층에 설치돼 있다고 생각하는 게 합리적이다. 계단을 붕괴시키지 않고 전부 오르면 타임 슬립에서 벗어날 수 있다.

바꿔 말하면 거기서 미래가 확정된다. 쪽탑에서 열리고 있는 살인사건 재판이, 아직 확정되지 않은 버전의 미래다. 지금 이대로 꼭대기 층까지 다 올라가는 건 아버지의 확정적인 죽음을 의미한다.

곧 최악의 미래를 피할 방법이 머릿속에 떠올랐다.

과거에서 아무것도 하지 않으면 된다.

강제추행사건에서 유죄가 선고되면 린이 절도사건으로 재판을 받는 미래가 다가온다. 어려운 일이 아니다. 모든 걸 원래대로 되돌리는 것뿐이다.

다만 아버지는 억울한 죄로 교도소에 수감되고, 린은 앙상한 몸으로 절도를 반복하게 된다.

그것이 최선의 미래일까.

소지가 모는 바이크가 법원 부지로 들어섰다. 생각이 정리되지 않았지만 움직이는 수밖에 없다. 아무리 타임 슬립이라도 시간을 멈출 수는 없는 노릇이니까.

"정말 고마워." 헬멧을 소지에게 돌려줬다.

"새삼스럽긴."

시트에 걸터앉은 소지는 바이크에서 내리려 하지 않았다.

"재판, 안 보고 가?"

"괜히 마음 쓰지 마. 아이가 쫓아올 것 같으니까 입구에서 기다렸다가 데리고 돌아갈게."

"하하. 잘 아네."

"네가 이야기할 마음이 들거든 언젠가 말해줘."

나에게는 아까운 친구다. 사건의 자초지종을 말하면 진저리 칠지도 모른다. 그래도 도망가지 않고 정면으로 부딪쳐야 한다.

"그럼 내일 보자."

소지와 헤어져 건물 안으로 들어갔다. 개정 시각까지 앞으로 45분.

법정은 아직 잠겨 있다. 안내 데스크 근처에 필담용 종이와 펜이 놓여 있어 한 장 뜯어내 내용을 고민하며 볼펜을 움직였다.

아카마 변호사에게 편지를 썼을 때와 마찬가지로 이름도 밝히지 않았다.

'5년 후 시간대에서 온 사람입니다. 세 번째 2016년 4월 12일을 경험하고 있습니다. 재판이 시작될 때까지 삼각공원에서 기다리겠습니다.'

반으로 접은 종이를 손바닥으로 감싸고 안내 데스크를 떠났다.

확신은 없지만 어떻게 해서든 확인하고 싶은 게 있다. 그러기 위해 될 수 있는 한 빨리 법원에 왔다. 계단을 내려가 지하 식당으로 향했다. 점심시간, 습관이 바뀌지 않았다면 이곳에서 식사를 하고 있을 것이다.

안으로 들어가기 전에 왁스를 바른 앞머리를 빗 대신 손가락을 세워서 흩트렸다.

그 사람은 타누키 우동을 먹고 있었다. 고개를 숙이고 다가가 조금 전에 쓴 종이를 내밀었다. 수상쩍다는 듯한 표정을 지었지만 몇 초 뒤에 받아들었다.

아무 말 없이 식당을 나왔다. 그 사람은 말을 걸지 않았다.

이건 일종의 도박이다. 하지만 리스크를 피할 대책은 마련해 뒀다. 짐작 가는 게 없다면 장난이라 생각하고 무시하겠지. 이름, 직업, 관계. 쪽지를 건넨 사람을 알아볼 수 있을 만한 정보는 기재하지 않았다. 그러니 5년 후에 만나더라도 나라는 걸 알아볼 걱정은 할 필요 없다.

난요 지법 청사 옆에는 삼각공원이라고 불리는 자그마한 공원이 있다. 벤치에 앉아서 기다리는 사람이 오기를 기도했다. 그저 단순한 우연이었다면…. 그때는 그때다.

5분 정도가 지났다. 발소리가 들려서 시선을 들었다.

"나도 **세 번째 오늘**을 만끽하는 중이라네."

가라스마 신지가 백발이 적은 머리카락을 바람에 나부끼며 미소를 지었다.

3

대학생과 재판관이 점심시간에 공원 벤치에 나란히 앉아 있다. 공원이라고는 하지만 놀이 기구 같은 건 없다. 모여서 시시콜콜한 이야기를 나누거나 산책 도중에 잠깐 쉬었다 가는 장소로 이용되고 있다.

지금은 나와 가라스마뿐이라 눈치 보지 않고 이야기할 수 있다.

"부장님도 타임 슬립을 하고 계셨네요."

내 질문에 가라스마는 몇 번 눈을 깜박였다.

"일단 몇 가지 확인해둘까."

"그러시죠."

"자네 이름은?"

"우구이 스구루입니다."

"어느 시간대에서 왔지?"

"2021년 9월 9일요."

영화나 소설에서 본 타임 슬립이 들통났을 때 단골처럼 등장하는 대화다.

"무슨 일이 있었던 날이지?"

"시노하라 린의 제2차 공판이 열렸어요."

"절도사건?"

"네."

정보를 공유하기 위한 작업이다. 재판관답게 주의 깊다고 해야 할까.

"나와 자네는 무슨 관계지?" 하고 확인이 이어졌다. 개정 시각이 다가오기도 해서 "부총괄과 담당 서기관. 저기… 이제 되셨죠?" 하고 본론으로 넘어가려 했다.

"마지막으로 하나만 더. 자네와 피고인은 무슨 관계지?"

아이 쪽에서 새어 나가지 않았다면, 가라스마가 모르고 있는 건 당연하다.

"전, 소메야 다카히사의 아들이에요."

"사호 씨와의 사이에서?"

"아뇨. 엄마는 달라요. 강제추행사건이 일어나기 전까지는 아버지가 누군지도 몰랐어요. 형사가 엄마한테 이야기를 들으러 온 뒤에야 알았어요."

"그렇게 된 거군. 고맙네."

타임 슬립을 알아차린 이유도 이야기해두는 편이 나을 것 같다.

"부장님이 휩쓸렸다는 확실한 증거가 없어서 두루뭉술하게 적은 편지를 드렸어요."

"그렇다고 모 아니면 도로 찔러보진 않았겠지?"

"네. 제일 처음 이상함을 느낀 건, 사물함 안에 있던 사건 기록을 가지고 나와서 읽을 때였어요. 핵심 부분에 포스트잇이 붙어 있고, 연필로 메모까지 돼 있었어요. 사건 기록은 조심스럽게 다뤄야 한다고 귀가 따갑도록 주의를 받았는데…. 그리고 나서 장부를 봤는데 첫 번째 타임 슬립이 있고 2주일 후에 빌렸다는 걸 알게 됐어요."

우연이라고 하기에는 지나칠 정도로 타이밍이 겹쳤다.

"자네처럼 과거로 돌아갔기 때문에 사건에 대해 조사하고 있다. 그렇게 생각했다는 거지?"

"거기다 부장님한테도 자격이 있어요."

"자격?"

"이 타임 슬립은 과거의 자기 육체에 정신이 옮겨 가는 식으로 이루어져요. 전 아들로, 부장님은 재판관으로 소메야 다카히사의 재판과 연결돼 있어요."

"그런 거였군."

"한 핏줄인 만큼 제가 더 가까운 관계일지도 몰라요. 하지만 대학생이 할 수 있는 건 제한적이죠. 담당 재판관이라면 자신의 판단으로 미래를 고쳐 쓸 수 있어요."

린의 절도사건 제1차 공판이 폐정한 후, 가라스마도 법대의 문을 열고 5년 전으로 거슬러 올라갔을 것이다. 개정 시각 한 시간 전…, 틀림없이 법원 내부에서 의식을 되찾았다. 신중하게 정보를 모아 이후에 무슨 일이 일어날지 생각해냈다.

법정에서 피고인을 마주하기까지의 과정은 비슷하다. 그러나 나와 가라스마의 타임 슬립에는 결정적인 차이가 있다.

나는 방청인으로 있으면 된다. 가라스마는 재판을 지휘하는 위치에 있다.

"자네는 기억과 다른 행동을 했나?"

"네. 제2차 공판 때, 변호인에게 정보를 줬어요."

"어떻게?"

워크시트에 기재된 정보에 주목하도록 유도하는 편지를 서기관실 서류 보관함에 넣었다. 수법을 간결하게 설명하자 가라스마가 작게 고개를 끄덕였다.

"그렇군. 서기관다운 발상이야."

"좀 더 신중하게 움직였어야 했어요. 죄송합니다."

"미래를 바꾼 책임을 느끼나?"

"검사의 모두진술을 들어버려서요."

"4년이 지났어."

"네?"

"무죄를 선고하고 나서, 기소장에 기재된 범행일까지의 시간 말일세. 타임 슬립 탓에 시간 감각이 마비됐을 테지만. 자네 행동이 영향을 미쳤다 하더라도, 그건 4년 동안 쌓아 올린 작은 돌멩이 중 하나에 지나지 않아."

가라스마가 하는 말도 이해가 됐다. 하지만 그렇죠, 하고 납득하긴 어려웠다.

"두 개의 미래를 경험한 탓이겠죠."

"무죄를 이끌어내기 위해 진실을 왜곡하지는 않았네. 변호인이 워크시트에 담긴 정보를 토대로 주장을 재구축했고, 검사도 최대한 반론했어. 그 자리에 부정한 점은 없었다고 단언할 수 있어."

"부장님은… 다시 한번, 무죄를 선고할 생각이세요?"

우리는 결단해야만 한다. 이 시간대에서 선택할 행동을.

"같은 루트를 따라가면 미래는 달라지지 않겠지."

"더는 실패하면 안 돼요."

"나도 네 번째 오늘은 오지 않을 거라고 생각하네."

아마도 타임 슬립이 발생하는 원리를 나와 동일하게 이해하고 있으리라. 소메야 린이 살인죄로 기소되는 미래를 피하지 못하면 탑의 최상층에 도착하고 아버지의 죽음이 확정된다.

"어떻게 하면 될까요."

"태평하게 우동이나 먹고 있던 게 아니라 나도 생각하고 있었네. 가장 큰 걸림돌은 자유롭게 움직일 수 있는 시간이 한 시간밖에 없다는 거였지. 재판관이 법정에 없으면 재판은 시작되지 않아."

"전 폐정할 때 방청석에만 앉아 있으면 되니까, 어느 정도는 자유롭게 움직일 수 있어요."

제2차 공판 때 경험한 일들을 통해 타임 슬립 파악은 끝냈다.

"그래. 선택할 수 있는 행동의 범위가 넓어졌군. 내가 법정 안에서 당사자를 이끌 테니, 법정 밖에서의 활동은 자네한테 맡기지."

"알겠어요."

"남은 건 실제로 어떻게 움직여야 하는가인데, 솔직히 시간이 부족해."

개정까지 앞으로 15분. 가라스마는 이제 준비를 하러 돌아가야 한다.

"오늘은 상황을 지켜보면 어떨까요?"

"그렇게 하지. 자세한 이야기는 미래로 돌아가서 하기로 하고."

차분하기 이를 데 없는 가라스마의 말을 들으니, 타임 슬립에 관한 대화마저 어색함 없이 받아들일 수 있었다. 일어선 가라스마는 양복에 묻은 먼지를 손으로 쳐서 털어냈다.

"그럼 방청석에서 보고 있을게요."

"제1대기실에서 기다리지."

목이 말라 자판기에서 산 탄산음료를 단숨에 마셨다. 해결책은 떠오르지 않지만 가라스마를 만나 안도했다.

혼자가 아니라는 걸 알았기 때문일까? 가라스마가 똑똑하다는 걸 알기 때문일까?

책임을 회피해서는 안 되는데…. 움켜쥔 캔이 살짝 찌그러졌다.

가라스마에게 맡기지만 말고 내 머리로 생각하자. 현재 상황을 어떻게 분석할지, 어떻게 하면 미래를 바꿀 수 있을지. 무죄 판결을 유지하면서 소메야 다카히사의 죽음을 피할 방법을.

"말이야 쉽지…."

이 시간대에서 할 수 있는 일은 한정돼 있다.

소메야 린은 증언대에서 아버지를 식칼로 찔렀다고 인정했다. 극단적으로 말하면 린을 설득해서 그러지 못하게 하면 문제는 해결된다. 하지만 성범죄 피해를 당해 우울함에 빠져 있는 여고생에게 갑자기 '아버지를 살해하지 말아달라'고 부탁하는 건 너무나 황당무계하다.

어찌 됐든 아버지에게 성범죄자라는 꼬리표가 달린 상태에서 움직이는 건 절망적이다. 그렇지만 혐의를 벗으려 하면 죽음을 초래하는 판결문이 내려진다.

어떻게 해야 할까. 벗어날 길은 존재할까.

개정 시각 5분 전에 법정으로 들어갔다. 방청석을 둘러봤지만 아이는 앉아 있지 않았다. 쫓아오지 않은 걸까, 소지가 데리고 돌아간 걸까.

수갑을 찬 피고인은 교도관 사이에 끼어 긴 의자에 앉아 있었다.

표정이 없는 아버지의 옆얼굴을 봐도 지난번 같은 부정적인 감정은 솟구치지 않았다. 무고한 혐의를 받고 자유와 존엄을 빼앗기려 한다.

구해야만 한다. 목숨도, 명예도.

가라스마가 입정하고 재판이 시작됐다. 세 번째 인정신문, 세 번째 기소장 낭독.

"그런 짓은 하지 않았습니다. 정말로 그런 적 없습니다."

…세 번째 부인.

앞서 나눈 대화로 짐작컨대, 가라스마는 내가 타임 슬립을 했는지 모르고 있었던 것 같다. 아이에게서 부자지간이라는 이야기를 들었다면 이야기는 달라졌을지도 모르겠다. 방청석에 앉은 대학생을 기억하더라도 서기관과 동일 인물이라고는 의심하지 않을 것이다.

법의연구원의 신문조서와 워크시트를 통해 분명히 알 수 있는 점은, 가라스마가 DNA 위장 공작을 의심하고 있었다는 사실이다.

다케치 검사의 모두진술을 들으면서 생각했다.

제2차 공판의 타임 슬립, 즉 홍탑 2층에 도착했을 때, 가라스마는 아무리 적게 잡아도 최소한 나와 비슷한 정도의 정보를 가지고 있었다.

변호인과 검사가 주목하지 않은 무죄 증거를, 재판관만 파악하고 있었다.

일반적인 재판에서는 일어날 수 없는 일이다. 하지만 당사자가 주장하지 않는 한 무죄판결을 선고할 수 없다. 판단의 재료를 준비하는 건 당사자의 역할이기 때문이다.

재판관이기에 넘어설 수 없는 제약이, 타임 슬립 중에도 무겁게 짓누른다.

폐정 후 우리는 5년 뒤로 돌아간다. 다음 기일까지 정보를 공유하고 타개책을 모색해야만 한다. 절도사건이 계류된 미래에서는 3주 이상의 유예기간이 있었다. 반면에 지금은 연일 개정하는 국민참여재판으로 바뀌고 말았다.

내일 재판이 끝나면 다시 타임 슬립이 일어난다. 린의 살인사건이 판결 선고를 맞이하는 건 며칠 뒤. 시간이 조금밖에 남지 않았다.

"다음 기일에는 경찰관과 과학수사연구소 연구원의 증인신문을 실시하겠습니다."

예정된 절차 그대로 가라스마가 폐정을 선언했다.

4

여섯 번째 타임 슬립…. 스릴 없는 제트코스터를 타는 듯한 감각에도 익숙해졌다. 멀미를 안 하는 체질이라 다행이다.

몇십 분 전에 나눈 5년의 세월을 뛰어넘는 약속을 지키기 위해 제1대기실에서 가라스마를 기다렸다.

하지만 조금 지나서 나타난 가라스마는 "배심원들과 할 이야기가 있어서 잠시 옴짝달싹 못 할 것 같아"라고 말하고는 평의실로 돌아가버렸다.

빡빡한 일정으로 진행되는 국민참여재판에서는 판단을 내려야 할 수많은 사항이 부총괄을 찾아온다. 대응을 소홀히 했다가는 재판 진행에 지장을 초래할 수도 있다. 안정적인 타임 슬립을 유지하기 위해서라도 그와 같은 사태는 피해야만 한다.

일정표를 확인하니 가라스마와 이야기를 하려면 저녁 이후는 돼야 할 것 같았다. 우선 한 시간 정도 업무를 봤지만 전혀 집중이 되지 않았다.

내가 해야 할 일은…. 몇 분 고민하다 다이코쿠 주임에게 유급휴가 신청서를 제출했다.

"오늘, 지금?"

"볼일이 좀 있어서."

"으음. 하긴, 유급은 권리니까."

"관리직의 모범이 될 만한 말씀이십니다."

도장을 꺼낸 주임이 "배심원들한테 차질만 생기지 않게 해" 하고 다짐을 받는다.

"명심하겠습니다."

하루코 씨가 고개를 갸웃거리고 있어서 꼬치꼬치 캐묻기 전에 짐을 챙겨 법원을 나왔다.

다이코쿠 주임이나 하루코 씨의 반응을 보아하니 국민참여재판의 피해자가 내 아버지라는 정보는 퍼지지 않은 것 같다. 적어도 아이는 알고 있을 텐데. 직원들 사이의 혼란을 막기 위해 비밀에 부치기로 한 걸까.

사건 기록에 적혀 있는 증거 등 관계 카드에는 당사자가 신청한 증인의 주소가 기재돼 있다. 지도 앱을 실행시켜서 '가스가이 모임'이라고 입력하자 목적지가 표시됐다.

갱생보호시설….

내일 열리는 제2차 공판에서는 진보 마사코의 증인신문이 실시된다. 가라스마가 폐정 직전에 그 이름을 공표했을 때는 잘못 들은 줄 알았다. 몇 달 뒤에 상습누범절도사건의 피고인이 되는 진보와 살인사건의 연결 고리를 찾아낼 수 없었기 때문이다.

진보는 두 달 전에 형기를 모두 마치고 출소했다. 그리고 가게에서 액세서리를 훔쳐 체포되기까지 약 석 달 동안 갱생보호 시설에서 공동생활을 했다.

피고인 신문의 내용을 되짚어 보다가 비로소 생각이 났다.

…외도를 한 죽은 남편에 대한 복수.

진보 게이이치는 교통사고에 휘말려 사망했다. 첫 재판에서 가라스마가 확인할 때, 진보 마사코는 그 시기를 8년 전이라고 콕 집어 말했다. 한편 아버지가 교통사고를 일으켜 두 사람의 목숨을 빼앗은 것도 8년 전 일이라고 검사가 모두진술에서 말했다.

시기가 겹친다…. 현기증이 올 정도로 당혹감에 휩싸였다.

내가 서기관으로서 관여한 사건이 퍼즐 조각처럼 차례차례 맞아떨어지는 건 왜일까. 타임 슬립처럼 신의 장난으로 해석하는 수밖에 없는 걸까.

인위적인 손길이 개입될 여지라고는 없어 보이는데.

내일까지 기다리면 법정에서 진보의 증언을 들을 수 있다. 하지만 예상 밖의 질문이 튀어나올 가능성도 있다. 제한된 타임 슬립을 유효하게 활용하기 위해서는 사소한 정보라도 수집해둬서 나쁠 게 없다.

공무원의 유급휴가는 연간 20일. 다 쓰지 못한 휴가는 이듬해로 이월되지만, 최대 일수가 40일로 정해져 있다. 쌓아둔 유급휴가를 소진하기에 최적의 타이밍이다.

벽에 '가스가이 모임'이라고 새겨진 명판이 걸려 있는 건물로 들어갔다.

처음 들어와보는 갱생보호시설은 부드러운 색감의 소파와 관엽식물이 놓여 있는 현관이 탁 트인 느낌을 주고, '갱생보호'라는 무겁고 울적한 분위기의 단어에서 연상되는 내부와는 동떨어져 있었다.

유죄판결을 받고 교도소에 수감됐던 사람도 형기를 마치면 사회에 원활하게 복귀하기를 바란다. 그러나 수형자 중에는 의지할 사람도, 돌아갈 집도 없는 사람들이 있다. 머물 곳이 없어서 죄를 저질렀는지, 죄를 저질러서 머물 곳을 잃었는지는 저마다 다양한 사연이 있어서, 달걀이 먼저인지 닭이 먼저인지 따지는 것과 같다.

거리를 헤매면 다시 나쁜 짓에 손을 댈 가능성이 높아진다. 그들을 일시적으로 보호하고 사회 복귀의 가교 역할을 하는 것. 그것이 갱생보호시설에 기대하는 역할 중 하나다.

안내 데스크에서 면회 신청을 했다. 10분 정도 기다린 뒤 개인 방으로 안내를 받았다.

두 평 반가량 되는 다다미방. 깔끔하게 개어놓은 이불이 방구석에, 중앙에는 찻상이 덩그러니 놓여 있다. 그리고 벽 쪽에 위치한 선반에 소형 텔레비전이 놓여 있는 정도.

독방으로 착각할 만큼 썰렁한 방이었다.

공용 공간과의 차이에 놀라면서 방석에 앉은 진보 마사코에게 말했다.

"안녕하세요, 진보 씨."

"어디서 오신 분이신지." 하얀 블라우스를 입은 진보가 고개를 갸우뚱했다.

"법원서기관인 우구이라고 합니다. 내일 재판과 관련해 확인하고 싶은 게 있어서요."

"아아, 그러시군요. 저 때문에 고생이 많으시네요."

신문 전에 서기관이 증인을 만난다는 이야기는 들어본 적이 없다. 확인할 사항이 있다면 변호인이나 검사에게 물어보면 된다. 상사에게 들키기라도 하면 호된 꼴을 당한다.

"잠깐만 시간 내주실 수 있을까요?"

"물론이죠."

무릎을 꿇고 바른 자세로 앉은 진보는 법원에서 봤을 때와는 다른 사람 같았다.

눈가에 새겨진 주름과 흰머리가 섞인 한 갈래로 묶은 검은 머리카락. 젊고 생기 넘치는 용모라곤 할 수 없지만 나이에 걸맞은 분위기를 풍기는 여성이다. 체포와 구류를 거쳐 증언대 앞에 서면 형사재판 단골인 진보조차 생기를 잃어버리는 걸까.

"누가 오셨습니까?"

찻상 위에 찻잔 두 개가 놓여 있어서 물어봤다.

"네. 가노 변호사님이랑 내일 재판을 대비한다고."

"그러셨군요."

최종 확인을 했던 것이리라. 마주치지 않아서 다행이다.

"긴장되십니까?"

"아뇨. 옛날 이야기를 하는 것뿐이라서. 게다가 법원은 자주 다녀서 익숙해요."

"전에도 증인으로 법원에 나오신 적이?"

"피고인…, 으로요. 이런 비좁은 곳에 갇혀 있는 걸 보면 아 시겠죠?"

"실례했습니다."

현재 그녀는 자신의 상황을 부당하게 자유를 빼앗긴 처지로 받아들이고 있는 모양이다. 갈 곳 없는 사람을 보호하는 갱생보 호시설의 이념과는 정반대로 인식하고 있다.

"그런데 뭘 확인하신다는 건지?"

"국민참여재판에서는 법률 지식을 갖추고 있지 않은 배심원 도 절차를 이해할 수 있게 배려할 필요가 있어서요. 어떤 질문과 답을 할 예정인지… 지장이 없는 범위 안에서 가르쳐주실 수 있 을까요?"

그럴 듯한 이유를 둘러댔지만 생각을 거치고 나오는 말이 전 혀 아니었다. 서기관이라는 신분을 이용한 정보 수집. 설교는커 녕 징계처분까지 가능한 폭주행위다.

아버지의 목숨이 걸려 있으니 다소 뻔뻔하게 나갈 필요가 있 다고 스스로를 타일렀다.

"옛날에 있었던 교통사고에 대해 묻고 싶어 하는 것 같아요."

"교통사고요?"

"소메야 씨가 일으킨 사고로 남편… 진보 게이이치가 목숨을 잃었어요."

역시 접점은 거기에 있었다.

"괴로운 과거를 떠올려야만 하겠군요."

"벌써 8년도 더 된 일인걸요…." 조금 고민하는 듯하더니, "솔직히 이제 와서 다시 들쑤실 필요가 있나 싶어서 내키지는 않았지만요" 하고 덧붙였다.

"심정은 이해합니다."

"나도 처음엔 싫다고 했어요."

"그런데도 수긍한 건 어째서죠?"

진보가 자연스럽게 웃었다.

"가노 변호사님이 머리를 숙이고 부탁을 해서요. 나도 그렇게 열심히 움직여주는 변호사한테 변호를 받고 싶더라고요. 그런 말을 했더니 체포를 안 당하는 게 제일이라며 씁쓸하게 웃긴 했지만요. 변호사님도 교통사고로 가족을 잃은 모양이더라고요. 그렇게까지 말하니 거절할 수가 없더군요."

"이야. 담담하게 변호 활동을 하는 이미지였는데 의외네요."

"꼭 그런 사람들이 일할 땐 불같이 몰두하곤 하죠."

가노를 신뢰하는 듯하다. 확실히 형사사건의 변호 활동은 변호인의 의욕에 따라 하늘과 땅 차이다. 진보는 제비뽑기에서 계속 꽝을 뽑은 것일 수도 있다.

"회의도 꼼꼼하게 하셨겠어요."

"질문을 아예 다 외워버렸죠."

자세한 내용을 물으려 했지만, "이 이상은 말할 수 없어요" 하고 단칼에 거절당했다. "다른 사람이 물어보더라도 대답하지 말라고 변호사님이 그러셨어요."

아마 검사 측에 정보가 새지 않도록 하기 위한 지시였을 것이다. 그렇다고 법원 사람이니 안심하고 말해달라 부탁하기도 망설여졌다. 불신감을 갖게 만드는 건 좋은 방법이 아니다.

"게이이치 씨는 어떤 분이셨습니까?" 하고 슬쩍 운을 띄웠다.

"어떤 분이고 자시고…, 최악의 불륜남이죠."

그녀는 대화 상대를 구하고 있었던 듯하다. 조금만 이야기해도 고독감과 막막함이 말 한마디 한마디에서 느껴졌다. 교도소에서 오래 생활할수록 사회와의 연결은 흐릿해진다. 시설에서 공동생활을 하는데도 답답함을 느끼는 이유가 아닐까.

"네? 외도를 하셨어요?"

"게다가 말이죠, 그 사실을 알게 된 것도 사고가 나고 난 다음이에요. 너무하지 않아요? 한마디도 따지지 못했는데 도망가버린 거잖아요. 충격이 너무 크니까 아무 생각도 안 들더라고요."

"상대는 어떤 사람이었는지?"

"그게, 수형자였어요. 정말 기가 차서 원. 아아, 남편은 교도관이었는데…."

맞장구를 치면서 유익한 정보가 섞여 있지 않을까 하고 귀를 쫑긋 세웠다.

"일주기 법회를 끝내고 좀 추스른 다음에 방 정리를 하는데 웬 편지가 잔뜩 나왔어요. 내용이 꼭 대학생들 연애편지 같더군요. 안 볼 걸 그랬다고 지금도 후회하고 있어요."

요즘 대학생 중 연애편지를 본 적이 있는 사람을 찾는 게 더 힘들지 않을까.

"귀중한 이야기 들려주셔서 감사합니다."

점점 원래 궤도에서 벗어나고 있으니 이만 물러나자.

"편지, 보고 싶죠. 잠깐만 기다려요."

"아니, 그럴 것까지는…."

일어선 진보는 벽장을 열고 종이봉투를 꺼냈다.

안 볼 걸 그랬다고 말은 하면서 바로 손이 닿는 곳에 보관하고 있다. 격렬한 감정이었기에 더더욱 시간이 경과해도 퇴색되지 않는 걸까.

"이것 봐요, 이렇게 많아요."

"읽어도 될까요?"

승낙을 얻고 예쁘게 접힌 편지를 펼쳐 읽었다.

'그대 생각에 밤늦도록 잠 못 이루는 하루하루를 보내고 있습니다. 기억하나요. 높이 보름달이 떴던 날 밤. 쇠창살 꽂힌 작은 창을 올려다보며 서로의 마음을 고백했던 날을. 보름달을 볼 때마다 당신이 보고 싶고, 당신의 목소리를 들으며 손가락을 어루만지고 싶다는 생각이 머릿속을 떠나지 않습니다. 다음 주 월요일에 보름달을 볼 수 있다는 것 같아요. 해가 돋기 전, 3시 30분쯤. 세 송이 달맞이꽃을 가지고 와주세요. 기다릴게요.'

뭔가 자연스럽지 않은 문장. 진부한 표현만 보고 그렇게 느낀 건 아니다.

계속해서 몇 통 더 살펴봤다.

'…다음 주 화요일에 비가 온다는 것 같아요. 이른 아침, 5시 10분쯤. 쌍둥이 테루테루보즈*를 만들어서 와주세요. 기다릴게요.'

'…이번 주 수요일은 맑다는 것 같아요. 새벽 1시 15분쯤. 날씨가 좋으면 두통이 심해지니, 약 두 알을 가지고 와주세요. 기다릴게요.'

'어째서 보러 오지 않는 거죠. 우리 맹세했잖아요. 넘을 수 없는 관계란 건가요. 그 말은 거짓이었나요. 딱 한 번만 다시 생각해주세요. 목요일에는 날씨가 안 좋다니까 부디 조심하세요.'

편지를 돌려주고 진보에게 고맙다는 인사를 건넸다.

'정말 연애편지일까요?'

그 한마디를 삼킨 나는 진보의 방을 뒤로했다.

---

* 새하얀 천으로 동그란 물체를 감싼 뒤 실로 묶어 만든 인형. 창에 매달면 맑은 날씨를 부른다고 알려져 있다.

5

큰길에서 벗어난 다음 샛길로 들어가 이어폰을 귀에 꽂으면서 내리막길을 걸어 내려갔다.

얼마 전에 유행한 음악 유닛의 곡이 셔플 재생으로 흐른다. 5년 전으로 돌아가 있을 때는 이 곡을 들을 수 없다. 녹음한 아카펠라 음원을 대형 레이블에 보내면 시대를 앞서갈 수 있을까.

후렴구에 들어가기 직전, 멜로디가 끊기고 주머니에 넣어둔 휴대폰이 떨리기 시작했다.

"여보세요." 아이가 건 전화였다.

"와, 받았다, 받았어. 부장님이 찾고 계신데 어디야?"

"법원으로 가는 중. 5분 있으면 도착해."

아이의 목소리가 멀어진다. 근처에 있는 가라스마에게 상황을 전달하고 있나 보다. 연락처를 교환하지 않아서 아이에게 부탁한 걸까. 삼각공원에서 전화번호를 가르쳐줄 걸 그랬다.

"제1대기실에서 기다리시겠대."

"알겠어."

"휴가 냈다며."

"응. 몸과 마음을 재충전하려고."

"몰래 무슨 짓을 꾸미는 거야?"

"그 말 부장님한테 다 들리는 거 아냐?"

"들으라고 말하는 건데."

과연 눈치가 빠르다.

"너한텐 비밀이야."

"왜."

"재판관과 서기관의 연애에 대한 상담을 부탁드리려고."

"뭐래." 전화가 끊겼다.

나와 아이의 관계가 유지되고 있는지 지금 대화로는 판단할 수 없다. 사진 앱을 열려던 엄지손가락이 멈췄다. 고쳐 쓰려고 하는 미래다. 알아봤자 아무 소용 없다. 그보다 가라스마와는 몇 분 정도 이야기할 수 있을까.

아이에게 메시지를 보내려던 손가락이 다시 멈췄다.

행정법 수업 단체 대화방이 되살아났다. 소지의 계정도.

바로 직전에 한 결심을 물거품으로 만들고 단체 대화방을 열었다. 낯익은 대화, 모임 안내, 참석 여부 확인, 맥주잔을 든 소지와 아이의 사진. 그곳에는 나도 있었다.

빨간불에 멈춰 서서 횡단보도의 얼룩무늬를 바라봤다.

'아버지가 기소된 걸 감추려 해서 잃어버렸다'고 생각했던 관계가 원래대로 돌아왔다. 방청석에서 아이에게만 말했던 지난번과는 달리, 이번에는 뜬금없이 두 사람에게 폭로했다. 상황이 악화됐다면 몰라도…, 무슨 일이 일어난 걸까.

바깥까지 쫓아와 바이크를 타라고 말하던 소지의 표정. 사건에 대해 자세하게 말할지는 내 판단에 맡겨줬다. 기자회견 행태에 관해 쓴소리를 내뱉고, 책임 추궁은 공평하게 이루어져야 한다며 울분을 토하던 아이. 대학생 때부터 밝고 투명한 정의감을 마음속에 품고 있었다.

그들에게 버림받은 게 아니라, 내가 달아났던 걸까.

지난번에는 이도 저도 아니게 비밀을 털어놨다. 그러고는 아이를 통해 퍼져나가는 걸 두려워했다. 미움을 살 바에야 내가 먼저 멀어지면 상처받지 않는다. 내가 할 법한 생각이다.

그렇지만 이번에는 달아날 길을 끊어버렸다. 안 그래도 소지나 아이가 붙잡았으리라.

깊이 생각하고 한 행동은 아니다. 소 뒷걸음치다 쥐 잡은 격이랄까. 아니… 살을 내주고 뼈를 취한 격이다. '찰떡같은 비유라고 생각해?' 하고 싸늘한 시선을 보내는 아이의 목소리가 머릿속에서 재생됐다.

제1대기실로 들어가니 가라스마가 혼자서 기록을 읽고 있었다.

"늦었습니다."

"기분 전환 하고 왔어?"

"아뇨. 갱생보호시설을 찾아가서 진보 마사코 씨랑 잡담을 좀."

"과감한 수를 뒀군."

비난을 살 것도 각오했지만 이어지는 말은 없었다.

"내일은 남편이 사망한 교통사고에 대해 증언할 것 같아요. 신문 내용까지는 알아내지 못했어요."

"재판관이 신문 내용을 미리 알아서는 안 되니 그걸로 됐어."

"조금이나마 주변 상황이 보이기 시작했어요."

"난 중심이 어딘지도 다 파악 못 했는데."

"예단을 하지 않을 정도만 말씀드려도 될까요?"

"긴급사태니 어쩔 수 없지."

가노 변호사의 증언 요청을 받아들인 경위와 진보 게이이치의 외도 일화를 듣던 중에 부자연스러운 편지를 보게 된 일 등을 이야기했다. 가라스마는 꿈쩍도 하지 않고 묵묵히 들었다.

"그 편지, 수상하다는 생각 안 드세요?"

"편지를 전부 다 본 건 아니잖아?"

"그렇지만 제가 본 네 통 중에 세 통이 거의 비슷한 내용이었어요. 특히 뒷부분은 날씨, 요일, 시간, 가지고 올 물건. 이것들을 조합해서 뭔가를 전달하려 한다고 밖에는…."

"뭔가라니?"

가라스마의 반응이 신통치 않다. 지나친 생각일까.

"이를테면 요일이 날짜, 날씨가 건물 이름, 시간이 방 번호, 가지고 와달라는 물건은 약물의 은어. 즉 불법 약물 운반을 지시하는 문서인 거죠."

"누가 누구에게?"

"수형자가 외부인에게요."

"드라마를 너무 봤다고 말하고 싶지만 실제 사례가 있어. 수형자가 문서를 주고받는 행위는 질서유지를 위해 제한되고 있고, 교도관이 사전에 검사를 하지."

"실제 사례라는 게, 교도관이 매수된 걸 말씀하시는 거예요?"

생각이 맞는지 확인하자 가라스마가 그렇다고 했다.

"정규 검사를 빠져나가면, 담장 안에 있으면서 외부인에게 지시를 내릴 수 있어. 일부 수형자는 거기에서 형기 단축과 맞먹을 정도의 메리트를 찾아내지. 그때 반드시 있어야 하는 존재가 뜻대로 조종할 수 있는 비둘기 역할을 해줄 교도관이야."

"비둘기…." 그런 은어가 존재하는 것이리라.

"시간을 들여 평가하고 온갖 수단을 써서 회유를 시도해. 한번 수락하면 더는 빠져나가지 못해. 부탁이 협박으로 바뀌고 계속 편의를 봐주게 되지."

"잘 아시네요."

"교도관의 비리사건을 담당한 적이 있어. 발각되는 건 극히 일부니까 그 편지가 자네 예상대로라고 해도 그리 놀라운 일은 아니야."

나이로 유추해보건대 중견 이상의 교도관이었다. 어느 정도 재량을 가지고 직무를 수행했다. 그러던 와중에 조폭과 관련된 수형자가 접근했을 수도 있다.

"진보 게이이치가 비둘기였다면."

"다카히사 씨가 궁지에 몰리게 된 배경과 관련이 있다?"

"…모르겠어요."

"난 연결 고리가 보이지 않는데."

"좀 더 생각해볼게요."

편지와 외도를 연관 지은 진보 마사코는 교도관과 사랑에 빠져 복수를 완수하기 위해 거듭 죄를 저질렀다. 내 추측을 말해주면 바른 길을 걸어갈까.

외도를 한 남편과 비리를 저지른 교도관. 어느 쪽이 나은지는 본인에게 물어보지 않으면 알 수가 없다.

"자네는 강제추행사건의 진상이 뭐라고 보지?"

"부장님이 남기신 메모 덕에 위장 공작이 이루어졌을 가능성이 있다는 걸 알았어요. 소메야 린이 자작극으로 아버지를 함정에 빠뜨렸다. 그렇게 생각하고 아카마 변호사 앞으로 쓴 편지를 서류함에 넣었죠."

"지금도 결론은 같나?"

"아뇨. 무죄판결이 내려진 뒤에도 두 사람은 같이 살았잖아요. 소메야 린이 아버지를 모함했다면 그런 선택은 하지 않았을 거라고 생각해요."

"대신 집을 나간 사람은 모친인 시노하라 사호였지."

"가족에 의한 범행일 가능성이 높으니 소거법을 쓰면 시노하라 사호가 수상해요. 그렇지만… 엄마가 딸을 성범죄 피해자로 만들고 그 죄를 아빠한테 뒤집어씌웠을까요?"

"받아들이기 힘든 결론이란 건 아네."

가라스마는 시노하라 사호가 범인이라고 확신한다. 그런 말투였다.

"다른 증거가 있나요?"

"그렇게 대단한 건 아니야. 나도 소거법으로 모친을 의심했지만, 확신을 가질 수는 없었어. 그래서 다카히사 씨를 만나러 갔지."

"교도소로요? 언제요?"

"수감되고 2년 후. 그땐 내 안에 그가 누명을 썼을 가능성이 떠올라 있었어. 아들인 자네한테도 분명 괴로운 일이었을 테지. 미안하네."

곧바로 대답할 수 없었다.

"아니 그게…, 부장님이 사과하실 필요는 없어요. 타임 슬립을 경험하고 누구 한 사람의 책임이 아니란 걸 알았어요. 저도 아버지를 믿지 않았고요. 그래서… 그만하죠. 맞다, 위장 공작에 대해서도 이야기하셨어요?"

"그럼. 정기검진 때 권유를 받았다는 핑계로 시노하라 사호가 타액 검사용 키트를 가져왔던 모양이야. 시기도 맞아떨어지고."

"…동기는요?"

"모르겠어. 하지만 시노하라 사호라면 충분히 그럴 수 있다, 다카히사 씨는 그렇게 말했어."

"충분히 그럴 수 있다?"

"그 이상은 어떤 말도 듣지 못했어. 난 재심 청구를 권하려고 면회를 갔어. 그 시점에는 재심이 유일한 수단이었거든. 진상을 밝혀내야 한다…. 자유를 되찾고 명예를 회복하기 위해 일어서줄 거라 믿었지. 지금은 너무나 안이한 생각이란 걸 알고 있지만."

자신이 내린 판결에 대한 재심 청구를 권하다니. 보통 각오가 아니었을 것이다.

"아버지는 뭐라고?"

"재심 청구가 받아들여지더라도 유죄판결이 선고된 과거가 깨끗하게 사라지는 건 아니다. 다카히사 씨는 이미 늦었다고 말했네. 내 속죄에 자신을 끌어들이지 말라고."

신문이나 뉴스를 보면 흉악 범죄를 집중적으로 보도하는 시기는 사건 직후와 용의자가 체포됐을 때다. 무죄 추정의 원칙이 작동하는 단계에서 용의자의 개인 정보가 인터넷에 공개되고 온갖 비난과 막말이 꼬리에 꼬리를 문다. 반면에 유죄판결이 선고될 때는 그 기세가 꺾인다.

재심 청구로 진화된 불길이 다시 타오르는 게 두려웠던 걸까.

"그래도 억울한 누명을 쓰고 교도소에 있는 것보다는…."

"린 씨를 힘들게 만들고 싶지 않았던 거야. 그녀는 교도소에 미안하다는 편지를 보냈어. 분명 진상을 알았을 테지. 재심을 청구했다면 큰 슬픔이 다시 수면 위로 떠올랐을 거야."

재심을 신청하는 건 유죄판결을 받은 자의 권리다. 의무가 아니다. 얻을 것보다 잃을 것이 많다면 강제할 수 없다.

"아버지는 모든 걸 알면서도 형기를 마치는 선택을 한 거군요."

"내가 무고하다는 건 내가 가장 잘 안다. 다카히사 씨의 말을 듣고서야 깨달았어. 우리가 잘못 봤을 뿐, 본인은 일관되게 똑같은 광경을 보고 있었단 걸. 린 씨를 제외한 다른 모든 사람들에게 실망한 다카히사 씨한테 재심은 어떤 희망도 주지 못해."

그 후에 신청한 면회는 모두 거절당했고 편지에도 답장은 없었다.

닫힌 공간에서 아버지는 무슨 생각을 하고 있었을까.

"부장님 이야기를 들어보면 소메야 린이 아버지한테 원한이 있었던 것 같지는 않아요. 편지까지 보냈잖아요. 그런데 그런 사람이 목숨을 빼앗다니…."

"미안하다는 편지를 보낸 것도, 내가 교도소로 면회를 간 것도, 강제추행사건에서 유죄가 선고된 미래의 이야기야."

반론할 말을 꺼내기 전에 가라스마가 말을 이었다.

"구스모토 검사의 모두진술을 들었겠지. 살인 의뢰 여부를 두고 다투고 있지만, 증오가 불러온 살인이라고 주장하는 건 아니야. 자애와 살인이 양립하는 경우도 있어."

카페인 알약을 과다 복용하고 거실 바닥에 누워 있는 아버지. 어째서 린은 식칼을 가져와 그의 심장을 찔렀던 걸까. 자기 손으로 목숨을 빼앗고, 무엇을 이루려고 했던 걸까.

증오가 아닌 자애. 상상이 가지 않고 머리도 돌아가지 않는다.

"그럼 어떻게 해야 죽음을 피할 수 있을까요?"

"죽음의 계기가 된 다카히사 씨의 자살 미수를 막는 수밖에 없어."

카페인 알약을 과다 복용한 아버지가 쓰러져 있는 걸 보고 린은 식칼을 손에 쥐고 말았다.

"하지만 빚 독촉이 원인이잖아요. 우리가 할 수 있는 일이 없을 텐데요."

"다카히사 씨는, 딸을 남겨두고 자살할 만한 사람일까?"

"그건…."

대답할 말이 없다. 나는 아버지와 대화를 나눈 적도 없다.

"교통사고로 죽는 사람은 연간 3,000명 가까이 돼. 자유보험에 가입하지 않은 운전자가 사고를 일으키면, 강제가입보험에서 지급되는 보험금으로는 충당할 수 없는 거액의 배상의무를 지게 되지. 안 좋게 들리겠지만 드문 일이 아니야. 개인 파산이라는 선택지도 있어."

"돈 말고도 다른 요인이 있다고 생각하세요?"

"그렇게 생각하고 싶은 걸지도 모르지만."

교통사고를 막지 못하는 이상 배상의무는 반드시 지게 된다. 하지만 가라스마가 지적했듯 다른 요인이 존재하고 그걸 제거할 수 있다면….

"그 가능성을 찾고 싶어요."

"그렇다면 시노하라 사호한테서 이야기를 들어야 해."

"강제추행사건을 위장한 동기도, 아버지와 소메야 린의 관계도, 시노하라 사호라면 대답할 수 있을 거예요."

가족의 붕괴가 아버지를 극단적인 상황으로 내몰았을지도 모른다.

"중요 참고인은 행방이 묘연해."

가라스마는 그렇게 말하고 내게 종이를 내밀었다.

【강제추행사건】

제1차(종료) 모두절차, 증거조사

제2차 변호인 모두진술, 경찰관 E, 법의연구원 F 증인신문

제3차 피해자 A 증인신문, 피고인 신문

제4차 논고 및 변론

제5차 판결 선고

【살인사건】

제1차(종료) 모두진술, 증거조사

제2차 진보 마사코, 정신과 의사 증인신문

제3차 변호인 모두진술, 피고인 신문

제4차 논고 및 변론

제5차 판결 선고

공판기일에 예정된 심리들. 적혀 있는 직함과 이름을 보고 깨달았다.

"…시노하라 사호의 증인신문이 계획에 없어요."

가라스마는 그렇다고 답하며 "살인사건에서는 변호인에게 증인신문을 실시하라고 요구했지. 그런데 소재를 찾을 수 없었어. 그것과 관련된 내용을 정리한 서류가 기록에 같이 첨부돼 있었

어" 하고 덧붙였다.

"검찰이 찾아낼 수 있지 않았을까요?"

구스모토 검사는 모두진술에서 사호와의 이혼과 그녀가 저축한 돈을 인출해간 사실을 언급했다.

"5년 전 재판의 쟁점은 다카히사 씨가 범인인가여서 진범을 밝혀낼 필요는 없었어. 하지만 체포에 이르지 않았다 해도 시노하라 사호가 관여한 걸 검사도 의심하고 있었을 거야. 변호인 질문에 따라서는 무고라는 옛 상처에 소금을 뿌려야 할 수도 있어."

"그런 체면 때문에…."

"이혼 사실은 호적에 기재된 내용을 보면 충분히 알 수 있어. 그러니 검사한테 필수적인 증인은 아니야."

국민참여재판의 공판 스케줄은 몇 달 전에 미리 정해진다. 가노가 사호를 발견하더라도 추가 증인 신청은 받아들여지지 않을 것이다.

"저희가 찾아내는 수밖에 없을까요?"

"나와 자네는 시노하라 사호가 어디 있는지 알고 있어."

사건 기록을 펼친 가라스마는 기소장에 적힌 범행 장소를 가리켰다.

"5년 전이라면, 소메야 사호는 아직 집을 나가지 않았어."

6

【제2차 공판기일】

회색 블라우스와 플리츠스커트. 가짜일지도 모르는 진주 목걸이. 어제보다 격식을 차린 복장을 한 진보 마사코에게 키가 큰 가노가 질문했다.

"증인의 배우자였던 진보 게이이치 씨는, 8년 전 교통사고로 사망하셨죠."

"네."

"그 사고를 일으킨 건, 누구죠?"

"소메야 다카히사 씨예요."

"어떤 사고였는지 간략히 설명해주시죠."

"남편은 중앙분리대가 설치되지 않은 편도 2차로 도로를 주행하고 있었어요. 신호가 빨간색으로 바뀌어서 감속을 했는데, 운전 중에 한눈을 판 소메야 씨의 차가 추돌했다고 해요. 차가 앞으로 밀려 나가서 브레이크를 밟아야 했는데…. 너무 당황한 나머지 핸들을 꺾으며 액셀을 밟았고, 결국 맞은편 차로에서 달려오던 차랑 정면충돌했어요."

책상 위 메모지에 그림을 그리고 자동차의 움직임을 머릿속에 떠올리면서 진보의 설명을 들었다. 교차로에서 신호를 보지 못해 발생한 추돌 사고. 사고 형태는 특수하지 않다. 추돌당한 피해 차량이 핸들을 잘못 조작하는 바람에 사람이 사망하는 결과까지 낳고 말았다.

"증인은 게이이치 씨가 모는 차량에 동승하셨습니까?"

"아뇨. 남편만 타고 있었어요."

"그렇다면 설명해주신 사고 상황은 어느 분한테 들으신 거죠?"

"현장검증을 실시한 경찰관이 가르쳐줬어요."

가노는 전제 사실을 확인하며 능숙하게 신문을 진행했다.

"사고로 인해 목숨을 잃은 건, 게이이치 씨뿐입니까?"

"아니에요. 충돌한 차에 타고 있던 여자분도 돌아가셨어요."

"맞은편 차로에서 주행하던 운전자 말이군요."

"네. 소노카와 루리 씨라는 여자분이고, 아직 젊었는데…."

"본 사건과 직접적인 관련이 없는 고인이므로 사고 상황에 관해서만 말씀해주십시오."

개인 정보를 내뱉은 진보를 가노가 제지했다.

"아… 죄송합니다."

살인, 상해치사, 보호 책임자 유기치사, 과실운전치사. 의사만큼은 아니지만 법원에서 일하다 보면 많은 죽음을 마주한다. 기소장과 증거에 기재되는 건 스크랩한 마지막 장면이라 피해자가 걸어온 인생을 접할 기회는 제한적이다.

"사고 원인은 뭐라고 나왔습니까?"

"브레이크와 액셀을 혼동했고, 핸들 조작도 부적절했다고. 남편한테도 과실이 있다는 판단이었어요."

"두 명이 사망했는데, 소메야 다카히사 씨는 무사했습니까?"

"네. 바로 직전에 브레이크를 밟아 속도가 떨어져서 경상에 그쳤다고 들었어요."

이 사고로 아버지는 유죄판결을 받았지만 집행유예로 풀려 났다.

두 명의 사망자를 냈기 때문에 실형 판결도 예상되는 사건이 었지만, 진보 게이이치의 운전상의 과실이 피해를 확대한 하나 의 요인으로 인정됐다.

"증인은 소메야 씨에게 손해배상을 청구하셨습니까?"

"당연하죠."

"만족할 만한 배상금을 받으셨습니까?"

"전혀요. 소메야 씨는 자유보험에 가입하지 않았거든요."

어제 가라스마에게 보험 제도의 개요에 관한 설명을 들었다.

자동차보험은 두 층으로 구성되어 있다. 토대 역할을 하는 것 이 자배책보험*. 모든 자동차 소유자는 반드시 가입해야 할 의무 가 있고, 재력이 부족한 가해자가 사고를 일으킨 경우에도 피해 자는 일정한 보상을 받을 수 있다.

"자배책보험의 지급 한도액을 초과했다는 말씀입니까?"

"겨우 3,000만이에요. 충분할 리가 없죠."

사망 사고일 경우 자배책보험의 지급 한도액은 3,000만 엔으

---

* 자동차손해배상책임보험. 교통사고 피해자의 구제를 목적으로 한다.

로 정해져 있다. 나름대로 괜찮은 금액이라고 생각할 수도 있지만, 진보가 말한 것처럼 한 집안의 기둥을 잃은 손해를 메울 수 있는 돈은 아니다.

진보 마사코의 나이에서 거꾸로 계산하면, 사고 당시 게이이치의 나이는 마흔 살 전후였다. 정년까지 일했다면 받았을 일실이익*, 정신적 위자료, 그 밖의 손해를 합친 합계액은 한도액의 두 배… 혹은 세 배 이상도 될 수 있다.

"3,000만 엔은 자배책보험에서 지급됐습니다. 나머지 손해는 어떻게 됐습니까?"

"그거는, 소메야 씨한테 청구했어요."

"어떤 방법으로요?"

"소송을 하고, 과실상쇄**… 였나. 그런 걸 여러 가지로 판단하더라고요. 최종적으로는 2,000만 엔 정도 지급을 요구할 권리를 얻었어요."

쌍방의 운전 실수가 과실로 판단되고 그 비율에 따라 인용 금액이 결정됐다.

손해 합계가 7,000만 엔. 진보 게이이치의 과실이 3할, 그리고 자배책보험에서 지급된 3,000만 엔을 공제한다. 대략적인 계산이지만 이걸로 약 2,000만 엔이라는 금액이 도출된다.

"금전 지급을 명령하는 판결을 받아냈단 말씀입니까?"

---

* 사건 혹은 사고의 피해자가 피해를 입지 않았다면 얻었을 것으로 추정되는 이익.
** 사고의 과실이 피해자 측에도 있을 경우 과실 비율을 고려해 배상액을 정하는 제도.

"예에, 그래요."

아버지가 자유보험에 가입했더라면 진보는 자배책보험의 한 도액을 초과하는 손해에 대해서도 보험회사에 지급을 요구할 수 있었다. 하지만 명칭 그대로 자유보험 가입은 의무가 아니다. 8년 전 사고에서는 자유보험이 담당하는 추가 금액 부분이 공중에 떠버렸다.

보험회사로부터 지급받지 못하는 부분은 가해자 본인에게 청구할 수 있다. 진보도 추가 지급을 요구하는 소송을 제기했고 재판에서 승소 판결을 받아냈다.

그렇지만 승소했다고 해서 금전적인 구제가 반드시 뒤따라오진 않는다.

"소메야 씨가 돈을 지급한 적은 있습니까?"

"아뇨, 전혀요."

"증인은 어떻게 하셨죠?"

"변호사한테 상담했지만, 어떻게 할 수가 없다고 했어요."

"소메야 씨한테는 지급할 능력이 없었던 거군요."

"네, 정말 기가 막혔어요."

민사소송 판결은 '그림의 떡'에 비유되고는 한다. 판결에 따라 금전 지급을 명령하더라도, 채권자의 계좌에 자동으로 입금되는 건 아니기 때문이다.

채무자가 소유한 예금계좌나 부동산을 찾아내서 채권을 회수하는 절차를 따로 밟지 않는 한 실체화된 떡은 맛볼 수가 없다.

"회수하기 어렵다는 걸 알고, 어떻게 하셨죠?"

"권리를 매각했어요."

"누구한테요?"

"채권 회수를 전문으로 하는 업자한테요."

"얼마를 받고요?"

"그게… 100만 엔 정도요."

실체화하지 못하는 그림의 떡은 더 이상 떡으로서의 가치가 없다.

하지만 그림에서 100만 엔의 가치를 발견한 사람이 있었던 모양이다.

"어떤 경위로 매각하게 되셨죠?"

"손쓸 방도가 없어서 거의 포기하고 있었는데, 그쪽에서 찾아왔어요. 무슨 영문인지는 모르겠지만 제가 회수할 수 없는 권리를 가지고 있다는 걸 알고 있었어요."

"증인이 문의한 게 아니란 거군요."

"네."

이야기 흐름에서 수상쩍은 냄새가 난다. 검사석에 앉은 구스모토가 턱에 손을 올린다. 가미데는 미간을 잔뜩 찌푸리고 있다.

"채권양도는 어떻게 이루어졌습니까?"

"그 자리에서 계약서에 사인을 했고, 현금이랑 맞바꿔서 판결문 같은 걸 내어줬어요."

"그게 전부입니까?"

"네."

"그 사람은 자신이 채권 회수 업자라고 했습니까?"

"아마…."

"신분을 증명하는 서류 같은 건 보여주던가요?"

"아뇨. 빨리 치워버리고 싶어서 자세하게 설명해달라고 하지는 않았어요."

채권을 관리하고 회수하는 이른바 서비서servicer라 불리는 전문 업체는 분명 존재한다. 하지만 국가로부터 전문 업체 인가를 받으려면 매우 엄격한 조건을 충족해야 한다.

거품경제가 붕괴된 후, 회수할 수 없게 된 불량 채권을 헐값에 사들인 반사회 세력이 무자비한 독촉을 해대면서 채무자를 제물로 삼는 수법이 횡행했다. 서비서는 그와 같은 사회문제를 배경으로 탄생했기 때문에, 반사회 세력을 몰아내기 위한 조치가 철저히 시행되고 있다.

"채권 회수 업자는 원칙상 개인의 채권을 양도받을 수 없습니다."

"그런 거였어요?"

진보가 고개를 갸우뚱했다. 어디까지가 사전에 협의된 문답일까.

"조폭이나 사채 업체 관계자라고는 생각 안 하셨나요?"

"그때는 전혀요."

"지금 생각해보면 어떤가요?"

"잘 모르겠어요."

서비서 제도가 시행된 뒤 반사회 세력은 적법한 수단으로 채권 회수를 꾸려나갈 수 없게 됐다. 하지만 사회의 룰에서 일탈한 존재라서 반사회 세력이라고 불리는 만큼, 적법한지 아닌지가 그들의 행위규범이 된다고는 할 수 없다.

"채권을 양도받은 업자가 어떤 식으로 독촉했는지는 아시나요?"

"몰라요. 그분과도 연락을 하지 않아서요."

가노는 무자비한 독촉이 이루어졌다는 인상을 심어주기 위해 채권을 양도한 경위를 물었을 것이다. 조폭이나 사채업자가 수단을 가리지 않고 채무자를 몰아세우는 모습은, 드라마나 만화에서도 다소 각색해서 그려지고 있다.

자유보험에 가입하지 않았던 아버지는 교통사고를 일으키고 거액의 부채를 짊어졌다. 그리고 그 채권은 신원을 알 수 없는 업자의 손에 넘어갔다….

"마지막으로 소메야 다카히사 씨에게 품고 있는 솔직한 심정을 말씀해주시죠."

"남편의 목숨을 빼앗고 배상 책임도 다하지 않아서 당연히 미웠어요. 그렇지만 빚 때문에 자살을 결심했다고 하니 조금 안쓰럽다는 생각이 들어요."

"과실운전치사 재판으로 다카히사 씨가 교도소에 들어갔다면, 유족으로서 감정이 누그러졌을 거라고 생각하시나요?"

"어…."

말을 머뭇거리는 진보에게 가노가 보충 설명을 했다.

"살인죄에 비해 과실운전치사의 법정형은 매우 가볍고, 집행유예가 받아들여지는 경우도 드물지 않습니다. 그런데 과실운전치사의 대부분은 교통법규를 지킨 사람이 피해자가 되고, 갑작스럽게 목숨을 빼앗깁니다. 금전 문제나 인간관계 갈등…. 그런 사적인 원한에 의한 사건이라면 미연에 방지할 여지가 있지만, 교통사고는 피하고 싶어도 피할 수가 없습니다. 손해배상은 형사재판 결과를 납득할 수 없어서 더욱 강하게 요구했던 거 아닌가요?"

진보가 고개를 갸우뚱거리며 대답했다.

"그런 마음도 있었던 것 같아요. 하지만 그렇게까지 깊이 생각하지는 않았어요. 앞으로 살길을 찾느라 어쨌든 필사적이었어요."

"알겠습니다."

대화가 어긋나 있는 듯한 느낌이 들었다. 진보는 남편이 외도를 했다고 생각하기 때문에, 아버지에 대한 원한은 그다지 강하지 않은 것 같다.

"…변호인은 이상입니다."

가노가 주신문을 마치자 가미데가 반대신문을 하기 위해 검사석에서 일어섰다.

"2,000만 엔의 채권을 회수하지 못했다고 하셨는데, 소메야 다카히사 씨가 개인 파산을 신청한다는 이야기는 없었습니까?"

"모르겠어요."

"그런 이야기는 듣지 못했다는 말씀이시죠?"

"네."

"변호인이 다양한 질문을 했는데, 당시 증인은 채권을 양도한 상대가 채권 회수 업자라고 생각하셨죠."

"네, 상대방이 그렇게 말해서요."

"조폭이나 사채 업체 관계자라고 의심하지도 않으셨고요."

"네."

"변호인이 지적해서 반사회 세력 관련자일지도 모른다고 생각했다. 그 정도로 이해했다고 정리하면 되겠습니까?"

"그럴지도 모르겠어요."

힘으로 찍어 누르는 신문이었지만 가노는 이의를 제기하지 않았다.

반대신문은 짧게 끝났고 이어서 법원이 보충신문을 했다. 배심원이 몇 가지 질문을 한 뒤, 가라스마의 목소리가 스피커를 타고 들려왔다.

"채권 회수 업자라고 밝힌 인물은 증인이 거의 체념했을 때 찾아왔다고 하셨는데, 구체적으로 언제쯤이죠?"

"그게, 2017년 여름쯤이에요."

"사고가 일어난 건 2013년. 소메야 씨에 대한 손해배상청구권을 취득한 게 1년 후라 하더라도 상당한 공백이 있군요."

약 3년의 공백 기간이 존재한다.

"교도소에 들어가기도 했고, 이런저런 사정이 있어서요. 아아… 생각났어요. 매각한 건 두 번째로 교도소에 들어가기 조금 전이었어요."

진보의 재판에 제출된 증거에 따르면, 그녀는 2016년 8월경에 출소해서 이듬해 11월에 두 번째 실형 판결을 받았다. '자칭' 채권 회수 업자는 그 타이밍을 노리고 있다가 진보에게 접근한 걸까.

"그리고 앞서 변호인과 신문을 진행할 때, 게이이치 씨가 정면충돌한 사고에 대해 무슨 말을 하려던 것처럼 보였는데 보충할 것이 있나요?"

기억을 떠올리려는 듯 고민하던 진보가 대답했다.

"그 사고에서는 남편의 과실이 인정돼서 상속인인 제가 배상금을 냈어요. 자배책보험으로 받은 3,000만 엔의 절반 정도가 그 길로 사라져버렸어요."

"게이이치 씨도 자유보험에 가입하지 않았나요?"

"가입은 했는데 갱신하는 걸 잊어서…. 몇 달 전인가 실효됐어요. 어쩜 그렇게 타이밍이 안 좋은지, 어휴."

마이크가 한숨 소리를 잡아냈다.

석 달 뒤 열린 재판에서 진보는 수령한 보험금이 100만 엔밖에 안 남았다고 답했다. 아버지나 진보 게이이치 둘 중 한 명이라도 유효한 자유보험에 가입했더라면 진보 마사코의 생활은 꽤

편해졌을 것이다. 물론 절도를 반복하는 동기는 생활고가 아니지만.

"그 사고에도 소메야 다카히사 씨는 배상의무를 지고 있었군요."

"네, 그럴 거예요. 따지고 보면 소메야 씨가 추돌한 탓이니까요."

배상 금액의 합계는 어느 정도까지 부풀어 올랐던 걸까.

그럼에도 개인 파산을 선택하지 않은 건 갚을 수 있다는 희망이 있어서였을까….

이어서 진보가 외도한 남편에 대한 원망을 늘어놓으려 했지만 가라스마에게 제지당했다. 신문은 그렇게 끝이 났다.

7

진보 마사코의 신문이 종료된 후 정신과 의사가 증언대에 섰다.

짙은 콧수염과 동그란 눈동자…. 곰 같은 생김새지만 선서서에는 '사쿠라이 슌'이라는 이름이 예쁘장한 글씨로 적혀 있었다. 말투도 온화하고 겉모습이 주는 인상과 내면 사이에 괴리가 있어 보였다.

"소메야 씨를 처음 뵌 건 이번 사건이 일어나기 약 석 달 전으로, 린 씨가 함께였던 게 기억납니다. 진찰한 횟수가 얼마 되지 않아 말씀드릴 내용이 많지는 않지만….”

전문가라는 점에서 중립적인 위치에 있는 증인이라 신문은 원활하게 진행됐다.

구스모토는 통원 횟수가 3회에 머문 점, 우울증이 아닌 우울 상태라고 진단한 점, 자살을 암시하는 발언은 없었다는 점 등을 확인했다.

자살을 결심할 정도로 내몰려 있었다면, 장기간에 걸쳐 계속 통원하면서 중증 우울증 진단을 받았을 것이다. 그런 의도를 읽을 수 있는 신문이었다.

배심원의 반응을 살피면서 구스모토는 쟁점과 관련된 질문을 했다.

“약물 과다 복용… 즉 오버도즈는 자살행위로 드문 편입니까?”

“케이스 바이 케이스겠지만 감기약이나 카페인 알약을 사용한 오버도즈는, 직설적으로 말씀드리면 대중적인 자살행위라고 생각합니다. 쉽게 구할 수 있고 육체적인 고통이 잘 그려지지 않아 실행하는 데 허들이 낮아서 그렇습니다. 반면에 상당한 양을 복용하지 않으면 치사량에 이르지 않기 때문에, 죽음으로 직결되는 일은 많지 않습니다.”

“복용량에 따라 얼마나 간절히 자살을 바랐는지 어느 정도는 추측할 수 있다?”

“일반적인 경우라면요.”

검사가 신청한 증거에 따르면 카페인의 치사량은 개인차가 있기는 하지만, 약 1만 1,000밀리그램이라고 한다. 아버지가 실제로 복용한 양은 치사량의 절반 정도인 6,000밀리그램이었다.

오버도즈의 부작용을 확인한 다음 구스모토는 주신문을 끝냈다.

"증인에게 묻겠습니다."

한편 가노는 많은 지표가 활용되는 우울증 진단은 신중한 판단을 요하므로, 우울 상태라는 진단명을 먼저 사용하는 경우가 많다는 점을 우선 확인했다.

"진단을 거듭하는 과정에서 진단명이 우울 상태에서 우울증으로 바뀌는 경우도 있다는 거로군요."

"네. 우울 상태가 장기간 지속되면 우울증으로 진단합니다."

또 세 번째 진찰 때, 수면 유도제 처방량을 늘려달라는 부탁을 거절한 사실도 이끌어냈다. 이로 인해 피해자가 통원을 중지한 경위에 관해 검사 측 주장과는 다른 스토리가 부상했다.

"부탁을 거절한 이유를 가르쳐주십시오."

"자주 통원할 수 없으니 한꺼번에 처방해달라고 하셨습니다. 아무래도 경험상 오버도즈를 의심할 수밖에 없었습니다."

"그 후로 예정된 통원 일정은 없었나요?"

"예약은 하셨지만 오시지 않았습니다."

"소메야 씨는 마음의 치료를 위해서가 아니라, 다량의 수면 유도제를 손에 넣기 위해 통원했던 게 아닐까요?"

가노가 묻자 "이의 있습니다. 답변을 유도하고 있으며, 증인에게 의견을 구하고 있습니다" 하고 구스모토가 이의를 제기했다.

"변호인 의견은?" 가라스마가 확인했다.

가노는 "질문을 바꾸겠습니다" 하고 잽싸게 물러섰다. 의사에게 대답을 듣는 게 아니라 배심원에게 인상을 남기는 게 목적이었으리라.

"소메야 씨가 구매한 카페인 알약 말인데요, 55정이면 치사량에 도달하는데 한 번에 복용할 수 있는 양인가요?"

"정제된 사이즈도 커서 여러 차례 나눠 복용하거나 분말 형태로 만들어 뭔가에 섞지 않는 이상 힘들 거라고 생각합니다."

"열 알씩 삼켰다고 가정하면…, 도중에 속이 안 좋아지거나 해서 몸이 안 받는 경우도 있나요?"

"네. 카페인은 위산 분비를 촉진해서 일정량 이상 복용하면 강한 구토감을 느낍니다."

"그렇다면 거부반응 때문에 자살을 단념하는 케이스도 있지 않을까요?"

"아아, 그런 경우도 있을 수 있습니다."

복용량과 자살을 바라는 마음의 정도가 반드시 비례하진 않는다. 가노의 증인신문으로 상관관계 양쪽에 의문을 제기할 여지가 생겼다.

"오늘 심리는 여기까지 진행하겠습니다."

진보 마사코와 정신과 의사는 당시 아버지의 정신 상태를 분명히 해두기 위한 증인이었다.

검사 측은 자살 말고 다른 선택지도 남아 있었다고, 변호인은 자살을 결심할 정도로 궁지에 몰려 있었다고 각자의 주장을 펼쳤다.

양쪽 모두 일정한 근거를 제시했다. 배심원 사이에서도 심증은 엇갈렸을 것이다. 하지만 복잡한 사정이 얽힌 빚이 존재했다는 점과 실제로 오버도즈를 시도했다는 사실에 비추어 본다면, 복용량을 감안하더라도 자살의 기운을 감지한 배심원이 더 많지 않을까.

검사도 이 부분은 파악을 끝내고 전체적인 전략을 세우고 있는 듯하다.

아버지가 오버도즈로 죽음에 이르지 못하고 린이 아버지를 식칼로 찌른 사실은 확정됐다. 그사이에 무슨 일이 일어났는지가 공백으로 남아 있다. 즉 카페인 알약을 복용했을 때 자살을 결심했는지 아닌지는, 어떤 식으로 공백을 메울지를 시사하는 하나의 사정에 지나지 않는다.

자살에 실패한 아버지가 살인을 의뢰했다면 변호인이 주장하는 촉탁살인죄.

의사소통을 할 수 없는 상태의 아버지를 일방적으로 살해했다면 검사 측이 주장하는 살인죄.

린이 살의를 품고 목숨을 빼앗았다는 근간에 해당하는 부분은 양쪽 모두 가지고 있다. 다른 건 피해자가 죽음을 바라고 있었는지, 그리고 자신의 바람을 들어줄 것을 딸에게 부탁했는지다.

촉탁살인은 살인과 자살 중간에 위치한다.

타인의 목숨을 빼앗는 살인이 중죄로 여겨지는 데 반해, 스스로 목숨을 끊는 자살은 심판의 대상이 되지 않는다. 자기 인생은 스스로 결정한다는 '자기 결정권'에서 결론을 이끌어낼 수 있지만, 죽음의 자기 결정에 타인이 개입하게 되면 자살 관여나 촉탁살인으로 처벌을 받는다.

아무에게도 피해를 주지 않고 목숨을 끊을 수 있는지는 알 수 없다. 하지만 촉탁살인죄가 존재하는 이상 살인을 의뢰하는 건 분명 죄를 강요하는 행위다.

죽여달라는 부탁을 받았을 때, 어떤 경우에 그 요구를 들어줄까.

강한 원한을 품은 상대를 증오심으로 살해한다. 깊이 사랑하는 상대를 사랑하기에 살해한다. 양쪽 모두 있을 법하지만, 나 자신이 극한까지 내몰린 경우를 생각하면 후자 쪽이 그나마 쉽게 머릿속에 그려진다.

하지만 아버지는 어떤가. 책임을 추궁하는 칼날이 린에게 향할까 두려워 가라스마가 권유한 재심 청구를 거절했다. 그 정도로 지극히 아끼는 딸의 손을 더럽히게 할까….

역시 소메야 린이 사건 당일에 보고 들은 내용을 어떻게 말하는지, 또 그 진술을 신뢰할 수 있는지가 중요한 의미를 갖는다. 다음 공판이 시작되면 가노가 피고인 측 주장의 모든 내용을 명

명백백하게 밝힐 것이다. 그때까지는 상상의 나래를 펼치는 수밖에 없다.

어쨌든 아버지가 죽음을 바라게 놔둬서는 안 된다.

그래서 나는, 과거로 통하는 문을 연다.

8

나는 본가 거실에 앉아 있다.

돼지고기 생강구이 냄새, 버섯 된장국이 담긴 그릇, 옻칠한 젓가락…. 대학 식당의 저렴한 플라스틱 식기가 아니다. 친숙한 엄마의 점심 메뉴가 식탁에 차려져 있다.

입을 반쯤 벌린 엄마가 나를 물끄러미 바라보고 있다. 표정에 당황스러운 낯빛이 드리운 게 평온한 테이블 광경과는 어울리지 않는다.

설마, 5년 후 외모 그대로 시공을 넘어왔나?

유리창에 비친 내 모습을 바라봤다. 검은 뿔테 안경을 끼고 법복이 아닌 체크 셔츠를 입고 있다. 괜찮다, 흔해빠진 대학생 패션이다.

"왜 그래?"

부자연스러울 정도로 검은 머리카락을 묶은 엄마에게 물었다. 새치 염색을 하고 얼마 지나지 않아서 그런가. 그나저나 유령이랑 마주친 것 같은 표정이다.

"그러니까… 아이랑 소지한테 말했다는 게 사실이니?"

"뭘?"

"네가 그 사람 재판이라고 말했다며."

어처구니없는 타이밍에 바통을 넘겨받은 모양이다. 반 대항 릴레이 대회에서 스타트 총성이 울리기 직전에 1번 주자를 떠맡게 된 것 같은 상황이다.

"쉬쉬하는 게 능사는 아닌 것 같아서."

"능사일 수도 있어."

"고기 맛있다."

"말 돌리지 말고."

자취를 시작한 건 사회인이 되고 나서라 대학생 때까지는 엄마와 살았다.

집과 법원은 걸어서 20분 거리. 그 전에 들러야 할 곳이 있어서 느긋하게 된장국을 먹고 있을 시간이 없다.

"말 안 하면 후회할 것 같았어."

"너랑은 상관없는 사건이야."

"아버지는 아버지잖아."

"그래서 뭐?" 화난 눈으로 노려본다.

"화내지 마."

"이유를 가르쳐주면 좋겠다는 것뿐이야."

5년 전의 나는 아무에게도 알리지 않고 아버지의 재판을 방청할 생각이었다. 하지만 첫 재판이 열린 당일, 아무런 전조도 없이 몸을 빼앗기고 친구에게 비밀을 폭로당했다. 폐정한 후 주도권을 되찾았지만 궤도를 수정하는 건 불가능했다. 이게 어떻게 된 일일까 하고 우왕좌왕하는 사이 제2차 공판기일을 맞이했다. 오전 강의를 결석하고 점심시간이 되어 겨우 각오를 다진 뒤 엄마에게 털어놓은 순간 다시 몸을 빼앗겼다….

세세한 건 어찌 됐든 간에 그런 식으로 흘러갔을 것이다. 나도 나지만 어쩜 이렇게 타이밍을 못 맞출까.

"몰래 방청하러 가는 게 더 나쁜 짓 같잖아."

"그렇다고…."

"여긴 내가 태어나 자란 동네고, 사회인이 돼도 떠날 생각은 없어. 자취를 할 것 같긴 하지만. 이름이나 주소를 재판에서 밝히지 않아도 인터넷에 피고인의 정보가 까발려지는 일은 드물지 않아. 그렇게 되면 예전 가족에 대한 소문까지 퍼질 가능성도 제로는 아니라고."

"괜한 걱정이야. 우리만 말 안 하면 아무도 몰라."

"물론 끝까지 관계를 숨길 수 있을지도 몰라. 하지만 난 벌벌 떨면서 사는 거 더는 못 견디겠어."

"친구들이 등 돌리기 전에 네가 먼저 밝혔다는 거니?"

"잘못한 걸까?"

"네가 짊어질 짐이 아니야."

누명일 가능성이 있다고 말해본들 이야기만 더 꼬일 뿐이다.

엄마의 눈이 젖어드는 걸 보고 아차 싶었다. 시간을 두고 이야기하자고 제안한 뒤 곧바로 집을 나서야 할까. 아니다, 여기서 자리를 뜨면 균열이 생길 수도 있다.

"짊어질 생각은 없어."

"네가 무슨 생각인지 모르겠다."

"경찰이 물어보러 오지 않았다면 난 아버지가 누군지도 모르는 채로 살았을 거야. 엄마가 뭐 하나 불편한 거 없이 키워줘서 알고 싶다는 생각도, 보고 싶다는 생각도 안 했어."

경찰이 찾아왔던 날 밤, 집으로 돌아가니 엄마가 소파에 앉아 울고 있었다. 아버지의 얼굴도 모르는 나는 일방적으로 원망할 수 있었다. 하지만 엄마는 달랐다.

아버지와 깊은 사이였기에 내가 태어났다. 어떤 사정으로 각자의 길을 가게 됐는지는 모르지만, 성범죄자로 체포됐어도 관계나 추억이 자동으로 지워지지는 않는다.

그럼에도 엄마는 내 앞에서 약한 소리를 한 적이 한 번도 없었다.

"너한테 말해준 게 후회된다."

"언젠가는 내 힘으로 알아냈을 거야."

"그 사람은 잊고 네 인생을 살았으면 좋겠어."

미지근해진 된장국을 마시자 걸쭉한 버섯 맛이 혀에 남았다.

"입맛대로 기억을 지울 수 있는 것도 아니고, 정신을 차려보면 사건 정보를 쫓아다니고 있어. 범인의 이름이 밝혀지지 않았는지 확인하고, 인터넷에 내 이름을 검색하고…. 혼자 안고 가는 게 힘들어. 그래서 당당하게 부딪쳐보기로 한 거야."

엄마가 머리카락을 쓸어 올렸다. 염색한 지 얼마 되지 않았을 텐데 뿌리가 하얗다.

"아이랑 소지는 뭐라고 그래?"

"잠깐만 있어봐."

재판이 끝난 뒤 혹은 그다음에 만났을 때 난 두 사람에게 사정을 설명했을 것이다. 어떤 반응이 돌아왔을지도 상상이 갔다. 하지만 불확실한 사실을 말해도 될까.

휴대폰 잠금 화면을 해제하고 메시지를 확인했다.

무심결에 웃음이 새어 나왔다.

"이런 느낌이야."

단체 대화방을 열어 화면을 보여줬다.

'대출이랑 프린트물 확보는 나한테 맡겨' 하고 소지가 올린 글에,

'1교시랑 2교시는 출석할게' 하고 내가 대답하자,

'잡념을 떨쳐내기 위한 자체 휴강을 허락합니다. 그리고 어머니랑도 잘 이야기해. 뒤로 미루는 건 안 돼, 절대로' 하고 아이의 글이 이어졌다.

지난번에는 도서관에서 정신을 차렸는데 이번에는 집인 이유를 알았다.

"대출은 출석한 척하려고 다른 사람이 대답하는 부정행위고,

자체 휴강은 말 그대로 자체적으로 강의를 쉬는 거야."

엄마는 눈을 가늘게 뜨며 "…친구들이 착하네"라고 말했다.

"다 이런 반응은 아니고, 애들도 언젠가 멀어지다 내 곁을 떠날지도 몰라. 그래도 지금은 후회 안 해."

갑 티슈를 끌어당기는 엄마. 결국 눈물을 흘리게 한 것 같다.

"그 사람이, 기억났니?"

"어?"

"그래서 적극적으로 움직이는가 싶어서."

내가 아버지 얼굴을 처음 본 곳은 한 달 전의 법정 방청석일 텐데.

그런데 기억났느냐는 말은….

"내가 만난 적 있어?"

"응."

타임 슬립으로 지금껏 여러 번 인식의 차이가 발생했다. 하지만 나와 아버지 사이에 접점이 있었다고 한다면, 재판보다 이전 시점이어야만 이상하지 않다.

"언제 적 이야기야?"

"네가 정 알고 싶다면 말해주고."

개정 시각까지 40분.

지난번처럼 폐정할 때만 방청석에 있으면 되기 때문에 자유롭게 움직일 시간은 남아 있다. 그렇지만 가라스마가 맡긴 미션이 있어서 조금이라도 일찍 집을 나가야만 한다.

"짧게 이야기해주면 고맙겠습니다."

"그럼 다음에 할까."

"아니. 가능하면 지금 듣고 싶어."

엄마는 '아들이란 애가 어쩜 이렇게 제멋대로일까' 하고 어처구니없어 하는 표정으로 한숨을 토했다. 나는 죄송한 마음을 담아 엄마가 마시던 잔에 보리차를 따랐다.

내가 바라는 대로 엄마는 단도직입적으로 이야기를 시작했다.

"다섯 살 때까지 같이 살았어."

"같이라니?"

"나랑 너, 그 사람. 셋이서 한 가족으로, 한 지붕 아래서 살았다는 말이야."

"…하나도 기억 안 나는데."

다섯 살이면 유치원에도 들어갔을 나이다.

그 무렵의 기억이 없다는 건…, 어?

"기억의 일부가 빠져 있는 거래. 기억상실인가 뭐 그런 거창한 병은 아니고, 드문 일도 아니라는 것 같아."

"정말? 금시초문인데."

"정확히는 어릴 때 트라우마가 생긴 경우에 드물지 않대. 스구루, 네가 그 사람을 무척 따랐거든. 집을 나간 후에 한동안은 나랑 말도 하지 않았어."

"무척 따랐다…"

"기억하는 것도 있잖아."

기억하는 거라니. 기억을 샅샅이 뒤지는데 엄마가 답을 가르쳐줬다.

"…아빠는 어디 있어? 그렇게 물어서 날 울렸던 건 기억하잖아. 애가 순수한 건지 잔혹한 건지, 갈피를 못 잡겠더라."

"아아. 친아빠가 어디 사는 누구인지 알고 싶어서 그런 건 줄 알았어."

그게 아니라 집을 나간 아버지가 어디 있는지를 물었던 건가.

"내가 얼버무렸더니 그 사람 이야기를 안 꺼내게 됐고, 중학생 때쯤엔 존재 자체가 기억에서 사라졌어. 그게 낫다는 생각에 가족사진도 전부 버리고 처음부터 우리 둘만 있었던 것처럼 꾸민 거야. 미안해."

"아니, 날 위해 그런 거잖아. 그 정돈 알아."

엄마가 티슈로 눈가를 어루만졌다. 슬프게 왜 그 대목에서 우는 거냐고.

"재판을 보러 가면 쏙 빠져 있던 기억까지 돌아올 것 같아서…. 즐거웠던 기억도 많을 텐데 충격을 받을까 무서웠어."

"그랬구나. 그래서 내가 방청하러 가는 걸 그렇게 기를 쓰고 반대했구나."

엄마의 걱정은 기우에 그쳤다. 판결이 선고되는 장면까지 지켜보고 그로부터 5년이 흘러도 아버지와의 기억은 돌아오지 않았다.

"그런데 아까 네 이야기를 듣고, 넌 현실을 직시하려고 하는

데 엄마가 눈을 돌리게 만들고 있단 걸 깨달았어. 정말 미…."

"사과 금지."

"못할 짓을 했으니까."

"잠자코 있는 게 더 힘들었을 거야. 고마워."

"뭐지, 갑자기 어른이 된 것 같네."

새 티슈를 건네주고 "생각보다 어른인걸" 하고 말해봤다.

"신기해. 다른 사람 같아."

"글쎄요."

과연 엄마다. '타임 슬립을 알아본 제1호십니다' 하고 마음속으로 찬사를 보냈다.

"이야기했더니 나도 속이 후련하네."

"어? 그럼 호적은? 아버지 칸이 비어 있잖아."

미혼의 어머니가 아이를 낳은 경우 아버지가 누구인지 모르거나 출생신고를 거부당하면, 법률상의 아버지는 존재하지 않는 것으로 취급되어 아버지 칸이 텅텅 비게 된다.

"호적은 또 언제 봤다니?"

"그게…."

너무 앞서나갔다. 내가 처음으로 호적을 본 건 법원에 취직할 때다.

"알바 면접. 뭔가 좀 제대로 된 회사라서."

"그 패밀리 레스토랑?"

"맞아, 최면술 거는 선배가 있는 거기."

엄마는 그 이상은 캐묻지 않고 거북하다는 듯이 아래를 봤다. 그러고는 "대학 졸업하고 얼마 지나지 않아서 네가 태어났어" 하고 말했다.

"응. 상당히 젊었네."

"대학생 때부터 사귀어서, 뭐랄까 어떻게 하다 보니… 아, 가벼운 마음으로 낳은 건 아니야."

"한마디로 젊은 혈기였구나."

부모님의 연애 이야기를 진지한 얼굴로 듣는 건 상당히 괴롭다.

"그래서 혼인신고도 안 했고, 출생신고도 뒤로 미뤄버렸지."

사실혼 관계가 이어졌다는 말인가. 해야 할 일은 신경 써서 제때 해줬으면 좋으련만. 아들한테 잔소리를 듣기는 싫을 테지.

"그래도 양육비는 꼬박꼬박 보내줬네."

아버지가 송금한 기록을 더듬던 경찰은 우리 집을 찾아왔다. 대체 어떤 관계였던 건지 단번에 파악이 안 된다.

"사정이 있다 보니…."

"이제 그만 나가야 하니까 결론만."

엄마가 얼굴을 들었다. 여러 줄기의 눈물 자국이 양쪽 볼에서 빛나고 있었다.

"대학생 때 정말 친했던 친구가 빚을 갚지 못하고 자살했어. 그래서… 보증인이었던 그 사람이 친구 아내한테 협박을 받고 집을 나간 거야."

정보가 너무 압축돼 있어서 도무지 상황을 알 수가 없었다.

다만 물어봐야 할 건 떠올랐다.

"이번 성범죄 피해자가, 그 친구와 아내의 자식?"

대답은 예스였다.

9

지갑 안에 든 거라고는 2,000엔밖에 없어서 어쩔 수 없이 비상금으로 책장에 숨겨놓은 1만 엔을 빼냈다. 친족 간의 절도는 '법은 가정에 들어가지 않는다'는 유교적인 가족관에 따라 형이 면제된다. 그렇다면 과거의 나에 대한 절도도 용서될 것이다.

택시를 잡아타고 목적지를 말했다. 소메야 가족의 집까지, 초특급으로.

엄마에게 들은 정보는 아직 완전히 정리하지 못했다.

복잡한 사정이 있는 건 분명하지만 보충 설명을 부탁할 시간이 없었다. 무죄판결 이후에 행방을 감춘 소메야 사호를 이 시간대에서 반드시 만나야 한다.

개정 시각까지 앞으로 20분. 지난번 경험을 되짚어 보면 가라스마가 폐정을 선언하는 건 약 두 시간 뒤다. 소메야가를 경유해 법원으로 가는 데 걸리는 시간을 지도 앱으로 알아봤다. 운좋게 사호를 만나더라도 이야기할 수 있는 시간은 45분 정도다.

폐정 시각까지 가지 못하면 가라스마가 시간을 끌어줄지도 모른다. 하지만 그것도 한계가 있다. 만약 그때도 자리에 없으면 달리 방법이 없다.

어제 대책 회의를 하던 도중에 가라스마가 타임 슬립 때 할 다른 행동을 제안했다.

"헛수고로 끝나지 않을까요?"

"방청은 오지 않았으니까 집에 있었을 확률이 높아."

법정 말고도 외출할 후보지는 많을 것 같았다. 의문을 품은 채로 "소메야 사호의 얼굴을 아세요?" 하고 물었다.

"법정에서 봤으니까." 가라스마가 무심하게 대답했다.

"네? 방청은 오지 않았다고…."

"시노하라 린의 절도 재판 때 정상 증인으로 출정했지."

정상 증인이란 유죄냐 아니냐를 입증하기 위해서가 아닌, 피고인에게 갱생의 의지가 있는지 혹은 지도 감독할 사람이 있는지 등을 분명히 하고, 어느 정도의 형을 부과할지 판단하기 위한 증인이다.

하지만 내가 서기관으로 입회한 화장품 절도사건은 다른 매장에서 저지른 절도가 기소되기를 기다리는 상태로, 증인신문을 실시할 단계까지 도달하지 않았다.

"그 재판이란 게, 화장품 절도는 아니죠?"

"반찬 절도."

내가 파악하지 못한 내용이라는 건….

"집행유예를 받았던 재판도 부장님이 담당하셨어요?"

"응? 말 안 했었나?"

"금시초문이거든요."

2020년, '현재'의 1년 전에도 시노하라 린은 절도죄로 기소됐다. 그때는 가게에서 토트백에 반찬거리를 잔뜩 담아 나왔나 보다. 과식 구토용 식료품이었을 것이다. 전과가 없었기 때문에 집행유예 판결을 선고받았다.

가라스마가 난요 지법에 부장으로 부임한 후 맡았던 사건이 틀림없다. 눈치챘어야 했지만 좀 더 일찍 말해주면 좋았을 것을.

"함께 사는 엄마 자격으로 증언한 거예요?"

절도사건이 기소되는 미래에서는 사호가 행방을 감추지 않았다.

"맞아. 가노 변호사가 증인신문을 신청했지."

법정 앞 복도에서 책임능력에 대해 주장할지 망설이는 린을 가노가 격려했다. 지난 재판 때도 변호를 맡았으니 성심성의껏 도움을 주려고 했던 걸지도 모른다.

"린 씨는 강제추행사건의 진상을 알고 있죠?"

아버지에게 미안하다는 편지를 보냈으니 적어도 일부 사실은 알고 있다. 엄마가 배신한 사실도 눈치채지 않았을까.

"그런데도 엄마와 계속 함께 산 게 이상하다?"

"네. 서로를 어떻게 생각할까요?"

"만나면 알 거야."

"법정에선 어떤 인상이었죠?"

"자기 이야기만 하고 정상 증인으로서는 역할을 하지 못했지."

"아… 왠지 상상이 되네요."

앞으로 어떻게 지도 감독하고 정신적으로 보살필 건지 말해주기를 기대했건만, 가족이 죄를 저지른 불행을 한탄하고 사회나 피고인을 향한 불평불만을 토로한다. 그런 증인을 본 적이 있다.

"마음을 지배당해서 도망쳐 나오지 못한 걸 수도 있어."

"그럴 수도 있겠네요."

"될 수 있는 한 선입관은 가지지 말고 그저 이야기를 듣고 왔으면 좋겠어."

"무사히 만날 수 있기를 빌어주세요."

"일정한 직업이 없으니 집에 있는 시간이 많지 않을까."

이렇게 된 거다.

만날 수 있을지는 운에 맡긴다. 정보를 끌어낼 수 있을지는 나에게 달렸다.

지금 난 어디에나 있는 흔해빠진 대학생이다. 갱생보호시설에 갔을 때처럼 서기관이라고 소개할 수도 없다. 이용할 게 있다면 한 핏줄이라는 것 정도일까.

나와 아버지는 다섯 살 때까지 함께 살았다….

지금도 실감이 나지 않고 기억이 돌아올 것 같지도 않다. 그렇지만 구스모토 검사가 모두진술에서 말했던 아버지와 사호의 혼인 시기와도 일치한다. 아내와 아들을 버리고, 다른 가족 품으로 들어갔다.

엄마 말에 의하면 난 아버지를 잘 따랐던 모양이다. 처음부터 존재 자체를 모르는 것보다 도중에 버림받는 게 정신적인 충격이 크지 않을까.

사회의 풍파를 겪은 뒤라면 또 몰라도, 이 사실을 받아들여야 하는 건 대학생인 나다. 엄마가 사라진 기억을 지적할 테고 비상금 1만 엔은 택시 요금으로 사라졌다. 불안감에 휩싸여 두려움에 떨지는 않을까. 미안하다고 손바닥에 펜으로…, 관두자.

그냥 바람을 피운 게 아니라, 자살이니 협박이니 하는 무시무시한 단어까지 엄마 입에서 튀어나왔다. 착각이나 과장치고는 너무 뜬금없다. 자살한 사람은 대학생 때 가장 친한 친구였다고 했다. 그리고 아버지와 엄마는 대학생 때부터 사귀었다고도.

이 불행의 도미노는 어디서부터 시작된 걸까.

낡은 목조 모르타르 이층집 근처에서 택시가 멈췄다.

"저 집 같은데요." 운전사가 말했다.

"알겠습니다, 고맙습니다."

오가는 차들이 제법 있어서 돌아갈 택시도 금방 잡을 수 있을 것 같다. 빨갛게 녹이 슨 철제 명패에 '소메야'라 적힌 걸 확인하고 초인종을 눌렀다.

운을 시험할 시간이다. 원하던 인물이 나올 것인가, 정적이

흐를 것인가.

"네." 퉁명스러운 목소리.

"소메야 사호 씨 되시나요?"

"누구세요?"

지금 이 집에는 린과 사호 두 명이 산다. 젊은 여자 목소리는
아니다.

"문 우편함에 종이를 넣을게요. 내용을 확인하고 저랑 이야기
좀 해주세요."

"뭐라고요?"

"딱 5분만 기다릴 거예요. 반응이 없으면 바르게 쓰일 곳으로
가져갈 거예요."

"이봐요."

택시 안에서 쓴 고발장을 우편함에 넣었다.

'타액 검사용 껌, 정기검진, 녹음 파일'

고작 단어의 나열이지만 소메야 사호에게는 의도가 전달될
것이다.

인터폰 너머로 협박하는 게 더 효과적이려나. 린이 집 안에
없는 게 확인됐다면 망설이지 않고 그렇게 했을 텐데. 평일 낮이
라서 아르바이트를 하러 외출했을 가능성이 높다. 하지만 사건
을 둘러싼 소문이 퍼져 일을 쉬면서 거실에 앉아 귀를 쫑긋 세우
고 있다면.

지나친 생각일까. 그렇지만 언젠가 알게 될 일이라 해도 그것

이 지금일 필요는 없다.

현관문이 열리고 중년 여성이 얼굴을 내비쳤다.

"누구예요?"

어깨에 닿는 길이의 밝은 갈색 머리카락이 물결친다. 화려한 생김새에 눈매는 날카롭다. 노골적인 적의가 담긴 시선을 정면으로 보내고 있다.

누구냐고 물으신다면….

"소메야 다카히사의 아들이에요."

"뭐?"

사호의 눈이 크게 열렸다.

"여기서 이야기해도 상관없지만, 이웃 사람들 귀에 들어가면 난처하지 않겠어요?"

잠시 망설이다 "들어와" 하고 짧은 대답이 돌아왔다.

"린 씨는 안에 있어요?"

"…알바."

어떻게 딸의 이름을 알고 있는지 묻지 않았다. 갑작스러운 전개에 당황한 나머지 머릿속에서 생각이 상황을 따라가지 못하는 것이리라.

"그럼 이제 거리낌 없이 이야기할 수 있겠네요."

빼곡하게 들어차 있는 현관 바닥의 신발을 보고 안 좋은 예감이 들었다.

벗어 던진 옷과 켜켜이 쌓인 쓰레기봉투. 잡지, 전단지, 종이

박스…. 발 디딜 틈이 거의 없다. 복도를 지나면 나오는 거실도 물건이 넘쳐났다.

쓰레기 저택이라고 부를 만한 참상까지는 아니었지만, 정기적으로 청소를 하는 것 같지는 않았다.

불쾌한 냄새. 테이블 위에 놓인 재떨이가 보이자 숨을 참고 싶어졌다.

"편한 데 앉아."

마땅한 선택지가 없어서 갈색 얼룩을 못 본 척하고 소파에 자리를 잡았다.

4년 뒤에 살인 현장이 될 수도 있는 거실이다. 재판에서는 가미데가 현장검증 때 촬영한 사진을 법정 모니터에 띄우고 아버지가 칼에 찔린 상황을 설명했다.

"뭔데, 집에 돈이 없어 보여서 실망했어?"

"돈 뜯어내려고 온 거 아니에요."

"그럼 뭐 하러 왔는데?"

맛없다는 듯 담배를 피우면서 작게 다리를 떤다. 경찰도 지적하지 않은 사실을 소메야 다카히사의 아들이라는 사람이 고발하러 왔다. 패닉에 빠져도 이상할 게 없다.

"질문에 대답만 해주면 돼요."

"난 아무것도 몰라."

앞뒤가 맞지 않는 변명이다. "방금 전 종이에는 단어만 나열돼 있었어요. 짐작이 가는 게 있고 입을 막아야 하니까 날 들여

보냈겠죠."

"아니야. 이상한 소리를 하니까…."

"한 번만 말할 테니까 잘 듣고 선택해요. 있는 그대로 솔직하게 말해주면 당신이 아버지를 모함한 건 덮어둘게요. 시치미를 떼면 경찰에 가서 모든 걸 말할 거예요. 나는 뭐, 어느 쪽이든 좋아요."

초기화되기 직전의 타임 슬립에서 내가 아카마 변호사에게 전달한 편지에는 '누군가'가 아버지를 모함했을 가능성이 있다고만 적었다. 범인을 밝혀내는 건 경찰의 역할이고, 이 시간대에서 다시 고발한다 해도 방금 전 제안을 거스르지는 않는다.

이런 약속을 지킬 도의적 책임도 없지만.

"증거는 있고?"

이 반응은 이미 인정한 거나 마찬가지다.

"정기검진 때 받은 껌을 범행에 사용했죠. 경찰이 의료 기록을 입수하면 내 말이 맞다는 게 증명될 거예요. 그리고 DNA 감정 작업 중 시료에서 일반 타액과는 다른 성분이 검출됐어요. 타액 검사용 껌을 사용하는 바람에 섞여 들어간 성분이죠."

"어떻게, 그런 것까지."

"정보원을 밝힐 생각은 없어요. 모를 수도 있지만 판결이 선고될 때까지는 기소를 취하할 수 있어요. 진범이 따로 있다는 게 드러나면, 린 씨 사건에 대한 기소를 취하하고 수사를 재개하겠죠. 나는 안전하다고 생각하면 아주 큰 착각이에요."

"…."

아카마 변호사에게 보냈던 편지와는 달리 이번에는 신분을 밝혔다. 위험하다는 걸 알고도 직접적인 내용을 언급한 이유는 그 누구와도 의논하지 못할 거라 넘겨짚어서다.

나에게 협박받은 내용을 밝히면 처벌을 받는 건 그녀 자신이다. 게다가 대학생에게 수사 정보가 새어 나갔다고 하소연한들, 경찰이 진지하게 받아들일 리 없다.

"결론은 나왔나요?"

"그 약속을 믿으란 거야?"

"믿는 수밖에 없죠. 어떤 상황인지 잘 생각하라고요."

"…대답하면 되는 거지."

사호는 몇 개비째인지 모를 담배에 불을 붙였다. 테이블 근처 벽지는 담뱃진 때문에 누렇게 물들었다. 먹다 남긴 빵과 컵라면도 보였다. 이 방에서 식사를 하다니, 믿기지 않는다.

"아버지는 무죄인가요?"

"그래."

"린 씨한테 수면 유도제를 먹인 건 당신이에요. 손발을 묶고 타액을 묻혔고요. 녹음한 목소리를 들려주고…, 아버지 짓인 것처럼 꾸민 거죠."

"그래, 그렇대도."

뉘우치는 기색 하나 없이 죄를 인정했다.

"린 씨는 아버지한테 몹쓸 짓을 당했다고 오해하고 있어요."

"그거 질문이야?"

"왜 그런 짓을 했죠?"

아무리 생각해도 모르겠다. 두 사람의 인생을 망쳐버렸다. 생판 남도 아닌 가족의 인생을. 정당화할 이유 같은 게 있을 리 없다.

존엄과 미래를 짓밟으면서까지 손에 넣고 싶은 게 있었던 걸까.

"그 인간 잘못이야. 린을 놔주지 않았거든."

"무슨 말이에요?"

연기를 내뿜은 사호가 고개를 갸웃거렸다.

"아닌가. 빚이 없으면 이혼할 필요도 없었구나."

"교통사고 피해자 유족이 청구한 배상금 말이죠."

진보 마사코의 증인신문을 들은 게 불과 몇 분 전이다. 자유보험에 가입하지 않았던 아버지는 자배책보험 지급 한도액을 넘는, 수천만 엔에 달하는 금액의 배상의무를 지게 됐다.

"다 알고 있네. 뭐, 그러거나 말거나. 겨우 해방된 줄 알았더니 사고로 말짱 도루묵이 돼버렸어. 빚에 허덕이는 인생은 이제 진절머리가 난다고."

교통사고와는 다른 빚⋯. 엄마가 언급한 린의 친아버지를 자살로 이끈 빚을 말하는 걸까. 더 캐물어야 하나 망설였지만 모든 걸 다 물어볼 시간은 없었다.

"그래서 이혼을 요구했군요. 아버지가 거부했나요?"

"사고를 내기 전부터 부부 사이는 싸늘하게 식어 있었어. 이 혼하고 싶어 했던 건 그쪽이라고. 그런데 린을 잃는 게 무서워서 이야기를 못 꺼냈던 거야."

"…친권을 두고 다퉜겠군요."

혼인 중에는 부부가 공동으로 친권을 행사한다. 부부 관계가 파탄이 나서 이혼하는 경우에는, 자녀가 불안정한 상태에 놓이지 않도록 부부 중 한쪽을 친권자로 지정해야 한다.

"기분 나쁘잖아. 자기 딸도 아닌데."

"당신한텐 못 맡기겠다고 생각한 거 아닐까요?"

"말을 좀 막하네."

어질러진 거실. 빨랫감이나 음식거리가 굴러다니는 건 이해할 수 있다. 반면에 화장품이나 빈 맥주 캔, 립스틱이 묻은 담배 꽁초…. 가족이 아니라 사호가 독점하고 있는 공간으로밖에 보이지 않는다.

냉소를 머금은 사호가 말을 덧붙였다.

"빚만 산더미인 주제에 린을 데리고 가려 하면 이혼해주지 않을 거라고 하지 뭐야."

"그래서요?"

"옹고집을 부리고 양보를 안 해서 이혼할 방법을 알아봤어. 그거 알아? 빚이 하늘 높은 줄 모르고 늘어나도, 그것만으로는 이혼 사유가 안 돼. 도박이나 낭비벽이 원인이 아니면 안 돼. 이상하잖아. 빚은 빚인데."

부부가 합의만 하면 어떤 이유로도 이혼할 수 있다. 문제는 한쪽이 거부한 경우다. 합의하지 않은 상태로 이혼하기 위해서는 민법이 정한 이혼 사유가 받아들여져야 한다. 사호가 말했듯이 빚 자체는 이혼 사유가 아니다.

"두 사람이 다툰 건 친권 때문이죠?"

"상대에게 책임이 있다는 게 인정되면 친권 협상을 유리하게 진행할 수 있어. 어떻게 해야 할지 변호사한테 조언을 구했지. 뭐라고 그랬을 것 같아?"

"모르겠는데요."

"**성범죄를 위장하면 된다**고 가르쳐줬어."

"뭐라고요?" 무심결에 큰 목소리가 나왔다.

"우리 같은 경우에는 빚만 가지고는 이혼이 안 돼. 이혼 사유는 생각보다 엄격해서 힘들게 별거를 시작해도 상당한 시간이 경과하지 않으면 재판에서 인정을 안 해줘."

여기까지는 적절한 조언이다. 하지만 사호는 계속했다.

"확실하게 친권을 가져오고 싶으면 답은 가정폭력이라고 가르쳐주더라고."

"아니, 그건."

가정폭력에는 몇 가지 종류가 있다. 하루코 씨가 담당한 사건에서 문제가 된 신체적 폭력도 그중 하나다.

그 외에는 정신적 폭력과 경제적 폭력, 그리고….

"성폭력도 가정폭력에 포함돼. 해당하는 게 없는지 변호사가 물어보더군."

"…없었군요."

"없으면 만들면 돼. 그땐 가정폭력으로 위장해 누명을 씌우는 방법이 있는지 몰랐어."

"그 이야기를, 변호사한테 들었어요?"

가정폭력 주장에 대해 가해자로 의심받는 쪽이 사실무근이라며 다투는 사건은 많다.

가정법원에 배속된 서기관에게서 들은 이야기가 생각났다. 대부분 변명에 불과하다고 일축해버리지만, 실제로 위장이 의심되는 케이스가 드물게 있다고.

가정폭력 피해자는 친권이나 위자료를 포함한 이혼 협의를 압도적으로 유리하게 진행할 수 있다. 그런 정보는 인터넷에 검색하면 당장 찾을 수 있다. 가정폭력에 괴로워하는 사람을 위해 퍼져나간 정보도, 악용되면 새로운 피해자를 낳는다.

"족집게 같은 조언이지 않아?"

사호의 주장만 가지고 판단해서는 안 된다. 하지만 만약 가정폭력 피해자로 위장하라고 권하는 거나 마찬가지인 말을 했다면….

"변호사로서 최악이군요."

의뢰와 보수를 받기 위해 그런 조언을 했단 말인가.

"설명이 더 필요해?"

결론이 보인다. 린의 친권을 원했던 사호는 이혼에 응하지 않는 아버지를 상대로 협상을 유리하게 끌어갈 비장의 카드를 발견했다.

최악의 조언을 듣고, 최악의 해석을 이끌어냈다.

"이혼 협상을 유리하게 진행하려고 이번 사건을 날조했군요."

"정답. 준비하는 데 시간이 걸렸지만."

공감과는 동떨어진 감정이 치밀어 오른다. 이게 동기란 말인가.

일어선 사호는 냉장고에서 캔 맥주를 꺼냈다.

"부부 관계를 유지했다면 나한테도 빚쟁이들이 왔을지 몰라. 하루라도 빨리 관계를 끊어야 했어. 린의 친권을 포기하고 이혼 서류에 도장을 찍어줬으면 아무도 불행해지지 않았을 텐데."

"그게 이유가 된다고 생각해요?"

부정적인 말만 떠오른다.

"화났어? 버림받았으니 어떻게 되든 상관없잖아. 아니면 아직도 아버지라고 생각하는 거야? 대체 아까부터 몇 번을 아버지라고 부르는 거야."

캔 뚜껑이 열리고, 목이 위아래로 움직인다.

"왜 린 씨를 끌어들였어요?"

"아아, 그거?"

"이혼을 바란 건 당신 뜻이에요. 그러면 본인을 피해자로 만들면 됐잖아요. 남편이 폭력을 휘두른다고 경찰에 신고하면 됐어요. 성행위를 강요당했다며 피해자 상담소로 도망가면 됐잖아요. 부부 사이에서 끝낼 수도 있었을 텐데요."

가정폭력이 인정되면 친권이 아버지에게 돌아갈 가능성은 매우 낮아진다.

　"내가 낳아서 내가 키웠어. 그런데… 그쪽을 선택했어."

　"그게 무슨 소리예요?"

　"이혼할 거면 아빠 따라갈래. 린이 나한테 그렇게 말했어. 피가 이어진 엄마를 두고, 생판 남인 아빠를 선택했어. 딸한테 배신당한 충격이 상상이 가?"

　당시 린은 고등학교 3학년. 의사를 존중받아야 할 나이다.

　린은 아버지와의 생활을 바랐다.

　엄마랑 아빠, 누구랑 살고 싶니? 친권을 두고 다투는 부모가 집에서 아이에게 묻는다. 그런 장면을 드라마에서 본 적이 있다.

　세 사람은 15년이 넘는 세월을 가족으로 살았다. 그 과정에서 친엄마보다 의붓아버지를 따르게 됐다.

　배신 같은 게 아니다. 선택을 강요한 건 부모가 아닌가.

　"같이 못 살 거란 걸 알고, 분풀이하려고 그런 상처를 준 거예요?"

　"아니야. 사람 무시하지 마."

　그렇다. 아버지에게 유죄판결이 선고된 미래에서 린과 사호는 함께 살고 있었다. 린의 재판에 정상 증인으로 출석해 수백만 엔의 보석보증금도 냈다.

　딸을 향한 애정. 아니, 집착일까….

　"아버지와의 인연을 끊으려 했다?"

아내에게 폭력을 휘둘렀다고 진실을 날조해서 이혼을 쟁취하더라도, 코앞에서 부모를 대한 린을 속이지는 못했으리라.

하지만 린 자신이 피해자가 돼서 아버지가 범인이라고 믿게 된다면?

"그 인간을 따라가면 린은 불행해져."

"당신은…."

"난 누구보다도 린을 사랑해."

담배와 술 냄새가 감도는, 잡다한 물건들이 어지럽게 흩어진 거실.

이 집은 손쓸 수 없을 정도로 뒤틀려 있다.

10

난요 지법을 향해 택시가 달린다.

엄마와 사호에게 들은 이야기로 강제추행사건의 배경이 선명하게 드러났다.

두 사람의 목숨을 빼앗은 교통사고가 사호로 하여금 이혼을 결심하게 했다. 빚이라는 계기를 만든 건 아버지였으나, 가족을 붕괴시킨 건 사호였다. 협상을 유리하게 끌어가기 위해 가정폭력을 날조하고, 아버지와 딸의 인연을 끊기 위해 딸을 피해자로 만들었다.

생각만 해도 주체할 수 없는 분노가 치밀어 오른다.

불행이 겹친 게 아니다. 사호의 의도대로 일이 진행되고 말았다.

원흉은 밝혀냈다. 반년 전으로 거슬러 올라가 폭주하는 사호를 막으면 아버지와 린이 고통에 몸부림치는 미래를 피할 수 있다. 협상 재료도 갖춰졌다. 계획이 들통난 사실을 알리고 중단하지 않으면 경찰에 모든 걸 말하겠다며 협상을 제안하면 된다. 충분히 승산이 있다.

하지만 그 시간대로는 갈 수가 없다.

날조된 강제추행사건은 이미 확정됐다.

고쳐 쓸 여지가 남은 건 재판 결과와… 소메야가의 미래.

사실 내게 가족은 이래야 한다며 이러쿵저러쿵 말할 권리는 없다. 당사자끼리 대화를 통해 결정해야 할 사항이다. 그렇지만 아버지의 목숨이 달린 일이기에 가만히 앉아 지켜보고만 있을 수도 없다.

무죄판결 선고가 유지되더라도 사호가 진심으로 사과하고 아버지와 린이 받아들인다면 관계가 회복되지 않을까. 그런 기대는 조금 전 방문으로 사라졌다. 자기밖에 모르고 딸을 소유물로 여기는 엄마에게 무엇을 기대할 수 있을까.

판결 선고 후 아버지가 집으로 돌아오고 사호가 나간다.

사호가 이혼 이야기를 꺼냈을 때, 린은 아버지와 살기를 바랐다. 아버지는 린의 뜻을 알지 못한 것 같다. 친권을 얻어낼 수 있다는 걸 알았다면 이혼에 응했을 것이기 때문이다. 이혼에 응하면 린과 생이별을 하게 된다고 믿었다.

아버지는 아무리 몹쓸 엄마라 하더라도 린이 핏줄을 우선시할 거라 생각해 체념했던 걸까. 아니면 이혼을 결심하지 못하게 하려고 린이 아버지에게 자기 본심을 감췄던 걸까. 날이 선 부모님의 대화를 바라보면서, 그래도 가족을 하나로 잇고자 마음을 꾹꾹 억눌렀을지도 모른다.

위태로운 균형을 유지하던 가족. 그 중심에는 린이 있었다.

어찌 됐든 무죄판결로 부녀 둘만의 생활이 시작됐다.

최선의 형태는 아니어도 아버지와 린 모두가 바라던 삶이 실현됐다.

그럼에도 불구하고 약 4년 후에 린은 아버지를 살해한다. 핏줄보다 굳은 인연으로 이어져 있었을 텐데. 아버지를 식칼로 찌를 때, 린은 무슨 생각이었을까.

마음에 걸리는 건 엄마와 사호가 입을 모아 언급한 과거의 빚이다.

린의 친아버지는 빚을 갚지 못해 자살했다.

이는 두 번째 아버지, 소메야 다카히사가 자살을 기도한 동기도 빚과 관련이 있음을 암시한다.

물론 빚 때문에 목숨을 끊는 사람도 있다. 보잘것없는 고민이라고 생각하는 건 아니다. 다만 가라스마가 지적했듯이 개인 파산으로 되돌릴 길은 남아 있었다. 그런데… 우연이라는 말 한마디로 정리해도 되는 걸까.

끊어지기 일보 직전인 실이라도 끌어당기면 뭔가가 걸릴지도 모른다.

린의 친아버지가 자살한 사정에 대해 엄마도 뭔가를 알고 있는 듯했다. 애매한 곳에서 이야기를 끊고 집을 나와 오늘 밤에야 다음 이야기를 들을 수 있다. 그 이야기를 들어야 할 사람은 대학생인 나다.

또 기억의 괴리 문제에 골머리를 앓겠지.

'지금'의 내가 경험하지 않은 과거는 미래로 돌아가도 환원되지 않는다.

일정에서 사라진 동창회, 잃어버릴 뻔한 소지와의 관계, 아이와 연인 사이로 발전한 계기.

그리고 아버지가 목숨을 잃은 이유.

더듬어가며 정보를 모아 고쳐 써진 미래의 공백을 메우는 수밖에 없다.

오늘 밤 엄마와 나눌 대화 내용을 대학생인 나에게서 들을 수 있는 방법은 없을까.

즉 과거의 나와 의사소통할 방법…. 차창을 바라보고 있는데 아이디어가 떠올랐다.

휴대폰으로 메일 앱을 실행시키고 기능을 확인했다. 다행이다. 이 시점에도 이미 기능이 탑재돼 있다. 문제는 기간인데…, 문제없을 것 같다.

이런 성가신 방법에 의지하지 않아도 미래로 돌아간 다음 엄마에게 전화를 걸면 다시 한번 가르쳐줄 것이다. 처음에는 그래도 괜찮겠다고 생각했다.

하지만 그 시간대에서는 아버지가 사망했다. 경악스러운 사건으로 사회적인 관심을 모았으니, 엄마 귀에도 들어갔을 게 분명하다. 도중에 버림받았다고 해도 몇 년의 세월 동안 함께 생활했다. 부고 소식에 충격과 상처를 받았을 것이다.

아버지가 집을 나간 이유를 말해달라니, 아물어가는 상처의 딱지를 억지로 떼어내려는 거나 마찬가지다. 엄마가 눈물을 흘리는 모습을 본 게 조금 전이다. 더 이상 슬프게 만들고 싶지 않다.

게다가 사소한 힌트도 놓치지 않기 위해서는 될 수 있는 한 정보를 자세히 알아야 할 필요가 있다. 얼굴을 마주하고 모자간 가족회의를 여는 오늘 밤에 많은 정보가 확실하게 밝혀진다.

이게 최선의 방법이라고 믿고, 한 시간 뒤의 내게 메일을 보낸다.

첫 문장은 비상금을 써버려서 미안하다는 말부터.

그다음 대학생인 내가 아니면 할 수 없는 협조를 부탁했다.

택시에서 내려 뛰다시피 법정을 향해 걸었다. 차가 막혀서 아슬아슬하게 도착했다. 얼마 안 있어 가라스마가 폐정을 선언할 것이다.

초기화되기 직전의 타임 슬립 때는 이 공판에서 내가 미래를 고쳐 썼다. 대책을 강구하지 않고 움직이면 똑같은 루트를 따라가고 만다.

그래서 가라스마와 의논해 이번에는 상황을 지켜보기로 했다.

DNA 위장 공작이 있었을 가능성을 암시하면 유죄가 무죄로 뒤바뀐다. 주어진 시간은 실질적인 심리가 종료되는 다음 기일까지. 안이한 행동은 용납되지 않으며, 한편으로는 내일 타임 슬립까지 결론을 내야만 한다.

시간도 정보도 부족하다. 미래로 돌아가는 즉시 가라스마와 정보를 공유해야 한다.

방청석 문을 여니 변호인과 검사가 일어서서 법대로 시선을 보내고 있었다.

낯선 광경에 위화감을 느꼈다. 발언할 사람은 기립한다. 그것이 재판의 암묵적인 룰이라 양쪽 당사자가 동시에 발언하는 상황은 한정돼 있다.

"한 번 더, 말씀해주십시오."

변호인석의 아카마는 수첩을 펼치고 받아쓸 준비를 하고 있다.

"**워크시트에 기재된 내용에 관한 주장**을 검토 중인지 물었습니다."

가라스마의 낮고 차분한 목소리가 법정에 울려 퍼진다.

"어… 구체적으로 어떤?"

"제가 조금 전 증인신문에서 확인한 점에 대해서 말입니다."

상황을 파악하려 했다. 이미 증인신문은 종료되어 증언대 앞에 앉아 있는 사람은 없었다. 폐정을 앞둔 단계에서 가라스마가 향후 진행에 관한 변호인의 의향을 확인했을 것이다.

워크시트에 기재된 내용, 이라고 가라스마가 말했다.

"재판관님." 다케치 검사가 끼어들었다. "그 점에 대해서 변호인은 지금껏 주장을 펼치지 않았습니다. 어떤 취지로 하시는 석명인지…."

"위법적인 석명이라고 생각하면 이의를 신청해주세요."

정중하지만 싸늘한 말투.

"그게 아니라…."

"워크시트는 검사 측 신청에 의거해 채택된 증거입니다. 그 안에 마음에 걸리는 내용이 있어 법의연구원에게 취지를 확인했습니다. 그것을 토대로 어떻게 주장을 펼칠지는 당사자에게 맡길 수밖에 없습니다."

변호인을 똑바로 바라보고 "잘 부탁드립니다" 하고 덧붙였다.

설마. 가라스마가 법정에서 '폴리초산비닐'이라는 게 기재돼 있다고 밝힌 걸까. 그건 DNA 위장 공작의 가능성을 시사했음을 의미한다.

상의했던 것과 정반대되는 행동. 대체 무슨 일이 일어난 걸까.

법의연구원이 증인신문 도중 예상치 못한 발언을 한 걸까? 아니다, 처음부터 이 타이밍에 움직일 생각이었던 걸까. 그렇다 하더라도 대체 왜….

당황한 아카마와 노골적인 분노를 드러낸 다케치가 자리에 앉았다.

가라스마의 발언은 취소할 수 없다. 석명준비명령을 한 의도를 아카마가 알아챘다면, 위장 공작의 가능성을 주장할 것이다. 검사의 반론은 기각되고 무죄로 가는 레일이 깔린다.

그때 가라스마와 시선이 마주쳤다.

"그럼 폐정합니다."

이 순간, 아버지의 죽음은 확정된 걸까.

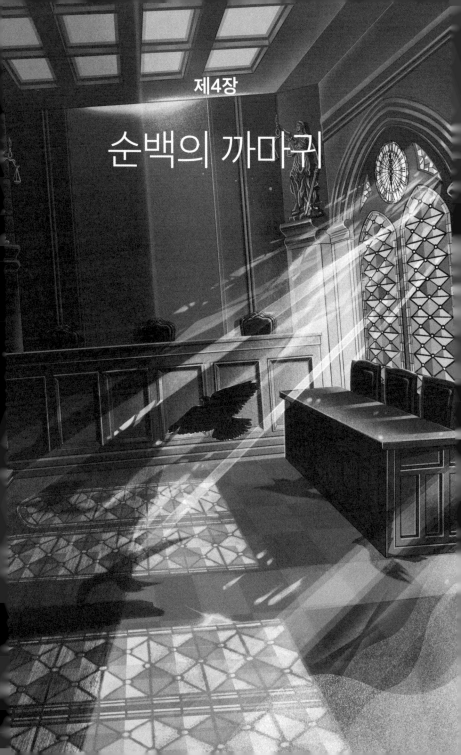

제4장

순백의 까마귀

1

미래의 나에게

말한 대로 메일은 보내는데, 이건 그러니까 그런 거지?

무슨 일이 일어난 건지 알아먹게 설명해줘.

한 달 전, 첫 번째 재판이 열렸을 때부터 이상하다고 생각했어. 대학 식당에서 갑자기 의식을 잃었는데 정신을 차려보니 법원 통로에 있었어. 그동안의 기억이 깨끗하게 지워진 채로.

그게 다가 아니야. 아이한테서 재판에 대해 꼬치꼬치 캐묻는 메시지가 와서, 아버지의 존재를 가르쳐줬다는 걸 알았어. 아무한테도 말 안 하기로 마음먹었는데 내가 먼저 이야기했다니 믿을 수가 없었어. 몽유병이나 다중 인격 같은 게 아닐까 하고 인터넷을 샅샅이 뒤졌어.

뒷수습할 때 말도 못하게 고생했어. 아이랑 소지한테는 솔직하게 털어놨고 시간은 걸렸지만 이해해줬어.

재판이 끝나면 아버지 일은 잊고 내 인생을 열심히 살 생각이었는데, 두 번째 재판 직전에 또 블랙아웃이 일어났어. 의식을 되찾고 살펴보니 내 주소로 보낸 정체 모를 메일이 휴대폰에 들어와 있지를 않나….

대체 뭐가 어떻게 된 건데. 나 진짜 무섭거든.

미래에서 와서, 몸을 빼앗았다는 거야?

다중 인격보다 비현실적인 대답이 눈앞에 떡 나타날 줄은 몰랐어. 꿈에도 생각 못 했지. 그렇잖아, 있을 수 없는 일이잖아. SF 영화도 아니고. 그래도 머리가 이상해진 것보다는 나으니까 내키지 않지만 믿어볼게.

다음에 올 땐 자세한 설명을 남겨봐. 그리고 더 말해줄 수 있는 정보가 있을 텐데. 복권 당첨 번호라든가, 천재지변 경고라든가, 미래의 아내 이름이라든가.

이상이 불평, 이하가 본론.

그 사람이 집을 나간 이유를 알고 싶은 거지. 엄마가 가르쳐줬어.

어떤 도움이 될지 전혀 감이 안 잡히지만.

등장인물은 네 명. 엄마, 아버지, 아버지를 빼앗은 소메야 사호, 자살한 X.

여기서부터는 정신 차리고 읽도록.

엄마를 포함한 네 명의 인물은 모두 같은 대학에 다녔어. 경제학부고, 듣는 수업도 같았어. 쉽게 말해 나, 아이, 소지 같은 사이. 엄마랑 아버지, 소메야 사호와 X가 대학 때부터 사귀었던 것 같아. 청춘 즐기기는 완패야.

그런 이야기는 제쳐두고, 네 사람이 대학을 졸업한 건 90년대 초야. 거품경제가 붕괴된 직후였지. 그땐 정말 취직난이 심했던 모양이야. 아버지는 공무원 시험에 합격해 시청에서 근무했고, 엄마랑 소메야 사호는 비정규직으로 일했어. 마지막까지 합격 통보를 받지 못한 X는 회사를 창업했어.

무슨 회사인지는 엄마도 잘 몰랐어. 이벤트 운영이 메인이고 사람을 부리는 회사 같은 느낌. X는 교우 관계가 좋았는데 그걸 사업에 활용하려고 했나 봐. 의뢰에 맞는 이벤트를 기획하고 행사장 준비나 티켓 판매도 도맡았어.

그런데 유감스럽게도 X에게 회사를 경영하는 재능은 없었어.

처음엔 사업이 잘 굴러갔대. 거품은 꺼졌어도 살아남은 클럽이 있었던 것 같고. 친구가 많아서 그런 걸지도 몰라.

궤도에 오르기 시작하면서 발을 빼야 할 타이밍을 놓친 걸까.

이벤트 규모가 점점 커지고 비용은 부풀어갔어. 반면에 경기는 악화일로로 치달았고. 조금씩 친구가 떠나고 일손도 부족해졌지.

다음 이벤트 티켓 값을 매출에 포함시켜서 돌려 막는 데 급급했고, 메인이 되는 이벤트 사업이 안 풀리니 갈수록 상황이 안 좋아졌어.

절망적인 상황에서 마지막 기회로 큰 이벤트 의뢰가 들어왔어. 하지만 기회라고 생각한 건 X뿐이었어. 더는 어떻게 손쓸 수 없을 정도로 손해가 막대했으니까.

그 이벤트를 개최하려면 몇백만 엔씩이나 돈을 빌려야 했는데, 그렇게 많던 친구들도 등을 돌려버린 상태였어. 한창 불경기인 시기였고. 파멸을 향해 일직선으로 달려가는 빈껍데기 사장에게 돈을 빌려주려고 하는 금융회사는 없었어.

그런 절체절명의 X에게 구원의 손길을 내민 사람이 우리 아버지야.

직장에 다니기 시작한 지 몇 년 안 된 아버지는 많은 돈을 모으진 못했어. 그래도 앞날이 불투명한 일본의 경제 상황에서 공무원에게는 귀중한 '신용'이 있었지.

법학부생이 민법 강의 때 귀에 못이 박히도록 듣는 말이 있잖아. 연대 보증인은 절대 되지 말라는. '보증인'이란 건 허울뿐이고 자기가 빚을 진 거나 다름없는 처지잖아. 돈을 빌린 당사자에게 청구하기 전에 연대 보증인을 상대로 변제를 요구해도 되는 거니까.

그런데도 아버지는 엄마의 반대를 무릅쓰고 계약서에 도장을 찍었어. 틀림없이 엄마가 옳았어. 아무리 사이가 좋아도 돈을 빌리고 갚는 건 다른 문제인데.

아이나 소지가 부탁해도 난 거절할 거야. …아마.

아니나 다를까 이벤트는 대실패. 한때 친구였던 사람들, 대출업체, 사채업자. 빚 독촉을 버텨내지 못한 X는 아내와 딸을 남기고 집에서 목을 맸어.

그 후에 벌어진 일에 대해 들었을 때는 믿을 수가 없었어. 하지만 엄마는 진지한 얼굴로 "그런 사람이니까" 하고 말했어.

소메야 사호는 연대 보증인인 아버지를 협박했어.

5년이나 지나서 법률 지식이 녹슬었을지도 모르니까 일단 설명해둘게.

채무자 본인이 사망한 경우라도 연대 보증인은 대출금을 계속 갚아야 할 의무가 있어. 그런 예측 불가능한 사태에 대비하기 위한 '보증'이니 당연한 귀결이지만.

반면에 채무자의 상속인에게는 대출금을 갚을지 말지 선택할 권리가 주어져.

상속은 플러스와 마이너스 재산을 통째로 인수하는 절차야. 먹고 싶은 것만 골라 먹을 순 없어. 모두 가질 것이냐, 모두 버릴 것이냐야.

그래서 보통 재산과 빚의 총액을 비교해서 재산 쪽이 많으면 상속해서 빌린 돈을 변제하고, 빚이 더 많으면 상속권을 포기하지. 그런 기준으로 선택하는 사람이 많아.

그런데 소메야 사호는 달랐어. 아버지를 불러내서는 '가족을 버리고 나랑 결혼하면 빚을 변제해주겠다'고 협박했나 봐.

믿어져? 아버지는 X를 위해 연대 보증인이 돼줬는데.

소메야 사호는 남편의 죽음마저 협상 재료로 삼았어.

남편이 빚더미에 앉아 있었으니 소메야 사호도 큰돈을 가지고 있었을 리가 없어. 나라면 그렇게 생각할 것 같은데. 하지만 그 여자한테는 비장의 카드가 있었어.

빈털터리인 X의 죽음으로 소메야 사호는 큰돈을 손에 넣었어.

수수께끼 문제 같겠지만, 답은 **사망 보험금**이야.

X는 빚이 불어나도 생명보험은 해약하지 않았어. 계약하고 일정 기간이 지나면 자살해도 사망 보험금이 지급되는 경우가 많아. X의 자살은 요건을 충족했기 때문에 소메야 사호는 곧바로 수급 절차를 밟았어.

포기할 선택지가 있는 상속인보다, 변제 의무를 계속 짊어져야 하는 연대 보증인의 처지가 훨씬 불안정해. 빚을 단번에 변제할 수 있을 정도로 큰돈이었어. 소메야 사호의 요구를 받아들일 것인가. 그 선택으로 수백만 엔의 빚을 변제할 의무에서 해방되느냐 마느냐가 결정됐어.

결과는 아는 대로야. 아버지는 집을 나갔어. 우리 앞에서 모습을 지우고 새로운 가족 품으로 들어갔어. 엄마는 홀몸으로 날 키워야 했지.

물론 쉽게 용서할 수 있는 일은 아니지만 말이야, 그래도 빚을 못 갚았으면 우리도 위험해질 수 있었어. …너무 내 위주로 생각하는 걸까.

이해가 안 되는 건 소메야 사호의 행동이야.

어째서 그 여자는 아버지랑 결혼하고 싶어 했을까? 대학 시절부터 아버지한테 마음이 있었다든가, 엄마와의 사이에서 불화가 있었다든가 그런 게 아니었어.

"공무원이니까 정리 해고당할 일도 없고, 월급도 안정적으로 오르잖아. 빚을 갚는 거랑 저울질해보니 결혼하는 게 더 이득일 것 같았어."

굳이 엄마 앞에 나타나서 웃었다나 봐.

게다가 소메야 사호는 약속을 안 지켰어. 빚 변제도 아버지한테 떠넘겼어.

일시에 상환하면 아버지를 묶어둘 수 없게 되잖아. 우리한테 돌아올지도 모르고. 낚은 물고기를 놓치지 않으려고 차일피일 뒤로 미루면서 매달 해야 하는 변제도 하는 둥 마는 둥 했어.

그런 상태가 몇 년 동안 이어지며 우리가 아는 사실이 차곡차곡 쌓여갔어.

아버지가 집을 나간 후에 난 그의 존재를 잊어버리고 말았어. 우구이가에는 더 이상 아버지가 있을 곳이 없었어. 엄마와 아버지는 이야기할 자리를 만들어서 날 어떻게 대할지 결정했어.

기억이 돌아와서 내가 만나고 싶다는 말을 꺼내지 않는 한, 모습을 보이거나 찾아오지 않겠다고. 나한테 상처 주지 않는 걸 최우선으로 생각했나 봐. 갑자기 나타나면 패닉에 빠질 게 눈에 훤히 보이니까. 현상 유지를 우선시한 마음은 이해할 수 있을 것 같아.

양육비 말고 내 생일 선물도 엄마가 받았어. 전자사전, 이어폰, 더플코트…. 뭘 말하는 건지 알 거야. 그럴 때 엄마가 사진을 보여주면서 어떻게 지내는지 말해줬던 것 같기도 해.

아버지의 존재를 기억해내는 일도, 선물을 보내는 사람이 있다는 걸 알아차리는 일도 없었어. 시간만 흘러가다 집을 찾아온 경찰의 입을 통해 최악의 방법으로 사실을 알게 됐지.

아무것도 모르고 있던 건 나뿐이었어.

도저히 머릿속이 정리가 안 돼. 여기까지 적는 데도 1주일 정도 걸렸어. 미래의 나에게서 메일이 왔다는 것보다, 엄마한테 들은 이야기에 더 충격을 받았어.

아버지한테 어떤 감정을 품어야 좋을지 모르겠어. 계속 원망하면 되는 건지, 용서해야 되는 건지. 용서하지 않는다면 그건 우릴 버렸기 때문인지, 성범죄를 저질렀기 때문인지. 그 사람은 정말로 죄를 저지른 건지.

자살한 친구의 빚을 갚으려고 집을 나간 아버지와 딸을 덮친 범인의 모습이 아무리 생각해도 이어지지 않아.

빙글빙글 빙글빙글, 생각이 계속 맴돌아. 그런데 아무런 답도 안 나와.

어쨌든 방청은 계속 할 거야. 방청석에서 바라보는 것 말고는 내가 할 수 있는 게 없으니까.

이번 재판에서 나오는 결론은 아버지가 죄를 저질렀느냐는 것뿐이야. 우리 가족 문제는 이도 저도 아닌 상태로 남겠지만,

마지막까지 지켜봐야 한다는 마음이 강해졌어.

만약에 무죄를 받으면 뭔가가 바뀔지도 모르지. 그렇게 생각해.

이상이 본론, 이하가 질문.

아버지는… 그리고 넌, 무슨 일에 휘말린 거야?

2

과거의 내게서 온 질문이 그 후에도 한동안 이어졌다.

무슨 일이 일어났는지, 뭘 하려고 하는지, 뭘 하면 되는지.

아버지가 목숨을 잃는 미래를 모르다 보니 이쪽의 진의를 파악하지 못하는 것도 당연하다.

역시 타임 슬립 동안 있었던 일에 대한 기억이 과거의 내게로는 이어지지 않는 모양이다. 공원에서 가라스마와 나눴던 대화도, 소메야가에서 사호와 했던 말도, 법정에서 있었던 일도.

휴대폰에 띄운 장문의 메일을 바라봤다.

메일 앱의 송신 예약 기능을 사용해 5년의 세월을 뛰어넘은 의사소통을 실현했다.

새벽녘 거래처에 보낼 메일을 쓴 경우, 그대로 송신하면 상대방을 언짢게 할 수도 있다. 그렇다고 지금 보내지 않으면 중천에 뜬 해가 넘어갈 때까지 눈을 못 뜰지도 모른다. 그럴 때는 송신 예약 기능을 써서 아침 일찍 보내지게 설정하면 마음 놓고 잘 수 있다.

그런 용도로 사용하길 기대했겠지만 5년 후 날짜도 거뜬히 선택할 수 있었다. 다만 빈터에 타임캡슐을 묻어도 개발이 진행되면 추억이 통째로 매장되는 것처럼, 예약해둔 날짜와 시간이 되기 전에 주소를 변경하면 메일은 들어오지 않는다.

한편 미래의 개발계획을 파악하고 있는 사람은 안전한 빈터를 고를 수 있다.

난 대학생 때 만든 메일 주소를 사회인이 돼서도 사용하고 있다. 주소를 바꿀 정도로 영향을 준 사건은 없었기에 타임캡슐 작전을 실행에 옮겼다.

한 시간 뒤에 송신하도록 예약 설정을 하고, 멋대로 돌아다닌 걸 사과하는 글로 시작했다. 엄마에게 들은 아버지 이야기를 메일로 정리해 2021년 6월 15일 자정으로 송신 예약을 해달라고 과거의 내게 부탁했다.

타임 슬립에 대해서는 일언반구도 언급하지 않았다. 흔들리는 택시 뒷좌석에서 메일을 작성한 시간은 5분 남짓이었다. 표면적인 설명밖에 하지 못해 난처하게 만들 바에야 자유롭게 풀어주는 게 낫다고 판단했다.

과거의 내가 어떻게 생각할지는 미래의 내가 제일 잘 안다.

자신의 경험과 맞아떨어지고 이치 같은 게 통하면 비현실적인 결론이라도 수긍한다. 첫 타임 슬립이 일어났을 때도 난 하루가 지나기도 전에 그 현상을 받아들였다.

일단은 잘 풀려서 다행이다.

린의 친아버지가 목숨을 끊은 이유와 아버지가 집을 나간 이유. 구체적인 사정이 보이기 시작했다. 과거의 내가 당황한 것처럼 사호가 아버지를 협박해서 빼앗았을 줄은…. 직접 대화를 해봐서 그녀라면 실행에 옮겼을 만하다는 생각이 든다.

사호가 한 제안을 수락하고 집을 나갈 때 아버지는 무슨 생각을 했을까. 아내 그리고 다섯 살배기 아들과 생이별하는 것에 거부감이나 망설임이 있진 않았을까. 그렇게 생각하고 싶다.

대학생인 내게 괴로운 현실을 들이밀고 말았다. 사과와 감사의 마음을 전하고 싶지만, 송신 예약 기능을 쓰더라도 과거로는 메일을 보내지 못한다. 다시 의사소통을 한다면 타임 슬립으로 돌아갔을 때 가능하다.

어디까지 말해주고 뭘 얻어내야 할까. 시간 제약 없이 자유롭게 움직일 수 있는 만큼 폭주하면 미래를 엉망으로 만들 수도 있다. 얼굴을 마주 보고 설명하면 정확하게 이해시킬 수 있겠지만, 메일에 의지한 대화로는 확실한 내용과 세세한 뉘앙스를 전달하는 데 어려움이 있다.

아무튼 가라스마와 의논하고 판단할 문제다.

그런데…, 한숨이 나왔다.

나는 미래로 돌아와 법복을 입은 채로 서기관석에 앉아 있었다. 넓은 법정에는 나밖에 없었다. 휴대폰으로 날짜를 확인하니

2021년 6월 15일. 린의 살인사건 제2차 공판이 열린 날이다. 시각은 폐정하고 약 20분 후. 이곳에서 이러지도 저러지도 못하고 있었다.

'소메야 린 살인사건'이라고 인쇄된 기록의 표지.

초기화가 일어나기 직전에 경험한 타임 슬립에서는, 아카마 변호사에게 편지를 전달해 린의 절도사건이 살인사건으로 탈바꿈하고 석 달 전 시간대로 이동했다. 발신인 불명의 수상한 편지보다 재판관이 법정에서 내리는 석명준비명령이 훨씬 강력한 힘을 발휘한다.

가라스마는 워크시트에 감춰진 비밀을 공판정에서 밝혔다. '폴리초산비닐'이라는 기록을 변호인이 발견하면 위장 공작이 있었을 가능성이 부상한다. 4년 뒤 벌어질 수 있는 살인의 비극을, 난 법정에서 두 눈과 귀로 똑똑히 보고 듣고 말았다.

강제추행사건의 무죄판결이 확정되고 예기치 못한 미래에 도착하는 건 아닐까. 폐정 후 무슨 일이 일어날까 두려움에 떨면서 방청석 문을 열었다.

새로운 시간대가 아닌 연속된 미래로 돌아온 건…, 잠정적으로 진행 중인 린의 재판에 반하지 않는 행동이었기 때문이다. 냉정하게 생각하면 지금까지 타임 슬립에 관해 검토한 가설과도 모순되지 않는다.

옛 청사인 '홍탑'과 새 청사인 '쪽탑'을 다시 머릿속에 떠올렸다.

초기화를 거쳐 홍탑에서는 아버지의 강제추행사건 재판이,

쪽탑에서는 린의 살인사건 재판이 진행되고 있다. 과거와 미래를 잇는 계단이 무너질 위기에 처하는 건, 쪽탑에서 열리고 있는 린의 재판이 영향을 받았을 때다.

조금 전 목격한 가라스마의 석명준비명령으로 인해 강제추행 사건은 다시 무죄 방향으로 기울었다. 이대로 무죄판결이 선고되면 린이 아버지를 식칼로 찌르는 미래로 이어진다. 가라스마의 행동은 잠정적인 미래와 맞아떨어졌기에 계단이 무너지지 않았다.

제한 시간이 눈앞으로 다가오고 있다.

홍탑과 쪽탑 모두 최상층은 5층이지만 실질적인 심리는 3층과 그다음 층에서 종료된다. 검사와 변호인이 최종 의견을 말하는 4층은 1층부터 3층까지 진행된 심리를 되돌아보는 층에 불과하고, 그 결과를 토대로 최상층인 5층에서 판결이 선고된다.

이대로 두면 아버지는 죽음을 피할 수 없다.

가라스마가 폭주하는 바람에 홍탑이 보강되어 순조롭게 계단을 오르고 있다. 홍탑의 기반을 위태롭게 만들어놓으면 여차할 때 계단을 무너뜨릴 수 있다. 리셋 버튼을 수중에 남겨두기 위해 상황을 지켜보자고 했는데.

갑작스러운 사태에 갈피를 잡을 수가 없다.

가라스마가 계획을 무산시킨 이유는 모른다. 다만 의심의 눈초리를 가지고 보면 가라스마의 행동에는 이해되지 않는 부분이 여럿 있다.

때마다 이유를 붙여서 납득했지만, 나중에 드러난 사실을 더

해 돌이켜 보면 해결했다고 생각한 문제에서 다시 불길이 치솟는다.

어디서부터 손을 대야 할까….

내가 누명의 가능성을 발견한 건 아버지의 사건 기록을 읽었을 때다.

진보 마사코의 사건 기록을 찾던 와중에 가라스마의 사물함 안에서 발견했다. 그 후 회식으로 재판관실이 텅 빈 틈을 노려 가져왔다. 신문조서에 붙은 포스트잇과 워크시트에 표시된 메모를 보고 DNA 위장 공작에 대해 조사하기로 마음먹었다.

필요하지 않은 정보는 일절 없었다. 몇 년 동안 검찰청 기록 보존 창고에 잠들어 있었다고는 상상도 못 할 정도로 오심의 흔적을 막힘없이 풀어낼 수 있었다.

가라스마는 왜 아버지의 사건 기록을 사물함에 보관해뒀을까.

가라스마도 나처럼 타임 슬립에 휘말려 5년 전 재판을 대면하게 됐다. 그래서 검찰청에서 기록을 빌려와 다시 조사했고 '폴리초산비닐'이라는 단어를 발견했다. 포스트잇과 메모는 가라스마가 사고하는 과정 중에 남긴 흔적이라고 생각했다.

뭔가 이상함을 느낀 건 갱생보호시설에서 진보 마사코를 만난 뒤 가라스마와 대화를 나눌 때였다. 우리는 서로 파악한 정보를 공유했다.

강제추행사건을 날조한 사람이 소메야 사호라고 생각하는 이유에 대해 가라스마는 교도소에서 아버지를 면회했기 때문이라고 밝혔다. 그때 이미 누명을 의심하고 있었던 걸 인정했다. 면회를 간 건 수감되고 **2년 후**의 일이라고 콕 집어 말했다.

시기가 어긋났던 것이다.

아버지에게 유죄판결이 선고된 건 **5년 전**. 항소심 기간을 고려하더라도 수감되고 나서 2년 후라는 말은…, 타임 슬립이 일어나기 몇 년 전부터 강제추행사건이 누명이었음을 의심하고 있었다는 말이 된다.

그런데 타임 슬립 후에 새삼스레 다시 기록을 대출했다.

세부적인 정보를 기억해내기 위해 사건 내용이나 증거를 확인한 걸지도 모른다. 하지만 포스트잇과 메모는? 엄중하게 관리되는 자료라 예전에 쓴 글이 남아 있을 리가 없다.

중요한 부분에 밑줄이 그어져 있고, 타액 검사용 껌에 대해 갈겨쓴 글도 있었다.

사고를 정리했다기보다 읽는 도중에 알아챈 것처럼….

아니면 **나중에 기록을 펼칠 사람을 인도하는 것처럼.**

진보 마사코와 아버지의 기록을 같은 사물함에 넣어두고 쉽게 발견하도록 했다. 두꺼운 기록에서 주시해야 할 단어를 콕 집어 가리키고 위장 공작에 관한 키워드를 곳곳에 뿌려놨다.

가라스마 자신에게는 기록이 필요하지 않았다.

내가 알아차리도록 만드는 게 진짜 목적이 아니었을까.

아니다. 그건 이상하다. 내가 타임 슬립을 한 사실을 가라스마가 알았다고 치자.

아이가 탄탄에서 있었던 일을 상의했을 수도 있고, 왠지 수상쩍은 행동을 하는 날 보고 눈치챘을 수도 있다. 양쪽 모두 있을 법한 이야기다.

그렇지만 아무리 똑똑하고 상상력이 풍부한 가라스마라도, 직접 경험하지 않은 이상 타임 슬립이라는 황당한 생각은 떠올리지 않았을 것이다. 또 자신이 말려들었다면 번거로운 방법으로 날 유인할 게 아니라, 재판관으로서 자기 힘으로 미래를 고쳐 쓰면 됐다.

그럼에도 다른 사람에게 맡겨야 했다….

타임 슬립은 경험했지만 가라스마 자신은 움직일 수 없었다면?

재판관이라는 위치로 인한 제약이 아닌 좀 더 근본적인 이유. 과거의 소메야 다카히사 재판에 개입할 수 없는 사정이 있었던 걸까.

각 층에 방치해둔 의혹이 비상등처럼 어렴풋이 켜진다.

쪽탑 1층. 첫 번째 타임 슬립은 시노하라 린의 재판이 폐정한 직후에 일어났다. 먼저 법정을 나가려던 가라스마는 어째서인지 문을 연 채로 멈춰 서 있었다.

잘 열리지 않는 뻑뻑한 문 때문에 놀란 거라고 생각했다. 하지만 타임 슬립이 일어날 때를 제외하면 법대의 문은 문제없이 여닫을 수 있다. 가라스마의 반응에는 다른 사정이 있었다.

뭔가가 일어나서가 아니라, 예상했던 현상이 발생하지 않아서 놀랐던 게 아닐까.

경험하지 않으면 예상도 할 수 없다.

그때 이미 가라스마는 타임 슬립을 경험했던 걸까.

초기화된 후의 홍탑 1층. 법원 식당에 있던 가라스마를 삼각공원으로 불러낸 뒤 "부장님도 타임 슬립을 하셨군요" 하고 물었다.

그 말을 들은 가라스마는 내 이름, 어느 시간대에서 왔는지, 나와 가라스마 그리고 나와 소메야 다카히사의 관계를 하나씩 상세하게 확인했다.

인식을 공유하기 위한 작업이라고 생각했다. 그런데 그게 아니라 그 어떤 사실도 모르고 있었다면? 눈앞에 있는 대학생이 누군지도 모르고, 부장이라 불리는 이유도 짐작이 가지 않았다. 타임 슬립이라는 말을 꺼내서 상대의 정체를 확인하려 했다.

미래에서 왔으면서 우구이 스구루라는 존재를 알아보지 못했다.

그런 일이 일어날 수 있는 걸까….

가능성은 딱 하나다.

시공의 문은 린의 재판과 아버지의 재판을 연결하고 있다. 한참 전부터 알고 있던 사실이다. 전제를 뒤집을 필요는 없다. 중요한 건 재판 중인 사건의 내용이다.

내가 경험하지 않은 절도사건이 존재한다는 사실이 초기화 후의 시간대에서 밝혀졌다.

강한 의지가 시공의 문을 연다고 한다면, 가라스마가 과거로 돌아가 재판 결과를 바꾸고 싶다고 바라게 된 건 언제일까. 교도소에서 아버지를 면회한 시점에는 재심 청구에 한줄기 희망을 품고 있었다. 하지만 아버지는 가라스마의 제안을 거절했다.

자신이 내린 판결이 잘못됐다고 인정할 수도, 재심을 청구할 수도 없다.

법률상으로는 손쓸 방도가 사라졌다.

그 후에 린의 재판이 열렸다. 자격을 갖춘 자가 함께 법정에 있어 타임 슬립 조건이 충족된 게 아닐까.

내가 린을 처음으로 법정에서 마주한 건 화장품 절도사건 때였다. 하지만 내가 서기관으로 임용되기 전에도 린의 재판은 난요 지법에 계류 중이었다. 반찬 절도사건이다.

화장품 절도사건 첫 공판 당시, 공황 발작을 일으킨 린은 연신 사과했다. 누구를 향한 사과였을까. 피해 매장의 관계자나 엄마 사호가 방청하러 온 것도 아니었다. 반성하는 태도를 보이기 위한 퍼포먼스 같지는 않았다.

다시는 훔치지 않겠다고 맹세했음에도 피고인이 되어 법정에 돌아와서가 아닐까. 예전 재판에서 약속한 상대가 법대에 앉아 있었던 게 아닐까.

하루코 씨가 가르쳐줬다.

약 1년 전부터 가라스마의 소송지휘가 달라졌다고. 피고인의 눈높이에 맞추게 됐다고.

가라스마도 인정했다.

집행유예 판결이 내려진 반찬 절도사건도 자신이 담당 재판관이었다고.

그랬구나…. 가라스마는 그때 그 린의 재판으로 시공의 문을 열었던 것이다. 내가 타임 슬립을 경험하기 전에 가라스마는 과거로 돌아갔다. 자신이 재판관이었던 재판의 결과를 바로잡기 위해 아버지의 강제추행사건 심리를 다시 진행했다.

그리고 1년 후에 린은 다시 절도죄로 기소됐다. 하지만 두 번째 기회를 손에 넣은 사람은 가라스마가 아니었다. 오직 나만이 5년 전으로 돌아갈 수 있었다.

시공의 문을 통과할 수 있는 사람은 한 명뿐이었다.

1년 전에 열린 문은 가라스마를, 이번에 열린 문은 나를 각각 과거로 이끌었다.

그렇다면 아버지의 죽음을 피할 방법을 함께 모색해온 가라스마는…,

미래를 바꾸는 데 실패한 **과거의 망령**이다.

3

"법정에 꽁꽁 숨어 있었군."

방청석 쪽 문으로 가라스마가 들어왔다. 어떻게 반응해야 할지 망설이는 사이에 다가와 증언대 앞 의자에 앉았다. 그 자리에 재판관이 앉는 건 처음 봤다.

"나한테 묻고 싶은 게 있을 것 같은데."

"네. 산더미처럼요."

가라스마는 짙은 남색의 가느다란 스트라이프가 들어간 셔츠 소매를 걷어 올리면서 말했다.

"피고인이라고 생각하고, 마음껏 물어봐."

"묵비권은 행사하실 거예요?"

"질문에 따라서는."

진행자 역할을 떠맡아버렸다. 재판관처럼 지시를 할 수는 없다. 단도직입적으로 비어 있는 기억을 찔렀다.

"…오늘 재판에서 그 자리에 진보 마사코 씨가 앉았잖아요?"

"아주 오래전 일처럼 느껴지는군."

"그 사람은 절도를 반복해서 여러 번 복역했어요. 다음 재판에서 불법영득의사가 없으니 무죄라고 주장할 텐데, 어떤 내용인지 기억하세요?"

잠시 생각한 다음 "생활고 때문에 교도소에 들어가려 했지" 하고 가라스마가 대답했다.

"틀렸어요."

남편에게 복수하기 위해 교도관과 사랑에 빠지려 했다…. 피고인 신문이 이루어지는 자리에 있었다면 그 강렬한 대답을 잊었을 리가 없다.

질문 하나로 답 맞추기는 끝났다.

"진보 마사코의 상습누범절도사건이 계류되는 건 지금으로부터 한 달 후예요. 전 그것보다 더 먼 미래에서 왔어요. 부장님은 어느 시간대에서 오신 거죠?"

"빠져나갈 길이 없군. 1년 전이야."

"시노하라 린은 반찬을 훔쳐 절도죄로 기소됐어요. 재판을 담당한 부장님은 폐정 후 타임 슬립에 휘말렸고요. 제 말이 맞나요?"

가라스마는 고개를 끄덕이고는 "자네가 임용되기 전의 일이야. 부장님이라고 불렀을 땐 놀랐어. 자네를 부를 때나 이야기할 때 부자연스럽지 않았어?" 하며 머리를 긁었다.

"너무 자연스러워서 늦게 알아차렸죠."

"신입 서기관과 함께 일할 기회는 많으니까. 경험을 살렸지."

가라스마가 타임 슬립을 했을 때 난 서기관 임용을 위한 연수를 받고 있었다. 시공의 문은 조건을 충족한 가라스마 앞에 나타났다.

"과거로 돌아가 재판관으로 두 번째 강제추행사건 심리에 임했어요. 교도소에서 아버지한테 이야기를 들은 부장님은 이미 누명을 확신하고 있었죠."

유죄라고 단정 지은 나와는 달리, 무죄를 주장하는 아버지의 목소리에 진지하게 귀를 기울였을 것이다.

"곧바로 상황이 이해된 건 아니야. 첫 번째 때는 인정신문조차 잊어버렸지. 서기관이 도와줘서 그럭저럭 공판을 마칠 수 있었어."

내가 방청한 제1차 공판에서 가라스마는 담담하게 절차를 진행하는 것처럼 보였다.

"원래 시간대로 돌아가 다음 기일을 맞이하셨겠군요."

"그렇지. 한 달 정도 간격이 있어서 곰곰이 생각하며 무슨 일이 일어났는지 분석했어. 도달한 결론은 타임 슬립이라는 비현실적인 현상이었어."

내가 그런 것처럼 예기치 못한 형태로 고쳐 쓰인 미래가 힌트가 됐다.

가라스마는 설명을 계속했다.

"두 번째 타임 슬립이 일어나고 잘못을 바로잡을 기회가 주어졌다고 이해했어. 법정에서 변호인에게 석명준비명령을 하고 워크시트 내용을 다시 조사하라고 떠밀었지."

"제2차 공판 말씀이세요?"

"그래. 자네가 경험한 과거에서는 일어나지 않은 일인가?"

초기화가 일어나기 직전의 타임 슬립…. 대학 도서관에서 편지를 쓴 후에 법원으로 향해서 제2차 공판은 중반 이후의 상황만 방청했다. 하지만 석명준비명령이 내려졌다면 신문 결과를 바탕으로 다음 공판을 어떻게 진행할지 확인하는 폐정 직전이었을 텐데.

"첫 번째도 두 번째도 제가 본 재판이랑은 달랐어요."

"역시."

"…과거가 서로 달라요."

두 개의 타임 슬립이 교차하면서 돌발 사태가 발생한 걸까.

나와 가라스마는 서로 다른 시간대에서 같은 법정에 당도했다. 그때 했던 행동에 따라 우리가 각각 돌아가야 할 미래가 사라졌을 수도 있다.

서로가 서로의 미래에 영향을 주지 않도록 과거의 재판이 갈라졌다?

"자네는 확정된 과거로 돌아갔던 거 아닐까?"

혼란스러워지기 시작할 때쯤 가라스마가 자신의 생각을 말했다.

"무슨 말씀이세요?"

"본래 과거는 하나만 존재해. 어제 저녁 식사 메뉴를 다시 떠올렸을 때 고기와 초밥이 떠오른다면 어지간한 대식가가 아닌 한 어느 한쪽의 기억이 잘못됐을 테지."

"그건…, 네. 무슨 말인지 알겠어요."

"하지만 우리한텐 두 개의 과거가 존재해. 예를 들면 삼각공원에서 자네랑 이야기한 제1차 공판기일과 패닉에 빠져 인정신문을 잊어버린 제1차 공판기일. 기억이 잘못된 게 아니라, 실제로 난 두 개의 과거를 경험하고 왔어."

"초기화가 일어난 탓이군요."

조금 전에 보고 온 제2차 공판기일도 처음에는 도서관에서 정신이 들었지만, 초기화 후에는 대학생 때까지 살던 집에서 정신을 차렸다. 타임 슬립으로 인해 과거가 여러 개 생겨났다.

"다만 그것들은 잠정적인 과거일 뿐이고, 타임 슬립에서 벗어날 때는 어느 하나의 과거로 확정될 거야. 더 단순히 말하면, 다카히사 씨의 유죄판결과 무죄판결이 동시에 존재하는 미래에 당도하는 일은 없어."

최상층까지 다 오르면 법정에서 진행되던 재판도 끝을 맞이한다. 선택되지 않은 판결은 그 후의 시간대에서는 존재하지 않았던 것이 된다.

"언젠가 과거는 하나로 수렴되겠군요."

"자네는 내가 타임 슬립을 한 1년 뒤에 같은 현상을 경험했어. 강제추행사건의 공판기일. 그곳에서 본 광경은 내가 1년 전에 확정시킨 과거겠지."

과거의 취사선택은 이미 완료되어 있었다.

"부장님은 냉정하게 절차를 진행하셨어요."

"이 사실이 의미하는 게 뭔지 알겠어?"

역시 같은 결론에 도달한 건가.

1년 전 타임 슬립에 난 관여하지 않았다. 가라스마가 혼자서 완결시켰다.

조금 전 이야기라면 가라스마는 딱 한 번 강제추행사건의 판결을 유죄에서 무죄로 고쳐 썼다. 그로 인해 린의 절도사건이 살인사건으로 탈바꿈했다.

1년의 공백이 있었고 훔친 물건이 반찬과 화장품으로 다를

뿐 그것 말고는 이번과 거의 똑같다. 오르고 있던 계단이 무너지고 공판이 초기화됐다.

차이가 생긴 건 그 후다.

"초기화 후의 강제추행사건 재판에서 부장님은 아버지에게 유죄를 선고했어요."

가라스마는 최상층에 도착해 타임 슬립에서 벗어났다. 그때 어떤 과거를 선택했는지는 미래의 모습을 통해 유추할 수 있다.

내가 타임 슬립에 휘말린 건 린의 절도사건 재판이 열렸기 때문이다.

린이 절도사건으로 기소된 건 강제추행사건에서 아버지에게 유죄판결이 선고됐기 때문이다.

아버지의 유죄판결이 유지된 건…, **가라스마가 과거를 바꾸지 않았기 때문이다**.

"DNA 위장 공작을 간파하지 못했던 첫 번째 재판이랑은 달라. 누명을 썼다는 걸 알면서도 무고한 사람을 저지르지도 않은 죄로 심판했어. 난 다카히사 씨의 인생을 5년이나 빼앗았어."

가라스마가 증언대에서 과오를 고백했다.

"과거를 원래대로 되돌리지 않으면 아버지의 죽음은 피할 수 없어요. 고뇌 끝에 결단을 내리셨겠죠."

연일 개정으로 진행되는 국민참여재판. 판단해야 할 사항이 수없이 들어오고, 개정 중에는 법정에서 움직일 수 없다. 나에 비하면 너무나 제약이 심했다.

제한된 시간이 다가오고 무죄를 유지한 채로 죽음을 피할 방법이 없다는 걸 깨달았다.

"용서받을 수 없는 판결을 내렸으면서, 난 재판관을 계속 하고 있어."

교도소 수감과 목숨. 천칭에 올리면 후자로 기울어진다. 이대로 해결책을 찾지 못하면 난 가라스마에게 똑같은 선택을 요구하는 거나 다름없다.

"하루코 선배 아시죠?"

미간을 찌푸린 가라스마가 말없이 끄덕였다.

"1년 전…, 시노하라 린의 절도사건이 계류된 무렵부터 부장님의 소송지휘 스타일이 변했다고 하루코 선배가 그러더군요."

"세상 끝난 사람처럼 군다고 진저리를 치던가?"

고개를 좌우로 흔들었다.

"그전까지 어떤 스타일로 소송을 지휘하셨는지 전 몰라요. 그래도 서기관으로서 처음으로 참여한 게 부장님 재판이었고, 피고인을 대하는 모습을 보고 정말 놀랐어요. 피고인이 아닌 이름으로 부르고, 될 수 있는 한 전문용어 대신 평이한 말로 설명하셨죠. 절차 하나하나를 상세하게 해설해서 피고인을 소외시키지 않고 함께 재판을 이끌어가셨어요."

"서기관들한텐 큰 부담이겠지."

확실히 가라스마의 재판에서는 돌발 사태가 많이 발생한다.

"네. 조서에 남길 내용이 많아서 힘들기도 하고 검사도 난처해해요. 그래도 형사재판의 주인공은 피고인이니 부장님 방식이 잘못됐다고는 생각 안 해요."

"마음을 고쳐먹는다고 해서 다카히사 씨의 인생을 짓밟은 사실이 변하진 않아."

"재판관을 그만두면 책임을 진 게 되나요? 부장님이 지금껏 외면하지 않았기 때문에 한 번 더 기회가 온 걸지도 몰라요."

"기회… 라."

1년 전 가라스마는 과거를 바꾸지 않고 타임 슬립에서 벗어났다. 그 후 린에게 유죄판결을 내리면서 집행유예를 선고했다.

린은 사회 복귀를 허락받았고, 이제 조금만 있으면 아버지의 형기도 끝날 터였다.

하지만 린은 다시 한번 절도죄로 기소됐다. 린 또한 죄의식에 몸부림치는 인생을 걸고 있었으리라. 자신을 탓하다 정신이 불안정해졌고, 절도를 반복하고 말았다.

집행유예 중의 재범. 교도소에 들어갈 가능성이 매우 높다.

아버지에게 무죄를 선고했다면 린이 절도죄로 기소되는 일은 생기지 않았다. 가라스마는 린의 인생에도 책임을 느꼈다.

그리고 어쩌면… 하는 기대가 뇌리를 스쳤을 것이다.

"1년 뒤의 재판도 부장님이 담당하게 됐어요. 조건은 충족됐죠. 그런데 시공의 문을 연 사람은 부장님이 아닌 저였어요."

"실패한 내가 아니라 아들인 자네가 선택되는 게 당연하지."

"부장님은 저와 소메야 다카히사가 부자지간이란 걸 알고 계셨어요?"

"아니, 삼각공원에서 듣기 전까지는 몰랐어."

나와 아버지의 관계는 호적에도 실려 있지 않다.

그렇다면 1년 후의 가라스마도 내가 타임 슬립을 할 자격이 있다는 걸 모르지 않았을까. 아무 일도 일어나지 않아서 시공의 문이 열리는 건 한 번뿐이라고 포기하려 했다.

하지만 첫 번째 타임 슬립 때 난 아버지와 나의 관계를 아이에게 털어놨다. 거기서 미래가 바뀌었다. 아이를 통해 소문이 퍼지는 게 두려워 소지를 비롯한 대학 친구들과 거리를 뒀다. 끝까지 감추는 걸 포기하고 담당 재판관인 가라스마에게도 이야기했다.

"1년 후의 부장님은 알고 계셨을 거예요."

가라스마가 아버지의 기록을 검찰청에서 빌려온 건 첫 번째 타임 슬립이 있고 2주일 뒤였다. 부자지간인 걸 알았다면 내게도 시공의 문을 열 자격이 있다는 데 생각이 미쳤을 게 틀림없다.

그러고는 과거에 영향을 줄 방법을 모색했다.

"자네를 유도했으니까?"

"네. 아버지의 사건 기록에 힌트를 써넣고, 위장 공작의 가능성을 암시했어요. 부장님은 과거로 돌아갈 수 없으니까 저한테 맡기는 수밖에 없었죠."

침착한 목소리로 가라스마가 내게 물었다.

"직접 가르쳐주지 않고 그런 번거로운 방법을 고른 이유를 알겠나?"

"믿지 않을 것 같아서… 일까요?"

머릿속에 떠오른 대답을 말해봤지만 설득력은 없었다.

"아마 내가 다른 시간대에서 온 사실을 밝히지 않았던 것과 같은 이유일 거야."

"네?"

난 삼각공원에서 가라스마에게 살인사건 재판보다 더 먼 미래에서 왔다고 이야기했다. 시기가 어긋났다는 걸 바로 알아차렸을 것이다. 그런데도 가라스마는 이야기를 맞추려고 했다.

"상황을 파악하는 데 시간이 필요해서 삼각공원에서는 대충 장단을 맞췄어. 그리고 5년 후로 돌아와서 배심원들과 할 이야기가 있다는 핑계를 대고 평의실에서 계속 생각했어."

"제가 갱생보호시설에 가 있을 때군요."

충분히 시간을 들인 결과, 날 속인다는 결론에 이른 건가.

"근거 없는 자신감이라고 비웃어도 상관없어. 자네는 날 신뢰하잖아. 재판관은 과대평가되기 십상이니까."

"신뢰해요. 재판관으로서도, 상사로서도."

"고맙군. 내가 타임 슬립을 경험한 걸 알았다면 무슨 일이 일어났는지 열심히 귀 기울여줬겠지. 하지만 난 실패했어."

"…네."

"지나친 신뢰는 눈을 흐리게 만든다고 생각하지 않았을까."

가라스마가 타임 슬립을 인정했을 때 나는 안도했다. 가라스마에게만 맡겨놓으면 안 된다는 걸 알면서도, 판단이 망설여질 때마다 의견을 구하려 했다.

"선입관을 심어주지 않으려고 했다는 말씀이세요?"

"그렇지. 예단이나 선입관을 배제하는 건 재판관의 기본이야. 사실을 층층이 쌓아 결론을 내야 하지. 그 원칙은 재판이든 타임슬립이든 다를 게 없어."

가라스마가 씁쓸하게 웃고는 "그래봤자 다 들통났지만 말이야" 하고 덧붙였다.

사건에서 착안할 점만 제시하고 과거에서 선택할 행동은 내 판단에 맡겼다. 무죄판결로 미래가 바뀔 걸 알았다면, 아버지의 죽음을 초래하게 될까 두려워 아카마 변호사 앞으로 편지를 쓰지도 않았을 것이다.

"부장님 기대에 부응하지 못했어요."

"아직 끝난 게 아니잖아."

"저한텐 맡길 수 없다고 판단해서 단독 행동을 하신 거죠?"

가라스마의 눈동자를 똑바로 쳐다봤다.

"마지막 석명 명령 말인가?"

"네."

"순간적인 판단이라 놀랐을 거야. 상의할 시간이 없었어."

"무슨 말씀이세요?"

"자네는 법의연구원 신문이 끝나고 나서 법정에 들어왔지. 내가 신문에서 확인한 건 시료에 불순물이 섞인 일반적인 경우뿐이고, 폴리초산비닐이나 타액 검사용 껌에 대해서는 언급하지 않았어."

좀 더 직접적인 질문을 한 줄 알았다. 변호인이 위장 공작의 가능성을 의심할 정도로. '불순물 혼입'만으로는 구체적으로 특정하기 어렵다.

"워크시트에 관한 주장을 요구하신 건?"

"씨앗을 뿌린 것뿐이야."

눈을 돌리고 잠시 생각했다.

"…누구를 노리고요?"

"마음에 걸리는 인물이 법정에 있었어. 관심을 끌어보고 싶었어."

"소메야 사호는 안 왔는데요."

조금 전까지 나와 집에서 이야기를 하고 있었으니 법정에 있었다면 알아봤을 것이다.

"그래. 가정에 가정을 더한 추론이라 크게 헛짚었을 수도 있어. 좀 더 확신이 들면 자네한테도 말하도록 하지."

"틀려도 좋으니 지금 당장 가르쳐주세요."

"이것도 예단과 선입관을 배제하기 위함이야. …알겠네. 내일, 이름을 가르쳐주지."

계속 캐물었지만 그 이상은 양보하지 않았다.

엄마와 사호, 그리고 과거의 나를 통해 얻은 정보를 공유하고 우리는 법정을 나왔다.

4

집에 오니 잠겨 있어야 할 문이 스르르 열리고 산초 향과 낯익은 목소리가 나를 반겼다.

"아, 어서 와."

반소매 블라우스를 입은 아이와 빨간 넥타이를 맨 소지가 거실에서 텔레비전을 보며 편히 앉아 있다. 집주인이 부재중이었다는 게 믿기지 않는 광경이다.

테이블에 차려진 쓰촨요리. 탄탄만두, 탄탄야키소바, 탄탄밥, 탄탄두부…. 향기의 공통점을 찾아보니 역시 산초다.

"왔냐."

대학생 때에 비해 살이 쏙 빠진 소지가 손을 올린다.

"중식 파티야?" 무던한 대답을 골랐다.

"만들 시간이 없어서 탄탄에서 사 왔어."

한쪽 손에 캔 맥주를 든 아이가 대답했다.

여벌 열쇠를 사용해 소지를 안으로 들인 건 아이다. 휴대폰을 확인할 여유도 없던 터라 약속된 모임인지는 모르겠다. 아버지가 피해자인 살인사건 재판이 한창인 내가 먼저 모이자고 한 것 같지는 않은데….

"마음 쓰게 해서 미안하다."

"그냥 쳐들어온 것뿐이거든."

소지는 그렇게 말하고 내게 캔 맥주를 건넸다.

아직 오후 6시 반. 재판관인 아이와 야근이 일상인 소지는 평소라면 일하고 있을 시간이다. 린의 피고인 신문이 실시되는 내일 재판에서는 사건의 핵심을 다룰 예정이다. 그전에 상태를 보러 와준 듯하다.

"자, 건배."

아버지의 존재를 계속 감췄던 시간대, 이도 저도 아니게 밝히고 달아났던 시간대.

어느 쪽과도 다르다. 정면으로 부딪치고 관계를 이어나갔다. 과거의 내가 힘껏 버텨준 덕에 사회인이 되고서도 속내를 털어놓을 수 있다.

"배심원들과의 평의는 어떻게 돼가고 있어?"

"말할 수 없다는 거 잘 알면서." 아이가 무섭게 쏘아본다.

변호인이나 검사의 설명 중 이해하기 어려운 건 없었는지, 증거 내용은 이해했는지, 증인에게 추가로 묻고 싶은 건 없는지. 재판 짬짬이 재판관과 배심원은 이야기를 나눌 기회를 여러 번 갖는다. 정보나 소감을 공유하면서 판결주문을 이끌어내기 위함이다.

그런 평의 내용을 제삼자에게 흘리는 행위는 금지돼 있다. 담당 서기관이라 하더라도 예외는 아니다.

"관계인이니까 특별 대우 좀 해줘."

"더더욱 안 돼."

누가 유죄에 표를 던지고, 누가 사형에 표를 던졌는가. 평의의 비밀이 지켜지지 않으면 안심하고 재판에 참여할 수 없다.

"스구루가 담당하고 싶다는 말을 꺼냈을 땐 어떡하나 싶었어." 아이가 입으로 만두를 가져갔다. "나랑 부장님 말고는 모르니까 크게 문제 될 건 없었지만."

"가족의 사건을 담당하면 안 된다고 그랬나?"

"이 이야기는 여러 번 했잖아. 서기관이라도 피해자가 친족일 경우에는 형소법에 따라 재판에 관여하면 안 되게 돼 있어. 스구루는 친아들로 출생신고가 되어 있진 않지만, 공평성 관점에서 생각하면 바람직하지 않아. 주임이나 수석이 확인했으면 분명 못 하게 했을 거야. 그래도 재판을 마지막까지 지켜보고 싶다는 마음이 이해가 되니까 부장님 판단하에 허락받은 거야."

내가 먼저 담당하겠다고 나선 걸까. 뉴스를 봤을 때, 기소장을 읽었을 때… 난 어떤 심정이었을까. 린에게 어떤 감정을 품었을까.

"한참 전부터 궁금했는데 말이야." 소지가 넥타이를 느슨하게 풀었다.

"뭐가?"

"5년 전 사건 때, 어째서 아버지가 무고하다고 생각한 거야? 결과적으로는 적중했지만 첫 재판이 시작되기도 전에 누명을 썼을지도 모른다고 그랬잖아. 변호인이 받아치기 전까지는 다들 하나같이 유죄라고 단정 지었는데."

"소지, 너도?" 아이가 심술궂은 웃음을 머금었다.

대학 식당에서 했던 이야기를 기억하고 있는 소지는 그 사실이 신기했을 법하다.

"나도 반신반의했어. 불성실한 법학부생이었어도 유죄율 정도는 알고 있었으니까."

"가족이 체포되면 누명이었으면 좋겠다고 생각들 하잖아."

아이가 옆에서 도움의 손길을 뻗어서 잡기로 했다.

"재판이 시작됐을 쯤에 엄마한테서 아버지 이야기를 들었어. 친구의 연대 보증인으로 나섰다가 빚을 고스란히 떠안을 정도로 마음이 약한 사람이야. 도저히 딸한테 몹쓸 짓을 할 사람 같지 않았어."

사건 기록에서 결백의 흔적을 발견했다고는 차마 말할 수 없었다.

"그랬구나. 이제 오랫동안 풀리지 않던 수수께끼가 풀렸어."

"힘들게 무죄를 받았는데…, 너무 안타깝다."

그렇게 말하는 아이에게 소지가 말없이 새 맥주 캔을 건넸다.

탄탄만두와 탄탄두부를 먹었더니 산초와 고춧가루에 자극을 받은 입술이 점점 후끈후끈해졌다. 미각을 되찾으려 맥주를 마시자 서서히 취기가 올라왔다.

셔츠 단추를 위에서 두 번째까지 풀어 헤친 소지가 회사에서 어떤 실수를 했는지, 회사에 어떤 불만이 있는지를 유쾌하게 이야기했다. 아이도 재판 내용을 말하도록 부추겼지만, 비밀 준수의 의무에 반하는 이야기는 끌어내지 못했다. 졸업 여행이나 사회인이 되고 난 다음의 이야기는 기억에 없는 것도 섞여 있었다. 하지만 그 광경을 떠올리며 맞장구치는 건 어렵기는커녕 오히려 즐거웠다.

눈 깜짝할 사이에 시간이 지나고 음식도 안주도 떨어졌다. 내일 재판도 길어질 예정이라 이제 그만 파하자고 아이가 말을 꺼낼 타이밍이다.

문득 생각난 게 있어서 두 사람에게 물었다.

"무죄판결이 나온 후에 내가 아버지 이야기를 한 적이 있었던가?"

"뭐래. 네 이야기를 누구한테 묻는 거야."

"기억이 안 나서 그래. 재판이 끝나고 풀려난 아버지랑 어떻게 지내왔는지. 전에도 말했는지 모르겠는데, 다섯 살 때까지의 일도 여전히 기억이 안 나."

알코올의 힘을 빌려 웃으며 아이의 반응을 살폈다.

"정말 기억 안 나?"

"응. 시간이 단숨에 지나간 것처럼."

"…아버지 이야기는, 거의 안 했어."

소지도 고개를 끄덕이고는 "우리도 안 물어봤고" 하며 맥주를 들이켰다.

메일에 적힌 대로 엄마와 가족회의를 연 대학생인 나는 아버지가 집을 나간 데는 이유가 있다는 걸 알았다. 계속 원망할지 용서할지, 글 사이사이에서 갈등이 전해졌다. 무죄판결과 함께 응어리가 풀렸다고 생각했다.

"하지만 망설이는 것 같았어." 아이가 말했다.

"뭘?"

"만나러 갈지 말지."

교도소에 수감됐던 시간대와 달리 물리적인 장벽은 존재하지 않았다. 엄마에게 어디 사는지를 알아내 집을 찾아갈 수도 있었다.

선택지가 있던 당시의 날 붙잡은 요인은⋯.

"한 번도 눈을 안 마주쳤어."

"어?" 아이가 되물었다.

"5년 전 재판 때 말이야. 제1차 공판부터 판결 선고까지 모두 방청했어. 방청석에 앉아서 아버지의 모습을 계속 좇았어. 하지만 그 사람은 날 한 번도 보지 않았어."

"다섯 살 때부터 안 만났잖아. 몰라봐도 이상할 게 없어."

"엄마가 내 사진을 보여줬다고 했어."

해마다, 생일 때마다. 그런데도 눈길이 머물지 않았다.

"무시당했다고 생각해?"

"내가 기억에서 아버지의 존재를 지운 것처럼, 그쪽도 아들의 얼굴을 기억하지 않았어. 돈이나 선물은 보낸 것 같지만, 그 사람은 딸이 행복하기만을 바랐어. 사건이 일어난 배경을 알고 나서는 두 사람 사이에 비집고 들어갈 틈 같은 건 없다는 걸 깨달았어."

"스구루⋯."

부모에게 사랑받지 못한다고 떼쓰는 어린애 같다. 함께 산 세월이라고는 겨우 5년밖에 안 되는 친아들보다, 곁에서 계속 지켜본 의붓딸을 소중히 여기는 건 당연하지 않을까. 한 핏줄을 강요하는 사호를 보고 혐오감을 느낀 게 불과 조금 전인데.

"내가 정신 차리고 외면하지 않았다면 이번 사건은 막을 수 있었을지도 몰라."

"그건 아니지." 소지가 빈 캔을 테이블에 내려놨다.

"어쨌든 아들이잖아."

"스구루, 네가 책임을 느낄 일이 아니야. 어떤 사정이 있었다한들 자식을 버리고 집을 나간 건 사실이잖아. 나였으면 상대방이 사과하러 올 때까지 절대 용서 안 해."

"그런가."

상상이 되지 않는다. 평범한 부자 관계가.

"알겠지? 네 탓이라는 생각 그만해."

"응. 알겠어."

"뭐… 아버지 마음도 조금은 알 것 같지만 말이야. 15년도 넘게 지났으면 만나러 가는 것도 무섭겠지."

"그 재판이 없었다면 얼굴 볼 일도 없었을 테고."

"훌륭하게 자란 너에게 이제 와서 아버지 행세를 하는 건 자기만족이라 생각했을지도 몰라. 한마디로 서로가 조심했던 거 아닐까?"

어린 시절의 기억이 돌아오고 내가 먼저 만나고 싶다는 말을 꺼낸다…. 그 조건이 충족되지 않는 한 얼굴을 보이거나 찾아오지 않겠다.

부모님이 나눈 약속을 알고 있기에 아버지가 찾아오지 않으리라는 것도 예상했다.

"하지만 방청석에 있던 날 못 알아봤어."

"착각 아닐까?"

"아니, 착각은…."

"아까 아버지를 계속 좇았다고 했지? 아버지도 방청석에 있는 널 봤다면 당연히 눈이 마주쳤을 거야. 고개를 숙이고 있어도 시선은 느껴지기 마련이야."

소지가 무슨 말을 하는 건지 알 수 없었다.

"피고인으로 법정에 섰는데 방청석에 몇 년씩이나 만나지 못한 아들이 앉아 있어. 부끄럽고 한심해서 눈도 못 마주친 거 아닐까."

"그래도…."

"진실은 본인한테 물어보지 않으면 모르겠지. 5년 전의 네가 딴데 보는 척하다 갑자기 돌아봤다면 오해가 풀렸을 수도 있지만."

"오해…."

"추측성 발언은 이 정도로 해둘게."

무죄판결이 선고되는 걸 듣고 당시의 난 안심하지 않았을까. 이제 아버지의 인생은 원래대로 돌아온다. 지금껏 존재도 모르고 살아온 사람에게 괜한 짓으로 파문을 일으켜서는 안 된다. 지금까지 그랬던 것처럼 각자의 인생을 걸어가자고….

사회인이 되어 자취를 시작하고 많은 재판을 경험하는 사이 아버지 사건에 대한 기억도 흐릿해졌다. 거의 잊어갈 무렵에 아버지의 부고를 듣고 후회했을 것이다.

타임 슬립으로 과거에 간섭할 때, 다른 사람의 행동을 유도할 방법만 모색했다. 대학생인 내가 할 수 있는 건 아무것도 없다. 그렇게 단정 지었기 때문이다.

하지만 아들로서 개입할 여지가 있었다면 린이 휘두르는 식칼을 내가 막는, 그런 시간대도 존재하지 않았을까.

어떻게 하면 그 가능성을 찾아낼 수 있을까.

식기와 쓰레기를 치우는데 벨벳 쿠션을 팔로 감싸 안은 아이가 꾸벅꾸벅 졸고 있다. 앉은 채로 목이 까딱까딱 흔들린다. 테리 클로스 원단의 담요를 가져와서 깨지 않게 살며시 걸쳐줬다.

"저 자세로 잘도 자네." 소지가 목소리를 죽이면서 쓸쓸하게 웃었다.

"배심원들 상대하느라 피곤할 거야."

방에 칫솔과 베개가 세트로 놓여 있는 건 확인했다. 처음부터 자고 갈 작정이었는지도 모른다. 초기화 전부터 이어진 나와 아이의 관계는 유지되고 있다.

"그럼 난 슬슬 갈란다."

"내일도 출근해야지."

피고인 신문에서 린은 무슨 이야기를 할까. 토씨 하나 빠뜨려서는 안 된다. 수면 부족으로 집중력이 떨어졌다는 변명은 통하지 않는다.

비즈니스 백을 손에 든 소지가 "잠깐 밖에서 얘기 안 할래?" 하고 말했다.

"어, 그래. 역까지 같이 가."

밖으로 나와 밤바람을 쐬자 알코올로 멍했던 머리가 기분 좋은 자극을 받았다.

"대단한 이야긴 아닌데."

"경험에 비춰보건대 그렇게 운을 띄운 이야기는 대개 뒤통수를 치지."

"예리한데. 사실은, 결혼하기로 했어."

등 뒤에서 들려온 소지의 말에 단숨에 술이 깼다.

"어, 정말로?"

"그렇게 놀랄 거 없잖아."

"마른하늘에 날벼락 같은 소식이라."

애초에 소지에게 연인이 있다는 말을 들은 기억도 없다. 아니, 타임 슬립이 일어나기 전에는 없었다. 오래 알고 지낸 사이라서 뭔가를 감추지 못하는 성격이란 건 알고 있다.

"그 사람이랑?" 반응을 떠보자 "전에 말한 직장 후배" 하고 유도신문에 걸려줬다.

"그렇구나. 축하해."

이름도 얼굴도 모르지만 소지가 선택한 상대라면 멋진 파트

너일 것이다.

"사귄 지 1년 정도밖에 안 됐지만, 그 애랑 함께라면 잘 해나갈 수 있을 것 같아. 그래도 말이야, 연인에서 부부로 바뀐다고 생각하니 느낌이 이상해."

쑥스러운 듯이 소지가 작게 웃었다.

"아기가 생기면 그땐 가족으로 레벨 업이야. 상상도 안 돼."

잃어버리는 가족이 있는 반면, 새롭게 자라나는 가족도 존재한다. 그런 당연한 일이 큰 의미가 있는 것처럼 느껴졌다.

"아깐 뭐라도 된 듯이 네 아버지 마음을 추측했지만, 부모가 무슨 생각을 하는지 솔직히 말해 나도 잘 몰라. 부모는 자식한테 평생 모든 걸 다 내어주는 존재잖아. 내가 그 입장이 됐을 때, 손익을 따지지 않고 자식한테 애정을 쏟을 수 있을지…. 실제로 경험해보지 않으면 상상하는 수밖에 없고, 자기 부모한테서 모든 걸 배울 수 있는 것도 아닌 거 같아."

내 처지를 잘 아는 소지가 단어를 골라가며 말했다.

딸의 마음을 지배하려 한 사호의 집념. 아버지의 목숨을 빼앗았다고 법정에서 시인한 린의 죄상인부. 아내와 아들을 남겨두고 다른 가족의 품으로 들어간 아버지의 선택.

뒤틀린 가족 관계를 계속 경험하다 보니 가족을 대하는 방법을 모르게 됐다.

"행복에 찬물을 끼얹는 것 같은 재판 이야기를 해서 미안해."

"아니야, 더 얘기해줬으면 좋겠어." 소지가 진지한 표정으로 계속했다.

"아버지가 살해당했어. 충격받는 게 당연하지. 그렇지만 널 두고 집을 나간 것도 알고 있었고, 5년 전 재판 건도 있었던 터라 네가 어떻게 받아들이고 있는지 모르겠더라. 무턱대고 물어볼 일은 아닌 것 같아서 먼저 말해주기를 기다렸어."

"오늘도 그래서 온 거야?"

"아이한테 내일 재판이 중요하다 들었거든. 도저히 연차를 쓸 수가 없어서."

아버지가 사망하고 약 1년이 지났다. 난 줄곧 혼자 속앓이를 하고 있던 걸까. 무슨 생각을 하고 있었는지는 과거의 경험을 통해 추측하는 수밖에 없다.

"말할 수 있는 게 없었어."

"무슨 말이야?"

"나랑 아버지는 추억을 공유할 만한 관계를 맺지 못했어. 피는 이어져 있지만 그뿐이야. 이런 사건이 일어난 이유도 짐작이 안 되고, 분노나 슬픔보다 후회가 훨씬 컸어."

"그런 생각을 했다는 점에서 엄연한 부자지간이라 할 수 있지."

"예비 신랑한테 그런 소리를 들으니 참 든든한데."

"놀리지 마. 무슨 일이 있었는지 재판에서 확실히 밝혀지면 좋겠다."

"응. 고마워."

공백을 메울 수 있기를, 그리고 타임 슬립의 활로도 찾아낼 수 있기를 기도하며 내일 재판에 임하자.

"나중에 여유가 생기거든 아이랑 너 사이도 진지하게 생각해봐."

역이 보이기 시작할 쯤에 소지가 말했다.

"어?"

"사귄 지 벌써 5년 정도 지났지? 네가 서기관이 돼서 돌아올 타이밍에 결혼할 생각인 줄 알았어."

올해 3월까지 난 간토 지역에서 서기관 임용을 위한 연수를 받았다. 아이는 1년도 전에 재판관으로 난요 지법에 부임했으니 장거리 연애를 이어왔다는 이야기가 된다.

5년이란 말은… 대학 졸업 전부터 사귀었단 말인가.

"아니, 아직 거기까진."

"진지하게 생각하고 있다며." 소지가 어처구니없다는 듯이 머리를 긁었다. "그 후에 이번 사건이 터져서 뒤로 미룬 건 어쩔 수 없다지만."

"나랑 아이가, 결혼?"

"남의 일처럼 말하지 마."

소지의 말투로 볼 때 농담은 아닌 것 같다. 하긴 5년 동안 교제한 게 사실이라면 결혼을 생각해도 이상할 건 없다.

"아이는, 뭐라고 그래?"

"역시 취했구만." 소지는 조금 화가 난 목소리로 내 눈을 보며 말했다. "아무렇지 않은 척 '스구루가 답해주길 기다리고 있어'라고 하더라."

"재판 중에는… 그럴 겨를이 없을지도."

"여유가 생긴 다음이라도 괜찮다니까. 그런 사건이 터졌으니 불안한 것도 다 이해해. 행복한 가족도 많아. 어쨌든, 기운 내."

소지는 내 어깨를 두드리더니 개찰구를 통과했다.

운행 상황을 알리는 전광판을 잠시 바라봤다. 타임 슬립이 초기화된 뒤로 린과 아버지 재판의 향방을 지켜보는 것만으로도 벅차서, 내 주위에서 일어나는 변화에 눈을 돌릴 여유가 없었다.

소지가 알려준 대로 이번 사건이 일어나는 바람에 아이와의 결혼도 주저하게 된 걸까.

가족이라는 존재에 막연한 불안을 품었던 걸지도 모른다. 5년 전 재판도 이번 재판도 가족 관계가 뒤틀려서 생긴 불행 같았으니까.

린의 재판을 마지막까지 지켜본 후 어떤 인생을 살아갈 계획이었을까.

아니다, 당분간 내 미래는 저 뒤로 제쳐두자. 타임 슬립을 벗어난 다음 천천히 생각하자.

아파트를 향해 걸으면서 소지와 나눈 대화를 되짚어 봤다.

대학 식당에서 아버지의 재판 내용을 털어놓은 결과, 나와 아이는 사귀게 됐고 소지는 직장에서 결혼 상대를 만났다. 양쪽 모두 원래 시간대에서는 일어나지 않았던 일이다. 비밀이 사라져서 차일피일 미루던 아이와의 관계가 진전됐다. 거기까지는 알겠다. 그렇다면 소지에게 생긴 변화는?

내가 아이와 사귀었기 때문에. 그렇게 생각하는 게 자연스럽다.

그렇다면….

결단을 내린 것이 분명하다. 대학 시절부터 어렴풋이 느끼고 있었다. 그렇지만 말로 꺼내지 않으려 노력했다. 세 사람의 관계가 무너지는 게 두려워서.

미래를 대조해보지 않으면 확신할 수 없다. 나만의 비밀로 가슴에 담아두자.

만남이나 타이밍에 의해 운명은 미세하게 갈라진다. 내 미래 또한 확정된 건 하나도 없다. 아이와의 관계도 언젠가 끊어져버릴지 모른다.

집으로 돌아오니 침대로 이동한 아이가 고른 숨소리를 내며 자고 있었다.

5

【제3차 공판기일】

지난번에는 도달하지 못했던 쪽탑 3층, 린의 제3차 공판기일. 사건의 전모를 밝히는 데 있어 불가결한 피고인 신문이 이번 공판에서 실시된다.

"피고인 신문 전에, 변호인이 모두진술을 하겠다고 했죠?"

역시 가라스마의 목소리는 등 뒤 법대에서 들려야 마음이 놓인다.

내가 타임 슬립 한 건 가라스마가 1년 전에 확정시킨 과거였다. 무죄판결 유지를 포기한 가라스마는 미래를 원래대로 되돌리기 위해 변호인을 유도하지 않고 담담하게 공판을 진행하려 했다. 거기에 내가 난입해서 가라스마의 의도와 반대되는 행동을 했다.

그로 인해 덧씌워진 채 사라졌던 살인사건이 부활했다.

이 시간대는 내가 온 '현재'에서 본다면 석 달 전의 '과거'이고, 가라스마가 온 '현재'에서 본다면 1년 후의 '미래'다.

과거, 현재, 미래. 모든 것이 불안정하게 흔들린다.

최종적으로 선택받지 못한 과거의 사건은 그 후의 시간대에서 사라진다.

살인사건 재판도 반드시 지워 없애야만 한다.

그래도… 아니, 그렇기에 더더욱 나와 가라스마가 마지막까지 지켜봐야 한다.

변호인석에서 일어선 가노는 방청석과 검사석 그리고 법대를 둘러본 다음 법정에 울려 퍼지는 낮은 목소리로 말했다.

린 씨는 자신이 다카히사 씨의 목숨을 빼앗았다고 재판 첫머리에 시인했습니다.

뒤이어 다툼의 여지가 없는 사실에 관한 서증을 검사 측이 낭독하고, 다카히사 씨가 일으킨 교통사고로 목숨을 잃은 피해자 유족과 정신과 의사가 증언했습니다.

이들 증거를 어떻게 평가해야 할지는, 모든 증거조사를 마친 뒤 이루어질 최종 변론에서 분명히 밝히겠습니다.

다카히사 씨는 왜 자살을 결심했을까요. 린 씨는 왜 아버지의 목숨을 빼앗고 말았을까요. 배심원 여러분께서 의문을 가지신 사건의 경위와 원인을, 지금부터 말씀드리겠습니다. 그 후에 린 씨의 피고인 신문에 귀를 기울여주시기 바랍니다.

먼저 말씀드릴 게 있습니다.

여러분의 소박한 감정을 소중하게 여겨주시기 바랍니다.

공평하고 중립적인 판단이 중요하다는 사실을 부정할 생각은 없습니다. 하지만 그것이 감정을 잃은 로봇처럼 결론을 도출하는 걸 의미할까요?

범죄의 대부분은, 사람이 사람을 상대로 저지르는 일입니다.

항상 합리적인 판단을 내리는 사람만 있다면 대부분의 범죄는 일어나지 않을 겁니다.

상대방을 화나게 만들지도 모른다는 걸 알면서 괜히 한마디 더 했다가 싸움이 난 적은 없습니까? 다이어트를 하다 한밤중에 컵라면이나 달콤한 음식을 먹은 적은 없습니까? 지각할 걸 알지만 다시 잠을 잤던 적은 없습니까?

국민참여재판의 의의는 특수한 세계에서 사건을 접해온 재판관뿐만 아니라, 여러분 같은 일반인의 감각을 반영해 법률상의 논의에 머물지 않고 상식적으로도 납득할 수 있는 결론을 이끌어내는 데 있습니다.

한 번 더 말씀드립니다. 주저하지 마시고 소박한 감정을 소중히 여겨주십시오.

그럼 본 사건에 대한 변호인 주장을 말씀드리겠습니다.

제1차 공판기일에 이루어진 모두진술에서 검사 측은 다카히사 씨와 전처 사호 씨가 이혼에 이르게 된 경위를 시작으로 이번 사건을 깊이 파헤쳤습니다. 분명, 이혼 직전에 일어난 몇몇 사건은 큰 의미를 지니고 있습니다.

하지만 다카히사 씨가 자살을 결심한 이유를 명확히 밝히기 위해서는, 거기서 18년 정도를 더 거슬러 올라갈 필요가 있습니다. 1998년, 린 씨의 친아버지도 목숨을 끊었습니다.

20년도 더 지난 일이라 특별히 중요하다고 생각하는 사실에 대해서만 언급하겠습니다.

다카히사 씨, 사호 씨, 린 씨의 친아버지는 X 씨라고 하겠습니다. 세 사람은 대학 동기였습니다. 사호 씨와 X 씨가 결혼해 린 씨가 태어납니다. 한편 X 씨는 대학 졸업 후 창업을 했지만 얼마 지나지 않아 거액의 부채를 떠안았습니다.

X 씨도 다카히사 씨가 그런 것처럼 빚에 허덕이다 목숨을 끊었습니다.

아무리 빚이 불어나도 개인 파산이라는 수단이 남아 있는 이상, 자살할 결정적인 이유는 되지 않는다. 그렇게 생각하는 분이 계실지도 모르겠군요.

하지만 개인 파산은 마이너스를 제로로 되돌리기만 할 뿐, 이후의 플러스까지 보장하는 절차가 아닙니다. 그리고 앞으로 가족이 생활하는 모습을 상상했을 때, 개인 파산보다 자살을 선택하는 게 희망적이라고 생각할 법한 케이스가 유감스럽게도 존재합니다.

사망 보험금 지급 사유에서 자살을 제외하지 않고 운용하는 생명보험에 가입한 케이스가 바로 그것입니다.

생명보험이라고 하면 암 같은 질병으로 사망한 경우에 지급되는 보험금의 이미지가 강합니다. 분명히 보험법에는 '피보험자가 자살한 경우에는 보험금을 지급할 필요가 없다'라는 규정이 있습니다. 이 규정만 널리 알려져 자살한 경우에는 절대 보험금이 지급되지 않는다고 잘못 알고 계신 분도 많습니다.

그러나 많은 보험회사가 가입일로부터 일정 기간이 경과한 후 발생한 자살에는 보험금을 지급하는 규정을 마련해놨고, 이 규정은 법률보다 우선됩니다.

어렵게 들리실 수도 있지만, 자살에 대한 보험금이 지급되는 건 드문 일이 아니라고 이해해주시면 됩니다.

이제 린 씨의 친아버지, X 씨의 경우를 구체적으로 설명하겠습니다.

X 씨는 아내 사호 씨를 사망 보험금 수취인으로 지정했습니

다. 사업에 실패하고 목숨을 끊은 X 씨가 남긴 건 사망 보험금과 거액의 부채가 전부로, 예금 같은 재산은 없었습니다.

이럴 경우 X 씨가 자살한 뒤 소정의 수급 절차를 밟으면 보험금은 수취인인 사호 씨의 재산이 됩니다. 즉 사호 씨는 상속권을 포기해 빚에서 해방되는 건 물론, 보험금도 수령할 수 있었던 겁니다.

오해가 없도록 말씀드리면, 빚이라는 마이너스 재산을 깨끗이 지우고 보험금이라는 플러스 재산만 수중에 남았다는 이야기가 됩니다.

반면에 개인 파산을 선택하면 빚이 사라지는 대신 일정 금액 이상의 재산을 처분해야만 합니다. 이 재산의 대표적인 예가 예금이나 부동산인데, 생명보험도 해약 반환금이 발생할 경우에는 분배 대상이 됩니다.

거듭 말씀드립니다만, 개인 파산은 마이너스를 제로로 되돌리는 절차이기 때문입니다.

지금까지의 사실을 정리하면 다음과 같은 결론이 도출됩니다.

우선 개인 파산을 선택하고 목숨을 끊은 경우, 생명보험은 해약된 상태라 수취인에게 보험금을 줄 수 없습니다.

다음으로 개인 파산을 선택하기 전에 목숨을 끊은 경우, 보험 회사가 정한 조건을 충족하면 수취인에게 보험금이 지급됩니다.

어느 쪽을 먼저 선택하느냐에 따라 결론이 달라집니다.

손해냐 이득이냐로 자살을 논해선 안 된다고 불쾌하게 여기시는 분이 계실지도 모르겠습니다. 죄송합니다. 자살이 결정된 사항인 양 설명드린 건 부적절했습니다. 또 개인 파산을 선택해 다시 출발하는 채무자가 대다수일 겁니다.

하지만 자신감을 상실해 앞으로 한 걸음도 나아가지 못하고 있다면? 이번에 실패하면 온 가족이 길에 나앉을지도 모른다. 아직은 가족에게 보험금을 줄 수 있는 길이 남아 있다.

그런 생각을 하는 사람도 있지 않을까요.

빚을 변제해야 할 기한이 닥쳐오면, 결단을 뒤로 미루지도 못합니다.

개인 파산과 자살. 본래는 한 쌍이 될 수 없는 두 가지 선택지가, 일정한 조건을 충족하면 현실적인 해결책으로 떠오릅니다.

X 씨가 자살을 결심한 진짜 이유는 모릅니다. 생명보험에 가입했고 사호 씨가 사망 보험금을 수령했다. 그런 기록이 남아 있을 뿐입니다.

이런 정보는 널리 알려져 있지 않습니다. 하지만 X 씨면 몰라도 다카히사 씨는 훨씬 전부터 알고 있었을 겁니다. X 씨가 목숨을 끊은 직후에 보험금을 수령한 사호 씨와 결혼했기 때문입니다.

자, 18년 후로 다시 이야기를 가져오겠습니다.

두 명의 사망자를 낸 교통사고와 강제추행사건의 개요, 그리고 사호 씨가 집을 나가기까지의 경위는 검사 측이 자세히 설명했으니 생략하겠습니다.

당시 린 씨는 열여덟 살로, 고등학교를 졸업한 뒤 대학에 진학하지 않고 하루하루 아르바이트로 생활비를 벌며 지냈습니다. 여러 아르바이트를 동시에 뛰어서 홀로서기를 할 수 있을 정도의 수입이 있었지만, 다카히사 씨와 계속 함께 생활하며 번 돈을 다카히사 씨에게 드렸습니다.

교통사고 배상금 변제에 보태기 위해서요.

다카히사 씨는 억울한 죄로 체포되어 긴 시간 신체의 자유를 빼앗기고 성범죄자라는 딱지가 붙었습니다. 이렇게 누명을 쓰는 일은 불운이나 태만, 악의 같은 것이 겹쳐 생겨나므로 원인을 하나로 콕 집어 말할 수 없습니다.

강제추행사건으로 억울한 일을 당했을 때도 마찬가지였는데, 아버지가 체포되는 계기를 만들어버린 린 씨는 누구보다 자신을 책망했습니다.

한 지붕 아래서 살았으니 서로 짐작하는 바가 있었겠죠.

그래도 약 4년 동안 서로 돕고 의지하며 함께 생활했습니다.

다카히사 씨는 무죄판결을 얻어냈지만 원래 직장으로 돌아갈 수 없었습니다. 구속돼 있는 동안 해고를 당했기 때문입니다. 다시 청소부로 취직해 몸이 가루가 되도록 일했습니다. 하지만 허리띠를 바짝 졸라매고 린 씨가 아르바이트로 번 돈과 다카히사 씨의 월급 대부분을 변제하는 데 써도 부채는 줄어들지 않았습니다.

애초에 배상금이 고액이었던 것에 더해, 채권이 이곳저곳으로 유통되는 과정에서 반사회 세력과 관계가 있는 조직의 손에 넘어갔습니다. 터무니없이 부당한 이자가 청구되어 원금은 줄지 않는 상태로 계속 이자를 갚고 있었던 것입니다.

게다가 강제추행사건과 관련된 체포 기사는 여전히 인터넷에 남아 있었습니다. 이름이 공표되지는 않았지만 소문이 퍼져 회사를 그만두지 않을 수 없었습니다. 무죄판결이 확정돼도 체포 기사를 본 사람들의 오해는 쉽게 풀리지 않습니다.

생활은 힘들어지고, 직장은 찾지 못하고, 변제는 체납되고, 무자비한 독촉에 시달리고.

악순환에서 벗어나지 못하고 계속 발버둥 쳐온 다카히사 씨에게도 한계가 왔습니다.

그때 개인 파산과 자살이라는 선택지가 떠올랐고, X 씨와 같은 결단을 해버렸습니다.

다카히사 씨가 가입한 생명보험은 가입 후 3년이 지나면 자살을 하더라도 보험금을 지급받을 수 있도록 되어 있었고, 수취인은 린 씨였습니다.

즉 개인 파산을 선택하기 전에 목숨을 끊으면 린 씨에게 보험금이 지급되는 상황이 만들어져 있었습니다.

다카히사 씨는 수면 유도제를 손에 넣으려 했지만, 병원에서 처방을 거절당해서 대신 카페인 알약을 사용하기로 결심했습니다. 알코올로 뇌를 마비시키려고 캔 과일주를 구매해서 귀가했고, 거실에서 카페인 알약 약 30정을 복용했습니다.

거부반응으로 인해 그 이상은 몸이 받아들이지 못했습니다.

린 씨는 다카히사 씨가 막다른 곳으로 내몰리는 모습을 코앞에서 지켜봐왔습니다. 그리고 과거의 사건을 후회했습니다. 조금이라도 살림에 보탬이 되고자 필사적으로 일하며 아버지 곁을 지켰습니다.

아르바이트를 마치고 귀가한 린 씨의 눈에 날아든 건, 사방으로 흩어진 카페인 알약과 바닥에 쓰러진 다카히사 씨의 모습이었습니다.

린 씨는 곧바로 달려가 의식이 있는 걸 확인했습니다.

상상해보시기 바랍니다.

어떤 관계여야, 어떤 일이 일어났고 어떤 생각을 해야, 옴짝달싹 못 하는 아버지를 식칼로 찌르는 결단을 내릴지.

처벌받을 걸 각오하고 자기 손으로 마무리를 지었습니다. 구급차를 불러야 했다는 것도, 절대 용서받을 수 없는 행위라는 것도 린 씨는 잘 알고 있습니다.

그래도 살면서 겪을 고통에서 다카히사 씨가 해방되기를 바랐습니다.

죽여달라고, 다카히사 씨가 부탁했기 때문입니다.

과다 복용으로 중독 증상이 일어난 다카히사 씨는 카페인 복용량이 치사량에 이르지 않은 걸 자각하고 린 씨에게 살해를 의뢰했습니다.

이상이 변호인이 생각하는 스토리입니다.

<h1 align="center">6</h1>

국민참여재판이기에 가능했던 모두진술이다.

감정에 호소해 듣는 사람의 동정심을 유발하고 공감을 얻는 방식.

이런 모두진술을 펼치면 검사나 재판관이 변호인에게 싸늘한 시선을 보낸다. 사실의 평가는 변호인이 아닌 재판관이 하는 것이기 때문이다.

변호인과 검사가 재료를 준비하고 재판관이 조리한다. 그렇게 역할을 분담한다는 건 가노도 잘 알고 있다. 그럼에도 잔뜩 양념한 재료를 굳이 차려낸 이유는 조리의 방향성을 유도하기 위해서가 아니었을까.

프로 요리사인 재판관의 눈까지 속이지는 못해도, 처음 주방에 선 배심원은 동요시킬 수 있을 거라 생각하지 않았을까.

오늘 재판이 끝난 후 세 명의 재판관은 배심원에게 설명할 것이다.

린의 친아버지가 자살한 이유나 피해자가 무슨 생각을 했었는지 등 변호인의 모두진술에는 증거에 입각하지 않은 추측이 많이 포함돼 있으니 신중히 판단할 필요가 있다고. 린과 피해자의 관계에 대해서도 객관적인 증거를 중시해야 한다고.

하지만 그 전에 린이 증언대에 선다. 가노는 가장 효과적인 타이밍에 선입관을 심어주기 위해 모두진술을 뒤로 미룬 걸지도 모른다.

준비를 마친 뒤, 피고인 신문이 시작됐다.

증언대 앞 의자에 얕게 걸터앉은 린은 고개를 숙이고 싶은 심정에 저항하듯이 턱을 들고, 다크서클이 내려온 눈으로 가노를 바라보면서 질문에 대답했다.

"피고인은 다카히사 씨와 혈연관계가 아니라는 사실을 알고 있었습니까?"

"엄마가 재혼했을 때는, 아직 철부지라서, 아빠… 양아버지가, 진짜 아버지인 줄 알았습니다."

"그럼 친아버지가 따로 있다는 사실을 알게 된 건 언제죠?"

"열다섯 살 생일 때 가르쳐주셨습니다."

"뭐라고 설명을 들으셨죠?"

"친아버지는 빚을 남기고 목숨을 끊었다. 보증인이 양아버지였고, 지금도 계속 갚고 있다고."

"그 사실을 듣고, 어떻게 생각했습니까?"

"친아버지 얼굴도 기억하지 못해서, 큰 충격은 안 받았습니다."

"알겠습니다. 이후로는 다카히사 씨를 아버지라고 부르셔도 괜찮습니다. 그럼, 다카히사 씨와 사호 씨의 관계에 대해 묻겠습니다."

엄마가 정신적으로 불안정해서 아빠가 집에 있으면 마음이 놓였다. 엄마의 지나친 속박으로 교우 관계나 외출도 제한됐다. 부모님의 말다툼이 끊일 날이 없었다. 아빠가 교통사고를 일으키고 나서부터 부모님의 관계가 더욱 악화됐다.

내가 사호에게 받은 인상과 일치하는 내용을 린이 자신의 언어로 말했다.

"그 시점에서 이혼에 이르지 않았습니까?"

"누가 제 친권을 가져갈 건지를 두고 다퉜던 것 같습니다. 아빠랑 살고 싶다고 엄마한테 말했지만, 이해해주지 않았습니다."

"다카히사 씨가 체포된 건 이혼 협의가 결렬된 다음인가요?"

"네. 눈가리개를 하고 있어서 앞이 보이지 않았지만, 아빠의 목소리를 들어서 있는 그대로 경찰한테 말했습니다. 더 신중했어야 한다고 후회하고 있습니다."

"지금은 사건의 진상을 어떻게 생각하고 계시죠?"

검사석에 앉은 구스모토와 가미데의 시선이 날카로워진다. 다시 들추기 싫은 조직의 오점이리라. 무죄판결이 확정된 뒤에도 냄새나는 오물에 뚜껑을 씌워두듯이 사건을 방치했을 것이다.

"엄마가 꾸몄다고 생각합니다."

"그렇게 생각하는 이유가 있습니까?"

"재판에서 DNA를 위장했을 가능성이 있다는 주장이 나온 뒤, 엄마한테 따져 물었습니다. 타액 검사 키트를 가지고 와서 아빠한테 설명하는 걸 봤다고."

"타액이 묻은 경위가 쟁점이었죠?"

"네, 맞습니다."

"사호 씨는 뭐라고 대답했습니까?"

"아무것도 모른다고요. 경찰에 가서 모든 걸 말하겠다고 했더니, 또 배신하는 거냐고 쏘아붙였어요. 제가 아빠와 함께 살기를 바라서 저희 인생을 망쳐놓고 싶었던 걸지도…."

"복수, 라는 말씀인가요?"

"엄마가 무슨 생각을 했는지 지금도 모르겠습니다."

딸에게 집착해 곁에 붙잡아두려 했다… 사호에게 들은 사건을 날조한 동기를 말해주면 린은 납득할 수 있을까.

"경찰에는 말했습니까?"

"아뇨. 너도 공범이라는 엄마의 말에, 뭐라고 대답할 수가 없었습니다. 아빠가 체포된 건 제가 착각한 탓이니까요. 망설이는 사이에 아빠한테 무죄가 선고되고, 엄마가 집을 나갔…."

강제추행사건에 대해 가노는 그 이상 언급하지 않았다. 검사가 이의를 제기할 낌새를 눈치챈 듯하다.

"다카히사 씨와 생활하는 데 거부감은 안 들었습니까?"

"석방된 날에, 둘이서 이야기를 나눴습니다. 눈이 가려져 있고 목소리가 들렸어도 아빠가 그런 짓을 했을 리가 없다. 끝까지 믿어주지 못한 걸 사과했더니 아빠는 마음에 둘 것 없다는 말 한마디만 하셨습니다. 그 후로는 사건에 대해 아빠와 이야기하지 않았습니다."

"집을 떠나는 선택지도 있지 않았을까요?"

"엄마처럼 도망가는 게 아니라, 같이 살면서 속죄하기로 결심했습니다."

말한 대로 린과 아버지는 한 지붕 아래서 계속 함께 살았다.

"그럼, 무죄판결 후의 일에 대해 묻겠습니다."

교통사고 배상금의 총액을 알고 아연실색했다. 변제에 보탬이 되기 위해 동시에 여러 아르바이트를 뛰었다. 업체의 독촉이 심해졌다. 이자와 원금 중 어느 쪽을 갚고 있는지, 잔액이 얼마인지도 모른 채 하라는 대로 변제했다. 아빠는 직장에서 해고되고 다음 직장을 구하지 못하고 있었다.

린은 감정을 드러내지 않는 담담한 말투로 비극을 더듬어갔다.

"다카히사 씨가 개인 파산을 선택하지 않은 이유를 아십니까?"

"모릅니다. 하지만 독촉하러 온 남자가 개인 파산이 받아들여져도 전액 회수할 거라며 아빠를 협박하는 건 봤습니다."

"그 남자가 피고인에게 위해를 가한 적은 없습니까?"

문득 가노가 물었다.

"…아빠가 집을 비웠을 때 절 덮친 적이 있습니다."

"성적인 폭행을 당했다는 말인가요?"

"네. 도중에 아빠가 돌아와서 막으려고 했습니다. 하지만 금세 제압당했고…, 그 남자는 사건을 재연하라고 다그쳤습니다."

가노가 질문을 늦춰서 몇 초간 침묵이 흘렀다.

"사건이라고 하면?"

"강제추행사건입니다."

"손발을 묶고, 눈가리개를 하고, 유두를 핥고, 음부를 만지라고 다카히사 씨한테 명령했다는 거군요."

"그렇습니다."

눈살을 찌푸린 방청인이 있었다. 경위를 알면 상상할 수 있는 광경이더라도 증인신문에서는 상세하게 언어화할 것을 요구한다.

"어떻게 됐습니까?"

"아빠가 정말로 크게 화내는 걸 처음 봤습니다. 남자한테 달려들었지만 오히려 폭행을 당하고 병원에 실려 갔습니다. 아빠와 대화가 끊긴 건 그 무렵부터입니다."

날조된 사건의 재연…. 붙들고 있던 마음의 끈이 끊어져버렸다 해도 이상할 게 없다.

"정신과에 다니기 시작한 것도 그 무렵입니까?"

"네. 하지만 몇 번 다니다 말았습니다."

그 후 가노는 사건 당일에 무슨 일이 있었는지 확인했다. 아르바이트가 일찍 끝난 이유, 당시 아버지의 정신 상태, 장을 보고 집에 도착한 시각, 그리고….

"거실에서 본 광경을 말씀해주세요."

"아빠가, 토사물 범벅이 되어 쓰러져 있었습니다. 과일주 캔과 흩어진 알약을 보고는 상반신을 일으켜 어깨를 흔들었습니다."

"다카히사 씨는 어떤 반응을 보였습니까?"

"아빠는 **의식을 잃어서** 말할 수 있는 상태가 아니었습니다."

막힘없이 질문을 계속하던 가노의 표정이 굳었다. 순조롭게 진행되는 듯 보이고 또렷한 말투로 대답해서 이변을 알아채지 못한 배심원도 있을 것이다.

"다카히사 씨의 어깨를 흔들어 깨우려고 한 거군요."

"네. 하지만 의식을 되찾지 못했습니다."

"그래서… 어떻게 하셨죠?"

"부엌에서 식칼을 가지고 왔습니다."

린의 대답이 가노의 의도에서 벗어난 것이 분명하다.

의식이 돌아온 피해자에게 죽여달라고 부탁받았다. 그 진술을 이끌어내지 못하면 변호인이 내세운 촉탁살인 스토리가 바닥에서부터 무너진다.

"다시 한번, 묻겠습니다."

검사석의 구스모토가 일어섰다.

"중복된 질문입니다."

"쟁점에 관련된 사항이고 피고인이 기억과 다른 진술을 하고 있을 가능성이 있으니 다시 질문할 수 있게 해주십시오."

"똑똑히 대답하지 않았습니까."

"그러니까, 기억이…."

그때 가라스마가 "린 씨" 하고 불렀다.

일어선 채로 가노와 구스모토가 법대로 몸을 돌렸다.

"사건 당일에 무슨 일이 있었는지. 무엇을 보고, 무엇을 듣고, 무엇을 했는지. 많은 사람이 같은 질문을 반복해서 물었죠."

"네."

"법원은 경찰관과 검사가 작성한 린 씨의 진술조서를 읽지 않았습니다. 수사 단계에서 어떤 진술을 했느냐에 상관없이, 저희는 기본적으로 이 법정에서 이야기한 내용이 린 씨의 인식과 일치한다고 생각합니다. 아시겠습니까?"

"네."

법정에서 진술하는 내용이 취조보다 무거운 의미를 갖는다.

검사, 변호인, 재판관. 책임을 추궁하는 사람, 권리를 옹호하는 사람, 판단을 내리는 사람. 모든 당사자가 모여 있기 때문이다.

"그렇다면 저도 확인하겠습니다. 거실에 쓰러져 있는 다카히사 씨의 상반신을 일으켜 어깨를 흔들었을 때, 다카히사 씨가 눈을 떴습니까?"

등, 옆얼굴, 눈동자. 법정 곳곳에서 린에게 시선이 향한다.

"죽여줘, 하고… 아빠의 목소리가 들린 것 같았습니다."

이어갈 말을 찾는 듯 짧은 틈이 생기자 "그렇다면" 하고 가노가 끼어들었다. 하지만 가라스마가 강하게 제지했다.

"말을 끊지 마세요."

"…"

"린 씨의 목소리에 귀를 기울여달라고 말한 건 변호인일 텐데요."

다시 침묵이 흘렀다. 가라스마는 천천히 생각해도 된다는 말조차 하지 않았다.

어떻게 대답하는 게 최선인지 그 길이 보이는 가노는 더더욱 속이 타들어갔으리라. 하지만 피고인 신문은 답안 맞추기를 하는 자리가 아니다.

"제가… 머릿속에서 만들어낸 목소리였다고 생각합니다."

"실제로 다카히사 씨가 한 말이 아니다?"

"네."

"어째서 그렇게 생각하죠?"

"아빠가 생명보험에 가입한 것도, 수취인이 저로 돼 있다는 것도 몰랐습니다. 하지만 자살한 경우에도 보험금이 지급된다는 말을 듣고 아빠다운 선택이라고 생각했습니다. 잘못된 이유겠지만 아빠를 살해한 전, 보험금을 받을 수 없겠죠."

"그럴 가능성도 있습니다."

가라스마는 확답을 피했지만 아마 지급되지 않을 것이다. 보험금을 목적으로 한 살인이 아니더라도, 수취인이 범행에 가담한 경우에는 수급 자격을 잃는다고 들었다.

가노는 책상에 손을 짚은 채 증언대를 바라보고 있다. 린이 다시 입을 연다.

"자살할 경우 지급되는지 조사했으니, 살해한 사람한테는 지급되지 않는다는 것도 알았을 겁니다. 그랬는데…, 저한테 죽여달라고 부탁했을 리가 없습니다."

"모순되기 때문인가요?"

"아빠는 그냥 죽고 싶어 했던 게 아닙니다. 목숨을 걸고 제게 돈을 남기려 했습니다. 그 마음을 몰라주고, 가장 바라지 않은 마지막을 맞이하게 해버렸습니다."

자살의 동기와 촉탁살인이란 주장은 앞뒤가 맞지 않는다. 가노의 모두진술을 들었을 때부터 이상하다고 생각했다. 검사가 그걸 놓칠 리가 없고, 결국 추궁당했을 것이다.

하지만 린은 자신에게 불리한 사실을 스스로 인정했다.

누군가가 등을 떠밀어서가 아닌 자신의 의지로.

"이 재판의 쟁점은, 다카히사 씨가 린 씨에게 살해를 의뢰했느냐 아니냐였습니다."

가라스마는 한마디 한마디를 확인하는 것처럼 천천히 말을 이었다.

"결론이 나오면 살인죄와 촉탁살인죄 중 어느 것이 성립하는지가 결정됩니다. 그러나 그건 형법이라는 틀 안에서 어느 죄에 해당하느냐는 이야기에 지나지 않습니다."

촉탁살인으로 여겨지는 건 피해자가 구두로 살해를 의뢰한 것 같은 경우다. 귀가했을 때 의식을 잃은 상태였고 그 상황에서 식칼로 가슴을 찔렀다면, 아버지와 린 사이에 의사소통이 이루어졌다고 해석할 수 없다.

무엇보다 아버지의 바람은 '사망 보험금을 딸에게 주기 위해 목숨을 끊는다'는 조건이 붙은 자살이었다. 살해당하는 걸 원한 게 아니다.

아니…, 이것도 정확하지 않다. 자살에 실패해 타살로 죽음을 맞았어도 수취인이 범행에 가담하지 않았다면 사망 보험금은 지급됐다.

생판 처음 보는 사람이나 빚쟁이에게 살해당하는 거라면 아버지는 받아들였을 것이다.

그렇지만 **린에게 살해당하는 것만큼은 바라지 않았다.**

"…살인죄에 대한 법정형은, 사형 또는 무기 혹은 5년 이상의 징역. 촉탁살인죄에 대한 법정형은, 6월 이상 7년 이하의 징역 또는 금고. 숫자만 비교하면 살인죄가 훨씬 무겁게 느껴질지도 모릅니다. 하지만 살인죄라 하더라도 참작해야 할 사정이 있다고 인정되면 징역형의 하한을 2년 6월까지 낮출 수 있습니다. 법정형의 폭이 이 정도로 넓은 건 살인에 이른 경위, 살해 형태, 피고인이 짊어져야 할 책임의 무게, 이 모든 게 사건에 따라 제각각이기 때문입니다."

가라스마는 숨을 한 번 내쉬고 충분한 틈을 두었다.

"우리가 대면하는 건 법률이 아니라 사건과 피고인입니다. 살인죄인지 촉탁살인죄인지에 따라 당장 결론을 낼 수 있는 게 아닙니다. 적절한 형벌을 확정하기 위함이니, 린 씨가 지켜본 다카히사 씨의 마지막 모습을, 본인의 입을 통해 말씀해주시기 바랍니다."

린은 시선을 피하지 않고 똑바로 법대를 바라봤다.

"아빠는 의식을 잃은 상태였습니다. 편해졌으면 하는 마음에, 제가 멋대로 그렇게 생각하고, 부엌에서 식칼을 가져와서… 찔렀습니다."

"알겠습니다. 변호인, 피고인 신문을 계속하세요."

가노에게 진행을 맡긴 가라스마가 숨을 토하는 소리를 마이크가 잡아냈다.

재판에서 이루어지는 사실인정 판단의 기저에는 '사람은 자신에게 불리한 진술은 하지 않는다'라는 경험 법칙이 깔려 있다. 그래서 경찰이나 검찰은 죄를 인정하는 자백조서 확보에 열을 올린다.

가노와 가라스마가 두 번씩 확인했다. 모든 질문에 린은 아버지가 의식을 잃은 상태였다고 대답했다.

이 진술은 뒤집히지 않는다. 살인죄의 유죄판결이 거의 확정되었다.

아버지는 린의 미래에 희망을 남겨주기 위해 목숨을 끊으려했다. 그랬던 아버지가 린이 살인죄로 처벌받는 걸 바랄 리가 없다. 무엇을 위해, 누구를 위해 린을 벌하는가. 형벌에 사회질서를 유지하는 기능이 있다는 건 잘 알지만….

조금이라도 유리한 사실을 이끌어내려는 가노의 질문이 귀를 통과해 지나간다.

어떻게 하는 게 옳았을까. 왜 막지 못했을까. 원인은 어디에 있었을까.

답을 낼 수 없는 물음이 머릿속을 맴돈다.

린이 구급차를 불러서 목숨을 건졌다 해도 아버지는 다시 자살을 기도했을 것이다. 같은 실패를 반복하지 않도록 치사량이 넘는 카페인이나 독극물을 복용하는 방식으로.

린의 손을 더럽히지 않고 무사히 죽음에 이르렀다면 아버지의 죽음은 달라지지 않은 채로 린이 보험금을 수령한다.

살인은 일어나지 않고 자살은 처벌받지 않는다.

그것이 최선의 미래라고 한다면, 나는….

7

타임 슬립을 반복해 아버지와 린이 걸어온 인생을 더듬어왔다.

첫 번째는 아버지가 누명을 썼을 가능성을 밝히기 위해.

두 번째는 아버지의 죽음을 피하기 위해.

크게 갈라져 나온 두 개의 운명을 뒤쫓았다. 하지만 아버지와 린은 서로를 배려하느라 불행의 밑바닥에 납작 엎드려 구원이 찾아오기만을 하염없이 기다렸다.

부녀의 관계를 엿봤기 때문에 더더욱 아버지가 린을 두고 자살을 기도했다는 게 믿기지 않았다.

금전적인 어려움 말고도 아버지를 궁지로 내몰았던 요인이 있다. 그걸 제거할 수만 있다면 아버지는 막다른 길에 몰린 운명에서 벗어날 수 있다.

거기서 활로를 발견하고 과거와 현실에 부딪쳐왔다.

가라스마가 합류한 후에는 진보 마사코, 엄마, 소메야 사호, 과거의 나…. 한정된 시간을 최대한 활용해 법정 밖에서도 과거의 단편을 주워 모았다.

비어 있던 공백도 대부분 메워지는 중이다.

엄마와 사호가 나란히 언급한 린의 친아버지의 자살.

과거의 내게서 온 메일을 통해 자초지종이 밝혀졌다. 하지만 린의 친아버지와 양아버지 둘 다 빚에 허덕이다 개인 파산이 아닌 자살을 선택한 이유를 알 수 없었다.

그에 대한 답도 가노의 모두진술에서 제시됐다.

그들은 제로에서 다시 시작하는 개인 파산보다, 플러스 재산을 남길 수 있는 자살이 가족에게 희망을 안겨줄 거라고 판단했다.

옳은 결단이라고는 할 수 없지만 고민 끝에 같은 결론에 이르렀다. 아버지로서는 모델이 된 케이스가 바로 옆에 있었던 셈이다.

이 잔혹한 양자택일은 생명보험과 개인 파산의 구조를 알고 있어야 생각해낼 수 있다.

무죄판결이 선고된 이후에 생긴 일은 진보 마사코의 증인신문 과정에서 수상한 채권 회수 업자의 존재가 등장했을 때부터 예견했다.

물불 가리지 않는 독촉으로 금전적으로도 정신적으로도 궁지에 몰려 절망에 지배당했다. 피고인 신문에서 린이 말한 내용은 예상한 범주 안에 있었지만, 절실한 표정과 말투에 가슴이 아렸다.

아버지의 의지는 언제 꺾여버렸을까.

린이 언제라고 콕 집어서 말하지 않았지만 그 순간이 갑자기 찾아오진 않았을 듯싶다. 줄어들지 않는 빚, 직장에서 받은 부조리한 대우, 강제추행사건의 재연.

내출혈처럼 검붉은 멍이 스멀스멀 퍼지다가 허용량을 넘어 넘치기 시작했다.

금전적으로 곤궁했던 것 외에 다른 요인도 있지 않을까. 이런 안이한 추측은 풍족한 안전지대에 있기에 내뱉을 수 있는 잠꼬대에 지나지 않는다.

갚아도 갚아도 줄어들지 않는 거액의 부채를 떠안았지만, 그래도 딸에게 보험금을 남겨주려 했다.

다른 요인 없이도 사람은 돈 때문에 죽음을 결심할 수 있다.

살인사건의 실질적인 심리는 조금 전의 피고인 신문으로 종료됐다. 변호인의 촉탁살인 주장은 기각됐고, 어느 정도의 형벌을 부과하는 게 적절한지 재판관과 배심원이 협의한다.

남겨진 의문이 보이지 않는다. 그런데도 다음에 취해야 할 행동이 떠오르지 않는다.

단 하나, 무죄판결을 취소시키는 방법 말고는.

분명 1년 전의 가라스마도 같은 결론에 도달했다. 보험법과 파산법 관련 지식으로 변호인의 모두진술을 듣기도 전에 자살의 동기를 눈치챘다.

그때 가라스마의 심정이 어땠을지 비로소 이해가 됐다. 포기하는 수밖에 없었던 것이다.

하지만… '지금'의 가라스마는?

무죄판결을 유지하면서 아버지의 죽음을 피해간다. 1년 전의 실패를 거듭하지 않기 위해 내가 선입관에 사로잡히거나 예단을 내리지 못하게 하고 있다. 단지 가라스마의 생각일 뿐이라도, 과거의 판결 결과를 좌우할 수도 있는 상황에서 이유도 없이 섣부른 행동을 했다고는 볼 수 없다.

지난번 타임 슬립 당시 폐정 직전에 내려진 석명준비명령.

가라스마는 시료에 불순물이 섞였을 가능성을 시사하는 데 그쳤고, 폴리초산비닐이나 타액 검사용 껌에 대해서는 언급하지 않았다고 말했다.

바꿔 말하면 그 정도 설명으로도 의도가 전달되리라 믿었다.

누구에게, 어떤 의도를? 법정에 마음에 걸리는 인물이 있어서 씨앗을 뿌려 관심을 끌었다. 그게 가라스마의 대답이었다.

내가 소메야가 우편함에 고발장을 넣었듯이 불순물의 존재를 암시해 아버지를 모함한 인물을 위협하려 한 걸까.

하지만 사호는 방청하지 않았다. 메시지를 받은 사람은 그녀가 아니다.

위장 공작에 관여한 인물이 사호 말고 또 있는 걸까? 아버지를 모함한 공범…. 동기도 관여한 방법도 떠오르지 않는다.

아니면 아카마 변호사나 다케치 검사가 이미 워크시트 내용에 의혹을 품고 있을 가능성을 내다보고 반응을 떠봤다. 그렇게 생각해야 하는 건지도 모르겠다.

그럼에도 '법정에 마음에 걸리는 인물이 있었다'는 말은…, 그 인물이 법정에 있는 게 돌발 사태였다는 말로 들렸다.

재판관과 마찬가지로 변호인이나 검사가 출석하지 않으면 형사재판은 열리지 않는다.

나무 분리대 안쪽으로 들어가는 당사자는 서기관을 포함한 전원에게 역할이 주어진다. 그렇다면 가라스마가 놀란 이유는 예상하지 못한 인물이 방청석에 앉아 있었기 때문이다. 다음 기일에도 법정으로 끌어내고자 의미심장한 발언을 했다.

그 자리에 있었던 인물….

방청석에 앉았던 인물들의 면면을 떠올리려 했지만, 법정에 들어갔을 때는 이미 가라스마의 석명준비명령이 내려지던 참이라 온 신경이 분리대 안쪽을 향했다. 다른 방청인이 있었는지조차 기억나지 않는다.

무엇보다 어째서 가라스마는 그 인물을 눈여겨봤을까.

시공의 문을 연 내가 계기를 만들지 않는 한, 과거에 존재하는 사람들은 녹화한 텔레비전 방송이나 RPG 게임 속 마을 사람처럼 같은 행동을 반복한다.

그리고 1년 전에 타임 슬립을 경험한 가라스마도 '과거에 존재하는 사람들'에 포함된다. 유죄판결을 선택해서 과거를 확정시켰으니까. 누군가가 수동으로 레일을 바꾸지 않는 한 설정된 도달점을 향해 직진한다.

불순물에 관한 석명준비명령도 예정돼 있던 중계 지점일까. 그럴 리가 없다. 어딘가에서 방향 전환이 이루어졌다. 과거의 레일을 바꿀 수 있는 건 나밖에 없다.

초기화된 후에 열린 제1차 공판에 합류하고 나서 제2차 공판에서 석명준비명령이 내려질 때까지 난 가라스마에게 무슨 이야기를 했던가….

기억 탐색은 빠르게 끝났다.

합류한 직후 삼각공원에서 나는 짧은 시간 동안 가라스마보다 더 먼 미래에서 왔다는 사실, 그 시간대에서 나와 가라스마의 관계, 아버지의 기록을 발견하고 변호인을 유도한 경위, 타임 슬립의 법칙을 공유하고 향후 방침을 논의했다.

새 청사로 돌아온 후에는 제1대기실에 모여 갱생보호시설에서 진보 마사코로부터 알아낸 정보, 구체적으로는 진보가 증언 의뢰를 받아들인 경위와 남편이 남긴 암호 비슷한 편지에 대해 의논했다. 가라스마는 교도소에서 아버지와 무슨 이야기를 했는지 가르쳐줬다.

집에서 엄마와, 소메야가에서 사호와 이야기한 내용은 석명준비명령이 내려진 시점에는 가라스마에게 전달하지 않았다. 물론 법정에서 보고 들은 정보는 이것 말고도 더 있다. 하지만 검사의 모두진술이나 증인신문은 처음부터 예정돼 있던 절차라 1년 전의 가라스마도 같은 경험을 했다.

내가 한 타임 슬립으로 새롭게 발생한 일은 역시…, 삼각공원과 제1대기실에서 나눈 대화밖에 없다. 내가 알아차리지 못할 뿐이지 그 안에 사호의 위장 공작에 관여한 인물을 밝힐 힌트가 숨겨져 있는 걸까.

뭔가를 놓치고 있다. 발상을 전환할 필요가 있다.

1년의 시간차를 둔 타임 슬립. 계기가 된 린의 재판. 아버지의 사건 기록. 처음부터 다시 생각하니 막혀 있던 사고가 트이는 느낌이 들었다.

아니다. 한 명 더 있다. 가라스마에게 정보를 줄 수 있는 건 나 혼자가 아니었다.

'미래'의 가라스마다….

과거에 영향을 줄 수 있는 건 나밖에 없다. 그렇다면 **날 통해서 과거를 바꾸면 된다.** 단순한 논리지만 타임 슬립을 간파한 사람이 아니면 떠올릴 수 없는 샛길이다.

내가 과거에서 뭘 했는지가 아니라 가라스마가 미래에서 뭘 했는지를 알아야 한다.

힌트를 뿌려놓은 아버지의 사건 기록을 사물함에 보관해 내가 DNA 위장 공작을 알아차리도록 유도했다. 자신이 과거로 돌아가지 못해서 나에게 맡긴 거라고 생각했다.

그러나 한편으로는 그의 행동이 자연스럽지 않다고 느꼈다.

1년 전의 가라스마는 무죄판결을 취소하고 과거를 원래대로 되돌렸다. 이미 무력감과 절망을 맛보았는데, 나로 하여금 무책임하게 같은 길을 걷게 할 이유가 있을까.

한줄기 빛을 찾아냈다면?

과거를 확정시키고 타임 슬립에서 벗어난 가라스마에게는 생각할 시간이 잔뜩 있었다. 끝내 포기하지 못하고 다시 기회가 찾아올지도 모른다고 기대하며 가능성을 모색했다.

그리고 1년 후… 내가 시공의 문을 열었다.

아니, 린이 절도죄로 기소된 시점에는 가라스마 자신이 선택된 줄 알았다. 기소부터 공판까지는 약 한 달 정도. 타임 슬립의 설욕전을 완수하기 위해 그것이 찾아올 날을 대비해 준비를 마쳤다.

디데이의 개정표. 진보 마사코 재판에도 의미가 있었던 게 아닐까.

린과 진보가 같은 시기에 절도사건을 일으킨 건 역시 우연이다. 하지만 일정이 가깝다면 재판관의 재량으로 개정일을 조정할 수 있다. 제1차 공판기일은 서기관이 후보를 고르면 그 안에서 재판관이 지정한다.

가라스마와 진보는 1년 전 타임 슬립 때도 만난 바 있다. 피고인이 아니라 살인사건 재판의 증인이라는 신분으로. 덧씌워진 과거라 진보에게는 그날의 기억이 남아 있지 않았다. 가라스마만이 일방적으로 기억하고 있었다.

린의 재판이 시작되기 전에 진보에게 확인할 사항이 있었던 것이다.

까마귀가 울었다…. 가라스마는 폐정 직전 진보에게 게이이치가 사망한 시기를 물었다.

그는 아버지가 일으킨 교통사고로 사망했다. 사망한 시기를 알고 싶었던 게 아니다. 이 정보도 이미 덧씌워진 과거에서 입수했다.

평소처럼 당사자를 유도하기 위한 석명준비명령이었다. 다만 진보의 절도사건, 그 진상을 분명히 하는 데 그치지 않고 아버지의 미래까지 내다봤다. 타임 슬립이 일어나면 지난번처럼 공판 횟수에 맞춰 시공의 문이 열린다. 제2차 공판 피고인 신문 때 진보로부터 정보를 얻어내기 위해 변호인을 원하는 방향으로 유도하려 했다.

하지만 타임 슬립은 일어나지 않았고 얼마 지나지 않아 내가 선택된 걸 알았다.

궤도를 수정하고자 날 유도했다.

린의 살인사건에 진보 마사코가 증인으로 출석한다고 들었을 때, 그런 우연이 가능한가 싶어 놀랐다. 내 직감이 옳았다. 우연이 아니었다.

증인신문 전에 이야기를 들어봐야겠다고 판단한 건, 진보가 자신의 피고인 신문에서 교통사고 이야기를 꺼내서다. 아버지가 일으킨 사망 사고와 연관이 있다고 생각해 유급휴가를 얻어 갱생보호시설을 찾아갔다.

이렇게까지 과감한 행동을 하리라고는 예상하지 못했겠지만, 진보 마사코의 중요성을 말해주려 했다. 날 통해서 '지금'의 가라스마에게.

과거의 내가 어떻게 생각할지는 미래의 내가 가장 잘 안다.

대학생인 내게 메일로 지시한 것도 마찬가지로 신뢰했기 때문이다.

내가 가라스마에게 진보 마사코 재판에 관한 상세한 정보를 전달한 건 제2차 공판에서 석명준비명령이 내려진 뒤였다. 그전까지 이야기했던 사안은 진보 마사코가 증인 요청을 받아들인 경위와 진보 게이이치가 남긴 암호와도 같은 편지의 내용.

거기서 뭘 이끌어낼 수 있을까. 가라스마는 뭘 이끌어낸 걸까.

8년 전 교통사고와 5년 전 강제추행사건 사이에 접점은 없을 터.

사호는 부녀의 연을 끊고 이혼하기 위해 사건을 날조했다. 뒤틀린 이익을 손에 넣는 건 그녀뿐, 다른 사람이 관여할 여지 같은 건….

어렴풋한 섬광이 머리를 스친다.

정체를 알아내려 했지만 이내 사라져버렸다.

조금만 더, 이제 조금이면 되는데.

8

수없이 오간 대학 산책로. 진갈색 벤치에 앉아 생각에 잠겨 있었다.

장마철 축축한 공기가 피부에 들러붙는다.

뙤약볕에 시달리지 않아도 되어 좋지만 비가 쏟아질 것 같은 기미가 감돈다. 과거의 기억이 선명하게 새겨져도 그날의 날씨까지 기억하는 일은 드물다.

기록적인 호우라도 덮치지 않는 이상, 날씨는 개정 여부를 판단하는 데 영향을 주지 않는다.

하늘을 올려다보니 앞으로 멀어질수록 구름이 잿빛으로 물들어 있었다. 동쪽과 서쪽 중 어느 방향이냐에 따라 미래의 날씨인지 과거의 날씨인지 알 수 있다. 방향치라서 구름의 흐름을 눈으로 좇고 있는데 잿빛 구름이 조금씩 다가왔다.

앞쪽이 미래…. 저 너머의 훨씬 너머에서 난 이곳으로 오고 있다.

과거로 돌아오면 주어지는 개정 시각까지 남은 한 시간을 일분일초도 허투루 쓰지 않고 바삐 움직였다. 폐정 직전까지 버티다 법정으로 뛰어 들어간 적도 있다.

이 시간대에서 해야 할 일은 이제 생각나지 않는다. 벤치 옆에 서 있는 반사경 모양의 시계를 바라보면서 조금 전에 지켜본 린의 피고인 신문을 되짚어 봤다.

"무슨 근심이 있어 보이네?"

크림색 운동화. 연지색 튜닉 셔츠. 오렌지색 머리카락.

"저녁노을을 보는 것 같은 패션이네."

"역시 근심이 있으셔."

아이는 내 옆에 앉아 손끝을 위로 올렸다.

"소지는?" 하고 물었다.

"몰라. 맨날 붙어 다니는 거 아니거든. 구직 활동 중이겠지.

16연패 중이래. 회사들이 참 보는 눈이 없어."

"첫인상에서 외모가 몇 퍼센트를 차지한다더라⋯."

"우와, 진짜 못됐다."

"소지라면 괜찮아. 조만간 합격할 거야."

우량 기업이든 아니든 간에 나처럼 취업 재수생이 될 일은 없다.

"스구루는 어떻게 할 거야? 취업 준비도 제대로 안 하지?"

"열심히 찾는 중이야."

구직 활동 시기와 아버지의 재판이 겹쳤다. 자포자기와 무기력 사이에서 갈팡질팡하다 지쳐 나가떨어진 후, 불쑥 재판과 관련된 일을 하고 싶다는 생각에 1년 늦게 법원 직원 채용 시험을 쳤다.

"오늘도 아버지 재판 보러 갈 거지?"

"응. 피해자 신문이랑 피고인 신문이 예정돼 있어."

린의 재판과 똑같이 아버지의 재판도 오늘 열리는 제3차 공판으로 분수령을 맞는다.

스트레칭하듯 상반신을 기울이고 있던 아이가 불안정한 자세로 고개를 틀었다. 비의 기운을 머금은 바람이 불어와 튜닉 셔츠가 우울하게 펄럭였다.

"중요한 공판이잖아. 너도 마음 단단히 먹어야지."

"난 지켜만 볼 뿐이야."

"집단소송 같은 걸 보면 원고가 방청석에 잔뜩 앉아서 압박을 주잖아. 재판관도 아무렇지 않은 얼굴을 하고 있지만 속으로는 분명 긴장할 거야."

"혼자서 압박을 줘봤자."

"옆에서 같이 째려봐줄까?"

삐뚤빼뚤한 앞머리 아래 아이의 커다란 눈동자가 날 들여다본다.

"네가 좋아하는 중후한 외모의 재판관이라 째려보는 동안에 마음을 빼앗길걸."

"우와, 그러니까 더 보고 싶어졌어."

이 시간대에서 아이와 가라스마는 아직 만나지 않았다.

"그런데 말이야…, 넌 재판관이 된 네 모습이 상상이 돼?"

"대충 망상은 해본 적 있지."

로스쿨 재학 중에 합격률이 한 자리인 예비시험을 통과하고 본시험인 사법시험도 어렵지 않게 합격. 머리가 좋을 뿐 아니라 재판관에 대한 강한 동경심을 일관되게 가져왔다.

아이라면 타임 슬립에 어떻게 대응할까.

"문제 나갑니다."

"아닌 밤중에 홍두깨도 아니고 너무 뜬금없네. 법정에서 의사봉 찾기라고 해도 괜찮겠다."

어디선가 들어본 말장난. 피해갔던 과거가 돌고 돈다.

"무죄를 확신하는 피고인이 있습니다. 그런데 그 피고인은 사회에 복귀하면 자신을 모함한 사람을 죽이겠다고 선언했습니다.

자, 지구사 재판관의 판결은?"

"무죄." 곧바로 대답했다. "열 명의 피고인이 있고 그중 한 명은 무고하다는 사고실험이 유명하지만 그것보다 결론이 명확해."

아이가 말한 사고실험은 나도 들은 적이 있다.

열 명의 피고인 중 아홉 명은 살인범이고 한 명은 무고하다는 게 밝혀졌다. 아홉 명은 마땅히 사형에 처해야 할 중죄를 저질렀지만, 누가 무고한지는 마지막까지 알아내지 못했다.

그 상태에서 판결 선고 기일을 맞이했다. 심리를 재개할 수는 없고 증언대 앞에 나란히 선 열 명의 피고인에게 판결을 내려야 한다.

재판관에게 요구되는 건 열 명에 대한 사형선고일까, 열 명에 대한 무죄선고일까.

"그 사례에서도 열 명에 대한 무죄선고가 정답이잖아."

아홉 명의 살인범을 사회로 돌려보내서 새로운 피해자가 생긴다고 해도.

"뭐가 올바른지 묻는 문제가 아니잖아. 그렇지만 난 무죄를 선택하지 않을 재판관은 없다고 믿어."

도덕적 올바름이 아닌, 재판관의 사명.

내가 든 사례에서 재판관은 피고인이 무고하다고 확신한다. 사회 복귀 후 살인을 예고한 건 기소된 사건과는 상관이 없기 때문에 무죄선고를 망설일 이유가 되지 않는다.

"마찬가지로 무죄라고 확신하는 피고인이 있어. 그런데 피해자로 여겨지는 인물이 증인신문에서 무죄판결을 선고하면 피고인을 살해하겠다고 선언했어. 그럴 경우에는?"

"단연코 무죄." 아이는 기가 차다는 말투로 말했다.

"아까보다 문제가 별로잖아. 무슨 말인지 알아? 그 상황에서 심증에 반하는 판결을 선고하는 건 협박에 굴복하는 거나 마찬가지라고. 총리도 재판관의 판단엔 참견 못 해. 사법권의 독립은 법치주의 국가의 대전제니까."

화난 감정도 섞인 것처럼 들렸다. 재판관을 우롱했다고 생각하려나.

"확정되지 않은 미래라서."

"어?"

"증언대에서 살해 예고를 한 피고인도 피해자도, 정말로 실행에 옮길지는 알 수 없어. 판결을 선고하고 결과가 나오기까지 시간도 많이 걸리고. 인터넷에 올라오는 살해 예고보다는 신빙성이 있는 것 같지만, 무죄가 죽음을 초래할지는 확정되지 않았어."

"하고 싶은 말이 뭔데?"

잿빛 구름이 눈앞으로 성큼 다가왔다. 비 냄새가 났다.

"목에 밧줄을 두른 피고인이 교수대에 서 있어. 무죄와 유죄 버튼이 설치돼 있고, 무죄를 선택하면 발판이 꺼지면서 떨어져. 사전에 설명을 들어도 심증에 따라 버튼을 누를 수 있어?"

"그런 건… 재판이 아니야."

교도관이 사형 집행 버튼을 누르면 즉시 발판이 꺼진다. 가라스마가 무죄판결을 선고하면 4년 후의 살인사건을 향한 도화선에 불이 붙는다. 4년의 유예기간은 타임 슬립으로 한순간에 지나간다.

불을 끄는 방법을 모르는 건 사형 집행 버튼을 누르는 것과 다를 바가 없다.

"이상한 질문을 해서 미안해."

"잘은 모르지만 재판관이 따르는 건 자기 양심뿐이야."

5년 후의 아이에게 물어봐도 똑같이 대답할까. 판결문을 쓰고 있으면 불안해서 잠을 못 잘 때가 있다고 했다. 좀처럼 그러지 않는 아이가 약한 소리 하는 걸 들었을 때 그 정도로 이 일에 진심이구나 하고 생각했다.

유죄인지 무죄인지. 유죄라면 어느 정도의 형을 부과해야 하는지.

심증을 형성하고 결론을 도출하기 위해 재판관은 사건과 피고인을 마주한다. 무죄라는 심증을 품고 있으면서 유죄를 선고하는 건 직책을 포기하는 거나 마찬가지다.

"스구루는 재판관의 판단을 믿지 못하겠다는 거야?"

"믿어."

빗방울이 안경 렌즈에 부딪혀 시야에 납작한 물방울이 나타났다.

"으악, 진짜 싫어."

아이는 숄더백을 머리 위로 치켜들고 지붕이 있는 통로 쪽을 향해 뛰어갔다. 나도 시야를 가리는 물방울을 셔츠로 닦은 다음 뒤를 쫓았다.

"정말 정떨어지는 계절이야."

휴대폰 카메라에 비친 앞머리를 고치는 아이를 보며 생각했다.

난 가라스마를 신뢰한다.

가라스마라면 전지적인 관점에서 상황을 판단해 합리적인 결론을 도출할 거라고 믿는다.

아버지의 죽음을 피하기 위해 유죄판결을 선고한다…. 도덕적으로는 불가피한 판단이지만, 재판관의 사명에는 등을 돌리는 행동이다. 양심에 반하는 유죄 선고이기 때문이다.

인명과 균형을 맞출 수 있는 대상은 인명 외에는 존재하지 않는다.

살인이 허용되는 건 목숨이 위기에 직면한 경우뿐이다.

자신의 목숨이든 타인의 목숨이든 인명은 유일무이한 가치 기준이다.

하지만 재판관이 저울질해도 된다고 허락받은 건 변호인과 검사가 법정에서 제시한 사실이나 증거로 한정된다. 당사자를 유도해 적절한 추를 가져오게 할 수는 있다. 그렇다 하더라도 미래에 잃게 될 인명까지 고려 대상에 넣어서는 안 된다.

재판관이 마주 봐야 할 대상은 검사가 밝혀낸 사건과 증언대에 앉는 피고인이다.

신도 아닌 한 명의 인간이 타인의 인생을 온전히 짊어질 수 있을 리 없다. 검사가 심판할 대상을 분명히 밝히면 재판관은 그 범위 안에서 피고인의 죄와 벌을 판단한다.

그건 재판관이 지켜야 할 자명한 이치이며 1년 전의 가라스마도 물론 잘 알고 있었다.

그럼에도 유죄판결을 선고한 이유는 그가 아니면 짊어질 사람이 없었기 때문이다. 재판관의 사명과 인명을 저울질했다. 재판관이 아닌 한 명의 인간으로서.

줄곧 의문이었다.

어째서 가라스마가 아닌 내가 선택됐을까. 난 아버지를 비열한 성범죄자라고 생각했다. 타임 슬립에 휘말리기 전까지는 억울한 누명을 썼을 가능성은 의심한 적도 없었다. 과거의 오판을 후회하던 가라스마와는 달리, 미워하는 감정으로 이어져 있을 뿐이었다.

하지만 사건의 진상이 드러나고 누명을 썼다는 의혹이 짙어짐에 따라, 증언대 앞에 앉은 뒷모습을 피고인으로 노려보는 게 아니라 아버지로 바라보게 됐다.

가라스마가 이끌어주지 않았다면 변화는 찾아오지 않았을 것이다.

법정에선 가라스마가 당사자를 이끌고, 법정 밖에선 내가 움직였다. 그렇게 역할을 분담해 미래를 고쳐 쓰려 했다.

만약 그럴 거라면 반드시 나일 필요는 없었다. 관계인에게 접근할 수 있는 인물이라면 누구라도 괜찮았다.

　우연이 아니라 의미가 있었다면….

　내가 선택된 건 함께 짊어지기 위해서가 아닐까.

　아버지의 인생을.

　가라스마가 재판관으로서 양심에 따를 수 있도록. 인명을 저울질하지 않도록.

　그럴 각오가 되어 있는지, 난 시험당하고 있는 걸까.

　"법원에 안 가도 돼?"

　아이의 물음에 손목시계를 봤다. 개정까지 앞으로 20분.

　"해야 할 일이 생각나서."

　"지금?"

　"아마 재판엔 늦을 거야."

　"아버지 재판보다 중요한 일이구나."

　"나만 할 수 있는 일이라서."

　"그럼… 내가 방청하고 나중에 가르쳐줄게. 그래도 되지?"

　"응. 고마워."

　"팬케이크나 사."

　기껏 다듬은 앞머리를 좌우로 흔들면서 아이는 빗속을 달려갔다.

　습기 탓에 셔츠가 살에 들러붙었다. 주머니에서 휴대폰을 꺼내 열한 자리 숫자를 입력했다. 잠시 후 연결음이 끊겼다.

"여보세요, 잠깐만." 1분 정도 잡음이 들리더니, "비상계단으로 나왔어. 10분 정도는 통화할 수 있는데, 무슨 일이야?" 하고 가라스마가 물었다.

"이번에도 폐정 직전에야 법정에 도착할지도 몰라요."

"…그래. 만나고 싶은 사람이라도?"

"아뇨. 한 번 더, 과거의 저한테 메일을 보낼 거예요."

송신 예약 기능을 써서 메일을 주고받았다는 이야기는 어제 법정에서 했다.

"몇 시간씩이나 걸릴 일이야?"

"제가 아는 걸 모두 말해주고 싶어요."

"그건 추천하지 않는다고 말했을 텐데."

4년 후에 아버지가 목숨을 잃는다. 그 미래를 알게 된 난 어떻게 받아들이고 어떤 행동에 나설까. 잘못 가르쳐주면 나 자신의 미래를 망칠 수도 있다.

"위험 부담이 따른다는 건 잘 알아요."

"마음은 이해하지만 그런다고 미래가 좋은 쪽으로 굴러갈 것 같진 않아."

타임 슬립으로 개입할 수 있는 과거의 범위가 어디까지인지 알고 있다.

빚을 진 원인이 된 교통사고도, 아버지와 린의 마음에 깊은 상처를 새긴 날조된 성범죄도 이미 사실로 확정되었다. 앞으로 일어날 빚 독촉도 나 혼자 힘으로 막을 수 있는 게 아니다.

"함께 짊어질 수는 있을 거예요."

"짊어져?"

"빚을 대신 떠안을 생각은 없어요."

비 내리는 하늘을 올려다보고, 쓴웃음이 섞인 숨을 뱉는다.

"무슨 말인지 모르겠군."

"곁에 있어주는 건 의미가 없을까요?"

"…."

"혈연관계를 과대평가하는 건 아니에요. 아버지를 다시 일으켜 세울 수 있는 사람은 줄곧 곁에 있던 린 씨밖에 없다고 생각해요. 그렇지만 두 사람 가까이에서 누군가가 힘을 줘야 한다면, 저만한 적임자는 없을 거예요."

엄마와의 관계, 아이나 소지와의 관계도 달라져버릴지 모른다. 삶 자체가 달라질 수도 있다. 그런데도 미래를 걸 가치가 있을까.

피를 물려받은 아들이니까?

그게 다가 아니다. 타임 슬립을 거치며 두 사람에게 힘이 되고 싶어졌다.

"부장님은 재판관으로서의 사명을 완수해주세요."

"지금의 미래가 유지된다 해도?"

"갱생보호시설 자원봉사자들이 1년 후에 방청을 왔을 때, 부장님은 피고인의 갱생은 법원이 적극적으로 관여할 사항이 아니라고 말씀하셨어요."

"상대방이 화를 냈겠군."

"죄를 범했는지 가려내고 유죄일 경우에는 적절한 형을 선고한다. 과거를 매듭짓는 게 재판관의 역할이죠."

"그렇게 믿어왔지."

"그렇다면 미래의 책임까지 짊어지지는 마세요."

어느 정도의 승산을 기대할 수 있을까. '최선을 다했지만 뜻대로 안 됐습니다'로 끝날 이야기가 아니다. 목숨이 달려 있다. 책임질 방법이 떠오르지 않는다.

"자네 힘만으로 해결할 수 있는 문제가 아니야."

"알아요."

스피커를 통해 한숨이 들려온다.

"나한테도 생각이 있어. 오늘 재판, 피고인 신문 후반은 법정에서 들어주면 좋겠어. 방청석에서 휴대폰을 만지작대도 못 본 척할 테니까."

"아버지한테… 뭔가 물어볼 생각이군요."

"이 전화가 걸려 오기 전에, 민사부 서기관실에 가서 다카하시 씨가 일으킨 교통사고 사건 기록을 빌려왔어."

"형사사건이 아니라, 민사사건 기록을요?"

"그래. 피해자 유족이 제기한 손해배상 청구 소송…. 진보 게이이치가 사망자로 되어 있는 소송 외에 또 한 건, **같은 사고로 사망한 피해자의 이름을 발견했어.**"

배상금 지급을 요구하는 소송을 제기했다고 진보 마사코가 증인신문에서 말했다.

교통사고는 날조된 강제추행사건 약 2년 전에 발생했다. 형사사건과 달리 민사사건 기록은 법원에서 보관한다. 이 시간에는 바로 빌릴 수 있다.

"맞은편 차로로 튀어나가 거기서 정면충돌한 차의 운전자 말이군요."

그 이름도 진보가 법정에서 증언했다.

"소노카와 루리 씨. 사고 당시 27세로, 막 결혼한 신혼부부였어. 배상금 청구 소송은 배우자가 제기했어."

"뭔가 관련이 있는 건가요?"

소노카와라는 성씨를 다른 상황에서 들은 기억은 없다.

"진보 씨의 증인신문을 듣고, 그 사람답지 않다고 생각했어."

"부장님이 진보 마사코를 만난 건 그날이 처음이죠?"

처음 만난 사람을 상대로 그런 인상을 받는 일은 없을 텐데.

"대답이 아니라 질문이. 그 신문은 다카히사 씨가 금전적으로 궁핍해지는 모습을 보여주기 위해 실시됐어. 거액의 부채를 안고 수상쩍은 회수 업자가 채권을 사들이게 된 경위. 거기까지면 얻고자 하는 목표는 달성했을 텐데, 진보 씨는 유족 감정에 대한 대답도 요구받았지."

마지막 질문이다. 질문과 대답이 겉돌던 게 기억난다.

불합리하게 피해자의 목숨을 빼앗았음에도 차를 운전한 가해자는 교도소에 들어가지도 않고 사건이 마무리됐다. 결론을 받아들일 수 없어서 강한 손해배상을 청구했던 게 아닌가….

진보 마사코는 말을 흐렸고, 변호인의 주신문은 종료됐다.

진보에게서 아버지를 원망한다는 대답을 이끌어내도 린의 재판에서 유리하게 작용하지는 않는다. 오히려 사망한 아버지를 비난하는 듯한 느낌마저 드는 질문이었다.

"다른 의도가 있었을까요?"

"의도라기보다 의지를 느꼈어. 린 씨의 변호에 전력을 쏟는 모습을 봐와서, 불완전 연소한 질문이 마음에 걸리더군. 그게 변호인으로서 한 질문이었을까?"

"…모르겠어요."

왜 유족 감정에 집착했을까.

아버지가 일으킨 사고로 사망한 피해자는 두 명이다.

"배우자가 소송을 제기하려면 자신이 상속인임을 증명하기 위해 주민표나 호적을 제출해야 해. 소노카와 루리 씨의 호적에서 가노 도모루라는 이름을 발견했어."

린의 변호인으로 법정에 서는 모습을 여러 차례 봐왔다.

가족의 목숨을 빼앗긴…, 피해자 유족.

"두 사람은 남매였어. 다카히사 씨를 궁지로 몰아넣은 건 분명 가노 도모루야."

9

대학생인 나에게

안녕. 한 달 만에 다시 몸을 빌리는 중이야. 넌더리가 날 걸 알지만 제발 삭제 버튼을 누르지 말고 마지막까지 읽어줘.

말해줘야 할 일이 있어서 그래.

먼저 지난번 메일을 보내줘서 정말 고마워. 하나같이 몰랐던 정보라 문제를 마주할 힌트를 얻을 수 있었어. 아버지 재판은 어떻게 되고 있는지도 그렇고, 공판기일 날마다 몸을 빼앗기는 수수께끼의 현상도 그렇고, 이해 안 되는 일이 한두 개가 아닐 거야.

시간도 없었고 어디까지 설명해야 하나 고민이 됐어.

아… 깜박 잊고 말을 안 했다. 좀 늦은 감이 있지만, 난 5년 후의 시간대에서 왔어. 타임 슬립이라는 거 있잖아. 몽유병도 다중 인격도 아니니까 안심해. 정신과에 가도 진단명은 안 나와. 병이 아니라 초자연현상이야.

5년 후의 미래를 얼마나 기대하고 있을지 모르겠다. 그래도 나쁜 미래는 아니야.

네가 생각한 대로 움직이면 틀림없이 같은 미래에 당도할 거야. 그렇게 해서 지금의 내가 여기에 있으니까.

그래서 괜한 정보는 말해주지 말고 가만히 두기로 했어. 위험을 무릅쓰기보다 무난하고 확실한 선택. 그게 내가 종사하는 직업의 철칙이야.

그런데 이제 난 위험을 무릅쓰려고 해. 그러면 네 미래가 영향을 받을지도 몰라. 내 할 말만 해서, 게다가 상의도 없이 결정해서 정말 미안해.

여기서부터는 미래에 어떤 일이 일어나는지를 쓸게.

무슨 일인지 알게 된 시점에는 영향이 나타날 거야. 마지막까지 읽어달라고 썼지만 이다음부터는 마음의 준비가 된 뒤에 읽어도 괜찮아.

여기까지가 서론, 다섯 줄 뒤부터가 본론.

4년 후 2020년 8월 13일, 아버지 소메야 다카히사가 사망해.

그 미래를 바꿔주면 좋겠어.

아버지의 목숨을 빼앗은 건 딸인 소메야 린이야. 난 타임 슬립을 반복하면서 아버지가 죽음을 피하는 결과를 만들려고 했어. 두 사람 사이에 무슨 일이 일어났고…, 어떻게 살인을 결심하게 됐는지 알아야 했지. 사건 관계자를 만났고 소메야 린 본인의 이야기도 들었어.

사건의 배경도 동기도 거의 다 밝혀졌어.

하지만 미래를 고쳐 쓰는 방법은 찾아내지 못했어.

타임 슬립은 강제추행사건 판결이 선고되는 시점에 종료돼. 과거로 돌아갈 수 있는 건 공판기일마다 몇 시간밖에 안 되고, 다다음 번 기일에 판결이 선고돼. 사면초가야. 타임 슬립만으로는 아버지를 구하지 못해.

나한테 거짓말은 하기 싫으니까 덧붙여 말할게. 유죄판결이 선고되면 아버지의 죽음은 피할 수 있어. 그 대신 아버지는 누명을 쓰고 5년씩이나 교도소에 들어가 있어야 하고, 소메야 린도 절도죄로 기소돼.

양쪽 미래 모두 경험했어.

이대로 두면 유죄 혹은 무죄 어느 쪽을 선택해도 불행이 기다려.

그렇지만 판결 선고 후에도 아버지와 소메야 린 곁에서 힘이 돼주는 사람이 있다면 뭔가가 바뀔지도 몰라. 네가 그 역할을 맡아주면 좋겠어.

갑자기 이런 말을 들어 무슨 소린지 갈피가 안 잡힐 거야. 몇 달 전까지만 해도 아버지를 성범죄자로 여기며 미워했고, 하물며 소메야 린은 얼굴도 본 적 없을 테니까. 지금도 정말 누명일까 의심하고 있겠지.

나도 그 사람을 '아버지'라고 부르는 데 거부감이 들었어.

성인이 된 이후에 최악의 모습으로 만난 셈이니까 어쩔 수 없지. 법정에서 첫 대면을 한 부자가 우리 말고 또 있을까.

타임 슬립이 시작되고 나서도 정체 모를 피고인으로밖에 보이지 않았어. 많은 정보를 손에 넣고 누명을 확신한 뒤에야 겨우 아버지라고 인정했던 것 같아. 그 정도로 증언대에 선 죄인이라는 인상이 기억 속에 각인돼 있었어.

진실을 밝히지 않으면 아버지는 계속 죄인 취급을 받게 돼. 사실은 죄를 짓지 않았는데 말이야. 사회로부터 멸시당하고 증오의 감정을 품는 대상이 될 거야.

억울한 죄로 빼앗기는 건 형기를 사는 동안의 인생이 전부가 아니야.

엄마한테 들은 이야기 그대로 그 사람이 우리를 버리고 다른 가족에게 간 건 사실이야. 다섯 살 때까지의 기억을 잃을 만큼 큰 충격을 받았고, 그랬던 탓에 엄마도 고생했어. 새로운 가족 품에서 불행에 휘말렸으니 자업자득일지도 몰라.

하지만 난 아버지와 소메야 린이 행복해졌으면 좋겠어.

소메야 린은 강제추행사건에서 '피해자 A'로 기록된 인물이야. 린은 아버지한테 성추행을 당했다고 오해하고 있어. 기억에도 없는 혐의로 체포된 아버지도 상황을 이해하지 못하고 있고.

두 사람 다 피해자면서 의심의 늪에 빠져 허우적거리고 있어.

무죄판결이 선고돼도 사건의 진상을 안 린은 상처 입은 채 스스로를 탓하고, 교도소 수감을 면한 아버지는 빚 독촉에 계속 고통받아.

그래도 두 사람은 서로를 의지하는 길을 택했어. 절대 서로를 버리려 하지 않았어.

　상대방의 행복을 지나치게 최우선으로 생각한 나머지 결과적으로 불행해졌어. 시야가 좁아져서 냉정한 판단을 하지 못한 거지. 누군가가 사이에 들어가서 다독여주지 않으면 안 돼.

　악의에 농락당한 아버지와 린은 막다른 길로 내몰렸어. 그래서 두 사람은 타인을 믿으려 하지 않아. 또 배신당할 바에야 처음부터 의지하지 않겠다는 거지. 믿기를 포기한 상태야.

　그 틈을 비집고 들어가라는 터무니없이 어려운 일을 요구하고 있다는 거 알아.

　한심한 이야기지만 너 말고는 부탁할 사람이 없어.

　아버지와 소메야 린을 향한 악의와 앞으로 닥칠 불행을 남은 시간을 이용해 적으려고 해. 될 수 있는 한 객관적인 사실만 열거하고 평가는 쓰지 않을 거야.

　너 자신이 답을 찾아내야 한다고 생각하거든.

　어떻게 받아들일지, 어떻게 움직일지.

　어떤 결론에 이르러도 아무도 널 탓하지 않아. 미래에 일어날 일 같은 건 모르는 게 당연하니까. 후회 없는 선택을 해준다면 그걸로 충분해.

　손에 들어올 게 분명했던 미래를 잃는 대신 얻는 건 아무것도 없을지도 몰라. 아버지의 죽음은 피할 수 있어도 넌 불행해질지도 모르고.

　그래도 이 부탁만은 하게 해줘.

아버지와 소메야 린을 위해, 미래를 걸어주지 않을래?

판결이 선고되면 난 원래 시간대로 돌아갈 거야. 그때, 어떤 미래에 당도해도 받아들일게. 무책임하게 과거를 떠맡긴 만큼 미래는 확실하게 책임질게.

이상이 본론, 이하가 기억 공유….

10

202호 법정으로 들어가니 다케치 검사가 일어서서 증언대 앞에 앉은 아버지에게 질문하고 있었다. 린의 증인신문은 예정대로 끝나고 피고인 신문도 후반에 접어들고 있다.

소리 나지 않게 천천히 문을 닫았다.

등을 곧게 세우고 앉은 아버지는 몸이 다케치 검사 쪽을 향해 있어서, 다듬어지지 않은 수염이 자란 뾰족한 턱이 보였다. 제1차 공판기일보다 야위었지만 생기는 잃지 않았다.

방청석 중앙 부근에 아이를 발견하고 옆자리에 앉았다.

"왜 이리 늦었어." 아이가 작은 목소리로 말했다.

나도 목소리를 죽이고 "어떻게 돼가고 있어?" 하고 물었다.

"재판 시작하고 재판관이 석명 명령을 내렸어. 완전히 파악하진 못했지만…, 감정 결과가 뒤집어질 수도 있을 것 같아."

"변호인 반응은?"

"과수연 연구원이랑 모친의 증인신문을 신청할 거라고 했어."

"고마워."

DNA 감정을 실시한 사람과 감정 시료를 날조한 사람.

상당히 직접적인 명령을 내린 걸 알 수 있었다. 아마 '폴리초산비닐' 부분도 콕 집어 지적했을 것이다. 의도를 알아차린 변호인은 관계인의 증인신문을 요청했다.

법의연구원은 직무를 위해 다시 증언대에 설 테지만, 시노하라 사호는 책임을 추궁당하는 게 두려워 행방을 감출지도 모른다. 그렇지만 다른 기회에 타액이 묻었을 가능성을 제시한다면, 사호의 증언 없이도 '범인=소메야 다카히사'라는 도식은 무너진다.

법대에 앉은 가라스마는 아버지를 응시하고 있다. 심증에 따라 당사자를 이끌었다.

"타액 검사용 껌에 대해 수사 단계에서는 일절 언급하지 않았는데요."

다케치 검사가 상기된 목소리로 아버지에게 물었다.

"이번 일과 관계있을 거라고 생각하지 않았기 때문입니다."

"정말 피해자의 모친이 가져온 겁니까?"

"딸아이가 대답한 그대롭니다."

"하지만…."

오가는 문답에 귀를 기울이면서 세 칸 옆자리에 앉은 남자의 모습을 확인했다.

재킷 옷깃에 채워진 금색 배지. 가노 도모루다.

변호인석에서 보여주는 차분한 표정과는 사뭇 다르다. 분노를 고스란히 드러내지도 않는다. 감정이 빠져나간 가면 같은 표정으로 아버지의 뒷모습을 똑바로 바라보고 있다.

'소노카와 루리 씨의 호적에서 가노 도모루라는 이름을 발견했어.'

'두 사람은 남매였어. 다카히사 씨를 궁지로 몰아넣은 건 분명 가노 도모루야.'

어떻게 된 걸까.

아버지가 일으킨 교통사고가 여동생의 죽음을 초래했다. 과실로 인한 사고라 해도 목숨을 빼앗긴 사실은 달라지지 않는다. 가노가 아버지에게 증오심을 품은 건 당연한 일이다.

하지만 가노는 린의 변호를 맡았다.

내가 참석했던 두 번째 절도사건, 살인사건 그리고 가라스마가 담당했던 첫 번째 절도사건 모두 변호인은 가노였다.

재력이 부족한 피고인에게 법원이 국비로 변호인을 선임해주기도 하지만, 그럴 경우에는 명부에 따라 기계적으로 배당된다. 린의 사건은 전부 가노가 변호를 맡았기 때문에, 린이나 사호가 사적으로 의뢰했다고 생각하는 게 자연스럽다.

아니면 가노 자신이 먼저 제안했거나….

가노는 변호인의 직무를 성실히 수행했다. 어느 사건에서도 대충 일한다는 느낌을 받은 적이 없었다.

화장품 절도사건 때는 비쩍 여윈 린을 병원에 데리고 갔고, 섭식 장애와 클렙토마니아가 절도의 요인이 됐다는 주장을 펼쳤다.

법정 앞 복도에서 가노는 린에게 '시노하라 씨를 보고 있으면 여동생 생각이 난다'고 말했다. 어떤 의미였을까. 린의 아버지가 소메야 다카히사라는 걸, 여동생의 목숨을 앗아간 가해자라는 걸 알고 한 말이었을까.

살인사건 때는 진보 마사코에게 증인을 수락해달라고 설득했다. 그때 자기도 교통사고로 가족을 잃었다고 털어놓은 것 같다.

공감을 표했던 게 아니라, 같은 교통사고를 떠올리고 있었다.

양쪽 모두 피해자 유족이긴 하지만, 소노카와 루리가 사망한 건에 관해서는 브레이크와 액셀을 혼동한 진보 게이이치의 과실도 인정됐다. 복잡한 심경이었을 텐데도 진보가 가노의 열의에 넘어갔다고 말했을 정도로 자기 일처럼 대했다.

그리고 조금 전 듣고 온 모두진술과 피고인 신문.

굳이 배심원의 감정에 호소하는 듯한 전개로 이끌었고 아버지와 린의 반생을 명확히 밝혀나갔다. 그렇게 열정을 담아 입증하는 변호사를 난 본 적이 없다. 아버지가 의식을 되찾지 못했다고 린이 인정했을 때는 필사적으로 진술을 철회시키려 했다.

조금이라도 유리한 판결이 내려지도록 최선의 변호 활동을 했다.

모든 게 연기였단 말인가? 뭘 위해서?

"스구루, 괜찮아?"

"응."

아이가 옆에서 들여다보고 있었다. 몹시도 절박한 표정으로 굳어 있었던 모양이다. 다케치 검사는 의자에 앉아 손가락으로 연신 책상을 두드렸다.

"변호인, 추가로 질문할 건 없습니까?"

가라스마가 묻자 "네. 없습니다" 하고 아카마가 대답했다.

"그럼 제가 묻죠."

피고인 신문은 변호인과 검사가 순서대로 한 다음, 양측의 질문이 끝나고 마지막에 재판관이 질문한다. 지금부터 시작될 보충 질문으로 가라스마는 뭔가를 말하려 한다.

이 시점에는 아버지 안에 자살을 바라는 마음이 싹트지 않았다. 재판에 맞서 싸우는 것만으로도 벅찰 것이다.

날조된 사건에 대해서도 아버지는 자고 있었을 뿐 아는 것이 아무것도 없다.

그런 피고인에게 뭘 물어볼 생각인 걸까.

"거듭 설명하지만 피고인에게는 묵비권이 있습니다. 지금부터 제가 하는 질문에도 대답할 의무는 없습니다. 그건 알고 계시죠?"

"네."

"이번 사건과는 직접적인 관련이 없는 사항에 대해서도 물을 겁니다. 대답할 경우에는 개인 정보가 드러나지 않도록 주의해 주세요."

"…네."

가정 내에서 발생한 사건이기 때문에 이 법정에서 소메야 린은

제4장 순백의 까마귀

'A'로, 소메야 다카히사는 이름 없는 '피고인'으로 부르고 있다.

이번 사건과는 직접적인 관련이 없는 사항. 뭘 가리키는 건지 모르겠다.

"피고인은 **일사부재리**라는 법 원칙을 들은 적이 있습니까?"

예상 밖의 질문에 법정 안에 짧은 침묵이 흘렀다.

"아뇨, 모르겠습니다."

"형사재판에서 유죄나 무죄가 확정된 경우, 해당 사건에 대해서는 다시 체포나 기소를 할 수 없다는 원칙을 말합니다. 이를테면 무죄판결이 확정된 후 유죄임을 가리키는 증거가 새롭게 발견되더라도, 다시 체포해서 기소할 수 없습니다. 그것이 아무리 확실한 증거라고 해도 예외는 없습니다."

생각지도 못했던 단어라 귀를 쫑긋 세우고 가라스마의 설명을 들었다.

"피고인은 육체적으로도 정신적으로도 괴롭고 고통스러운 처지에 놓입니다. 사건을 일으킨 범인이라고 의심받고, 교도소에 들어가는 공포를 마주합니다. 그와 같은 위험에 두 번씩이나 노출시켜서는 안 된다. 그런 생각이 일사부재리 아래에 깔려 있습니다."

유죄율이 99퍼센트가 넘는 형사재판에서 무죄를 받아내기란 쉽지 않다. 역경에 맞서 싸워 이겼는데 다시 절망을 맛보게 하는 건 너무나도 불합리하다.

무죄판결의 가치는 일사부재리의 원칙이 담보한다.

"실제로 형사재판을 경험하고 있는 당신은, 이 원칙의 중요성을 잘 알고 있을 겁니다."

"무슨 말씀을 하시고 싶은 겁니까?"

"판결이 확정된 뒤에는 다시 소추할 수 없다… 바꿔 말하면 재판관이 잘못된 판단을 내려도, 과오를 바로잡을 길이 없다는 말입니다."

재심 청구 이야기를 하는 건가 싶었다. 하지만 일사부재리는 재판의 위험, **불이익**으로부터 피고인을 해방하는 원칙이다. 재판을 다시 할 것을 요구하는 재심 청구가 받아들여지는 건, 유죄판결을 받은 사람에게 이익이 되는 경우에 한하기 때문에 일사부재리는 적용되지 않는다.

즉 가라스마는 피고인에게 **부당하게 유리한 판결**이 선고된 케이스에 대해 언급하려 한다.

대답을 기다리지 않고 가라스마가 말을 이었다.

"또다시 겪어야 할 재판 과정에서 해방된다는 건, 동시에 원래라면 받았어야 할 형벌을 면제받고 속죄할 기회를 잃었음을 뜻합니다."

아버지의 등이 움찔 하고 움직였다.

"순순히 죄를 인정하라는 말씀입니까?"

"아닙니다."

"제가 거짓말을 하는 거라고…, 거짓말로 무죄를 얻어낼 생각이라고…."

아버지의 목소리가 떨렸다. 분노나 당혹. 재판이 시작될 때 내려진 석명준비명령으로 아버지는 약간의 희망을 품었으리라. 이 재판관이라면 진상을 간파해 무죄판결을 선고할지도 모른다고.

원래라면 받았어야 할 형벌을 면제받고 속죄할 기회를 잃었다.

강제추행사건과 연관 지은 아버지를 향해 가라스마는 고개를 좌우로 흔들고 대답했다.

"당사자의 주장이 모두 나오기 전까지는 답을 말하지 않을 겁니다."

"그렇다면 대체 뭘…."

말끝을 흐린 아버지를 향해 가라스마가 명료한 목소리로 말했다.

"**확정된 판결** 이야기를 하는 겁니다."

아카마는 이의를 제기할 타이밍을 놓쳤다.

사건과 관계없는 석명준비명령이라고 판단한 시점에 일어서서 멈춰야 했다. 그러지 못한 이유는 신참 변호사인 탓에 경험이 부족해서가 아닐까. 무엇보다 재판관의 소송지휘에다 대고 당사자가 이의를 제기하는 장면을 난 한 번도 본 적이 없다.

재판관은 과오를 범하지 않는다고 믿기 때문일까.

"일사부재리는 무죄판결이 확정된 경우에만 적용되는 게 아닙니다. 유죄판결이라도 확정된 죄가 잘못된 경우, 부당하게 가벼운 형벌을 받을 수 있습니다. 그런 경우에도 올바른 죄로 심판받을 기회는 찾아오지 않습니다."

"분명히 말씀해주시겠습니까?"

강제추행사건이 아니라 이미 유죄판결이 확정된 사건.

가노의 옆얼굴을 훔쳐봤다. 상반신을 앞으로 뺀 채 눈 하나 깜짝하지 않는다.

"전과조서에 따르면, 2014년 7월에 과실운전치사죄로 집행유예 판결을 선고받았군요. 사고를 일으킨 날을 기억합니까?"

"…2013년 8월 15일입니다."

"목요일이 맞습니까?"

"요일까지는 기억나지 않지만…, 아마 그럴 겁니다."

다케치가 의자를 빼는 게 보였다. 당장이라도 일어설 수 있는 자세. 변호인뿐만 아니라 검사에게도 창끝이 향하고 있다는 걸 알아차렸으리라.

"변호인이 질문했을 때, 빚에 대해서 이야기했죠. A 씨의 친아버지가 남긴 빚이고, 연대 보증인인 피고인이 계속 변제하고 있다고. 변제를 시작한 지 10년이 넘었는데 아직 다 갚지 못한 이유는요?"

"아내가, 이자만 내고 나머지는 써버렸기 때문입니다."

"대금업자는 얌전히 기다려줬습니까?"

"어느샌가 회수 업자가 채권을 사들여서, 변제를 해도 원금이 줄지 않게 묶어두라고 아내를 구슬렸습니다."

이 건에 관여한 사람도 '자칭' 회수 업자다. 아버지는 교통사고 배상금에 린의 친아버지가 남긴 빚마저 변제하느라 애를 먹었다.

가라스마가 거듭 질문했다.

"원금은 줄지 않고 이자만 계속 내고 있었습니다. 목적지에 도달할 수 없는 변제를 계속하고 있다는 건 언제 알았습니까?"

"그건."

"2013년 사고보다 전이죠?"

"…네."

"정말 사고였습니까?"

드디어 다케치가 일어나 "본 사건과 관련 있는 질문이 아닙니다. 그 이상 계속하신다면 이의를 신청하겠습니다" 하고 가라스마를 견제했다.

"사건과 관련 없는 사항도 묻겠다고 앞서 말씀드렸습니다."

"부적법한 질문이라는 사실은 변함없습니다."

가라스마는 다케치가 아닌 아버지에게 말했다.

"검사 측 주장대로 기소된 사건과 관련이 없는 사항에 대한 질문은 금지되어 있습니다. 전 형사재판의 규칙을 깨고 2013년에 일어난 '교통사고'의 진상을 물어보려 합니다. 그 이유를 아시겠습니까?"

"…."

"일사부재리의 효력으로 법정에서 심판받을 기회를 잃은 사건이기 때문입니다. 단 당신이 바라지 않는다면 강제할 수 없으

420

며, 가령 제 질문에 대답하더라도 확정된 판결 결과는 뒤집히지 않습니다."

"전…."

일어서 있던 다케치가 "이의 있습니다" 하고 날카로운 목소리를 냈다.

"이유는?"

"형사소송법 규정에 반하는 질문이라고 스스로 인정하셨고, 위법적인 소송지휘입니다."

"맞는 말씀이지만 발언은 철회하지 않겠습니다. 검사 측 이의를 기각합니다."

할 말을 잃은 듯 다케치는 한동안 우두커니 서 있었다.

"제정신입니까? 당신은 재판관입니다."

"재판관에 대한 이의라 하더라도 적부를 판단하는 건 재판관 본인입니다. 적어도 이 법정에서 제 소송지휘를 거부할 권한은 없습니다."

방청석도 술렁이기 시작했다.

옆에 앉은 아이는 눈을 휘둥그레 뜨고 숨을 내쉬었다.

"이런 직권남용이…, 이런 독선적인 소송지휘가 용납될 거라고 생각합니까? 이미 확정된 과거 사건을 다시 들쑤시려는 거잖습니까."

"그래야 한다고 판단했습니다."

"알겠습니다. 이 사안에 대해서는 마땅한 조치를 취하도록 하겠습니다."

다케치가 큰소리치고 의자에 앉았다. 아카마는 바쁘게 목을 움직이고 있다.

아버지는… 시선을 증언대로 떨어뜨렸다.

"이제 피고인의 선택에 맡기겠습니다."

침묵이 끊기기까지 3분이 넘게 걸렸다. 방청인을 포함해 소리를 내는 사람은 아무도 없었다. 모두가 증언대에 앉은 아버지를 보고 있다. 속삭이는 소리마저 놓치지 않겠다는 듯이.

생각을 정리하기에는 충분한 시간이었다.

가라스마는 일부러 사고가 발생한 날짜를 물었고, 목요일이라는 걸 확인했다. 바로 그 요일이 걸렸다. 갱생보호시설을 방문했을 때 진보 마사코가 보여준 편지가 생각났다.

그때 읽었던 편지는 네 통. 월요일부터 순서대로 하나씩 요일이 밀려 있었다.

즉 목요일이 써진 건 마지막에 본 편지였다.

이질적인 내용이라 기억하고 있다.

'어째서 보러 오지 않는 거죠. 우리 맹세했잖아요. 넘을 수 없는 관계란 건가요. 그 말은 거짓이었나요. 딱 한 번만 다시 생각해주세요. 목요일에는 날씨가 안 좋다니까 부디 조심하세요.'

진보는 연애편지라고 생각했지만 난 다른 의도를 감지했다.

그 후에 가라스마와 교도관의 비리에 대해 이야기했다. 수형자와 수형자 사이나 담장 밖에 있는 사람과의 중개 역할을 하면서 불법적인 일에 도움을 주는 교도관을 '비둘기'라고 부른다.

비둘기였던 진보 게이이치가 편지를 전달하는 역할을 하고 있었다면.

수형자가 외부인에게 보낸 편지가 어찌 된 영문인지 교도관의 수중에 쌓여 있었다. 편지 전달을 거부한 걸까. 고발하기 위해? 하지만 상당한 수의 편지를 보관했고 그것들이 발견된 건 게이이치 사후였다.

중개 역할을 한 시기가 있었다. 고발하면 자신의 비리까지 드러난다. 그래서 무마하려고 했다. 그렇게 생각하면 편지 내용과도 일치한다.

교도관과 수형자의 관계를 넘어 편지를 전달하기로 맹세했으면서.

그 약속은 거짓이었나.

딱 한 번 더, 다시 생각할 기회를 주겠다.

목요일을 조심해라.

그리고 지정된 목요일에, 진보 게이이치는 사망했다.

사고가 아니었다.

"…추돌하라는 지시를 받았습니다."

얼굴을 들고 뱉은 아버지의 목소리가 정적을 깨뜨렸다.

숨을 삼키는 소리가 들렸다. 아이일까, 가노일까.

"누구에게요?" 가라스마가 물었다.

"빚의 원금이 줄지 않은 걸 알고, 지정된 사무소를 찾아갔습니다. 아내가 제 명의로 추가 대출을 받았는지 도저히 갚을 수 없는 금액이 돼 있었습니다. 사정을 설명해도 들어주지 않다가, 일을 도우면 깎아주겠다고 해서…."

제대로 된 금융기관이라면 본인 의사 확인도 안 하고 융자해주지 않는다.

"그 일이라는 게 뭐죠?"

"명의를 빌려줬고, 은행 계좌나 신용카드를 만든 적도 있습니다."

모두 위법행위지만 가라스마는 자세히 묻지 않았다.

"그것뿐인가요?"

"아닙니다. 차종과 번호를 외우게 하고 그 차를 저속으로 추돌하게 했습니다. 지시에 따라서, 일부러 부딪쳤습니다."

"누가 운전하는지는 알았습니까?"

"몰랐습니다."

목적은, 진보 게이이치를 향한 협박.

사전에 편지로 범행을 예고했다. 단순한 사고가 아니라 협박꾼이 사주한 일이란 걸 전달하기 위해. 순종적인 비둘기로 돌아가지 않으면 훨씬 수위 높은 실력 행사도 불사하겠다. 그런 인사 대신 이루어진 추돌이 아니었을까.

"위험한 행위란 걸 알고 있었습니까?"

"저속으로 들이받으면 된다고 해서, 그렇게 될 줄은…."

교도관을 회유하는 데는 수고와 비용이 들어간다. 일단 구슬

려둔 진보 게이이치를 잃는 건 지시한 사람도 바라지 않았을 것이다.

"아무리 경차라도 중량이 1톤 가까이 나가는 쇳덩어리입니다. 추돌로 인해 어느 정도의 충격이 발생할지, 상대방 운전자가 어떤 행동을 할지, 왜 생각하지 않은 겁니까."

당황한 진보 게이이치가 핸들 조작을 잘못해 두 사람이 목숨을 잃었다.

"죄송합니다."

"사과가 아닌 설명을 요구하고 있습니다."

"대수롭지 않은 일이라고 생각했습니다."

"경찰은 통상적인 인명 사고로 처리했습니다."

"…네."

교통사고로 사망하는 사람은 연간 3,000명 가까이 이른다. 자동차는 생명을 앗아갈 위험성이 있는 이동 수단이라 가해자와 피해자 사이에 다툼이 생기거나, 단기간에 여러 번 보험금을 청구하거나, 브레이크 자국이 안 보이거나 하는 사정이 없는 한 본격적인 수사는 이루어지지 않는다고 들었다.

나도 진보 마사코의 증언을 들었을 때 흔하디흔한 교통사고라고 넘겨짚었다. 사고가 아닌 고의로 일으킨 추돌일 거라고는 의심조차 하지 않았다.

비리와 빚. 눈을 부릅뜨고 살펴보지 않으면 그 관계는 보이지 않는다.

"경찰과 검찰 취조. 피고인 신문. 진실을 말할 기회는 있었을 겁니다."

"말할 수 없었습니다."

"왜죠?"

"제 마음이 약했던 탓입니다."

"피해자와 유족에게도 똑같이 설명할 수 있습니까?"

방청석에 피해자 유족이 앉아 있는 걸 아버지는 알고 있을까. 가노의 존재를 의식해 비밀을 털어놓기로 결심했다. 그렇게 해석할 수도 있다.

"제 운전 실수만으로 일어난 사고가 아니라는 판단이 내려져서, 체포되지 않고 수사가 진행됐습니다. 추돌을 지시한 사람한테 불려 갔는데⋯, 쓸데없는 말 하지 말라며 단순 교통사고로 처리되면 빚을 탕감해주겠다고 했습니다."

범죄를 지시한 사람은 교사범으로 실행자와 동등한 책임을 진다. 제 몸을 지키기 위해 아버지의 입을 막으려 했다.

"저지른 죄의 무게를 덜고 싶다는 마음은 없었습니까?"

"있었던 것 같습니다."

"당신 자신에 대해 묻고 있습니다."

"정확히 기억나지 않습니다. 좌우간 필사적이었기 때문에."

"잊고 싶어도 잊지 못하는 사람이 있습니다."

"정말, 죄송합니다."

아버지의 등이 떨렸다. 하지만 참회가 너무 늦었다.

법정은 죄를 용서하는 장소가 아니다. 죄를 판단하고 적절한 벌을 내리는 장소다.

"과실운전치사죄는, 인명을 앗아갔음에도 불구하고 집행유예로 그치는 경우가 드물지 않습니다. 그건 부주의로 인한 사고를 전제로 하고 있기 때문입니다. 고의로 차를 추돌했다면, 다른 범죄가 성립합니다."

저속으로 추돌해 살의는 인정되지 않는다.

그렇다면….

"상해치사죄가 성립하며 법정형은 3년 이상의 유기징역입니다. 두 명의 목숨을 앗아갔으므로 집행유예는 받아들여지지 않습니다. 당신은 **교도소에 들어가야만 했습니다.**"

부당하게 내려진 집행유예 판결. 그랬구나… 이제야 이해했다.

왜 법정에서 아버지를 규탄할 필요가 있었는지.

누구를 향한 메시지인지.

가노 도모루가 아버지를 막다른 길로 몰아넣었다고 말한 의도.

가노가 린의 변호를 맡았던 이유.

아버지의 목숨을 구하기 위해 가라스마는 재판관의 직책을 저울에 올렸다.

"묵비권은 수사 단계에서 재판에 이르기까지 침묵을 관철할 자유를 포함합니다. 고의로 차를 추돌한 사실에 대해 경찰이나 검사 그리고 재판관이 벌칙이나 강제력을 행사해 진술을 요구하는 건 묵비권을 위반하는 행위입니다. 피의자의 진술을 확보하지 못해도, 검사는 다른 증거를 통해 진상에 이르러야만 합니다. 피고인이 묵비권을 행사해도, 재판관은 진상을 가려내 판결을 내려야만 합니다. 상해치사사건이 과실운전치사죄로 기소되어 부당하게 가벼운 형벌을 받게 한 건 수사기관과 법원의 책임입니다."

증인신문이 이루어질 때 증인은 먼저 거짓말을 하지 않겠다고 선서한다.

선서를 했음에도 기억에 반하는 진술을 한 증인은 위증죄로 처벌받는다.

하지만 위증죄의 대상에서 피고인은 제외된다. 죄를 저질렀는지 아닌지, 어느 정도의 형벌을 받게 되는지. 인생의 분기점에 서 있는 피고인에게 거짓말을 하지 않겠다는 선서를 시키는 건 묵비권을 인정한 취지와 상충하기 때문이다.

피고인이 법정에서 허위 진술을 하더라도 법률에 따라 벌할 수 없다.

"그럼에도 불구하고 전 당신의 말과 행동에 강한 분노를 느낍니다. 빚을 갚느라 고통스러웠다. 큰일로 번지지 않을 줄 알고 지시를 받아들였다. 불운이 겹쳐 사망자를 내고 말았다. 보복이 두려워 진상을 말하지 않았다. 참작해야 할 사정은 많습니다. 하지만 아무런 잘못도 없이 목숨을 잃은 피해자는 범행 후에 당신이 보인 불성실한 행동을 어떻게 받아들였을 것 같습니까. 유족

들은 어떤 감정을 품었을 것 같습니까."

"…상상도 가지 않습니다."

"집행유예 기간이 만료되면 교도소에 가지 않고 죗값을 치른 게 됩니다. 일사부재리의 효력으로 법정에서 상해치사사건을 다시 심판할 기회는 찾아오지 않습니다."

"전, 어떻게 하면 좋을까요?"

도움을 바라는 듯이 아버지가 가냘픈 목소리로 물었다.

"스스로 생각하세요. 속죄 방법은 하나만 있는 게 아닙니다. 교도소에 들어가 정해진 기간이 만료될 때까지 교도작업에 종사한다. 이제 그런 수동적인 방법으로는 속죄할 수 없습니다. 피해자들은 돌아가셨습니다. 사건의 진상을 밝힌다면 유족의 마음에 난 상처를 다시 건드리는 일이 되겠죠. 형벌을 받아들이는 것보다 훨씬 어려운 속죄의 길밖에 남지 않았습니다."

아버지의 등이 위아래로 움직였지만 말은 나오지 않았다.

"앞으로 또다시 금전적으로 곤궁해져 힘든 선택을 강요당하는 순간이 올지도 모릅니다. 똑같은 과오를 반복하지 않기 위해 어떻게 할 생각입니까?"

"정신 차리고 잘 생각해서…, 안이한 판단은 하지 않겠습니다."

"소중히 여기는 사람이 있다면 그분이 슬퍼하지 않을 선택을 하세요. 독선적인 행복을 강요할 게 아니라 진심을 다해 대화하고 의견에 귀를 기울이세요. 누군가를 위해 사는 것도, 평생에 걸쳐 속죄하는 것도 당신 혼자 힘으로는 해낼 수 없습니다."

"…네."

방청석에 앉은 가노는 눈시울을 꾹 누르고 고개를 떨궜다.

아무 소리도 내지 않는 그의 손가락 끝만 떨리고 있었다.

쉽게 용서할 수 있을 리가 없다. 가족의 목숨을 빼앗기고, 재판에서도 배신당했다.

"전 이상입니다. 다른 의견이 없다면 폐정하겠습니다."

세 알의 씨앗이 뿌려졌다.

소메야 다카히사, 가노 도모루, 나… 우구이 스구루.

한 알이면 된다. 싹이 터서 미래에 영향을 줄 정도로 성장하기까지.

분명, 아버지의 목숨을 구할 수 있다.

11

제일 앞줄에 앉아 있던 남성 기자가 빠른 걸음으로 법정을 나가는 다케치 검사를 쫓아갔다. 흥분한 기색으로 이야기를 주고받는 방청인도 있었다. 기사로 올라오거나 SNS나 블로그를 타고 퍼지면 오늘 재판이 이목을 끌지도 모른다.

가라스마는 묵비권을 고지했고, 아버지는 본인 의지로 과거에 저지른 죄를 고백했다.

하지만 기소된 사건과 관련 없는 사항을 피고인에게 묻는 행위는 원래 형사소송법상 금지되어 있다. 검사가 제기한 이의에는 근거가 있다. 명확한 이유를 제시하지 않고 기각한 가라스마의 소송지휘는 부당하다고 판단될 것이다. 세간은 이를 어떻게 받아들일까.

법대에 가라스마는 없다. 폐정을 선언하고 법정을 뒤로했다.

"갈까."

아이의 말에 자리에서 일어섰다. 가노만이 고개를 푹 숙인 채 꼼짝달싹하지 않고 있다.

가라스마가 해준 이야기 이상으로 내가 해줄 수 있는 말은 없다.

문을 연 아이가 먼저 통로로 나갔다.

"아이, 고마워."

돌아오는 대답이 없고 모습도 보이지 않는다. 좀 더 일찍 말했어야 했는데.

붉은 벽돌을 쌓아 올린 내벽을 아치 형상으로 도려낸 공간. 은은한 빛이 쏟아져 내리듯 주위를 비춘다. 파랑과 초록의 파스텔컬러. 낯익은 색상의 조합.

한 걸음을 내딛어 과거에서 벗어났다.

★

바람이 꺼끌꺼끌한 뺨을 어루만진다. 몸을 마음대로 움직일 수가 없다. 앞을 향해 내딛은 발이 바닥에 닿지 않고 온몸이 가라앉는다. 어느 틈엔가 빛도 사라졌다.

처음에는 온수풀과 비슷하다고 생각했지만 조금 더 탄력이 있다. 슬라임을 섞은 수영장. 아니면 물에 푼 녹말…. 다일레이턴시 현상이라고 했던가.

아마도, 열 번째 타임 슬립.

언젠가 찾아올 충격에 대비했다. 법대 뒤로 난 통로로 나와 카펫에 머리부터 쓰러지겠지. 깔끔하게 착지할 수 있게 몇 번이고 도전했지만 성공할 조짐이 보이지 않는다.

그런데, 아무리 기다려도….

소리도 없이, 빛도 없이, 가라앉고 가라앉는다.

어둠의 농도가 짙어져간다. 호흡은 할 수 있는데 어딘지 모르게 숨이 막힌다.

손을 뻗어 평영 비슷한 자세를 잡아보지만 상황은 달라지지 않는다.

내려설 장소를 지나쳐버린 것 같은 마음에 갑자기 불안이 밀려온다. 시공의 틈에 남겨진 걸까.

진정하기 위해 호흡을 의식한다. 얕고, 깊게.

괜찮아. 그렇게 타이른다.

지금까지는 아무것도 하지 않아도 과거나 미래로 내던져졌다. 미래를 고쳐 써서 초기화가 일어났을 때조차 타임 슬립은 문제없이 작동하지 않았던가. 자동으로 출구가 바뀌어 석 달 전의

201호 법정에 도중하차를 당했다.

이번에는 어느 곳에도 도착하지 않는다.

출구가 사라진 걸까.

거기까지 생각이 이르렀을 때 갑자기 광경이 달라졌다. 말할수 없이 눈부신 빛. 유리 세공처럼 섬세하고 화려한 무늬가 떠오르고, 시선을 움직이면 불규칙하게 모습을 바꾼다. 완전한 대칭은 아니지만 꼭 만화경 같다.

무늬 하나하나가 이어졌다 떨어지며 본디 갖추고 있어야 할형태를 찾아간다.

미래가 재구축되고 있다.

방해되지 않게 펼쳐져가는 모습을 지켜보면서 도착할 미래를상상한다.

아버지는 받아야 할 형벌을 비틀었다. 부주의로 인한 교통사고가 아니라 고의로 후방에서 추돌해 두 사람의 목숨을 빼앗았다… 즉 상해치사죄로 실형 판결이 예상되는 사안이었지만, 과실운전치사죄로 집행유예 판결을 선고받았다.

교도소 복역과 사회 복귀 허가.

피고인에게도 피해자 유족에게도 양쪽의 차이는 너무나 크다.

상해치사죄도 과실운전치사죄도 자동차 추돌로 피해자를 사망에 이르게 한 객관적인 사실에는 차이가 없다. 법정형이 가벼워지느냐 무거워지느냐는 고의로 추돌했는지에 따라 달라진다.

당연하게도 실수로 추돌한 경우보다 고의로 추돌한 경우가 훨씬 무거운 비난을 받아 마땅하다.

하지만 과실과 고의는 손쉽게 구별할 수 없다. 마음속은 눈에 보이지 않기 때문이다. 속마음을 완벽하게 읽어내는 기술이 발명되지 않는 이상, 블랙박스 영상이나 브레이크 자국 등의 객관적인 증거나 당사자의 진술을 바탕으로 판단해야 한다.

진보 게이이치가 남긴 편지가 경찰 수중에 넘어갔다면 유력한 증거가 되었을 것이다. 습격을 암시하는 문장, 사망일과 맞아떨어지는 요일…. 부주의로 일어난 사고라면 사전에 범행을 예고할 수 없다.

그러나 신속한 처리가 요구되는 교통사고 사안의 특수성 탓에, 본질을 건드리는 수사는 이루어지지 않았다. 충돌 상황과 아버지의 진술을 토대로 전방 부주의로 인한 교통사고로 결론지어졌다. 재판에서도 진상은 밝혀지지 않았다.

피해자는 사망하고 가해자는 입을 닫았다.

유죄판결이 내려졌어도 교도소에 들어가지 않았다면 결코 속죄를 마쳤다고 할 수 없다.

가노는 어둠에 묻혀버릴 뻔한 진상에 도달했다. 여동생이 교통사고에 휘말려 목숨을 잃은 게 아니라, 상해사건으로 목숨을 빼앗긴 사실을 알아냈다. 변호사이니 객관적인 증거만 손에 넣으면 법적인 해석은 어렵지 않게 이끌어낼 수 있었으리라.

자세한 경위까지는 알 수 없다. 하지만 나나 가라스마가 그러했듯이 진보 게이이치가 남긴 편지와 아버지가 빚을 떠안고 있었다는 점에서 진상을 그러모은 게 아닐까.

변호사와 피해자 유족의 입장을 적절히 오간다면 정보는 어느 정도 모을 수 있다. 가노는 경찰의 수사 능력에는 못 미쳐도 그 차이를 메울 집념을 가지고 있었다. 이것이 같은 종류의 사건을 몇십 건씩 떠안고 있는 경찰관과 하나의 사건에 모든 걸 쏟아부을 수 있는 피해자 유족의 차이다.

그렇지만 장기전은 피할 수 없었다.

진보 마사코는 일주기가 끝나고 조금 지난 후에 편지를 발견했다고 말했다.

가족조차 발견하지 못했던 유품인 편지를 가노가 먼저 읽었을 가능성은 낮다. 아버지에게 집행유예 판결이 선고된 시점에는 아직 게이이치의 일주기를 맞이하지 않았다.

편지를 본 가노가 사고가 아니었다는 걸 알았을 때, 이미 재판은 끝나 있었다.

형사재판에서는 시계열이 중요한 의미를 지닌다.

수사 단계에서 알았더라면 경찰이나 검찰에게 달려가 재수사하도록 요구했을 것이다. 재판이 시작된 뒤에도 법원이 받아들이면 기소 죄명이 변경될 여지가 있다.

반면에 판결이 확정되는 순간, 손쓸 방도가 사라진다.

가라스마가 법정에서 여러 번 입에 올렸던 일사부재리의 효력이 발생하기 때문이다. 피고인에게 불리한 증거가 발견돼도,

피해자 유족이 소리 높여 주장해도 다시 소추할 수 없다. 잘못된 판결 내용이 마치 진상과 맞아떨어진다는 듯 계속 존재한다.

수사는 일방적으로 중단됐고 필요한 최소한의 심리로 판결 선고에 이르렀다.

유죄판결이 확정된다고 유족이 슬픔에서 해방되는 건 아니다.

사건이 끝나고도 계속 정보를 수집해 고생 끝에 경찰이나 검찰이 놓친 증거를 발견해도, 이미 판결이 확정됐으니 포기하라며 법률이 타이른다.

변호사로서 법률 지식에 정통했기에 더더욱 불합리함을 느끼지 않았을까.

납득할 수 없어도 확정된 판결은 뒤집을 수 없다.

그때 가노는 무슨 생각을 했을까.

'피고인을 금고 1년 6월에 처한다.'

'판결이 확정된 날로부터 3년간 형의 집행을 유예한다.'

실형 판결과 집행유예 판결이 크게 다르듯이, 집행유예 판결과 무죄판결도 동일시할 수 없다. 집행유예는 형의 '집행'이 일정 기간 '유예'되는 데 그칠 뿐, 유죄판결이란 사실은 달라지지 않기 때문이다.

즉 5년 전에 내려진 유죄판결은 '피고인을 1년 6월의 금고형에 처하지만 지금 당장은 교도소에 수감하지 않는다. 집행유예가 취소되지 않고 3년간의 유예기간이 만료되면 선고한 형이 효력을 잃는다'고 해석하는 게 옳다.

그러나 집행유예가 취소될 시 유예되었던 형 집행이 시작되고 교도소로 보내진다. 집행유예 취소 사유는 형법으로 정해져 있는데, 자주 맞닥뜨리는 게 하나 있다.

제26조(형 전부의 집행유예의 필요적 취소)

다음에 정한 경우에는 형 전부의 집행유예 선고를 취소하여야 한다.

제1호 유예기간 내에 다시 죄를 범하여 금고 이상의 형에 처하여지고, 형 전부에 대하여 집행유예 선고가 이루어지지 않았을 때

집행유예 중의 재범…. 린의 절도사건에서도 문제가 된 취소 사유다.

집행유예는 필수 학점의 추가시험 제도와 같다. 본시험에서 떨어진 학생에게 구제받을 기회를 주는 것이 추가시험이다. 원래는 본시험에서 떨어진 시점에 유급이 확정되지만, 추가시험에 합격하면 진급이 인정된다.

유죄판결이 본시험에서 떨어지는 거라면 집행유예 기간은 추가시험에 해당한다. 집행유예가 추가시험과 다른 점은 실제로 시험이 실시되지 않는다는 것이다. 취소 사유로 정해진 부정행위를 저지르지 않으면 합격으로 판단된다.

추가시험의 추가시험은 보통 실시되지 않으며 불합격된 시점에 페널티가 부과된다. 집행유예일 경우의 페널티는 교도소 수

감이다.

유예기간 중에 죄를 저지르고 실형 판결이 선고되면 유예된 형과 선고받은 형의 집행을 동시에 받는다. 무거운 페널티이므로 심판자 역할을 하는 재판관은 집행유예를 선고할 때 피고인에게 경고한다.

재범을 저지르면 두 가지 형벌의 집행을 받으니 마음을 다잡고 생활하라고.

가노는 이 규정을 이용했다. 부당하게 내려진 집행유예 판결을 취소함으로써 정당한 벌을 내려 아버지가 속죄하도록.

죄를 저지를 때까지 기다리거나 유도하지 않고…, 소메야 사호를 꾀어서 강제추행사건을 날조했다.

이혼 협상을 유리하게 이끌기 위해 가정폭력을 날조하고 딸을 피해자로 골랐다. 사호가 죄를 인정했을 때 조금 더 추궁했어야 했다.

비열한 흉행에 분노하고 아버지와 린을 동정하느라 시야가 좁아졌다.

부자연스러운 점은 더 있었다.

먼저 범행 형태.

DNA 감정에 관한 지식 없이 그런 위장 공작은 생각해낼 수 없다. 채취한 시료에서 어떤 순서를 거쳐 DNA를 추출하는지, 추출 과정에서 불순물을 어떻게 취급하는지, 어떻게 하면 감정 담당자를 속일 수 있는지.

인터넷을 통해 조사하면 단편적인 정보는 얻을 수 있지만 계획을 세우려면 계기가 있어야 한다. 사호 자신이 가르쳐주지 않았던가. 변호사에게 조언을 구했다고.

이상하다고 생각하면서 깊게 고민하지 않았다.

아버지가 이혼을 거부하자 사호는 변호사와 상담했다. 그때 가정폭력으로 누명을 씌우는 방법을 알게 됐다고 그녀가 말했다. 그 말을 듣고 가정폭력 피해를 위장하라고 권유하는 듯한 발언을 했다면 변호사로서 최악이라고 생각했다.

사호의 자백을 있는 그대로 받아들였어야 했다. 위장만 권유한 게 아니다. 변호사는 구체적인 수법까지 교사했다. 들어맞는 인물은 한 명밖에 없다.

상담에 응한 건 가노였을 것이다. 사호가 가노의 사무소를 선택하도록 손을 쓴 걸까, 우연히 사무소를 찾아온 걸까. 그건 알 수 없다.

다만 두 사람은 만나고 말았다. 가노에게 소메야 다카히사는 상담자가 이혼을 희망하는 상대일 뿐 아니라, 죗값을 치르게 해야 하는 죄인이기도 했다. 그리고 가노와 사호의 이해는 중요한 부분에서 일치했다.

동기에도 위화감을 느꼈어야 했다.

사호의 동기는 남편과의 이혼과 딸의 마음을 속박하는 것. 두 가지 모두 남편을 죄인으로 만들 필요는 없었다. 목적을 이루기 위해서라면 수단을 가리지 않고 서슴없이 타인의 인생을 짓밟는다. 그런 인간이기에 더더욱 주의 깊게 행동했으리라.

한마디로 말하면, 도가 지나쳤다.

범죄를 날조하는 데는 그만한 위험이 따른다. 들통나면 자신이 체포되고 세간의 손가락질을 당한다. 딸을 가정폭력 피해자로 만드는 위장 공작을 결행했다고 해도…, **곧바로 경찰에 신고해 일을 크게 만든 이유는 뭘까**.

경찰이나 검찰이 움직이기 시작하면 위장 공작이 들통날 위험은 현격히 높아진다. 아버지에게 몹쓸 짓을 당했다고 린이 오해한 시점에, 부녀의 연은 한 번 끊어졌다. 경찰에 신고하지 않는 대신 이혼 신고서에 도장을 찍고 위자료를 달라고 요구할 수도 있었다. 압도적으로 유리한 상황을 만들어놓고 스스로 협상 카드를 버린 셈이다.

사호가 상황을 정확하게 이해하고 있었다면 잘못된 선택은 하지 않았을 것이다.

아버지가 자의로 이혼에 응하고 위자료를 지급할 경우, 사호는 목적을 달성하지만 가노의 복수는 차질을 빚는다. 집행유예를 취소하려면 사건을 날조하는 것뿐만 아니라 체포, 기소, 판결이 모든 장애물을 극복해야 한다.

그래서 과수연의 감정에도 간파당하지 않도록 증거를 날조하고, 사호가 신고를 미루게 두지 않았다. 가노는 일관되게 유죄 판결을 내다봤다. 의심하는 사호에게는 경찰이 움직이지 않으면 가정폭력을 당했다는 주장은 받아들여지지 않는다고 설명했을 것이다.

가정폭력 피해로 가장하는 방법도, 소메야 다카히사를 범인으로 만드는 방법도 가노가 사호에게 가르쳐줬다.

그렇다면 린을 피해자로 선택한 사람도 가노였을까.

아내에 대한 성폭력과 의붓딸에 대한 성폭력. 일반적으로는 후자가 훨씬 악질적인 범죄로 여겨진다. 성장 중인 미성숙한 정신에 끼치는 영향은 물론, 부부와 자식은 성행위를 허용하느냐 아니냐가 완전히 다르다. 혼인 관계를 맺은 이상 성행위에 응한 시기가 있었다는 점이 인정되기 때문이다.

조금이라도 무거운 죄를…. 그것이 가노의 유일한 행동 원리였다면, 잘못을 저지르지도 않았고 사호처럼 아버지를 함정에 빠뜨려서 혜택을 누릴 일도 없는 린마저 망설임 없이 끌어들였을지 모른다.

하지만 가노가 그렇게까지 무자비한 선택을 할 수 있는 사람 같지는 않다.

가노는 린의 변호인으로서 절도사건과 살인사건에 최선을 다했다. 증오하는 상대의 딸임에도 불구하고 한 치의 소홀함 없이 전력으로 사건에 임했다. 그 이유를 난 마지막까지 알 수 없었다.

후회한 게 아닐까. 린마저 불행하게 만들어버린 것을.

복수를 완수하기 위해 철저히 비정해지기로 마음먹었다면, 그 과정에서 타인이 아무리 깊은 상처를 받아도 후회 따윈 하지 않았을 텐데.

예상치 못한 사태가 아니었을까. 린이 피해자로 선택될 줄은 몰랐던 것이다.

가노가 이혼을 바라는 사호에게 남편에게 성폭행을 당한 피해자라고 신고하는 시나리오를 가르쳐줬다면.

이를테면… 이혼을 제안했지만 남편이 받아들이지 않고 발끈 화를 냈다.

자신도 모르는 사이에 수면 유도제를 복용해 의식을 잃었고 손발이 묶인 상태에서 남편이 유두를 핥았다.

밧줄 자국, 수면 유도제 성분, 타액. 그런 증거가 확보되면 협상을 유리하게 끌어갈 수 있다. 경찰에 연락해서 피해 신고만 하고 뒷일은 형사에게 맡기면 된다. 혼인 관계가 깨진 상태라면 부부 사이에도 강제추행죄가 성립되기도 한다.

장기판 위에 나타난 장기말을, 가노는 교묘한 말로 꾀어내려 했다.

하지만… 고른 상대가 좋지 않았다. 사호가 가르쳐준 시나리오를 바꿔버렸다.

부녀의 연을 뿌리부터 끊어내기 위해, 그리고 자신은 취조나 호기심 어린 시선에서 벗어나 있기 위해 피해자 역할을 딸에게 떠넘겼다.

가노는 폭주하는 사호를 막을 수 없었다.

소메야 다카히사는 체포되고 딸은 아빠에게 성추행을 당했다고 오해했다. 바라던 바는 아니었지만 사호가 깐 레일을 따라 돌진하는 수밖에 없었다. 아니, 입만 다물어도 됐다. 아버지가 사고의 진상을 말하지 않았던 것처럼.

강제추행사건에서 실형 판결이 선고된 순간, 가노의 복수는 이루어졌다.

판결 선고에 따라 금고 1년 6월의 집행유예가 취소됐다. 상해치사죄의 법정형은 3년 이상의 유기징역. 부족한 기간은 강제추행죄 형기로 충당했다.

3년 6월의 징역형은 누명이었다. 하지만 아버지는 속죄해야 할 죄에서 빠져나갔다.

가노는 응당 받아야 할 벌을 받게 한 것뿐이라며 자신의 행위를 정당화했다.

유일한 오점은 희생양이 된 린의 존재였다.

몇 년의 세월이 흘러도 마음의 상처는 낫지 않았고 진상을 안 린은 오히려 스스로를 책망했다.

아버지에게 사과 편지를 쓰는 한편, 마음에 병이 생겨 도둑질을 거듭하고 말았다.

책임을 느낀 가노는 린의 변호를 맡았다. 첫 번째 절도사건, 그리고 두 번째 절도사건도… 실형 판결을 면할 수 있게 최선을 다했다. 그것이 가노 나름의 속죄였다.

유죄판결이 내려진 미래는 이걸로 설명이 된다.

남은 건 무죄판결이 내려진 미래. 그곳에서 가노는 어떤 선택을 했을까.

경찰과 검찰의 눈은 속였지만 변호인이 워크시트에 적힌 내용을 발견하면서 위장 공작이 간파당했다. 유죄가 선고되지 않으면 집행유예는 취소되지 않는다.

판결 선고 후 가노는 무슨 생각을 했을까. 법을 준수해야 하는 변호사라는 위치에 있으면서 사호에게 사건을 날조하라고 지시했다. 정도에서 벗어난 선택을 한 이상 더는 물러설 수 없다고 생각했어도 이상할 게 없다.

하지만 가노의 복수 계획에는 시간제한이 있었다.

집행유예 기간인 3년이다.

유예기간은 유죄판결이 확정된 날부터 시작된다. 그리고 집행유예 기간 중의 재범으로 인정되려면, 유예기간 중에 새로운 유죄판결이 확정돼야 한다.

체포되거나 기소되더라도 유예기간은 멈추지 않는다.

3년 이내에 판결 확정까지 가져가야만 했다.

과실운전치사의 유죄판결은 2014년 7월에 선고되었다. 따라서 3년 후인 2017년 7월이 제한 시간이었다.

강제추행사건의 제1차 공판이 열린 건 2016년 4월 12일. 한 달에 한 번 정도의 간격을 두고 다음 기일이 지정된다.

무죄판결이 선고된 날은 아무리 빨라도 2016년 9월 이후다. 남은 기간은 약 1년밖에 되지 않는다. 그사이에 새로운 사건을 날조해서 유죄판결을 확정시킨다. 혐의를 부인하는 사건이라면 수사와 재판에 시간이 걸린다.

불가능하다고 단언할 수는 없지만 쉽지 않은 길임에 틀림없다.

무죄판결이 내려진 미래에서 아버지가 강제추행사건 이후 체포된 적은 없었다. 대신 지독한 빚 독촉에 괴로워하다 목숨을 끊으려 했다.

손해배상청구권을 양도한 시기에 관해 진보는 증인신문에서 분명히 말했다.

두 번째로 교도소에 들어가기 조금 전이었다고⋯. 2017년 11월에 진보는 두 번째 실형 판결을 선고받았다. 아버지의 집행유예 기간이 만료되고 몇 달 후다. 여기서도 시기가 맞아떨어진다.

아버지를 궁지에 몰아넣기 위해 가노가 자칭 회수 업자를 끌어들인 걸까. 집행유예 취소라는 법적인 수단을 취할 수 없게 되자, 그래도 죗값을 치르게 하기 위해 실력 행사에 나선 걸까.

확증은 없다. 집행유예 기간 만료 시기와 맞아떨어지고 국민참여재판에서도 가노가 린의 변호를 맡았다. 그러한 사실을 토대로 가능성을 추측할 수 있을 뿐이다.

가라스마도 같은 생각을 했던 걸지도 모른다.

우리는 아버지의 죽음을 피하기 위해 타임 슬립을 반복해왔다.

무죄판결이 내려지면 교도소에 들어가지 않게 된 아버지를 향해 빚 독촉이 시작된다. 그 일에 가노가 개입한 경우, 뜻을 거두게 할 수 있다면 미래는 달라진다.

그래서 가라스마는 법정에서 아버지를 비판했다.

일사부재리의 효력으로 두 사람의 목숨을 빼앗은 상해사건이 법정에서 심판받을 기회를 잃어버렸다. 가노는 아버지가 온전한 죗값을 치르지 않았다고 생각했다.

아버지가 반성했다고 해서 가노의 결심이 흔들렸을 것 같지는 않다.

그 정도로 용서할 거였으면 강제추행사건을 날조하는 일은 감행하지 않았을 테니까.

가노가 바랐던 건 아버지를 불행에 빠뜨리는 게 아니라…, **정당한 법을 내려 속죄하게 하는 것이었으리라.**

변호인, 검사, 재판관, 피고인이 법정에 모여 형사재판이 열렸다.

재판관이 피고인 신문에서 묵비권이 있음을 고지한 후 과거의 죄에 대해 추궁했다.

피고인이 자신의 의지로 죄를 인정하고 재판관은 엄준하게 나무랐다.

'상해치사죄가 성립하며 법정형은 3년 이상의 유기징역입니다. 두 명의 목숨을 앗아갔으므로 집행유예는 받아들여지지 않습니다. 당신은 교도소에 들어가야만 했습니다.'

죄를 판단하고, 정당한 형벌을 선고했다.

확정된 판결은 뒤집을 수 없기 때문에 실제로 형벌이 집행되지는 않는다. 가라스마의 행동은 근거도 없이 과거의 죄를 다시 문제 삼고 독선적인 정의감을 강요했다는 평가를 받을 수도 있다.

그럼에도 가노는 진상을 토대로 한 판결 선고를 듣고 싶었던 게 아닐까.

가라스마는 피해자 유족의 심정을 대변하고 피고인의 안일한 인식을 지적했다.

그렇게 아버지를 심판했다. 그것은 재판관만이 할 수 있는 일이다.

방청석에서 흘린 눈물의 의미는 가노에게 물어보지 않으면 알 수 없다.

아버지의 말은 가노의 마음에 가닿았을까.

그 자리를 모면하기 위한 참회로 받아들였을까, 복수까지의 유예기간을 주었을까.

가노의 양심을 믿고, 첫 번째 씨앗을 뿌렸다.

빚 독촉에 가노가 개입하지 않았거나 그의 마음을 돌려놓지 못했다면 린이 피고인 신문에서 말한 비극이 부녀를 기다린다.

아버지가 개인 파산이 아닌 자살을 선택한 이유는 린이 행복하기를 바라서였다.

딸을 지나치게 생각한 나머지 아버지는 잘못된 판단을 했다.

무죄판결 후에 빚 독촉이 격화됐을 때도 두 사람은 서로의 버팀목이었다. 그런 린이 목숨과 맞바꿔 남긴 보험금에서 어떤 가치를 발견할 수 있을까.

가라스마는 부녀의 관계에 대해서도 언급했다.

'소중히 여기는 사람이 있다면 그분이 슬퍼하지 않을 선택을

하세요. 독선적인 행복을 강요할 게 아니라 진심을 다해 대화하고 의견에 귀를 기울이세요.'

조금 더 직접적인 말로 설득할 수도 있었다.

린의 친아버지가 남긴 빚이 불어나 변제하기 어려운 금액에 도달했다는 사실을 알았을 때, 아버지는 위법행위에 손을 빌려주지 않고 변호사나 경찰을 찾아가 상담했어야 했다. '다음에 똑같은 사태가 벌어지면 꼭 전문가의 도움을 받으십시오.'

가라스마가 법정에서 그렇게 말했다면 아버지는 잘못을 반복하지 않겠다고 맹세했을 것이다.

하지만 비극이 일어날 수도 있는 건 4년 후다. 그동안 절망이 쌓이고 과도한 빚 독촉에 시달리는 나날이 이어지면 결의가 흔들릴 수도 있다. 가라스마는 과거에서 문제를 해결하지 못할 시 미래에서 개인 파산이란 선택지를 떠올리게 만들 방법을 모색했다.

절망적인 상황에서도 아버지의 곁을 떠나지 않고 목숨을 끊지 않도록 설득할 수 있는 인물.

강한 부녀의 연을 믿고, 두 번째 씨앗을 뿌렸다.

법정에서의 비판과 마지막 설교는 가라스마가 아니면 하지 못할 일이었다.

방청석 말고는 있을 곳이 없던 대학생인 나는 가노나 아버지에게 할 말이 없었다. 무력함을 자각하고 메일 송신 버튼을 누른 다음 법정을 뒤로했다.

무죄판결 이후 아버지와 린은 둘만의 세상에서 살아왔다. 사호에게 배신당하고, 직장도 신용도 잃고, 성범죄자라는 딱지가 남아 타인을 믿는 걸 포기했다.

그의 세상에 비집고 들어가서 쫓아내려 해도 버티고 앉아 조금 떨어진 곳에서 지켜보며 때로는 말을 걸고 용기를 줄 사람. 그런 존재가 필요했다.

가라스마는 과거의 나를 끌어들이는 것에 반대했다.

대학생이 짊어지게 하기에는 가혹한 운명이라 감당하지 못하고 미래에 악영향을 끼칠 거라 판단했다. 그래서 가라스마는 내가 아버지에 대한 피고인 신문을 듣게 했다.

나는 아버지가 순전히 피해자라고 생각했다. 누명을 덮어써서 인생이 망가졌다고.

틀린 건 아니지만 아버지는 속죄를 마치지 않은 죄를 안고 있었다.

과실이 아닌 악의로 잃어버린 목숨. 소메야 사호의 폭주는 아버지가 일으킨 상해치사사건의 연장선상에 존재한다. 아버지가 저지른 잘못이, 비극의 방아쇠가 되었다.

자업자득이 아닐까. 미래를 건 결의가 흔들리지 않을까.

가노와 마찬가지로 내게도 선택지가 주어졌다.

가라스마의 질문에 대한 '지금'의 내 대답은 정해져 있다.

법원서기관으로서 잘못을 저지른 사람을 수없이 봐왔다. 참작할 여지도 없이 이기적인 동기로 타인에게 상처를 준 사람도, 후회한다는 말이나 반성하는 태도를 내비치지 않는 사람도 있었다.

가라스마는 그런 피고인에게도 정성을 들여 절차를 설명하고 진심을 다해 상대해왔다. 재판관은 죄를 판단하고 벌을 결정한다. 속죄하는 방법은 피고인 스스로가 결정하는 수밖에 없다.

아버지는 벌을 모면했지만, 속죄할 길은 끊어지지 않았다.

지금은 어둠에 휩싸여 있어도 본인이 포기하지 않는 동안은 린과 함께 힘이 되어주고 싶다.

하지만 '과거'의 내게 같은 결단을 강요할 수는 없다.

메일에 아버지와 린이 경험한 비극을 장황하게 늘어놓는 것만으로는 부족했다. 과거의 내가 아버지가 저지른 잘못도 충분히 파악한 후에 결론을 내려주기를 바랐다.

판단의 재료를 갖춰주고자 방청석에 앉아 법정에서 오가는 말들을 녹음했다. 난 의식을 되찾은 뒤 휴대폰에 저장된 음성 파일과 메일을 발견하게 된다.

비극도 과오도 받아들이고 속죄의 과정을 지켜봐주기를.

난, 나 자신을 믿고 세 번째 씨앗을 뿌렸다.

그리고 미래가 고쳐 써졌다.

어지러운 속도로 형태가 바뀌던 빛다발이 서서히 하나로 뭉쳐졌다. 속도를 잃은 룰렛의 공이 들어갈 칸을 찾으며 굴러가는 것처럼.

추상적인 무늬가 아니다. 색채도 안정감을 되찾았다.

시야 끝에서 불티가 흩날리고 붉은색 짙은 화염이 벽에 스며

든다.

두리번두리번 주위를 둘러봤다. 몸이 자유롭게 움직인다.

그렇구나…. 여기로 오는 거였구나.

시공의 문은 린의 재판과 아버지의 재판을 잇는다. 과거와 미래. 이동할 시점은 마음대로 정할 수 없다. 아버지의 강제추행사건을 입구로 사용한 경우에는 공판 횟수가 연동되는 린의 재판이 출구로 설정된다. 사건이 바뀌는 경우는 있어도 피고인은 고정이다.

분기점은 린이 피고인인 재판의 향방이다.

지난 초기화에서는 절도사건이 살인사건으로 바뀌었고, 국민참여재판의 제1차 공판이 열린 법정으로 날아갔다. 즉 출구가 이동했을 뿐이다.

이번에 불안정한 시공에서 대기를 명 받은 건 출구가 사라졌기 때문이다. 사건의 종류와 관계없이 린이 피고인인 공판은 열리지 않았다.

린의 재판이 소실되었다. 절도나 살인, 어떤 죄도 저지르지 않는 미래에 당도했다.

린은 아버지를 억울한 죄로 교도소에 넣어버린 사실을 후회하며 도둑질을 반복했다. 살아가는 고통에서 아버지를 해방시키기 위해 목숨을 빼앗았다. 두 사람의 불행은 연동되어 있었다.

린이 법정에 서지 않게 됐다는 건…, 아버지의 목숨도 구해냈다는 뜻이다.

어떤 씨앗이 싹을 틔웠는지는 알 수 없다. 가노가 마음을 돌렸는지, 아버지가 린과 상의해 자살을 단념했는지, 내가 두 사람 곁을 지키며 개인 파산을 선택하게 했는지.

불발로 끝났을지도 모른다. 다른 요소가 작용했을 수도 있다.

상관없다. 의지가 결실을 맺었으니까.

마지막 파편이 자리를 찾아가고 낯익은 광경이 형태를 이루었다.

★

커다란 창으로 쏟아져 들어온 햇빛이 레이스를 통과해 공간을 부드럽게 감싼다. 나무 책상, 가죽 의자, 붉은 벽돌을 쌓아 올린 내벽. 중앙에 덩그러니 놓인 증언대.

변호인석에는 감색 넥타이를 맨 아카마 변호사가 날카로운 표정으로 앉아 있다.

검사석에는 팔짱을 끼고 법대를 노려보는 다케치 검사가 앉아 있다.

난 아직 과거에 있었다.

이 타임 슬립에는 종착점이 있다. 한쪽 재판이 소실되어도 최상층에서 결판을 내지 않으면 과거에서 벗어날 수 없다.

린의 피해자 신문과 아버지의 피고인 신문이 이루어진 제3차 공판. 그곳에서 가라스마는 당사자에게 직접 질문함으로써 재판의 흐름을 바꿨다. 예정된 심리도 크게 달라졌다.

제4차 공판에서 법의연구원이 다시 증언하고…, 사호가 행방을 감추지 않았다면 그녀에 대한 증인신문도 실시됐다. 거기서 증거조사가 종료되고 제5차 공판에서는 검사 측 논고와 변호인 측 논고, 피고인의 최종진술이 이루어졌다.

주장과 증거가 모두 나온 후에 판결 선고 기일을 맞이했다.

방청석도 8할 이상 차 있다. 제일 앞줄에는 기자가 자리를 잡고 앉아 수첩을 펼치고 펜을 쥐고 있다. 피고인 신문 이상의 파란을 기대하고 있을까.

내 옆에는 손수건을 쥔 엄마. 조금 떨어진 자리에 앉은 아이와 소지를 발견했다. 시선이 마주친 아이가 어색한 웃음을 보냈다. 검은 머리카락에 복장도 차분하다.

고개를 돌려 뒤를 봤다.

제일 뒷줄에 하얀 긴소매 셔츠를 입은 린이 고개를 숙이고 있다.

증인신문은 얼굴을 공개하지 않고 이루어져 피고인의 딸이라는 걸 알아보는 사람은 적을 것이다. 누구 다른 사람과 함께 온 것 같지는 않다. 자신의 존재를 지우기라도 하려는 듯 미동조차 하지 않고 가만히 있다.

가노의 모습은 보이지 않았다. 결과를 알고 있기 때문일까.

문을 흘끔 본 다음, 분리대 안쪽으로 시선을 돌렸다. 피고인과 재판관은 아직 입정하지 않았다.

운동화 끈이 풀린 걸 발견하고 허리를 숙여 고쳐 매는데, "그 매듭 누구한테 배웠는지 기억나?" 하고 엄마가 내 발끝을 보면서 물었다.

기억을 더듬어봤지만 생각나지 않았다.

"엄마 아니야?"

"아니야. 그 사람이, 너한테 가르쳐줬어."

"어?"

"다섯 살 되기 조금 전이었나. 유치원 친구랑 똑같은 신발을 샀는데, 끈을 못 묶는다고 어찌나 심통을 부리던지. 특훈 한다며 둘이서 어디로 나가더니, 그렇게 묶는 법을 익혀서 돌아왔지 뭐야. 게다가 잘 안 풀린다는 거짓말까지 철석같이 믿게 만들어놨어. 그냥 서툴렀던 것뿐인데."

무슨 말을 하는 건지 곧바로 이해하지 못했다.

고리가 아래로 오는 뒤집힌 나비매듭. 신발을 신은 사람이 보면 뒤집힌 방향이다. 하지만 마주 보고 있는 사람이 그 방향에서 신발 끈을 묶으면….

보이는 대로 따라서 연습하다가 그대로 손에 익어버린 걸까.

"얼마나… 잘 풀리는데."

"제대로 묶는 법도 가르쳐줬는데 어떻게 된 게 고쳐지지를 않더라."

그랬다. 집 근처 공원에 있던 그네. 그곳에서 특훈을 했다.

그네에 앉으니 발이 땅바닥에 닿지 않았다. 앞뒤로 흔들리던

내 발을 무릎 위에 얹고, 뭔가를 중얼거리면서 신발 끈을 잡고 이리저리 움직였다. 울퉁불퉁하고 커다란 손. 그 손가락을 난 뚫어지게 쳐다보고 있었다.

'고리는 너무 커도 너무 작아도 안 돼.'

'잘 안 풀리는 마법의 매듭이야.'

어릴 때 기억. 봉인해둔 아버지와의 추억.

아직 안개가 자욱하다. 방금 그게 실제로 경험한 일인지 확신하진 못하겠다. 아버지에 대해 좀 더 묻고 싶다. 지금이라면 기억해낼 수 있을 것 같은 기분이 든다.

그렇게 생각하며 발끝에서 시선을 올렸다.

그리고 시선이 마주쳤다.

교도관이 문을 여는 소리도 다가오는 발소리도 듣지 못했다. 신발 끈에 정신이 팔려 생각에 잠겨 있는 사이에 들어온 것이리라.

수갑과 포승줄을 찬 아버지가 내 쪽을 보고 있었다.

굳게 다문 입술. 양끝이 처진 눈썹. 활짝 열린 눈.

'눈이 한 번도 안 마주쳤어.'

'착각한 거 아니야?'

'그 사람은 날 한 번도 안 쳐다봤어.'

'부끄럽고 한심해서 눈도 못 마주친 거 아닐까.'

소지의 분석이 옳았다.

아버지의 눈꺼풀이 시선을 피하듯 움직인다.

나는 무심결에 일어섰다. 올려다보는 엄마의 시선. 멀어지는 아버지의 시선. 이것이 과거에서 대화를 나눌 마지막 기회다. 뭐든 말하지 않으면 안 된다.

미래를 위해서가 아니라, 나 자신이 앞으로 나아가기 위해서.

"아버지."

주먹을 움켜쥔다. 한 번 더, 눈이 마주친다.

이어지는 말이 나오지 않는다. 하고 싶은 말도, 물어보고 싶은 것도 잔뜩 있는데.

아버지의 두 눈동자가 흔들린다. 입이 열리고, 굳었다가, 닫힌다.

교도관이 가로막고 서더니 포승줄을 잡아끈다.

이제 아버지는 나를 보지 않는다.

눈물이 뺨을 타고 흘렀다. 알아봤다. 잊지 않았다.

이 공판이 폐정하면 난 과거에서 사라진다. 판결이 선고되기 전에 말을 걸 수 있어서 다행이다. 아버지와 이어져 있음을 느낄 수 있어서 다행이다.

엄마의 손길에 이끌려 방청석에 다시 앉았다.

방금 묶은 오른쪽 신발 끈을 스르륵 풀었다. 한쪽이면 못 알아차릴지도 모른다. 왼쪽 신발 끈도 똑같이 풀고 운동화에서 뒤꿈치를 뺐다.

"밖에 나가면…, 아까 신발 끈 이야기 한 번만 더 해줄래?"

촉촉이 젖은 눈동자로 날 바라보는 엄마에게 그렇게 부탁했다.

법정을 나선 후 몸을 이어받는 건 대학생인 나다. 이곳에서의 기억은 공유되지 않는다. 이 신발 끈이 아버지와의 추억을 불러일으키는 계기가 될 것이다.

법대의 문이 열린다. 웅성거림이 사라지고 법정 안 사람들이 일제히 일어선다.

차분한 발걸음. 법복이 나부낀다.

가라스마의 움직임에 맞춰 목례를 한다. 그리고 개정이 선언됐다.

"피고인은 증언대 앞에 서주세요."

아버지는 교도관에 이끌려 증언대로 이동했다.

방청석으로 시선을 돌리지 않았다. 조금 전에 아버지는 무슨 말을 하려 했을까. 미안하다는 말일까, 내 이름일까. 언젠가 물어볼 기회는 찾아올까.

"지금부터 피고인에 대한 강제추행사건의 판결을 선고하겠습니다."

가라스마 앞에는 사건 기록과는 다른 종이 다발이 놓여 있다. 거기에는 판결 결과가 적혀 있다. 과거의 가라스마가 당사자의 주장과 증거를 토대로 기안했다.

부탁받은 판결을 4년 후의 가라스마가 소리 내어 읽는다.

"주문…. 피고인은, 무죄."

손수건을 쥔 엄마의 손이 떨렸다. 속보를 전하기 위해 몇 명의 기자가 법정을 나갔다. 아이와 소지는 얼굴을 마주 봤고 린은 여전히 고개를 숙이고 있었다.

가라스마는 다시 정숙하기를 기다렸다가 말을 이었다.

"다시 말합니다. 피고인은, 무죄. …판결 이유를 읽기 전에, 말씀드리고 싶은 게 있습니다. 길어질 테니 앉아서 들어주세요."

아버지는 나무 의자에 앉아 등을 기댔다. 이 뒷모습을 여러 번 봐왔다.

"검사가 기소한 사건에 대해 당신에게는 어떠한 죄도 성립하지 않는다고 판단했기에 무죄를 선고합니다. 구류도 효력을 잃으므로 절차가 완료되는 시점에 석방됩니다. 판결이 확정되면 같은 사건과 관련해 또다시 기소되는 일은 없습니다. 전에 말씀드렸던 일사부재리의 효력이 발생하기 때문입니다."

누구를 막론하고 이미 무죄로 판정된 행위에 대해서는 형사상의 책임을 묻지 않는다….

무죄판결의 일사부재리는 헌법으로도 보장되어 있다.

"당연히 전과는 남지 않으며, 기소된 사실이 불리하게 다뤄져서도 안 됩니다. 죄를 범하지 않았다고 판단되었으니, 체포 이전과 똑같은 생활을 할 권리도 침해받을 수 없습니다. 하지만… 시간을 되돌릴 수는 없습니다."

시간은 비가역이다. 나와 가라스마만이 예외를 경험하고 있다.

누명을 쓴 이번 사건은 과거의 흉터로 새겨질 것이다.

"2015년 12월 23일, 당신은 강제추행 혐의로 체포됐습니다. 그날로부터 오늘 판결 선고 기일을 맞이할 때까지 275일이 경과했습니다. 무고한 죄로 인한 신체의 구속이 계속되었습니다. 체포영장이나 구속영장은 경찰관이나 검사가 청구하고 재판관이 발부합니다. 죄를 범한 것이 의심되어 충분한 사유가 있다고 판단해 신체 구속을 단행했습니다. 결과적으로 그 판단은 잘못됐습니다."

무죄판결을 선고할 때도 유죄판결과 똑같이 주문을 낭독하고 그 이유를 말한다. 지금 가라스마가 하는 말은 판결 결과와는 상관없는 내용이다.

경찰관, 검사, 재판관. 사람인 이상 언제나 정답을 고를 수는 없다.

그럼에도 가라스마는… 판단이 잘못됐다고 인정했다.

"누군가는 알아차렸어야 합니다. 취조를 담당한 수사관은 당신 주장에 진지하게 귀를 기울였습니까? 피해자의 시야를 가렸으면서 굳이 범인으로 추정되는 인물의 육성을 들려줬습니다. 그 행동에 위화감을 느낀 수사관은 없었는지…. 있었다면 상사에게 재수사를 제언할 수는 없었는지. DNA 감정 과정에서 불순물이 검출됐을 때, 촉탁 사항에 해당하지 않는 내용이라도 보고하는 체제가 갖춰져 있었을까요. 의심스러운 인물과 범인을 묶는 사실에만 착목하지 않고, 불리한 증거도 충분히 분석했다고 단언할 수 있을까요. 진상을 명명백백히 밝히는 것이 경찰과 검찰이 해야 할 역할입니다."

제일 앞줄에 앉은 기자가 연신 펜을 움직인다.

판결문으로는 남지 않을 내용을 가라스마는 이어서 말했다. 피고인과 관계자를 향해… 혹은 기자를 통해 세상에 전해지도록.

"약 23일의 체포 구류 기간 동안 어떤 취조가 이루어졌는지 법원에 기록으로 제출된 건 없습니다. 취조 시간, 취조관의 말과 행동, 피의자에 대한 배려. 부적절한 취조가 이루어졌다면 원인을 밝힐 필요가 있습니다. 무엇보다 이번 사건에서 피고인에게 죄를 덮어씌운 인물이 존재함을 의심케 하는 증거가 제출됐습니다. 무죄판결이 확정된 뒤 성의를 다해 수사에 임해주기 바랍니다."

폭행죄, 상해죄, 감금죄. 사호가 린에게 한 행위는 복수의 범죄가 성립한다. 수면 유도제와 밧줄 입수 경로에 관한 증거가 갖춰지면 기소로 가져가는 것도 가능하다.

가노는… 어떨까. 사호에 대한 교사죄가 성립할 여지는 있지만, 어디까지 구체적으로 지시를 했느냐에 따라 결론은 달라진다.

"…천벌을 받은 겁니다."

메마른 목소리가 증언대에서 새어 나왔다. 아버지가 말을 이었다.

"피고인 신문 때 재판관님께서 말씀하신 것처럼, 전 예전에 지은 죄의 죗값을 모두 치르지 않았습니다. 전 교도소에 들어가야만 했습니다. 두 사람의 목숨을 빼앗아놓고, 사회로 돌아왔다는 것에 안도하며 태평하게 살고 있었습니다."

"천벌 같은 게 아닙니다."

"하지만…."

"누명을 쓴 건 틀림없는 인재입니다. 분명히 평생에 걸쳐 죗값을 치를 각오가 돼 있는지 당신에게 물었습니다. 앞으로도 어떻게 속죄할지 계속 생각해주세요. 다만 이번 사건에 관해서는… 당신은 피해자이고 사법에 종사하는 저희가 가해자입니다."

미래가 새롭게 쓰였다는 걸 가라스마도 이미 알아챘다.

맡겨진 무죄판결을 낭독하고 폐정을 선언하면 아버지의 죽음은 피할 수 있다.

시공의 문을 통해 원래 시간대에 이를 수 있다.

가라스마는 4년 후의 미래로. 난 5년 후의 미래로.

이 공판은 타임 슬립에서 벗어나기 위해 존재한다.

추가 시간 같은 것이다.

가라스마가 아버지에게 사법부의 실수에 대해 말하는 건 미래를 좋은 쪽으로 굴러가게 하기 위해서가 아니다.

1년 전의 가라스마는 죄가 없다는 걸 알면서도 유죄판결을 선고했다.

아버지의 목숨을 구하려면 심증에 반하는 판결을 내리는 수밖에 없었다.

그 결단을 가라스마는 후회했다.

"무엇과도 바꿀 수 없는 시간을 빼앗고, 명예를 훼손했습니다. 무죄판결로 모든 걸 없었던 일로 만들 수 있을 거라고는 생각하지 않습니다. 앞으로… 이번 사건에 휘말렸다는 이유로 힘든 미래가 기다리고 있을지도 모릅니다. 저희의 과오입니다."

가라스마는 일어서서 깊숙이 머리를 조아렸다.

"정말 죄송합니다."

"이러지 마십시오."

아버지의 말에 고개를 들더니…, "당신은 무죄입니다" 하고
양심에 따라 선고했다.

에필로그

등을 꼿꼿이 세운 남자 경찰관과 진보 마사코가 증언대에 나란히 앉아 있다.

법대에서 낮고 차분한 목소리가 날아든다.

"우선 진보 씨에게 묻겠습니다만, 절도를 반복한 건 교도소에 들어가 교도관과 연인 관계를 맺고 싶었기 때문이다. 그렇게 말씀하셨죠?"

"그렇습니다."

"이번에도 가게에서 액세서리를 훔치고 곧바로 파출소에 자수했습니다. 무죄를 주장하고자 결심한 건, 절도죄가 아닌 상습 누범절도죄가 성립된다는 걸 알고 교도소에 들어가 장기간 버틸 수 없겠다고 생각했기 때문이고요. 정정할 부분 있습니까?"

"없습니다."

진보 마사코의 제3차 공판기일. 변호인과 검사가 증인신문을
마친 후, 동시에 피고인에게도 이야기를 듣게 되어 진보가 증언
대 앞으로 이동했다.

　　증인과 피고인이 나란히 앉아 있다.

　　파격적인 조치라 당사자들은 파란이 일 가능성을 감지하고
있을 게 분명하다.

　　"반지, 목걸이, 팔찌, 귀고리. 총 네 점의 물건을 훔쳤다…. 이
점도 틀림없습니까?"

　　"네."

　　"액세서리에 가격표는 붙어 있었나요?"

　　"쇼케이스 안에 가격이 써진 스탠드는 있었지만, 물건 자체에
는 안 붙어 있었던 것 같아요."

　　"가게 근처 파출소에 자수하고, 곧바로 물건을 경찰관에게 건
넸습니까?"

　　"네. 딱히 갖고 싶었던 것도 아니라서…. 저기, 아까부터 뭘
물어보고 싶으신 건가요?"

　　진보의 어깨가 당황스럽다는 듯 오르락내리락했다.

　　"사건과 관련된 질문입니다. 그리고 게이이치 씨와는 8년 전
에 사별했다고 하셨는데, 결혼반지는 아직 가지고 계십니까?"

　　"…결혼반지요? 바람피운 걸 알고 바로 버렸는데요."

　　"알겠습니다. 그럼 기억을 환기시키기 위해 갑 제2호증에 첨
부된 번호 3번 사진을 피고인에게 보여드리고 싶은데, 양측 괜찮

으십니까?"

가미데와 도마리가와가 이의를 제기하지 않아서 증언대와 각 당사자석에 설치된 모니터 화면에 확대된 사진이 떠올랐다.

"이건 파출소에서 찍힌 사진인데, 책상에 나란히 놓인 액세서리를 손가락으로 가리키는 모습이 찍혀 있습니다. 당신은 오른손 집게손가락을 뻗고 있군요."

"네."

"운 좋게 약지손가락 일부도 찍혔습니다. 두 번째 관절과 세 번째 관절의 중간 부분을 봐주시죠. 내출혈 흔적 같은 게 남아 있지 않습니까?"

"아…."

"붉은색에, 동그란 모양. 짚이시는 거 없습니까?"

잠시 침묵이 흐른 다음, "어딘가에 손가락을 부딪쳐서… 아마 그때 생긴 것 같은데요" 하고 진보가 대답을 쥐어짜냈다.

"언제, 어디서요?"

"…기억 안 나요."

시간이 지나면 멍은 자주색이나 파란색으로 변한다. 생긴 지 얼마 안 된 동그란 모양의 붉은색 멍. 떠오르는 원인은 하나밖에 없다.

가미데도 뚫어져라 모니터를 보고 있다.

"도미즈카 씨께도 묻겠습니다."

"네, 네!"

진보 옆자리에 경찰관 도미즈카 도시유키는 손수건을 이마에 대고 있다.

"당신이 도키타초 파출소에서 근무를 시작한 건 언제부터죠?"

"2018년입니다."

"진보 씨는 2019년에 세 번째 실형 판결을 받았습니다. 판결 등본에 적힌 범행 장소를 보면, 이때도 도키타초 파출소에 자수하지 않았나요?"

"네. 제가 대응했습니다."

진보는 뭔가를 호소하는 듯이 도미즈카의 옆얼굴을 보고 있다.

"지난번 그리고 이번에도 당신이 근무할 때 자수하러 간 거로 군요. 2019년 당시에는 어떤 이야기를 했는지 기억하나요?"

"사정을 듣고, 관할서 형사에게 인계했습니다."

"교도관과 연인 관계가 되고 싶다는 이야기는?"

"거기까지는 듣지 못했습니다."

"그럼, 이번에는?"

"그건."

"진보 씨는, 반지를 끼고 있었습니까?"

"…"

대답을 망설인 시점에서 그렇다고 말한 거나 마찬가지다.

진보는 가게에서 훔친 반지를 끼고 파출소에 갔다. 차고 있던 게 반지뿐이었을까? 목걸이도, 팔찌도, 귀고리도 가격표는 붙어 있지 않았다. 사이즈가 맞지 않았던 반지만 억지로 끼워 넣은 탓에 자국이 남았다.

무엇을 위한 장식품이었던 걸까.

"신문 전에 거짓말하지 않겠다고 선서하셨습니다. 게다가 당신은 경찰관으로서 출두했습니다. 잘 생각하고 대답하세요. 당신과 진보 씨는 무슨 관계입니까?"

침묵을 깬 사람은 진보였다.

"이분은 아무 잘못 없어요. 자수하러 갔을 때 제가 고백했어요. 2년 전에도 자상하게 대해줘서 좋아하게 됐어요. 한 번 더 만나 이야기를 하고 싶어서…."

"액세서리는요?"

"치장하고 만나고 싶어서 모두 몸에 차고 갔어요. 제 주제도 모르고 고백했다가 거절당했습니다. 창피해서 말하지 말아달라고 제가 부탁했습니다."

진보는 알고 있을까.

불법영득의사가 인정되지 않는다는 무죄 주장이 무너졌다는 것을.

스스로 아름다워 보이기 위해 착용했다. 그건 액세서리가 지닌 효용 그 자체다. 그 효과를 누리고자 훔쳤기 때문에, 당연히 절도죄가 성립한다.

"교도소에서 사랑을 하고 싶다. 그 목적은 거짓이었던 겁니까?"

"지난번까지는 바람을 피운 남편한테 복수하려고 도둑질을 계속했습니다. 하지만 이분을 만나고 형편없는 짓을 하고 있다는 걸 깨달았습니다."

"사랑에 빠져서요?"

"네."

진보 게이이치는 비리에 가담하긴 했지만 바람을 피웠던 건 아니다. 그 오해는 풀리지 않은 것 같지만 이미 그녀는 복수에서 해방돼 있었다.

"무죄를 주장한 이유는요?"

"저번에 말씀드렸던 그대로입니다. 상습누범절도죄가 성립된다는 걸 알고…."

"정말 도미즈카 씨가 고백을 거절했나요?"

"…."

유죄판결이 선고되면 몇 년 동안이나 교도소에 수감된다. 지금까지와 다른 건 형기뿐만이 아니다. 인생을 함께 보내고 싶은 상대를 만났다.

증언대 앞에 앉은 두 사람은 얼굴을 마주 보았고 도미즈카가 입을 열었다.

"지난 복역을 마친 후, 진보 씨가 도키타초 파출소에 찾아왔습니다. 자수하러 온 게 아니라, 감사 인사를 하러요. 엄하게 주의를 줘서 고맙다고요. 그 후로 몇 번이고 파출소에 와서 이런저런 이야기를 했습니다. 하지만… 너무 가까워지면 진보 씨가 갱생하는 데 방해가 될 것 같아서, 여긴 가벼운 마음으로 와도 되는 곳이 아니라고 말해버렸습니다."

"그다음엔 절도범으로 찾아왔군요."

잡담을 하기 위해서가 아니라, 죄를 고백하기 위해.

"저랑 이야기가 하고 싶었던 거라고 생각합니다. 그때 고백을 받았습니다. 죗값을 다 치르거든 다시 찾아와라. 재기하길 바라서 그렇게 대답했습니다."

장기간 복역하게 되리란 걸 내다보고 그 자리를 모면하기 위한 약속을 했던 걸지도 모른다.

그런데 진보는 다르게 받아들였다.

무죄판결을 받아내고 교도소에 수감되지 않으면… 도미즈카와 맺어질 수 있다고.

"지금 심경은?"

"진보 씨의 힘이 돼주고 싶습니다."

당시 도미즈카의 마음은 알 수 없다.

중요한 건 현재의 대답이다.

"유죄판결이 내려져 교도소에 들어가도?"

"대답은 변하지 않을 겁니다."

"상습누범절도죄의 법정형은 짧아도 3년 이상입니다. 정상참작이 받아들여지지 않는다면 3년 동안은 교도소에서 나오지 못합니다. 그래도 마음은 변함이 없습니까?"

"몇 년이든 계속 기다리겠습니다."

"그렇다고 하는군요."

진보는 고개를 숙인 채 말없이 어깨를 떨고 있었다.

"죗값을 치르고 행복해지세요."

가라스마가 엄숙함과 다정함이 섞인 말투로 말했다.

폐정 후 서기관석에 앉아 있던 하루코 씨가 방청석으로 다가왔다.

"다음 재판은 한 시간 후이니, 일단 나가주시겠습니까?"

격식 차린 미소. 난 가방을 들고 일어섰다.

"그 친구는 내 지인이야."

법대에 앉은 가라스마의 말에 하루코 씨가 뒤를 돌아봤다.

"아… 그러세요?"

"문은 내가 잠글 테니, 잠깐 그 친구랑 이야기 좀 해도 될까?"

"재판관실로 모셔가는 게 좋지 않을까요?"

"**부장** 눈이 신경 쓰여서 잡담도 마음 놓고 못 해."

"법정도 밀담을 나누는 곳은 아닌데요."

하루코 씨는 투덜대면서 법정 열쇠를 가라스마에게 건넸다. 노트북과 기록을 양손에 들고 방청석으로 다가와서 문을 열어 쉽게 나갈 수 있게 해줬다.

"고마워요. 아드님…, 은 아니죠?"

"네. 대학생 때 신세를 졌어요."

복도를 걸어가는 하루코 씨의 뒷모습을 배웅했다. 처음 보는 수상쩍은 젊은이라고 생각할 것이다.

불평도 하고 잡담도 나누면서 사건을 어떻게 진행해야 할지 이야기를 나누곤 했다. 같은 재판관을 담당하는 서기관의 입장에서 나이 차를 신경 쓰지 않고 대화할 수 있었다.

섭섭하긴 하지만 그 시절로는 돌아가지 못한다.

"오랜만이군, 우구이 군."

가라스마가 법대에서 내려와 변호인석 근처에 서 있었다.

방청석에 설치된 나무 분리대를 사이에 두고 우리는 마주 봤다.

"진보 씨 재판을 방청할 수 있어서 다행이에요."

"부장 담당으로 배정될 예정이었던 걸 바꿔달라고 했지."

"…아이한테 듣고 놀랐어요."

타임 슬립에서 빠져나오고 한 달이 지났다. 나는 원래 시간대로 돌아올 수 있었고, 아무렇지 않은 얼굴로 생활하면서 미래에 끼친 영향들을 살펴왔다.

우선 내가 놓여 있는 상황에 놀랐다. 그다음 난요 지법 형사부의 멤버를 확인하기 위해 아이에게 연락했다. 아이의 입에서 가라스마의 이름을 듣고 안도했지만, 직함이 바뀌어 있는 걸 알아차렸다.

부총괄이 아니라, 우배석으로 부임한 것이다.

"이 정도로 끝나 천만다행이지. 재판관을 그만뒀을 가능성도 고려했으니까."

"원래라면 난요 지법으로 돌아올 타이밍에 부총괄이 됐어야 한다, 사법에 반항한 본보기를 보여주는 부당한 인사다, 라고 대

법원에 민원을 넣죠."

"타임 슬립 설명이 필수겠군."

5년 전 재판으로 출세 가도에서 밀려난 게 틀림없다.

피고인 신문에서 무죄를 이끌어내기 위한 소송지휘에 더해 과거에 확정된 사건을 다시 들쑤셨다.

판결 선고 기일에도 경찰과 검찰을 비판하고 단 한마디의 변명도 없이 사법권의 실수를 인정했다.

"후회 안 하세요?"

"다들 별종이라 생각하니 부담 없이 석명을 할 수 있어 좋아."

"까마귀가 운다고 말들 하는 것 같아요."

"나도 알아." 법복을 입은 가라스마가 웃었다.

"전 백수가 돼 있었어요."

아버지의 무죄판결을 마지막까지 들은 후, 시공의 문을 통과하니 법원이 아니라 우리 집 침대 위에 누워 있었다. 휴대폰에 저장된 파일을 되짚고 아이에게 이야기를 들었다. 기억과는 전혀 다른 길을 걷고 있다는 게 밝혀졌다.

"사법 연수가 시작되는 게… 두 달 뒤인가."

"네. 아이보다 3년 늦었지만요."

대학교 4학년인 난 졸업 후에 공무원 시험을 치지 않고 법과 대학원에 진학하기로 결심했다. 입시와 기말시험, 사법시험에서 여러 번 고배를 마시고 마침내 사법 연수 참가 자격을 얻어냈다. 얼마나 고생했는지는 일목요연하게 정리된 노트와 책장을 보면 알 수 있다.

"자네와 한 팀이 못 돼서 유감이야."

"제가 서기관이 됐던 이유는 무죄를 주장한 아버지가 용서가 안 돼서, 증언대에 앉은 피고인의 얼굴을 정면에서 보고 싶다는 생각이 들었기 때문이에요. 그런데 대학생인 전 아버지한테 죄가 없다는 걸 알게 됐죠. 증오에서 해방된 것 같아요."

가라스마가 무죄판결을 선고하지 않았다면 계속 의혹이 남았겠지만.

"사법계를 떠나는 선택지도 있었을 텐데."

"아버지 곁을 지킬지 말지 결정할 수 있게, 피고인 신문을 휴대폰으로 녹음했어요. 판결 선고 때 나온 이야기도 신문이나 인터넷 기사로 읽었겠죠."

"내 폭주가 한 치의 숨김도 없이 낱낱이 전해진 셈인가."

"아이도 방청석에 있었는데, 재판관이 실수를 인정한 것에 충격을 받았다고 했어요. 꼭 재판관이 되겠다고, 그 재판을 보고 다시 한번 각오를 다졌대요. 진로에 고민이 많은 대학생에게는 인생관이 바뀌는 계기가 됐을 거예요."

아이는 한 발 앞서 재판관이 됐는데 난 사법 연수에 참가하는 표조차 손에 넣을 수 없었다. 초조함을 느끼면서도 계속 도전했다.

구체적인 미래를 그리고 있어서 좌절하지 않을 수 있었다.

"그나저나 재판 녹음은 금지돼 있을 텐데."

"방청석에서 휴대폰을 만지작거려도 못 본 척하겠다고 개정 전에 전화로 말씀하셨잖아요. 형소 규칙 215조요."

해당 조문에는 '법원의 허가를 받지 아니하면 공판정에서 녹음할 수 없다'고 적혀 있다. 사전에 재판관으로부터 특별 허가를 받았다는 눈 가리고 아웅식 변명이다.

"오호라. 역시 전직 서기관이군."

"지워진 경력이죠."

"어떤 법률가가 될지 기대하지."

"목표는 정해져 있어요."

아버지를 구하고, 과거의 나를 이끌었다.

그때 재판관을 동경하며 사법의 길에 뜻을 두었다.

내 생각을 알아챈 건지, "지구사 군과의 관계는 어때?" 하고 가라스마가 화제를 바꿨다.

"아이한테 물어보시면 되잖아요."

"그 친구는 나랑 자네 관계를 모르기도 하고, 여러모로 힘든 시기라서."

여전히 젊은 좌배석을 어떻게 대해야 할지 몰라 신경이 쓰이는 모양이다. 직장 내 성희롱이나 갑질. 재판관도 예기치 못한 실수를 하진 않을까 걱정하면서 일한다.

구름 위의 존재도 신도 아닌, 한 명의 사람으로.

"사법 연수가 끝나는 시점으로… 생각하고 있어요."

"어깨를 나란히 할 수 있으니까 말이지."

"뒤처지지 않게 노력해야죠."

가족이란 존재를 두려워하던 때와는 다르다. 남은 건 각오의 문제다.

과거의 레일을 이어가는 시운전 기간이 끝나가고 있다.

"그건 그렇고 이런 미래가 기다리고 있을 줄이야. 덧씌워진 과거의 사건을 기억하는 건 우리뿐이야. 이 법정에 있으면 신비한 기분이 들어."

가라스마의 시선을 좇아 나도 천장을 올려다봤다.

파랑과 초록의 은은한 빛. 스테인드글라스 조명이 만들어낸 애매한 그림자.

"어째서 타임 슬립이 일어났을까요?"

"비현실적인 현상이야. 논리적인 답을 도출할 수 있는 문제가 아니지."

"진보 씨도 관계인이니까 문을 열면 또 과거로 돌아갈지도 몰라요."

"어디에 도착할 거 같은데?"

"…글쎄요."

지금까지 가라스마는 몇 건의 유죄판결을 선고해왔을까. 아버지처럼 누명을 쓴 사건이, 고쳐 써야 할 재판이 또 있을지도 모른다.

재판관의 선택이 언제나 옳다고 장담할 수는 없다.

"이제 일어나지 않을 거야. 아니, 기대 안 하는 게 좋아."

"어째서요?"

"재판은 두 번 반복하는 게 아니야. 유죄든 무죄든, 선고한 판결은 취소할 수 없어. 그렇기에 선입관을 갖지 않고 전력을 다해 피고인과 대화할 필요가 있어."

"아무리 생각해도 갈피를 못 잡을 때가 있을 것 같아요."

"그때는 자기 양심에 따라야지."

나도 재판관이 되면 피고인을 마주하는 나날이 시작된다. 유죄인지 무죄인지, 어느 정도의 형을 내리는 것이 적절한지…. 고민하고 결단해야만 한다.

내 양심에 따라서.

그 어려움을 나는 알고 있다.

"정확히 5년이네요. 체감상 한 달밖에 안 지났지만요."

"난 1년 하고 한 달이야."

아무도 앉아 있지 않은 증언대로 시선을 보낸다.

아버지가 무죄판결을 선고받은 지 5년이 지났다.

"고맙습니다. …아버지를 못 본 척하지 않아주셔서."

"이제 오늘은 뭘 할 거지?"

"집에 가야죠. 무죄 기념일이거든요."

서기관석에 놓여 있는 내선 전화가 울리고, 가라스마가 받아서 통화를 시작했다.

주머니에서 휴대폰을 꺼내 알림을 확인했다.

동창회 일정을 알리는 소지의 메시지가 들어와 있었다.

"보석이 신청된 것 같아서 이만 가야겠어." 통화를 끝낸 가라스마가 다가왔다.

"알겠어요. 그럼 가볼게요."

"또 법정에서 만나지."

과거의 내게서는 더 이상 메일이 오지 않는다.

시공의 문과 함께 과거와의 연결도 끊어졌다.

사진 앱에는 본 적 없는 사진과 동영상이 잔뜩 저장돼 있다.

차곡차곡 쌓인 5년의 세월을 조금씩 기억 속에 녹여왔다.

과거의 내가 열어젖힌 미래에, 현재의 내가 서 있다.

어떤 미래가 이어져 있을지는 모른다.

숨을 들이쉬고 방청석 문을 연다.

과거로 돌아가기 위해서가 아니라, 가족을 만나러 가기 위해서.

옮긴이의 말

이 책 《뒤틀린 시간의 법정》의 이야기를 따라가다 보니 자연스럽게 영화 〈나비효과〉가 떠올랐다. 영화에서 주인공은 일기를 매개로 과거로 이동할 수 있는 능력을 지니고 있다. 그는 자신의 능력을 이용해 과거로 돌아가 예전과는 다른 행동을 하고 돌아오지만, 현재가 안 좋은 쪽으로 달라졌다는 사실을 알게 된다. 시간 이동을 하면 할수록 현재의 자신과 가까운 사람 중 누군가는 반드시 불행해진다는 것에 절망한 그는 결국 스스로를 희생하는 선택을 한다.

법원서기관으로 근무하는 우구이 스구루도 영화 속 주인공과 비슷한 모습을 보여준다. 그는 영화의 주인공처럼 시간을 이동할 수 있는 능력은 없지만, 알 수 없는 이유로 자기 삶에 큰 영향을 미친 사건의 한순간으로 이동한다. 스구루는 자신이 꿈을 꾸고 있다고 생각하고 그동안 아무에게도 말하지 않고 꽁꽁 감춰두었던 비밀을 친구에게 털어놓는다. 존재조차 몰랐던 친아버지가 미성년인 의붓딸을 상대로 파렴치한 짓을 저지르고 체포돼 피고인으로 재판을 받고 있다는 사실을 말이다. 그 후 법원 통로에서 정신을 차린 스구루는 자신이 꿈을 꾼 것이 아니라 과거로 타임 슬립을 했다는 것과 그때 한 행동이 자신이 알고 있는 것과 다른 현재를 초래했음을 깨닫는다.

바뀐 현재에 적응하며 하루하루를 보내던 스구루는 이윽고 아버지가 누명을 썼을지도 모른다는 실마리를 발견한다. 그래서 그는 두 번째 타임 슬립 때 자신이 파악한 정보를 아버지의 변호인에게 전달해 다시 한번 과거를 바꾸고 현재로 돌아온다. 그런데 이번에는 인간관계가 달라졌던 첫 번째 타임 슬립 때와는 차원이 다른 혼란이 그를 기다리고 있었다. 강제추행사건에서 무죄를 선고받은 아버지가 자택에서 살해되었고, 당시 피해자였던 의붓딸이 체포돼 살인죄로 재판을 받고 있었던 것이다.

과거에서 진실을 밝히기 위해 한 행동으로 오히려 상황이 심각해졌다는 것을 알게 된 스구루는 또 한 명의 시간 이동자 가라스마 신지와 협력한다. 두 사람은 사태를 수습하기 위해 동분서주하고 마지막에 스구루는 자신의 미래를 걸고 과감한 선택을 한다.

책을 다 읽으면 저자가 법률 지식에 매우 해박하다는 것을 알 수 있다.

저자 이가라시 리쓰토는 현역 변호사로, 자신의 전문 지식을 작품에 녹여낸 미스터리 작품을 주로 써오고 있다. 2020년에 선보인 데뷔작 《법정유희法廷遊戲》는 그해 〈이 미스터리가 대단하다!〉 국내편 3위에 오르기도 했다.

《뒤틀린 시간의 법정》은 저자의 다섯 번째 작품으로 원제는 《환고幻告》이다.

저자는 글자 수가 짧고 중후한 느낌이 드는 제목을 원했지만 기존 어휘 중에는 알맞은 말이 없다고 판단해 '환상'의 한 글자인 '헛보일 환幻'과 '고백', '선고', 자신의 죄를 인정하는 '고해'의 '고할 고告'를 조합하여 제목을 결정했다고 한다.

저자는 이 책을 통해 사법권을 행사하는 경찰과 검찰 그리고 재판관도 잘못된 판단을 할 수 있음을 이야기한다. 몇 차례에 걸쳐 시간은 되돌릴 수 없으며, 따라서 수사 과정은 물론 재판에서도 예단과 편견을 배제하고 올바른 판단을 내려야 한다고 강조한다. 나아가 만에 하나 사법부가 잘못된 판단을 했을 경우에는 양심에 따라 인정하고 행동하는 것이 중요하다는 메시지를 유별난 재판관 가라스마라는 인물을 통해 전달한다. 그러면서 동시에 진정으로 속죄하는 방법과 사람이 사람의 죄를 판단하고 심판하는 것이 얼마나 어려운 일인지를 보여준다.

재판관이 뒤늦게 자신의 판결이 잘못됐음을 깨닫는다면? 유죄판결을 내리고 형을 선고했지만 실제로 받았어야 할 형에 비해 훨씬 가벼운 형을 선고했다면? 일사부재리의 원칙에 따라 잘못을 바로잡을 수 없는 한계에 부딪힌다면?

이처럼 아버지의 누명을 벗기기 위해 시작된 스구루의 타임슬립은 법 원칙에 대한 문제 제기로 이어진다. 바로 이것이 시간 이동을 다룬 다른 수많은 이야기와 차별화되는 이 책만의 요소다. 법정 미스터리에서 주연으로 등장하는 검사나 변호인이 아닌 서기관과 재판관을 중심인물로 내세운 것도 신선하다. 타임슬립을 반복하면서 달라지는 스구루의 내면이 설득력 있게 그려지며, 마지막 공판에서 가라스마가 보여주는 태도는 대단히 인상적이다. 재판관은 완전무결하며 전지전능할 것이라는 선입관을 깨뜨리는 그의 모습은 재판관이 닿을 수 없는 하늘 위의 존재가 아니라 희로애락을 느끼고 실수도 하는 보통 사람임을 나타낸다.

법정에서 공판이 이루어지는 장면이 등장해 생소한 법률 용어를 피해갈 수는 없다. 하지만 저자는 지문과 대사 안에 용어가 의미하는 바를 자연스럽게 풀어내 법에 밝지 않은 독자라도 어렵지 않게 이해할 수 있도록 배려하고 있다. 무엇보다 이 작품에서 중요한 키워드인 '일사부재리의 원칙'은 가라스마의 입을 통해 자세하게 설명된다.

시간 이동을 서술한 대목은 난해하게 느껴질 수도 있지만, 어느 정도 집중력을 유지하고 출발점과 도착점만 놓치지 않는다면 흐름을 파악하기는 어렵지 않을 것이다. 장르 소설의 재미를 갖췄으면서도 한 사람의 인생을 좌우하는 사법부의 책임 있는 자세를 요구하는 메시지도 잘 녹아들어 있는 작품의 매력이 부디 많은 독자에게 전해졌으면 한다.

혹시 이 책을 앞에 두고 타임 슬립은 설정이 복잡하고 법정 미스터리는 왠지 모르게 어려울 것 같아 읽기를 망설이고 있다면, 일단 한번 도전해보길 바란다. 가라스마의 말대로 무슨 일에든 예단과 편견은 금물이니까.

천감재

뒤틀린 시간의 법정

초판 1쇄 인쇄 2023년 6월 22일
초판 1쇄 발행 2023년 6월 29일

지은이 이가라시 리쓰토
옮긴이 천감재

편집인 이기웅
책임편집 오윤나
디자인 형태와내용사이
마케팅 유인철, 이주하
제작 제이오

출판등록 제2020-000145호(2020년 6월 10일)
주소 서울시 강남구 테헤란로 332, 에이치제이타워 20층

ISBN 979-11-92579-73-3 (03830)